Anna Johannsen

Der Tote auf Amrum

EDITION M

Das Buch

Marten Hilmer, schwerreicher Immobilienbesitzer auf Amrum, wird vergiftet auf seinem Anwesen aufgefunden. Hauptkommissarin Lena Lorenzen reist in ihre alte Heimat, um zu ermitteln. Ist der Täter unter den Frauen zu finden, mit denen Hilmer über die Jahre eine Affäre hatte? Oder wurde jemand beim Immobilienkauf übervorteilt?

Als Lena im Haus des Opfers ein Bild ihrer Mutter findet, hat sie Mühe, sich auf ihre Arbeit als Polizistin zu konzentrieren. Neben der Befragung der vielen Verdächtigen muss sie herausfinden, wie ihre eigene Geschichte mit dem Fall verbunden ist.

Die Autorin

Anna Johannsen lebt seit ihrer Kindheit in Nordfriesland. Sie liebt die Landschaft und Menschen der Region, besonders verbunden ist sie den nordfriesischen Inseln, auf denen die Krimireihe »Die Inselkommissarin« spielt. Nun schreibt sie mit Begeisterung auch an ihrer neuen Reihe um die alleinerziehende Kommissarin Enna Andersen. Beide Reihen werden in Zukunft parallel veröffentlicht.

ANNA
JOHANNSEN

Der Tote auf Amrum

Die Inselkommissarin

Kriminalroman

EDITION M

Deutsche Erstveröffentlichung bei
Edition M, Amazon Media EU S.à r.l.
38, avenue John F. Kennedy, L-1855 Luxembourg
Juni 2020

Umschlaggestaltung: semper smile, München, www.sempersmile.de
Umschlagmotiv: © kuzmafoto/Shutterstock ;
© bluecrayola/Shutterstock
1. Lektorat: Kanut Kirches
2. Lektorat und Korrektorat: Rotkel Textwerkstatt
Gedruckt durch:
Amazon Distribution GmbH, Amazonstraße 1, 04347 Leipzig /
Canon Deutschland Business Services GmbH, Ferdinand-Jühlke-Str. 7,
99095 Erfurt /
CPI books GmbH, Birkstraße 10, 25917 Leck

ISBN 978-2-91980-829-8

www.edition-m-verlag.de

Eins

Hauptkommissarin Lena Lorenzen eilte über den langen Flur direkt auf die Bürotür von Kriminaldirektor Warnke zu, klopfte an und trat ins Zimmer.

»Guten Morgen!«, sagte Warnke, als Lena auf ihn zukam.

Lena setzte sich auf den Stuhl vor Warnkes Schreibtisch. »Guten Morgen! Sie bleiben weitere sechs Wochen?«

Warnke lächelte. »Hat sich das so schnell herumgesprochen?«

Lena antwortete nicht.

»Ja, ich konnte den Präsidenten der Hochschule überzeugen, noch ein paar Wochen auf mich zu verzichten. Ich vermute, dass Ihnen das durchaus gelegen kommt?« Warnke, Lenas Vorgesetzter beim Landeskriminalamt Schleswig-Holstein, hatte sich entschlossen, als Dozent an die Polizeihochschule zu wechseln. Zu seinem Nachfolger war bereits Jens Groll berufen worden. Mit dem Kriminalrat aus Schleswig verband Lena ein Vorfall, der schon ein paar Jahre zurücklag: Groll war damals ihr Vorgesetzter gewesen und hatte sie, eine junge Polizistin, sexuell bedrängt und zu vergewaltigen versucht. Lena hatte sich daraufhin versetzen lassen, ohne ihn anzuzeigen.

»Es ist nicht so einfach, wie ich gehofft hatte«, antwortete Lena.

Grolls Bewerbung hatte ihr eine Zeit wieder vergegenwärtigt, die sie mit aller Macht hatte vergessen wollen. In den Tagen und Wochen nach der Nachricht von Warnkes Wechsel war ihr klar geworden, dass sie sich endlich der Vergangenheit stellen und gegen Groll vorgehen musste. Warnke hatte sich – anders als sonst bei ihm üblich – entschlossen, sie zu unterstützen, und ihr zwei Namen ehemaliger Kolleginnen weitergegeben, die ihren Dienst quittiert hatten, nachdem sie in Grolls Team gearbeitet hatten.

»Das habe ich mir schon gedacht«, antwortete Warnke. »Da kann ich Ihnen nur weiter viel Glück wünschen.«

Wie bei allen heiklen Angelegenheiten in der Vergangenheit hielt sich der Kriminaldirektor auch im Fall Groll bedeckt. Lena wusste, dass sie sich im Ernstfall nicht darauf verlassen konnte, dass er sich offen auf ihre Seite stellte, sie hoffte aber, dass er sie zumindest indirekt weiter unterstützen würde.

»Sie wollten mich sprechen?«, wechselte sie das Thema.

»Richtig! Kennen Sie einen Marten Hilmer?«

»Amrum?«

Kriminaldirektor Warnke nickte. »Dreiundsechzig. Einer der Insel-Honoratioren, wie mir gesagt wurde.«

Lena hatte von dem Mann gehört und erinnerte sich, dass er nicht nur Eigentümer unzähliger Ferienhäuser, sondern auch in der Inselpolitik aktiv war, wenn auch wohl mehr im Hintergrund.

»Er liegt in der Gerichtsmedizin«, fuhr Warnke fort. »Vergiftet, wie ich soeben von Frau Dr. Stahnke erfahren habe.«

Luise Stahnke war Gerichtsmedizinerin am Institut in Kiel und schon seit Langem eine gute Freundin von Lena.

Lena schwieg und wartete darauf, dass Warnke weitersprach.

»Ich möchte, dass Sie auf Amrum ermitteln.«

Lena war auf der Insel aufgewachsen und hatte sie nach dem Unfalltod ihrer Mutter im Streit mit ihrem Vater verlassen.

Erst eine Ermittlung im vergangenen Jahr hatte sie wieder für Wochen auf die Insel verschlagen, doch ihrem Vater war sie während dieser Zeit nicht nähergekommen.

»Sie sind nicht begeistert«, fuhr Warnke fort. »Aber ich brauche dort eine Person, die sich mit den örtlichen Gegebenheiten auskennt. Grasmann wird Sie natürlich begleiten. Wir brauchen schnelle Ergebnisse und ...«

»Wie immer«, unterbrach Lena ihren Chef.

»... bitte ohne großes Aufsehen.«

»Wie immer«, wiederholte Lena.

Kriminaldirektor Warnke stöhnte leise. »Grasmann habe ich bereits informiert. Haben Sie noch Fragen?«

Lena stand auf und reichte Warnke die Hand. »Erst mal nicht. Wegen der anderen Sache hören Sie von mir.«

Warnke nickte und Lena spürte seinen Blick im Rücken, als sie sein Büro verließ.

Johann Grasmann, Lenas junger Kollege, wartete vor ihrem Büro auf sie. Sie begrüßte ihn mit einem freundlichen Lächeln und schloss die Bürotür auf.

»Du kommst gerade von Warnke?«, fragte Johann.

Lena bat ihn herein und holte auf dem Weg zum Schreibtisch ihren Laptop aus ihrer Tasche. »Ja, aber ich kenne bisher nur den Namen des Opfers.« Unter ihren ungelesenen E-Mails fand sie einen Kurzbericht von Luise Stahnke vor. »Sieht nicht nach Suizid aus«, sagte Lena, nachdem sie das Dokument überflogen hatten.

»Also Tasche packen?«

»Ja. Such dir bitte ein Hotelzimmer. Ich schlafe bei Erck in der Wohnung, aber dort können wir dich leider nicht unterbringen.« Bei ihrem Fall auf Amrum im letzten Jahr war Lena ihrem Jugendfreund Erck wiederbegegnet und sie hatten sich neu ineinander verliebt. Inzwischen wohnten sie zusammen in Husum, einem Küstenort auf halber Strecke zwischen Kiel und Amrum. Sein Elternhaus hatte Erck umgebaut und in zwei Ferienwohnungen aufgeteilt. Die kleine Obergeschosswohnung im Haus nutzte er für seine Aufenthalte auf der Insel.

»Alles klar. Welche Fähre nehmen wir?«

»Wir treffen uns erst heute Abend auf Amrum. Ich habe auf dem Weg nach Dagebüll noch zwei wichtige Termine. Mit Luise telefoniere ich gleich, du fährst bitte ins Institut und sprichst ausführlich mit ihr.«

»Triffst du dich mit einer ehemaligen Kollegin wegen – der Sache?«, fragte Johann, der in Lenas Plan, gegen Groll vorzugehen, eingeweiht war.

»Ja, ich kann das nicht verschieben. Schon gar nicht, wenn wir jetzt eine Weile auf Amrum festsitzen. Die Zeit drängt.«

Johann ging zur Tür. »Soll ich schon mit dem Kollegen vor Ort sprechen? Ich bin ja wahrscheinlich eher da als du.«

»Nein, lass uns das zusammen machen. Der Tote ist oder besser war ein wichtiger Mann auf Amrum. Wir müssen vorsichtig vorgehen. Außerdem gehen bisher wohl alle von einem natürlichen Tod aus.«

»Verstehe. Bis heute Abend. Schreibst du mir, wo wir uns treffen?«

Als Lena die Autobahn erreicht hatte, meldete sie sich bei Luise.

»Deinen Anruf habe ich schon erwartet«, begrüßte ihre Freundin sie. »Bist du auf dem Weg zu mir?«

»Geht leider nicht. Du musst wohl oder übel mit Johann vorliebnehmen. Ich habe einen wichtigen Termin. Kannst du mir trotzdem eine kurze Zusammenfassung geben?«

»Natürlich! Um wen es sich handelt, weißt du ja sicher schon?«

»Ja, Warnke hat mich informiert. Deinen Kurzbericht habe ich zwar gelesen, aber nicht wirklich verstanden.«

»Also: Ich habe Lidocain im Blut gefunden. Das ist ein Lokalanästhetikum.«

»Bedeutet?«

»Diese Substanz setzt zum Beispiel der Zahnarzt zur örtlichen Betäubung ein. Da der Tote Sherry im Magen hatte, gehe ich davon aus, dass er es damit eingenommen hat.«

»Bewusst? Oder eher Suizid?«

»Das ist deine Aufgabe, Lena. Ich liefere hier nur die Fakten. Aber wenn du mich fragst, gibt es einfachere, sicherere und schmerzlosere Wege, um aus dem Leben zu scheiden.«

»Wie kommt man an das Zeug ran?«

»Wie gesagt, es wird zur örtlichen Betäubung benutzt. Von Zahnärzten, Kieferchirurgen, Hautärzten und so weiter. In der Apotheke oder im Pharmagroßhandel ist die Substanz in Pulverform zu bekommen. Selbstverständlich nicht über den freien Verkauf.«

»Wie lange wird der Todeskampf gedauert haben?«

»Eine genaue Zeitangabe wäre unseriös. Ich tippe, zwischen zwanzig Minuten und einer Stunde. Es stehen noch einige Untersuchungen und Analysen an. Vielleicht kann ich dann mehr sagen.«

»Danke, Luise. Johann sollte bald bei dir eintreffen. Er wird sicher noch einige Fragen haben.«

»Kein Problem. Sehen wir uns in den nächsten Tagen?«

»Ich weiß nicht, wie sich der Fall entwickelt. Ich melde mich, ja?«

Lena fuhr auf der Höhe von Schleswig von der A7 ab und erreichte wenige Hundert Meter später Schuby, einen kleinen Ort mit zweieinhalbtausend Einwohnern. Das Navi wies ihr den Weg in eine Neubausiedlung, wo sie kurz darauf vor einem Einfamilienhaus parkte.

Eine Frau Ende dreißig mit einem wenige Monate alten Baby auf dem Arm öffnete ihr die Tür.

»Anja Rüther? Ich bin Lena Lorenzen, wir haben letzte Woche telefoniert.«

»Darf ich Ihren Ausweis sehen?«, fragte die Frau.

Lena reichte ihr ihren Dienstausweis, den Anja Rüther ihr nach einem kurzen Blick wieder zurückgab. »Ich weiß gar nicht, warum Sie mich unbedingt treffen wollten. Ich habe Ihnen doch schon am Telefon deutlich gemacht, dass ich kein Interesse habe, etwas zu dem Thema zu sagen.«

»Kann ich vielleicht kurz hereinkommen? Hier draußen …« Lena sah sich um. »Es wird nicht lange dauern.«

Die Frau trat zögernd zur Seite und ließ Lena eintreten. In der Wohnküche bot sie ihr einen Stuhl an. Sie selbst blieb stehen.

Lena setzte sich. »Wie alt ist denn Ihr Kind?«

»Greta ist vier Monate.«

»Mein Freund möchte auch gerne Kinder, aber ich kann mir das nur schwer vorstellen bei meiner Arbeit. Sie haben auch noch einen älteren Sohn, oder?«

»Ja, Bente ist vier.« Nun zog sich Anja Rüther doch einen Stuhl heran und setzte sich zu Lena. »Ich habe zu Groll nichts zu sagen. Was wollen Sie von mir?«

»Ich habe vor vielen Jahren als junge Polizistin den Fehler gemacht, eine versuchte Vergewaltigung nicht anzuzeigen.«

»Groll?«

»Ja, er war Leiter einer SoKo, in der ich mitgearbeitet habe – ich kam frisch von der Polizeiakademie. Heute ist die Tat verjährt. Ich habe mit einer weiteren Kollegin gesprochen. Sie würde aussagen, wenn ich noch jemanden finde und wir zu dritt sind.«

»Woher wissen Sie …«

»Ich habe recherchiert und eins und eins zusammengezählt.«

Anja Rüther atmete schwer. »Dann haben Sie wohl falsch gezählt.«

»Mag sein.«

Die Frau schwieg. Sie sah auf das Baby in ihrem Arm hinunter und strich ihm sanft über die Stirn.

»Wollen Sie nicht zurück in den aktiven Dienst?«, fragte Lena in die entstandene Stille hinein.

Anja Rüther sah auf. »Das weiß ich noch nicht. In den nächsten drei Jahren sicher nicht.«

»Groll hat noch mindestens zehn Jahre vor sich. Er hat Sie nicht vergessen, glauben Sie mir. Ich habe das erst vor Kurzem selbst durchgemacht.«

»Ich weiß immer noch nicht, was Sie von mir wollen«, sagte Anja Rüther, stand auf und legte ihr schlafendes Kind in die Wippe, die auf dem Tisch stand.

»Ich möchte zusammen mit Ihnen und einer weiteren Kollegin eine offizielle Beschwerde gegen Groll einreichen.«

Anja Rüther setzte sich wieder. »Und dann stehe ich vor irgendeiner Kommission und ... Nein, dazu bin ich nicht bereit.«

»Wir drei sind nicht die einzigen Frauen, die unter ihm gelitten haben. Es wird andere geben. Und vor allem *wird* es andere geben, wenn wir uns nicht wehren.«

»Ich bin keine Heldin«, sagte Anja Rüther und sah mit liebevollem Blick zu ihrer Tochter.

»Ich auch nicht. Ich hätte Groll damals anzeigen müssen, aber ich habe es nicht getan. Im Grunde genommen bin ich für das, was Ihnen passiert ist, mitverantwortlich.«

»Gibt es keinen anderen Weg?«

»Ich wünschte, es gäbe einen.«

»Warum ich?«

Lena seufzte. »Was meinen Sie, wie oft ich mir in den letzten Wochen diese Frage gestellt habe?«

»Vielleicht ist zwischen …« Sie schluckte. »… Groll und mir gar nichts passiert? Nur eine normale Auseinandersetzung zwischen Kollegen.«

»War es so?«, fragte Lena mit gedämpfter Stimme.

Anja Rüther schwieg eine gefühlte Ewigkeit. Schließlich räusperte sie sich. »Manchmal bin ich mir nicht mehr so sicher, was vorgefallen ist, ob ich alles nur geträumt oder mir eingebildet habe.«

Lena wartete, bis Anja Rüther leise weitersprach. »Weihnachtsfeier. In einem Klubhaus des Polizeisportvereins. Sieben Jahre ist das her.«

»Was ist passiert?«

»Ich dumme Kuh habe mich bereit erklärt, am Schluss mit aufzuräumen. Plötzlich war nur noch er da und …« Über Anja Rüthers Wange lief eine einzelne Träne. »Er hatte mich schon den ganzen Abend über im Blick, das hatte ich natürlich gemerkt. Vielleicht habe ich sogar einmal zurückgelächelt. Ich weiß es nicht mehr.« Sie atmete jetzt flach und hektisch. »Es ging alles so schnell. Er kam von hinten, ich war dabei, die letzten Gläser abzuspülen, seine Hand, ja, zuerst war sie nur auf meiner Schulter, plötzlich zog er mich zu sich hin und … diese kleinen, fettigen Hände waren plötzlich überall, wie Krakenarme, ich war total überrascht, habe versucht, ihn wegzustoßen, aber zu spät, er griff mir unters Kleid, riss meinen Slip runter und … da habe ich ihn gespürt. Ekelhaft! Er wollte mich nach unten drücken, auf die Spüle. Erst da ist mir, glaube ich, so richtig klar geworden, was gerade passiert.«

»Sie haben sich gewehrt?«, fragte Lena, nachdem Anja Rüther eine Weile schweigend vor sich hingestarrt hatte.

»Ja, es muss so gewesen sein. Zu der Zeit trainierte ich noch im Verein. Kickboxen.« Sie lächelte schwach. »Dritte bei den Landesmeisterschaften. Er lag plötzlich am Boden und ich …

Meinen Slip hatte er zerrissen. Wahrscheinlich war das mein Glück, sonst hätte ich mich kaum so bewegen können.«

»Und dann?«, fragte Lena leise.

»Ich wollte zuschlagen, aber ... Vielleicht hätte ich das tun sollen. Er kam wieder hoch und wollte mich wieder betatschen. Als wäre nichts passiert! Er wollte einfach weitermachen. Ich habe ihn angeschrien, aber er hat nicht reagiert. Dann bin ich weg, rausgelaufen, zur Straße. Ich hatte ein Taxi bestellt, schon vorher. Aber das sollte eine Dreiviertelstunde dauern, deshalb habe ich ja noch mitgeholfen beim Aufräumen.«

»Ist Groll Ihnen gefolgt?«

»Nein, ich glaube nicht.«

»Und später?«

»Ich habe mich krankschreiben lassen, acht Wochen. Danach habe ich noch kurz wieder in der Abteilung gearbeitet, bevor ich mir ein halbes Jahr unbezahlten Urlaub genommen habe. Und später bin ich in Elternzeit gegangen.«

»Ich brauche Ihre Unterstützung. Zu dritt werden wir nicht zu übergehen sein.«

Zwei

Lena stand vor einem Mietshaus im Flensburger Norden und atmete tief durch. Über eine Stunde hatte sie mit Claudia Fährmann gesprochen, einer Kollegin, die ursprünglich in Schleswig unter Groll gearbeitet hatte und sich nach einer krankheitsbedingten Pause nach Flensburg hatte versetzen lassen.

Bei ihrem ersten Gespräch vor zehn Tagen hatte sich auch Claudia Fährmann strikt geweigert, gegen ihren ehemaligen Chef auszusagen. Inzwischen war sie nachdenklich geworden, war aber immer noch nicht bereit, den nächsten Schritt zu gehen.

Lena schloss den Wagen auf und setzte sich erschöpft hinters Steuer. Sie hatte gehofft, dass Claudia Fährmann ihr entgegenkommen würde, wenn sie zu dritt die Dienstaufsichtsbeschwerde verfassten. Zumindest hatte sie zugesagt, noch einmal über Lenas Vorschlag nachzudenken.

Lena startete den Motor und fädelte sich in den fließenden Verkehr ein. Wenig später erreichte sie die B199, die sie quer durch Schleswig-Holstein an die Nordseeküste bringen würde.

Erck nahm ihren Anruf direkt entgegen. Er war für zwei Tage auf Amrum und hatte eigentlich beabsichtigt, am nächsten Tag zurück nach Husum zu fahren. »Lena! Wo bist du?«

»Gerade in Flensburg losgefahren. Ich bin auf dem Weg zur Fähre.«

»Hast du dir freigenommen?«, fragte er mit erstaunter Stimme.

»Nein, ein Fall. Marten Hilmer. Du kanntest ihn ja bestimmt.«

»Natürlich. Und ich habe auch gehört, dass er tot ist. Das ist *das* Insel-Thema im Moment. Aber …« Er hielt inne. »Ich dachte, es war ein natürlicher Tod.«

»Dem ist wohl nicht so.«

»Klingt nicht gut.«

»Morgen kann ich dir vielleicht mehr sagen. Kann ich Johann heute Abend zu uns einladen?«

»Aber klar!«

»Mach dir aber bitte keine Umstände. Wir bestellen einfach Pizza. Okay?«

Für Anfang September war es tagsüber mit weit unter zwanzig Grad kühl gewesen, aber die Wetterprognosen versprachen für die nächsten Tage einen Temperaturanstieg. Lena stand an der Reling und sah zu, wie die Fähre ablegte. Sie war rechtzeitig vor der Abfahrt am Anleger eingetroffen und hatte mit viel Glück einen Platz auf dem Autodeck bekommen.

Johann hatte ihr eine Nachricht geschickt, dass er bereits im Hotel eingecheckt habe und auf sie warte, Lena bat ihn, gegen neunzehn Uhr zu Ercks Wohnung zu kommen.

Lenas nächster Anruf galt ihrer Tante Beke, die auf Amrum lebte. Nachdem Lena die Insel mit neunzehn Jahren verlassen hatte, war Beke ihre einzige Verbindung zur Vergangenheit gewesen. Mindestens einmal im Jahr hatte sich die zwölf Jahre ältere Schwester ihrer Mutter auf den Weg zu Lena aufs Festland gemacht, während Lena sie nur selten besucht hatte.

»Hast du frei und besuchst Erck?«, fragte Beke, nachdem sie sich herzlich begrüßt hatten und Lena ihren Besuch angekündigt hatte.

»Nein und ja. Ich muss arbeiten, schlafe aber natürlich in der Wohnung. Erck ist auch da.«

»Ich weiß. Er hat gestern bei mir vorbeigeschaut.«

Beke hatte seit Monaten Probleme mit der Hüfte. Lena hatte sie in den letzten Wochen zu mehreren Arztbesuchen begleitet. Das Ergebnis war ernüchternd gewesen. Mit großer Wahrscheinlichkeit musste Beke operiert werden. Lena hatte für Ende September noch einen Termin im Husumer Krankenhaus gemacht. Dann würde sich entscheiden, wie es weiterging.

»Alles gut bei dir?«

»Ja, natürlich. Ich komme gut zurecht. Ich habe schon überlegt, ob die Operation nicht ...«

»Beke!«, unterbrach Lena sie. »Das haben wir doch alles schon mehrfach besprochen. Der Termin in der Klinik steht fest und dann werden wir endgültig erfahren, ob du operiert werden musst.«

»Das weiß ich doch alles, Kind. Trotzdem, wenn es mir wirklich gut geht, brauche ich doch nicht den ganzen Weg nach Husum zu reisen.«

»Wir besprechen das morgen, Beke. Ich komme auf jeden Fall vorbei. Wann und wie lange, kann ich noch nicht sagen.«

»Ich freue mich.«

»Bis morgen, Beke.«

Lena beendete das Gespräch. Nachdenklich ließ sie den Blick über die Nordsee schweifen. Noch im letzten Jahr hätte Beke sie sofort gefragt, weshalb sie auf Amrum ermittele. Doch in den letzten Monaten schien Bekes Interesse an ihrem Umfeld merklich gesunken zu sein. Nicht zum ersten Mal fragte sich Lena, ob das ein Zeichen für eine beginnende Altersdemenz war.

Lenas Gedanken wanderten zu Erck und ihrem gemeinsamen Haus. Der Plan, in Husum auf halber Strecke zwischen ihren beiden Arbeitsplätzen zu wohnen, war in der Theorie gut gewesen, praktisch stellte das Arrangement Lena und Erck vor große Probleme. Erck hatte eigentlich geplant, nur einen, allenfalls zwei Tage in der Woche auf Amrum zu verbringen und den Rest der Arbeit von Husum aus zu erledigen, aber es hatte sich schnell herausgestellt, dass in manchen Wochen selbst drei Amrum-Tage nicht reichten. Für Lena, die regelmäßig in allen Landesteilen von Schleswig-Holstein ermittelte, war es schwierig, vor einundzwanzig Uhr in Husum zu sein. Selbst wenn sie nicht morgens sehr früh nach Kiel fahren musste, blieben ihnen nur wenige Stunden miteinander, und die verbrachten sie fast ausschließlich schlafend.

Lena legte den Kopf in den Nacken und sog die salzige Meeresluft tief ein. Ihr war inzwischen klar geworden, dass ihr neues Heim nur eine Zwischenlösung sein konnte.

Ole Kotten, ein Kollege aus Husum, mit dem Lena in zwei großen Fällen gemeinsam ermittelt hatte und inzwischen befreundet war, hatte ihr vorgeschlagen, sich nach Husum versetzen zu lassen. Lena hatte ihm gesagt, dass sie darüber nachdenken würde; aber wenn sie ehrlich war, verspürte sie kein großes Interesse, auf einem Kreisstadt-Kommissariat zu arbeiten.

Lena zog ihre Jacke zu und machte sich nach einem letzten Blick über die Weite der Nordsee auf den Weg ins Zwischendeck.

Johann lehnte dankend ein zweites Glas Wein ab. »Ich muss noch fahren.«

»Richtig, du musst ja noch nach Wittdün«, sagte Erck.

»Ja, leider. Ganz Amrum scheint komplett ausgebucht zu sein! Die kleine Pension war das Einzige, was ich gefunden habe.« Johann verzog das Gesicht. »Klein, aber leider nicht fein.« Wittdün lag im Süden der Insel, Ercks Haus im Norden.

»Tut mir leid«, sagte Erck. »Ich kann mich morgen mal umhören. Vielleicht finde ich ja was Besseres für dich.«

Johann seufzte. »Das wäre klasse.«

Erck stand auf. »So, dann lass ich euch mal allein. Ich muss zu einer Ferienwohnung. Die haben gerade angerufen, dass der Herd nicht funktioniert.«

Als Johann vor einer Stunde gekommen war, hatte er drei Pizzen mitgebracht. Inzwischen dämmerte es draußen und hatte angefangen, leicht zu regnen.

»Okay, was haben wir?«, fragte Lena, als Erck die Wohnung verlassen hatte.

»Ich habe mich ausführlich mit Dr. Stahnke unterhalten«, antwortete Johann. »Lidocain, die Substanz, die Marten Hilmer eingenommen hat, ist nicht so leicht zu besorgen. Schon gar nicht in der Konzentration, die Dr. Stahnke vermutet.« Er sah auf seine Notizen und fuhr fort. »Wie viel Hilmer genau zu sich genommen hat, kann sie erst nach der Analyse von Blut und Mageninhalt sagen. Aber ihrer inoffiziellen Einschätzung zufolge war es nicht wenig.«

»Und wo bekommt man das Medikament?«

»In erster Linie wohl in der Apotheke. Und natürlich im Pharmagroßhandel oder direkt beim Hersteller. Ärzte, vor allem Zahnärzte, benutzen das auch, aber als Fertigarzneimittel.«

»Ja, das hat sie mir auch erzählt. Und was bedeutet das?«

»Das sind zum Beispiel fertige Ampullen. Bei denen ist die Konzentration der Substanz relativ gering, wenn ich das richtig verstanden habe, ein oder zwei Prozent. Sprich, du müsstest Unmengen davon trinken, damit es tödlich ist. Apotheken haben Lidocain als Pulver, dann wohl die reine Substanz.« Er schaute wieder auf seine Notizen. »Ich hoffe, ich habe das jetzt richtig wiedergegeben. Wichtig ist ja in erster Linie, dass man das Gift nicht einfach im Supermarkt kaufen kann. Der Täter oder die Täterin muss irgendeinen Zugang zu dem …« Er las den Begriff vom Notizblock ab. »… Lokalanästhetikum gehabt haben.«

»Wenn Hilmer nicht gerade mit einer Apothekerin liiert war, wird uns das erst mal wenig nutzen. Würde denn der Geschmack des Giftes durch Sherry vollkommen überdeckt?«

Johann nickte. »Dr. Stahnke geht davon aus.«

»Der Durchsuchungsbeschluss für das Haus von Hilmer ist eingetroffen?«

»Ja, für das Privathaus, wo er aufgefunden wurde, und auch für seine Firma. Vier Kollegen der Kriminaltechnik unterstützen uns morgen bei den Durchsuchungen. Wir treffen uns um neun Uhr in der Polizeistation.«

»Wer ist hier jetzt eigentlich im Einsatz?«

Bei ihrem ersten gemeinsamen Fall hatten Lena und Johann auf Amrum ermittelt. Der damalige Inselpolizist war anschließend nach einem Disziplinarverfahren versetzt worden.

»Lars Henningsen. Er war vorher fünfzehn Jahre lang in Husum. Wir sind für morgen um acht bei ihm angemeldet. Ich habe übrigens Ole angerufen und mich nach Henningsen erkundigt. Er legt seine Hand für ihn ins Feuer. Guter Mann, hat er gesagt. Die beiden sind wohl ein Jahrgang, wenn ich das richtig verstanden habe. Wir können uns auf Ole berufen, hat er mir gesagt.«

Ole Kotten war Hauptkommissar, Anfang sechzig und arbeitete seit vielen Jahren in Husum.

»Wollen wir hoffen, dass Ole recht hat. Was hast du über Marten Hilmer herausbekommen?«

Johann sah sie gespielt erstaunt an. »Woher weißt du, dass ich schon fleißig war?«

Lena rollte mit den Augen. »Nun leg schon los!«

Johann blätterte in seinem Notizbuch. »Dreiundsechzig, kurz vor dem vierundsechzigsten Geburtstag. Auf Amrum aufgewachsen, Familie sind Vertriebene aus Schlesien und 1947 nach Amrum gekommen. Warum gerade hier auf die kleine Insel, konnte ich nicht herausfinden. Der Vater von Marten Hilmer war Mauermeister und hat Mitte der Fünfzigerjahre eine Baufirma aufgemacht, die überall auf den Nordfriesischen Inseln tätig war.«

»War?«

»Ja, nach dem Tod des Vaters hat Marten Hilmer, das einzige Kind der Familie und der alleinige Erbe, die Firma verkauft. Aber dazu kommen wir gleich. Marten Hilmer macht seine Mittlere Reife, wie man es seinerzeit nannte, und anschließend eine Lehre als Tischler. Sein Traumberuf scheint das nicht gewesen zu sein, aber sein Vater hat wohl auf eine handwerkliche Ausbildung bestanden, da Hilmer später die Firma übernehmen sollte.«

»Hat ja dann wohl nicht geklappt«, sagte Lena.

»So könnte man es sehen. Marten Hilmer hat anschließend eine kaufmännische Lehre gemacht und ist ins Immobiliengeschäft gegangen, sprich, er hat bei einem Makler auf Sylt gearbeitet. Hier ist er wohl auf den Geschmack gekommen. Wie ja bekannt, war Sylt Vorreiter im Bereich Tourismus und Immobilienentwicklung. Um es kurz zu machen: Nachdem er mit zweiunddreißig sein Erbe angetreten hatte – sein Vater war an einem Herzinfarkt gestorben –, hat er die Firma verkauft.«

»Und seine Mutter?«, fragte Lena.

»Die war zu dem Zeitpunkt schon tot. Krebs. Also, er hat verkauft und mit dem Geld nach und nach ein kleines Ferienhaus-Imperium aufgebaut. Er kaufte alte Häuser auf und ließ sie aufwendig renovieren. Zunächst war das wohl kein so rasend gutes Geschäft, aber nachdem Amrum und Föhr immer beliebter wurden, sind auch die Preise gestiegen. Aber wem sage ich das?«

»Also exklusive Ferienhäuser und keine Hütten von der Stange?«

»Genau! Das ist sein Markenzeichen. Ich habe mir die Preise angesehen. So ein Haus in der Hauptsaison kann auch schon mal bis zu dreitausend Euro in der Woche kosten. Um die zweitausend ist absolut üblich bei ihm. Und wenn die Angaben auf der Homepage stimmen, sind die Häuser fast das ganze Jahr ausgebucht. Kannst du mir mal sagen, wer das bezahlen kann?«

»Offensichtlich viele, aber das ist nun wirklich nicht unser Problem. Was hast du noch?«

»Marten Hilmer war nie verheiratet und hat offensichtlich auch keine Kinder. Zumindest habe ich nichts gefunden. Er müsste allerdings einiges an Vermögen haben. Wer das jetzt erbt, weiß ich nicht. Vermutlich ein entfernter Verwandter. Ob ein Testament vorliegt, ist natürlich noch nicht klar, aber das wird sich morgen, wenn wir offiziell mit den Recherchen anfangen, hoffentlich schnell zeigen.«

»Ich habe mich vorhin mit Erck über Hilmer unterhalten. Er kannte ihn zwar nicht persönlich, aber sie waren ja im gleichen Gewerbe tätig. Mit dem Vermögen liegst du wohl richtig. Erck hat es auf zehn bis zwanzig Millionen geschätzt, allein durch die Häuser, die ihm auf den Inseln gehören. Hilmers Ruf ist nicht der beste. Er hat wohl, gerade zu seinen Anfangszeiten, die Häuser relativ günstig erworben. Dabei hat er natürlich davon profitiert, dass er die Insel in- und auswendig kannte und offensichtlich ein gutes Informantennetz hatte. Dass man ein Zugezogener ist, wird einem eigentlich in der zweiten Generation nicht unbedingt vorgeworfen, aber wenn es um Geld geht, spielt es schon gerne mal eine Rolle.«

»Gibt es denn laut Erck nachvollziehbare Gründe, weshalb er nicht so beliebt war?«, fragte Johann.

»Erck hält sich aus dieser Gerüchteküche gerne raus. Es wird aber wohl darüber geredet, dass Hilmer gerade zu Beginn seiner Karriere den einen oder anderen Hauseigentümer übers Ohr gehauen hat. Ob das tatsächlich stimmt oder nur Gerüchte sind, weiß er nicht, und ob es für uns relevant ist, was Hilmer vor zwanzig und mehr Jahren gemacht hat, müssen wir sehen.«

»Das klingt nach reichlich Arbeit. Bekommen wir noch Unterstützung aus Flensburg?«

»Das entscheiden wir in den nächsten zwei Tagen. Im Moment müssen wir uns erst mal einen Überblick verschaffen und sicherstellen, dass es sich hier nicht um einen Suizid handelt. Hast du noch etwas?«

Johann blätterte seine Notizen durch. »Ja, hier. Ein politisches Amt scheint Hilmer nie gehabt zu haben. Aber er hat wohl trotzdem kräftig mitgemischt bei der Inselpolitik. Ich war in einem politisch links angehauchten Forum. Da gab es einige bissige Kommentare zu ihm. Allerdings sind sie schon älteren Datums.«

»Wir werden das überprüfen, aber ich halte es für nicht sehr wahrscheinlich, dass er aus politischen Gründen getötet wurde.«

»Abwarten!« Johann grinste: Normalerweise war das Lenas Spruch.

Drei

Mit gemischten Gefühlen betrat Lena die kleine Polizeistation in Nebel, die in der Sommersaison mit fünf Beamten besetzt war. Die Vermutung lag nahe, dass ihr erster Einsatz auf Amrum sich bei ihren Kollegen herumgesprochen hatte und nicht bei allen auf positive Resonanz gestoßen war. Der Korpsgeist unter Polizisten war gerade in kleinen Polizeistationen stark ausgeprägt und hatte ihr bei Recherchen vor Ort immer wieder Probleme bereitet.

Johann klopfte an der Bürotür von Polizeioberkommissar Henningsen und trat ein, als dieser ihn mit einem »Ja, bitte!« dazu aufforderte. Johann ging auf den groß gewachsenen Beamten mit blonden Haaren zu, der seinen Platz hinter dem Schreibtisch verlassen hatte, und begrüßte ihn.

»Oberkommissar Grasmann. Das ist Hauptkommissarin Lorenzen«, stellte Johann sie beide vor.

Henningsen zögerte kurz, lächelte dann aber und reichte Lena die Hand. »Herzlich willkommen!« Er musterte sie und fügte hinzu: »Ihr Ruf eilt Ihnen ja voraus!«

»Moin, Kollege! Es wird viel geredet, wenn der Tag lang ist. Ich soll Sie von Ole Kotten grüßen. Kollege Grasmann und ich haben einige Male mit ihm zusammengearbeitet.«

»Ist der alte Haudegen immer noch bei der Truppe?«, fragte Henningsen lachend und wies zu einem Tisch mit vier Stühlen. »Wollen wir uns setzen?«

Henningsen bot den beiden Kommissaren aus Kiel etwas zu trinken an, was Lena dankend annahm.

»Sind Sie wegen Marten Hilmer hier?«, fragte der Inselpolizist direkt.

Lena erklärte ihm in kurzen Worten den Stand der Ermittlungen und ließ sich anschließend von Henningsen berichten, wie Hilmer aufgefunden worden war.

»Gegen einundzwanzig Uhr am Samstag, also vor drei Tagen, ging ein Notruf bei der Rettungswache hier in Nebel ein. Sie wissen ja sicher, dass Hilmer hier sein Anwesen hat. Nun gut, der Rettungswagen war etwa zehn Minuten später vor Ort und der Sanitäter hat dann sofort den Arzt gerufen, der gerade Notdienst hatte. Zusätzlich ist der Hubschrauber vom Festland geordert worden. Sie werden alle Beteiligten ja sicher noch befragen.«

Lena nickte, Johann notierte sich die Namen, die Henningsen ihm nannte.

»Das Rettungsteam vom Festland kam nach fünfzehn Minuten und hat den Patienten nach Flensburg geflogen. Zu diesem Zeitpunkt war ich schon beim Haus.« Henningsen stand auf und ging zu seinem Schreibtisch. Als er sich wieder zu den Kommissaren setzte, reichte er Lena einen Schlüssel. »Das ist der Haustürschlüssel.«

»Ist Ihnen irgendetwas Ungewöhnliches aufgefallen?«, fragte Johann.

»Marten Hilmer hatte keine sichtbaren Verletzungen, trotzdem habe ich überprüft, ob es Einbruchsspuren gab. Das war nicht der Fall, allerdings muss ich zugeben, dass ich kein Kriminaltechniker bin.«

»Das ist kein Problem«, sagte Lena. »In einer halben Stunde sind die Kollegen aus Flensburg hier. Noch einmal zu Marten Hilmer. Hat er Ihnen oder der Rettungsmannschaft etwas gesagt?«

»Ich habe mich im Hintergrund gehalten, weil die Sanitäter am Wirbeln waren. Und später, als der Notarzt kam, habe ich mich um den Hubschrauber gekümmert. Neben Hilmers Haus ist eine große Wiese, auf der sie landen konnten. Ich habe alle befragt. Hilmer war noch ansprechbar, hat aber niemanden beschuldigt. Er ist dann wohl schnell kollabiert und war nicht mehr ansprechbar.«

»Ist irgendetwas im Haus verändert worden?«

Henningsen seufzte leise. »Das kann ich nicht ausschließen. Ich habe das Haus nicht versiegelt. Es sah alles nach einem Herzinfarkt oder was Ähnlichem aus. Allerdings habe ich der Putzfrau Bescheid gesagt.«

Lena sah ihn fragend an.

»Ich kenne Frauke, also Frau Thamen, da sie auch hier bei uns die Reinigungskraft ist. Sie hat mir mal erzählt, dass sie bei Marten Hilmer putzt. Ich habe sie dann gleich angerufen.«

»Sehr gut. Sie hat vermutlich einen Schlüssel für das Haus?« Lena kannte Frauke Thamen aus ihrer gemeinsamen Schulzeit.

»Davon gehe ich aus. Aber wissen tue ich es nicht.«

»Gibt es weitere Personen, die einen Schlüssel haben?«, fragte Johann.

»Tut mir leid, dazu habe ich keine Informationen.« Henningsen schrieb etwas auf einen Notizzettel und reichte ihn Johann. »Das sind die Adresse und Telefonnummer von Frau Thamen. Vielleicht weiß sie mehr.«

Jemand klopfte an die Tür, Henningsen rief mit lauter, dunkler Stimme »Herein!« und ein uniformierter Beamter kündigte die Kollegen aus Flensburg an.

»Auf geht's!«, sagte der Inselpolizist und erhob sich vom Stuhl.

Das alte Kapitänshaus lag am Rande von Nebel. Mit seinem Reetdach und der lang gezogenen Front, den Sprossenfenstern aus Holz und der beeindruckenden antiken Eingangstür wirkte es wie ein Gebäude aus einer anderen Zeit. Lena erinnerte sich beim Anblick des Hauses daran, dass Beke ihr einmal von dem Anwesen erzählt hatte. Das Haus war im achtzehnten Jahrhundert von einem bekannten Amrumer Kapitän erbaut worden, der über drei Jahrzehnte auf allen Weltmeeren unterwegs gewesen war, und gehörte seit damals zu den größten und am aufwendigsten gestalteten Gebäuden der Insel.

»Wow!«, sagte Johann, der auf dem langen Steinweg, der aufs Haus zuführte, stehen geblieben war. »Hier würde ich sofort einziehen.«

Als sie die Eingangstür aus Eiche erreicht hatten, streiften sie sich Plastiküberzieher über die Schuhe und zogen sich Latexhandschuhe an. Lena schloss die Tür auf. Langsam gingen sie durch die einzelnen Räume im Erdgeschoss, die ebenso liebevoll restauriert waren wie das Gebäude von außen. Die geschickte Kombination von antiken Möbeln mit modernen Einrichtungsgegenständen sorgte für eine angenehm wohlige Stimmung.

Lena blieb neben der Tür des großen Wohnzimmers stehen und ließ die Kriminaltechniker, die komplett in Schutzanzügen steckten, vor. Die beiden Kommissare gingen hinauf in den ersten Stock. Johann übernahm das Badezimmer, während Lena einen Raum betrat, der an zwei Wänden mit deckenhohen Bücherregalen ausgekleidet war. Am Fenster befanden sich zwei schwere Ledersessel, in deren Mitte ein Beistelltisch stand, auf dem drei Bücher lagen. Lena nahm einige Bücher aus dem Regal und blätterte sie durch. Marten Hilmers Bibliothek war bunt gemischt: Klassikerromane, zeitgenössische Autoren, Krimis und Sachbücher. Alle Bücher, die Lena in die Hand nahm, sahen gelesen aus. In den Sachbüchern fand sie am Rande Bemerkungen, die anscheinend alle in der gleichen Handschrift verfasst worden waren. Sie stellte die Bücher zurück und öffnete die oberste Schublade eines kleinen antiken Sekretärs. Auf einem Papierstapel lagen zwei Kugelschreiber und ein Bleistift. Lena schob sie zur Seite und legte den Stapel auf den Tisch. Als Erstes öffnete sie Briefe, die, wie sie beim Durchsehen feststellte, alle über zehn Jahre alt waren. Nach dem Inhalt zu urteilen, hatte eine Schwester von Marten Hilmers Mutter ihm regelmäßig geschrieben. Lena überflog die Briefe und steckte sie dann zurück in die Umschläge. Als Nächstes öffnete Lena die zweite Schublade und fand einen dünnen Ordner, der Hilmers Zeugnisse von der Grundschule bis zur Gesellenprüfung enthielt. Seine Leistungen waren überdurchschnittlich gewesen. Lena wunderte sich, dass er kein Abitur gemacht hatte, um anschließend zu studieren. Sie legte die Zeugnisse zurück in die Mappe und ging die weiteren Schubladen durch. In der untersten stieß sie auf eine durchsichtige Hülle, in der Hilmer Fotos aufbewahrt hatte. Die ersten Fotos stammten offensichtlich aus seiner Kindheit. Ein Junge, Lena schätzte ihn auf fünf Jahre, stand zwischen einem Mann und einer Frau – vermutlich Hilmers Eltern. Der Mann war stämmig mit breiten Schultern, die Frau zierlich und gertenschlank. Beide sahen ernst in die Kamera, die Mutter hatte eine Hand auf die Schulter des Jungen gelegt. Die nächsten Fotos zeigten Marten Hilmer in den folgenden Jahren. Auf der Rückseite hatte jemand mit einem Bleistift jeweils eine Jahreszahl notiert. Ein Klassenfoto aus der Grundschule, Hilmer als ungefähr Zehnjähriger am Strand von Amrum und im Kreis von mehreren gleichaltrigen Jungen, als Zwölfjähriger bei einem Fußballspiel des TSV Amrum, einige Aufnahmen des jugendlichen Hilmer, ein weiteres

Strandfoto neben einem großen Lagerfeuer, ein Bild von einer Familienfeier, bei der Hilmer ungefähr sechzehn Jahre alt gewesen sein musste, und weitere Aufnahmen, die man so oder ähnlich bei vielen Menschen seiner Generation finden würde.

Als Lena das letzte Foto in die Hand nahm, erstarrte sie. Erst nach einer gefühlten Ewigkeit drehte sie die Aufnahme um, fand aber keine Beschriftung. Woher hatte Marten Hilmer das Foto ihrer Mutter? Warum lag es hier unter seinen persönlichen Dingen? Die gleiche Aufnahme stand eingerahmt in Husum auf Lenas Schreibtisch. Soweit Lena wusste, war das Bild ein Jahr vor ihrer Geburt aufgenommen worden. Zu dem Zeitpunkt waren ihre Eltern fünf Jahre verheiratet gewesen.

Lena durchwühlte die Schublade und suchte nach weiteren Hinweisen, fand aber nichts, was mit ihrer Mutter zu tun hatte. Gedankenversunken legte sie alles zurück in den Sekretär und stand auf.

»Hast du etwas gefunden?«, fragte Johann, der plötzlich in der Tür stand.

Lena drehte sich erschrocken zu ihm um. »Ich?«

»Wer sonst?«, fragte Johann irritiert.

»Ja, klar.« Sie ging auf ihn zu. »Nein, hier ist nichts, was uns weiterbringt.«

»Kein Abschiedsbrief oder so was?«

»Nein!« Lena bemerkte zu spät, wie laut sie gesprochen hatte. »Entschuldige«, fügte sie schnell hinzu. »Ich …« Sie brach ab.

»Ich nehme mir sein Schlafzimmer vor«, sagte Johann nach einer kurzen Pause, die Lena minutenlang vorkam.

Sie ging erst hinter ihrem jungen Kollegen her, blieb dann aber in der Tür stehen und trat wieder in den Raum. Auf dem Weg zurück zum Sekretär zog sie ihr Handy aus der Tasche. Nachdem Lena das Bild ihrer Mutter abfotografiert hatte, legte sie es wieder an seinen Platz. Sie tippte eine Nummer auf ihrem Handy an.

»Lena, bist du schon auf dem Weg zu mir?«, fragte Beke nach einer herzlichen Begrüßung.

»Nein, noch nicht. Ich habe nur eine Frage.«

»Ja, was gibt es denn?«

»Hat … ich meine, kannten Mama und Marten Hilmer sich persönlich?«

»Wieso … Bist du wegen Marten auf der Insel? Er hatte doch einen Herzinfarkt, oder?«

»Das wissen wir noch nicht. Kannte Mama ihn?«

»Ja, ich glaube schon. Du weißt doch, dass sich auf Amrum fast alle kennen. Warum fragst du das? Wo bist du überhaupt?«

»Im Haus von Marten Hilmer«, antwortete Lena tonlos.

»Ach so …«

»Wie gut kannten sie sich?«

»Kind, das weiß ich nicht. Dorthe kannte viele Menschen hier auf Amrum.« Beke sog hörbar Luft ein. »Warum ist das plötzlich so wichtig für dich? Du hörst dich sehr angespannt an, Lena.«

»Kanntest du denn Marten Hilmer?«

»Er war ja um einiges jünger als ich. Wir waren auch nicht zusammen in der Schule. Mein Vater, dein Großvater, kannte Martens Vater. Es kann sein, dass sie mal bei uns waren. Aber warum interessiert dich das?«

Lena schloss kurz die Augen. Warum fragte sie so energisch nach? Beke schien offensichtlich nichts zu wissen. »Schon gut, Beke. Es ist auch nicht so wichtig. Ich versuche, heute Nachmittag bei dir vorbeizuschauen. Ist das in Ordnung?«

»Ja. Ja, natürlich. Ich bin zu Hause.«

»Bis später, Beke.«

Vier

Nach dreieinhalb Stunden schloss Lena die Tür des Hilmer-Hauses wieder ab und versiegelte sie. Die Kriminaltechniker aus Flensburg hatten sämtliche Räume nach verdächtigen Spuren abgesucht. Der wichtigste Fund schien eine Sherryflasche zu sein, die geöffnet auf einem Beistelltisch im Wohnzimmer gestanden hatte.

Voraussichtlich würden am nächsten Tag die ersten Untersuchungsergebnisse vorliegen. Dann würde klar sein, ob dem Sherry das Lidocain zugefügt worden war.

Lena und Johann verabschiedeten sich von ihren Kollegen aus Flensburg und fuhren direkt zur Rettungswache in Nebel. Johann hatte sie telefonisch angemeldet und sichergestellt, dass die Sanitäter, die Marten Hilmer aufgefunden hatten, vor Ort waren.

»Können Sie uns kurz schildern, wie genau der Einsatz abgelaufen ist?«, fragte Lena, als sie mit den beiden Sanitätern in deren Aufenthaltsraum zusammensaßen.

»Gab es Beschwerden oder eine Anzeige?«, fragte der Ältere der beiden, der sich ihnen als Reinhard Ehrken vorgestellt hatte.

»Nein, nichts dergleichen«, sagte Lena. »Wir untersuchen den Tod von Marten Hilmer, weil der Verdacht besteht, dass er nicht eines natürlichen Todes gestorben ist.«

»Verdacht? Sie meinen …« Reinhard Ehrken verstummte.

»Ich kann Ihnen dazu nichts sagen. Kommen wir doch wieder zu Ihrem Einsatz. Wer hat Sie an dem besagten Tag angerufen?«

Reinhard Ehrken warf einen Blick zu seinem jungen Kollegen und begann, als der ihm auffordernd zunickte: »Kurz nach neun Uhr abends, ich müsste noch im Einsatzbericht wegen der genauen Uhrzeit nachsehen, erreichte uns der Anruf. Ich war am Telefon und habe mit Herrn Hilmer gesprochen.«

»Er hat Sie also selbst gerufen. Wie hörte er sich an?«

»Er rang nach Luft und meinte, dass es ihm nicht gut gehe. Auf meine Nachfrage hat er von Herzrasen gesprochen und dass ihm übel sei. Er hörte sich panisch an, würde ich sagen. Ihm war offensichtlich klar, dass es ernst war. Mir übrigens auch. Wir sind sofort los. Wo das Hilmer-Haus ist, brauchte er mir ja nicht zu sagen.«

»War die Tür offen, als sie eintrafen?«

»Ja, darum habe ich Herrn Hilmer gebeten. Er hat es auch geschafft, die Tür noch zu öffnen, ist dann aber direkt im Flur …« Reinhard Ehrken hielt inne und sah Lena fragend an. »Sie kennen das Haus?« Als Lena nickte, fuhr er fort: »Also, wir haben ihn direkt hinter der Tür im Flur gefunden. Er saß da auf den Dielen.«

»War er noch ansprechbar?«, fragte Johann, der sich die Aussage des Sanitäters notierte.

»Ja, im Prinzip schon. Ich hatte schon am Telefon so ein komisches Gefühl und habe sofort Dr. Harms informiert. Er hatte Bereitschaft, müssen Sie wissen, aber wohnt in Norddorf und, ja, sein Auto ist nicht sofort angesprungen. Er musste sich dann von einem Nachbarn eines leihen. Deshalb war er auch erst kurz vor dem Helikopter da.«

»Was haben Sie unternommen?«

»Es sah alles nach einem Herzinfarkt aus. Wir haben erst mal versucht, ihn zu stabilisieren, was so leidlich gelungen ist. Gleichzeitig haben wir ein EKG gemacht. Da hatte ich aber schon den Helikopter mit Notarzt geordert. Als schließlich die beiden Ärzte da waren, Dr. Harms und der Notarzt vom Festland, haben sie übernommen. Herr Hilmer ist dann kurz darauf mit dem Helikopter aufs Festland gebracht worden. Wann er genau verstorben ist, kann ich Ihnen nicht sagen.«

»Hat er irgendetwas zu Ihnen gesagt?«

»Sie meinen, außer unsere Fragen zu seinem Zustand zu beantworten? Nein, ich glaube nicht. Wir haben ihn natürlich gefragt, ob er irgendein Medikament eingenommen hat. Das hat er verneint.«

»Haben Sie ihn nicht gefragt, was er gegessen oder getrunken hat?«

Reinhard Ehrken kratzte sich am Kopf. »Schon, das ist ja eine der üblichen Fragen. Ja, stimmt. Er hat nur von Alkohol gesprochen.«

»Dann habe ich noch eine letzte Frage«, sagte Lena. »Haben Sie irgendetwas im Haus verändert?«

»Nein. Warum sollten wir auch?«

»Waren Sie im Wohnzimmer des Hauses?«

»Nein, auch das nicht.« Er drehte sich zu seinem jungen Kollegen um. »Oder, Jochen?«

»Nein, und Lars war ja dann auch schon da. Lars Henningsen, der Polizist hier.«

Lena stand auf und bedankte sich bei den beiden Sanitätern.

»Zum Arzt?«, fragte Johann, als sie in Lenas Wagen saßen.

»Ja, hast du uns angemeldet?«

»Im Prinzip ja, aber ich konnte ja keine Uhrzeit nennen. Dr. Harms wollte aber in der Mittagspause in der Praxis bleiben.« Johann sah auf die Uhr. »Also wird er jetzt wohl Zeit für uns haben.«

Zehn Minuten später standen sie vor der Praxis von Dr. Harms. Lena klingelte und kurz darauf hörten sie Schritte. Ein Mann Ende dreißig öffnete die Tür. Er musterte sie einen Augenblick und sagte dann überrascht: »Lena?«

»Alexander! Warum habe ich das nicht gleich gecheckt?«

Der Mann trat auf sie zu und umarmte Lena. »Jetzt sag aber nicht, dass du wirklich zur Polizei gegangen bist.«

Alexander Harms hatte zusammen mit Lena auf Föhr Abitur gemacht und mit ihr in einem Haus gewohnt, das ein Förderverein für die Amrumer Oberschüler unterhielt.

»Und du hast doch noch Medizin studiert?«

Alexander Harms lachte. »Trotz meiner mäßigen Zensuren, meinst du?« Er trat zur Seite und bat die beiden Kommissare in seine Praxis.

»Du kommst wegen dem verstorbenen Marten Hilmer?«, fragte der Arzt, als sie in seinem Sprechzimmer Platz genommen hatten.

Lena nickte. »Er war dein Patient?«

»Ja und nein«, antwortete Alexander Harms. »Ich bin jetzt seit einem guten Jahr hier. Du weißt ja vielleicht, dass der alte Dr. Hasenkrug quasi in der Praxis gestorben ist. Mit sechsundsiebzig hat er noch praktiziert. Ich habe dann alles in Flensburg stehen und liegen gelassen und die Praxis übernommen. Herr Hilmer hätte nächste Woche bei mir einen Termin gehabt. Insofern kenne ich ihn zwar vom Sehen, aber nicht direkt als sein Hausarzt.«

Auf Lenas Nachfrage bestätigte Alexander Harms die Schilderung der Sanitäter. »Ich hatte gleich den Verdacht, dass er etwas eingenommen hatte, aber der Kollege vom Festland hat Herrn Hilmer so weit stabilisiert, dass er ihn transportieren konnte. Er ist ja auch erst später im Krankenhaus verstorben. Ich habe mit einem meiner Ex-Kollegen in Flensburg gesprochen. Sie haben noch über eine Stunde um sein Leben gekämpft, es aber nicht geschafft.«

»Wie ist deine Einschätzung?«

»Schwierig, so aus dem hohlen Bauch. Ich habe mir gestern auch seine Krankenakte angeschaut. Kollege Hasenkrug hatte Bradykardie bei ihm festgestellt.«

Lena sah ihn fragend an.

»Entschuldige«, fuhr Alexander Harms fort. »Das sind Herzrhythmusstörungen in Form eines verlangsamten Herzschlags. Viele Menschen wissen gar nicht, dass sie darunter leiden. Marten Hilmer war bei dem Kollegen und klagte über Antriebslosigkeit und Unwohlsein. Nach Ansicht von Hasenkrug war eine medikamentöse Therapie nicht notwendig. Er hat ihm Sport empfohlen.«

»Was wäre passiert, wenn Hilmer eine relativ hohe Dosis Lidocain zu sich genommen hätte?«

»Hat er das?«, fragte Alexander Harms erstaunt.

»Ich darf dir dazu nichts sagen. Was wäre, wenn?«

»Kommt natürlich auf die Dosis an, aber auch für einen gesunden Menschen könnte das schnell tödlich sein. Bei Marten Hilmer würde die Vorerkrankung sicherlich nicht positiv zu Buche schlagen.« Er sah Lena nachdenklich an. »Ja, das würde zu den Symptomen passen. Aber wer soll schon auf so etwas kommen?«

»Ich muss dich bitten, keine Details aus unserem Gespräch weiterzugeben«, sagte Lena.

»Selbstverständlich nicht. Als Arzt habe ich ohnehin Schweigepflicht.« Er stutzte. »Geht ihr von einem Suizid aus? Aber wieso hätte er dann selbst die Sanitäter rufen sollen?«

Lena lächelte. »Nicht nur du hast Schweigepflicht.«

»Ein alter Bekannter?«, fragte Johann, als sie die Praxis verlassen hatten.

»Sozusagen. Wir haben zusammen Abitur gemacht und auch zusammengewohnt.«

»Oh!«

Lena lachte. »Nicht, was du meinst. Eine Art Internat auf Föhr. Habe ich das nicht mal erzählt?«

»Ich fürchte, du weißt erheblich mehr über mein Leben als ich über deins.«

»Mag sein«, murmelte Lena.

»Erck hat mir übrigens eine Nachricht geschrieben. Er hat ein Hotelzimmer in Norddorf für mich gefunden. Wenn du mich bei der Polizeistation absetzen würdest, könnte ich aus Wittdün meine Sachen holen und kurz dort einchecken. Wir können uns dann ja danach zusammensetzen für die weitere Planung.«

»Trifft sich gut. Dann kann ich kurz bei Beke vorbeischauen.«

»Habe ich dich gestört?«, fragte Lena, als Beke ihr mit verschlafenen Augen die Tür öffnete.

»Ich muss kurz eingeschlafen sein. Komm doch rein, mein Kind.« Beke umarmte Lena und küsste sie auf beide Wangen. »Dabei habe ich schon nach dem Mittagessen mein Schläfchen gehabt.«

»Dann mache ich dir mal schnell einen schönen Kaffee, oder?«

Sie gingen in Bekes gemütliche Wohnküche und Lena bestand darauf, dass sich ihre Tante an den Tisch setzte, während sie das Wasser aufsetzte und Teller und Tassen aus dem Schrank holte.

»Sag, wie geht es dir, Beke?«

»Ich habe kaum noch Schmerzen und kann eigentlich wieder alles machen.«

»Der Termin für die weitere Untersuchung im Husumer Krankenhaus steht aber. Der Arzt hat gesagt, dass …«

»Ärzte!«, unterbrach Beke sie. »Die reden viel, wenn der Tag lang ist. Wir werden sehen, ob ich da wirklich noch hinmuss.«

»Wie viele Schmerztabletten nimmst du im Moment?«, fragte Lena und setzte sich mit dem frisch aufgebrühten Kaffee zu Beke an den Tisch.

»Die, die mir der Doktor verschrieben hat.«

Lena schenkte Beke und sich Kaffee ein und reichte ihr Milch und Zucker. »Wie viele, habe ich gefragt.«

»Zwei oder manchmal auch drei. Aber nur selten. Es war auch mal nur eine.«

Lena nickte und goss sich Milch in ihren Kaffee. »Also auch mal drei am Tag. Glaub mir, bald brauchst du vier und mehr. Das macht dein Körper nicht lange mit. Und es ändert nichts daran, dass deine Hüfte kaputt ist. Der Termin steht, Beke.«

»Warten wir's doch ab. Ich versuche einfach, weniger Tabletten zu nehmen. Und dann sehen wir weiter.« Bekes Tonfall ließ keinen Widerspruch zu. Lena spürte, dass sie im Moment nicht weiterkommen würde.

»Warum hast du eigentlich am Telefon nach Marten Hilmer gefragt?«, wechselte Beke das Thema.

»Nur so, du hast mir meine Frage ja schon beantwortet. Mama kannte ihn offensichtlich.« Als Beke nickte, fügte Lena hinzu: »Wie gut denn?«

»Kann sein, dass Dorthe mal von ihm gesprochen hat. Aber das ist schon so lange her, Kind. Wie soll ich das noch wissen?«

»Was hat sie von ihm erzählt?«

»Das weiß ich doch nicht mehr, Lena. Warum willst du das wissen?«

Lena holte ihr Handy aus der Tasche und zeigte Beke die Aufnahme vom Foto. »Du kennst doch die Aufnahme, oder?«

Beke nahm das Handy entgegen und nickte. »Aber ja. Die habe ich auch in meinem Album. Du hast sie doch auch, oder?«

»Ja, natürlich. Weißt du, wann sie gemacht worden ist?«

»Holst du mir mein Album aus dem Wohnzimmer? Ich glaube, ich habe das Datum notiert.«

Lena stand auf und ging aus der Küche. Als sie das Album aus dem Regal zog, fragte sie sich, ob es richtig war, Beke mit all den Fragen zu bedrängen. Wo immer Hilmer das Foto herhatte, für den aktuellen Fall hatte es ganz sicher keine Relevanz.

»Hier!« Beke hatte das Album aufgeschlagen und zeigte auf eines der Fotos. »Da ist es. Das war ein Jahr vor deiner Geburt.«

»Wer hat die Aufnahme gemacht?«

»Das weiß ich nicht. Ich auf jeden Fall nicht. Es durfte ja niemand an Dorthes Fotoapparat. Der war ihr Heiligtum. Sie hat doch die Filme selbst entwickelt und alles. Das musst du doch noch wissen. Diese kleine Kammer …« Beke verstummte. Nach dem Tod ihrer Mutter hatte Lena eine Weile bei ihrer Tante gewohnt. Nach dem Abitur hatte sie die Insel verlassen und war nur selten für einen Kurzbesuch bei Beke gewesen. Die Dunkelkammer hatte sich in Lenas Elternhaus befunden, gleich neben dem Badezimmer. Das Haus hatte sie seit ihrer Flucht von Amrum nicht wieder betreten.

Lena studierte das Schwarz-Weiß-Bild. »Und wo ist das aufgenommen?«

»Am Strand. Das siehst du doch. Dahinten ist ja der Leuchtturm. Aber was ist denn mit dem Foto?«

Lena entschloss sich, die Wahrheit zu sagen. »Marten Hilmer hatte dieses Foto in seiner privaten Sammlung.«

»Ja?« Beke war sichtlich erschrocken. »Bist du dir da sicher? Ich meine … das … kann eigentlich nicht sein. Nicht einmal dein Vater hat …« Sie schluckte den Rest des Satzes herunter.

»Woher weißt du das?« Lena spürte ein Kribbeln in den Händen.

»Er hat es mir gesagt. Ich glaube, das war … ein Jahr nachdem Dorthe gestorben ist. Wir haben uns auf dem Friedhof getroffen. Am Todestag deiner Mutter. Ich habe ihn eingeladen zu einer Tasse Tee. Dabei haben wir wohl das Album durchgeschaut und er kannte das Foto gar nicht.«

»Merkwürdig. Es ist doch schon so alt. Warum sollte …« Lena schluckte. Es konnte viele Erklärungen dafür geben. Wem würde es helfen, wenn sie weiterbohrte? Niemandem – und ihr schon gar nicht.

»Dorthe hat so viele Fotos gemacht«, sagte Beke und klappte das Album zu. »Das weißt du doch.«

Aber nicht von sich selbst, fuhr es Lena durch den Kopf. Wer hatte das Foto gemacht? Und wann? Und warum?

Fünf

Erck reichte Lena ein Glas Wasser. »So nachdenklich?«

Lena war gegen siebzehn Uhr in der Wohnung eingetroffen, Johann hatte sich für eine halbe Stunde später angemeldet.

»Das Foto hier …« Lena hielt ihm das Handy entgegen. »Das habe ich bei Marten Hilmer gefunden. In seinen privaten Unterlagen.«

»Bei Hilmer? Ist das nicht das Foto, das du auf deinem Schreibtisch stehen hast?«

»Genau. Und jetzt frage ich mich natürlich, wie Marten Hilmer zu der Aufnahme kommt. Nur Beke und ich haben sie. Dachten wir.«

»Nicht mal Werner? Hast du ihn …«

»Nein«, unterbrach Lena ihn. Sie erzählte Erck, wann das Foto gemacht worden war, und zeigte auf den undeutlich erkennbaren Leuchtturm im Hintergrund. »Was wollte Mama da?«

»Spazieren gehen vielleicht?« Erck sah sie besorgt an. »Interpretierst du da jetzt nicht zu viel rein?«

»Ich interpretiere nicht, ich stelle Fragen!«

»Kannte deine Mutter denn Hilmer?«

»Beke sagt Ja. Aber mehr weiß sie auch nicht.«

»Soll ich mich umhören?«, fragte Erck, der sich inzwischen zu Lena an den Tisch gesetzt hatte. »Ich könnte meine Mutter fragen, die hatte doch einen guten Draht zu Dorthe. Hat sie mir zumindest mal erzählt.«

Ercks Mutter war ein paar Jahre lang mit Lenas in einer Klasse gewesen und auch später, als sie beide schwanger gewesen waren, hatten sie sich häufiger getroffen.

»Nein, nicht nötig. Wirklich wichtig ist es wohl nicht.«

»Kann ich mir auch nicht vorstellen. Was sollte deine Mutter mit Hilmer zu tun gehabt haben? Und mit seinem Tod ja wohl noch viel weniger.«

Lena umarmte Erck. »Ich muss heute Abend arbeiten. Johann kommt gleich und später müssen wir zu Hilmers Haushaltshilfe.«

»Kein Problem. Ich habe auch noch einen Termin. Eventuell ein neuer Kunde. Er besitzt drei Ferienwohnungen und ein Haus.«

Die Türklingel kündigte Johann an. Lena löste sich von Erck und öffnete ihm die Tür. Sie setzte Wasser für Tee auf, während Johann Erck begrüßte und sich bei ihm für die Zimmervermittlung bedankte.

»So, wo stehen wir?«, fragte Lena, als sie mit Johann am Tisch saß.

»Wir haben bisher nicht viel«, sagte Johann. »Kein Abschiedsbrief, keine Einbruchsspuren. Wenn wir davon ausgehen, dass der Sherry die tödliche Substanz enthielt, müssen wir dringend die Herkunft der Flasche ermitteln.«

»Welche Möglichkeiten gibt es – wie kann die Flasche ins Haus gekommen sein? Auf dem Postweg, durch einen heimlichen Austausch der Flasche, als Geschenk unter Freunden – privaten oder geschäftlichen –, als Kauf im Supermarkt, sprich, Hilmer wäre ein zufälliges Opfer. Einen Suizid können wir wohl ausschließen. Selbst wenn Hilmer sich das Gift selbst verabreicht, sich dann umentschieden und in Panik die Sanitäter gerufen hätte – er hätte ihnen doch gesagt, was er genommen hat, damit sie ihm helfen können.«

»Ja, das sehe ich auch so.« Johann hatte bei Lenas Aufzählung mitgeschrieben. »Ich übernehme die Paketdienste.«

»Das wird reichlich Arbeit sein. Die Zeiten, wo nur die Post lieferte, sind leider vorbei. Wir sollten das einen Kollegen in Flensburg machen lassen. Unter Umständen brauchen wir auch noch richterliche Beschlüsse.«

»Da wird sich sicher jemand finden.« Johann zog den Laptop, den sie im Hilmer-Haus gefunden hatten, aus seiner Umhängetasche. »Dann versuche ich es andersrum. Wenn es geliefert wurde, muss es einen Auftrag geben – mit Glück online vergeben. Ich überprüfe den Laptop und frage auch bei den entsprechenden Versandhäusern grundsätzlich nach Bestellungen aus oder nach Amrum.«

»Weiter! Wir brauchen dringend die Person oder Personen, die Hilmers Vermögen erben. Wissen wir inzwischen, ob ein Testament vorliegt?«

»Im Haus haben wir nichts gefunden, die Anfragen beim Nachlassgericht und sicherheitshalber bei den Notaren laufen. Wir sollten morgen mehr wissen. Ob es Verwandte gibt, die erben, werde ich auch morgen herausbekommen.« Er seufzte theatralisch. »Oder heute Nacht.«

»Wir müssen morgen Hilmers Mitarbeiter in seinem Wittdüner Büro befragen, Freunde oder Bekannte finden, seine aktuellen Geschäfte durchleuchten und auch die, die er in den letzten Jahren getätigt hat.«

»Das werden wir wohl kaum allein schaffen«, murmelte Johann.

»Mag sein. Wir entscheiden morgen, ob wir Verstärkung anfordern.«

Das Haus von Frauke Thamen stand im Osten von Norddorf. Lena kannte die Familie Thamen aus ihrer Jugend. Sie wusste, dass Frauke nicht verheiratet und kinderlos war. Ihr Vater war früh gestorben, die Mutter inzwischen zweiundachtzig und pflegebedürftig, wie Erck ihr am Nachmittag erzählt hatte.

Auf ihr Klingeln öffnete Frauke Thamen ihnen die Tür. Nach kurzem Zögern erkannte sie Lena und begrüßte sie freundschaftlich.

»Ich habe gehört, dass du bei der Kriminalpolizei arbeitest. Und jetzt bist du hier bei mir. Verrückt!«

»Können wir reinkommen, Frauke?«

Frauke Thamen führte sie in die Küche des Hauses und räumte eiligst den Tisch frei. »Im Wohnzimmer liegt meine Mutter. Du hast ja sicher gehört, dass es ihr nicht so gut geht. In den letzten Monaten ging es noch einmal rapide abwärts. Ja, so ist das. Wie alt ist eigentlich deine Tante Beke? Ihr geht es gesundheitlich noch ziemlich gut, oder?«

»Ja, so weit schon.«

»Kaffee, Tee, Wasser?«, fragte Frauke Thamen.

»Nein, danke. Können wir uns setzen?«

Frauke Thamen wirkte auf Lena nervös und fahrig. Sie setzten sich an den Tisch und Johann erklärte nach einem Wink von Lena, warum sie befragt werden sollte.

»Ihr wart schon im Haus von Marten … ich meine, Herrn Hilmer? Hattet ihr denn einen Schlüssel? Ich meine, ich habe einen.« Sie stand auf und lief zum Küchenschrank, wühlte in einer Schublade und kam mit dem Schlüssel in der Hand zurück zum Tisch.

»Hier, ich brauche den ja wohl nicht mehr.« Sie reichte Lena den Schlüssel, die ihn vorsichtig in eine verschließbare Plastiktüte fallen ließ. Frauke Thamen schaute ihr dabei verblüfft zu. »Was machst du da?«

»Das ist nur, damit wir den Schlüssel kriminaltechnisch untersuchen können.«

»Untersuchen? Warum?«

Lena ging nicht auf ihre Frage ein und ließ die Tüte in ihre Tasche gleiten. »Wann warst du das letzte Mal im Haus von Marten Hilmer?«

»Letzte Woche, am Donnerstag. Da komme ich immer. Vier Stunden reichen meistens.«

»Du hast sicher auch im Wohnzimmer sauber gemacht?«

»Ja, natürlich. Warum?«

»Ist dir da etwas Besonderes aufgefallen?«

»Nichts. Nein, ich wüsste nicht, was.«

»Wie lange arbeitest du schon für Marten Hilmer?«

»Das sind jetzt bestimmt schon acht Jahre. Er bezahlt gut, musst du wissen. Und meckern tut er auch nicht.« Sie stutzte. »Ich meinte … er hat es nicht getan.«

»Acht Jahre, eine lange Zeit. Da hast du sicher so einiges mitbekommen«, fuhr Lena fort. »Hatte Marten Hilmer während der Zeit eine Lebensgefährtin?«

»Lena, ich habe da geputzt. Ich weiß doch nicht, was er privat so gemacht hat.«

»Hast du gar nichts mitbekommen? Eine zweite Zahnbürste im Bad, Frauenkleidung im Schlafzimmer, der Duft eines Frauenparfüms, wenn du gekommen bist?«

»Über Tote soll man nichts Schlechtes sagen. Sagt man das nicht so?«

»Alles, was du uns erzählst, ist gut bei uns aufgehoben. Davon erfährt niemand etwas. Schon gar nicht, dass du es gesagt hast.« Lena sah zu Johann, woraufhin er aufstand und fragte, ob er die Toilette benutzen dürfte. Als er die Tür hinter sich geschlossen hatte, sah Lena Frauke Thamen fragend an.

»Marten war ein attraktiver Mann«, sagte Frauke Thamen zögernd. »Er wird schon hin und wieder etwas mit einer Frau gehabt haben.«

»Auch in der letzten Zeit?«

»Mag sein. Ein paarmal habe ich ein Auto gesehen. Mit Hamburger Kennzeichen. So ein kleiner Sportwagen. Aber frag jetzt bitte nicht, welche Marke. Ich kenne mich da überhaupt nicht mit aus.«

»Hast du die Frau auch mal am Haus gesehen?«

»Einmal. Sie kam mir entgegen, als ich gerade kam. Sie war jünger als er. Sah gut aus. Rote Haare, nicht so gefärbt, richtig rote Haare. Fünfunddreißig vielleicht. Oder auch jünger. Das ging alles sehr schnell.«

»Und das gleiche Auto hast du häufiger gesehen?«

»Ja, ich glaube.«

»Und du bist ihr nur dieses eine Mal begegnet?«

Frauke Thamen zuckte mit den Schultern. »Könnte sein, dass ich sie in Wittdün noch mal gesehen habe. Ich war da einkaufen. Das war in der kleinen Boutique in der Nähe des Fährhafens. Die gibt es noch nicht so lange. Und dann noch mal auf der Fähre. Zusammen mit Marten. Sie fuhren auch aufs Festland. Man sah schon, dass die beiden sich gut kennen.«

»Kannst du mir die Frau noch näher beschreiben?«

»Elegant, das Alter habe ich ja schon gesagt, gut angezogen, teuer, meine ich, und ihre Nase hielt sie ziemlich hoch. Wenn du verstehst, was ich damit meine.«

»Haben die beiden dich auf der Fähre bemerkt?«

»Ich glaube nicht. Ich bin schnell auf ein anderes Deck gegangen. War mir doch egal, was die beiden da machen.«

»Das Kennzeichen hast du dir aber nicht gemerkt?«

»Hamburg, habe ich doch gesagt. Und dann …« Sie grinste. »F und T, wie meine Anfangsbuchstaben, und eine Fünf. Aber mehr weiß ich wirklich nicht.«

Johann kam wieder in die Küche und setzte sich.

»Das ist doch schon recht viel. War der Sportwagen denn ein deutsches Fabrikat?«

»Ich glaube schon, irgendwas Teures.«

»Sie haben sich mit Herrn Hilmer geduzt?«, fragte Johann. »Wie kam es dazu?«

Frauke Thamen erschrak sichtbar. Sie zuckte zusammen und sah Johann mit großen Augen an. »Das ist halt so gekommen.«

»Sie haben sich also auch persönlich gekannt?«

»Natürlich kannte ich Marten, ich habe doch für ihn geputzt.«

Lena räusperte sich. »Mein Kollege meint, ob ihr euch auch hin und wieder privat unterhalten habt?«

»Ja, warum auch nicht? Marten ist … war doch ein … ausgezeichneter Chef. Und gut bezahlt hat er auch. Aber das habe ich ja alles schon gesagt.«

»Wie lange hat Ihre Beziehung gedauert? Hat Herr Hilmer Schluss gemacht? Wie kommt es, dass Sie trotzdem bei ihm weitergearbeitet haben?« Johann hatte die Fragen wie nebensächlich klingen lassen, was die Wirkung bei Frauke Thamen noch zu verstärken schien. Sie erstarrte und warf Johann einen wütenden Blick zu.

Lena verbarg ihr Erstaunen über Johanns Vorgehen. Normalerweise würde er solch brisante Fragen nicht ohne Hintergrundwissen stellen. Sie hoffte inständig, dass es auch in diesem Fall so war.

»Frauke, seid ihr euch nie nähergekommen?«, fragte Lena.

»Jetzt fang du nicht auch noch an«, fuhr Frauke Thamen sie an. »Und wenn es so gewesen wäre, ist das ja wohl Privatsache, oder?«

»Tut mir leid, Frauke, aber in diesem Fall müssen wir auf eine Antwort bestehen. Das verstehst du doch sicher.«

Frauke Thamen sprang auf. Ihr Stuhl fiel nach hinten und krachte auf die Fliesen. »Nein, das verstehe ich ganz und gar nicht. Sind wir jetzt fertig?«

»Setz dich bitte wieder, Frauke«, sagte Lena ruhig. »Das hat doch so keinen Sinn.« Sie hob den umgefallenen Stuhl wieder auf und nickte Frauke Thamen zu. Diese folgte der Aufforderung.

»Es ist besser, wenn du jetzt antwortest, als wenn wir es eventuell von jemand anderem hören. Du weißt doch, wie die Leute auf der Insel reden. Hier bleibt nichts lange geheim.«

»Ja, Gott, es war da mal was zwischen Marten und mir. Nur kurz, und es hatte nichts zu bedeuten.«

»Wann?«, fragte Lena, die Johann einen Wink gegeben hatte, sich zurückzuhalten.

»Das war am Anfang. Das Jahr weiß ich nicht mehr genau. Ich hätte mich nie darauf einlassen sollen. Es war doch klar, dass daraus nichts werden konnte. Der feine Herr und die Putzfrau.« Frauke Thamen lachte, aber es klang eher wie ein Schluchzen. »Das war nur so eine einmalige Bettgeschichte.« Sie sah Lena flehend an. »Reicht das jetzt? Ich verstehe überhaupt nicht, warum das so wichtig für euch ist. Ich habe Marten bestimmt nichts angetan. Oder glaubst du das etwa? Ich!« Sie schüttelte den Kopf, als sei allein der Gedanke, dass sie etwas mit Hilmers Tod zu tun haben könnte, so abwegig wie ein Millionen-Glückstreffer im Lotto.

»Lag der Schlüssel für das Hilmer-Haus immer dort im Schrank?«, wechselte Lena das Thema.

»Ja, warum auch nicht? Wusste doch keiner, dass er da ist. Und eingebrochen hat hier nie jemand, falls du das jetzt gleich fragen willst.«

»Trank Herr Hilmer häufig Sherry?«, brachte sich Johann wieder ein, dem die Zurückhaltung sichtlich schwergefallen war.

»Er hat eine ganze Bar voll mit Flaschen.«

»Das beantwortet meine Frage nicht.«

»Ja, er trank gerne Sherry.«

»Kaufen Sie auch manchmal für ihn ein?«

Frauke Thamen nickte und blickte verständnislos von einem zum anderen. »Ja, warum?«

Sechs

Nach einer weiteren Stunde beendeten sie die Befragung. Frauke Thamen hatte am Schluss nur noch wortkarg auf ihre Fragen geantwortet und erschöpft gewirkt. Sie gab an, dass sie regelmäßig für Marten Hilmer eingekauft und dass dabei auch hin und wieder Sherry auf der Einkaufsliste gestanden hatte. Bei Fragen zu ihrem Verhältnis zu Hilmer blockte sie ab und tat die Beziehung jedes Mal als One-Night-Stand ohne weitere Bedeutung ab. Lena war sich nicht sicher, ob Frauke Thamen nicht doch mehr darin gesehen hatte. Sie nahm sich vor, Frauke ein weiteres Mal zu befragen.

»Schluss für heute?«, fragte Johann, als sie zusammen in Lenas Auto saßen.

»Ich denke schon. Ich muss das erst mal sacken lassen.«

»Frau Thamen war in Hilmer verliebt, und wenn du mich fragst, sogar bis über beide Ohren. Es ist doch kein Zufall, dass ich in einer Schublade im Schlafzimmer ein Foto von ihm gefunden habe.« Johann hatte Lena erzählt, dass er nicht auf die Toilette gegangen war, sondern die Zeit für einen Rundgang durchs Haus genutzt hatte.

»Die Hoffnung stirbt zuletzt, meinst du?«

»Ja, so könnte man es ausdrücken. Sie hat einfach gewartet, bis ihre Zeit kommt – oder wiederkommt. Sie ist jung und nicht unattraktiv. Vielleicht etwas zu naiv, aber offensichtlich eine treue Seele.«

Johann hatte sie gut charakterisiert, dachte Lena und fragte sich, ob sie zu nah an Frauke dran war, um ihr objektiv begegnen zu können. So wie es aussah, würde sie im Laufe der Ermittlungen noch auf weitere Personen aus ihrem früheren Leben treffen oder auf Menschen, die etwas mit ihrer Familie zu tun hatten. Unwillkürlich sah sie das Foto ihrer Mutter vor dem inneren Auge.

»Habe ich was Falsches gesagt?«, fragte Johann, der sich über Lenas Schweigen zu wundern schien.

»Nein, nein!« Lena schreckte aus ihren Gedanken auf. »Alles richtig und gut beobachtet. Wir werden Frauke noch ein zweites Mal befragen müssen, aber lass uns abwarten, bis wir mehr wissen.«

Lena berichtete ihm in kurzen Worten, was sie von Frauke Thamen erfahren hatte, als er nicht im Raum gewesen war. Johann notierte sich das nicht ganz vollständige Kennzeichen und versprach, sich darum zu kümmern.

Lena startete den Motor und fuhr zurück zur Wohnung, wo Johann in seinen Wagen umstieg. Lena hatte, mit dem Schlüssel in der Hand, schon fast Ercks Haustür erreicht, blieb dann aber abrupt stehen und ging zum Auto zurück.

Eine Viertelstunde später stand Lena vor einer anderen Tür, zerschnitt das Polizeisiegel, das sie selbst nach der Durchsuchung von Hilmers Haus angebracht hatte, und betrat den Flur. Nur der Schein ihrer Taschenlampe erleuchtete die Räume, als sie in den ersten Stock lief und die Tür der Bibliothek öffnete.

»Was willst du hier?«, murmelte sie vor sich hin.

Sie hatte sich, ohne lange darüber nachzudenken, auf den Weg zum Hilmer-Anwesen gemacht. Jetzt, hier in der Bibliothek von Marten Hilmer, wurde ihr klar, dass es das Foto ihrer Mutter war, das sie zur Umkehr bewogen hatte. Dieses Foto war zu besonders, als dass es durch einen Zufall unter Hilmers Unterlagen hatte geraten können.

Lena zog die Vorhänge zu und machte die Deckenlampe an. Ein angenehm weiches Licht breitete sich im Raum aus. Als Erstes durchsuchte Lena akribisch den Sekretär. Nach einer Stunde schob sie die letzte Schublade wieder zu. Sie hatte keinen weiteren Hinweis auf eine Verbindung zwischen Hilmer und ihrer Mutter gefunden. Enttäuscht trat sie an eines der Bücherregale und begann, ein Buch nach dem nächsten herauszuholen und durchzublättern. Als sie gerade nach »Krieg und Frieden« von Tolstoi greifen wollte, hörte sie ein Geräusch aus dem Erdgeschoss. Sie verharrte in der Bewegung und hielt die Luft an. Ein lauter Schlag, ein Klirren und anschließend das Geräusch von auf den Boden fallendem Glas. Lena reagierte sofort, machte einen Schritt auf die Tür zu und betätigte den Lichtschalter, bevor sie vorsichtig die Klinke herunterdrückte und lauschend an der Tür stehen blieb.

Sekunden verstrichen, in denen absolute Stille herrschte. Als Lena gerade beschlossen hatte, sich auf den Weg ins Erdgeschoss zu machen, hörte sie ein leises Quietschen und gleich darauf das Knarzen von Schritten auf Glasscherben. Sie schob sich durch die Tür und bewegte sich langsam mit dem Rücken zur Wand auf die Treppe zu. Fieberhaft überlegte sie, ob sie auf den oder die Einbrecher im ersten Stock warten oder sich auf den Weg nach unten machen sollte. Sie zog ihre Waffe aus dem Halfter und entsicherte sie. So geräuschlos wie möglich bewegte sie sich auf die Treppe zu und warf einen kurzen, schnellen Blick nach unten. Der Lichtkegel einer Taschenlampe huschte über den Erdgeschossflur. Jetzt hörte Lena Schritte und hielt intuitiv die Luft an. Jemand betrat die Treppe, ein leises Knarren von altem Holz, Lena drückte sich an die Wand und wartete auf den richtigen Zeitpunkt. Wieder Stille. Warum kam die Person nicht nach oben? Hatte sie etwas gehört? War sie misstrauisch geworden? Unter höchster Anspannung wartete Lena auf das Knarren der Treppe, die, wie sie wusste, nicht geräuschlos zu begehen war.

Nach Sekunden des atemlosen Wartens entschied Lena sich zum Handeln. Sie schoss zur Treppenöffnung vor, die nach vorne gerichtete Waffe in der einen Hand, die Taschenlampe in der anderen, und schrie: »Polizei!« Im Lichtstrahl der Lampe stand unten an der Treppe eine Person, ganz in Schwarz gekleidet und mit einer Skimütze getarnt. »Ich will Ihre Hände sehen!«, befahl Lena.

Langsam hob die Person die Arme, Lena machte den ersten Schritt auf der Treppe nach unten, den Blick auf den Eindringling gerichtet. Als sie ihren Fuß auf die zweite Stufe setzte, ließ sich die vermummte Person fallen und rollte sich aus Lenas Sichtfeld, das durch die enge Treppe sehr eingegrenzt war. Hastig nahm Lena immer zwei Stufen auf einmal und stand kurz darauf im Flur des Erdgeschosses. Der Einbrecher war nicht mehr zu sehen, doch aus einem Zimmer rechts kamen Geräusche. Auf Eigensicherung bedacht, arbeitete sich Lena vor, fand aber in der leeren Küche nur ein weit offen stehendes Fenster.

Sofort wandte sich Lena ab und lief zur Haustür. Sie trat nach draußen und orientierte sich kurz. Als sie rechts im Garten ein Geräusch hörte, lief sie darauf zu. Nach wenigen Metern glaubte sie, einen Schatten hinter einem Busch zu sehen. Sie gab sich wieder als Polizistin zu erkennen und forderte dazu auf, nach vorne zu treten. In diesem Augenblick huschte jemand hinter einem der anderen Büsche hervor und lief auf die angrenzende Wiese zu. Lena hastete hinterher und gab nach einer weiteren Aufforderung, stehen zu bleiben, einen Warnschuss ab. Die Person, die etwa zwanzig Meter Vorsprung vor ihr hatte, blieb abrupt stehen und Lena atmete bereits tief durch, da sie glaubte, die flüchtende Person gestellt zu haben. Als sie sich langsam auf die vermummte Person – von der Lena inzwischen annahm, dass es sich um einen Mann handelte – zubewegte, rannte diese plötzlich weiter. Lena legte auf den Vermummten an und zielte auf dessen linkes Bein, entschied sich dann aber gegen den Einsatz der Waffe und rannte ihm hinterher. Als sie die Straße erreichte, war weder zur rechten noch zur linken Seite etwas von dem Mann zu sehen. Da beide Seiten der Straße über mindestens fünfzig Meter gut einsehbar waren und Lena kein Motorengeräusch gehört hatte, konnte der Einbrecher nur mit dem Fahrrad oder weiter zu Fuß geflüchtet sein. Sie suchte die Straßenränder ab, gab aber nach wenigen Minuten auf und rief Johann an, den sie bat, zum Hilmer-Haus zu kommen.

Eine Stunde später öffnete Lena die Tür von Ercks Wohnung. Erck kam ihr aus der Küche entgegen und nahm ihr die Jacke ab. »Langer Arbeitstag.«

Lena lehnte sich an Erck und ließ den Kopf auf seine Schulter sinken. »Ich war noch mal im Hilmer-Haus. Leider war da auch ein Einbrecher.«

»Wie bitte?«, fragte Erck mit aufgerissenen Augen.

»Ja. Und jetzt brauche ich ein Glas Wein.«

Erck entkorkte in der Küche eine Flasche und goss zwei Gläser Weißwein ein. Lena nahm ihr Glas mit einem Seufzer entgegen. »Danke!«

»Wer oder was war das?«, fragte Erck.

»Keine Ahnung. Vielleicht hat jemand in der Zeitung gelesen, dass Hilmer tot ist, und sich auf Diebestour gemacht.«

»Du glaubst aber nicht daran?«

»Nein. Aber vielleicht findet die Kriminaltechnik morgen Spuren vom Täter. Zwei Kollegen hier von der Insel bleiben heute Nacht im Haus.« Sie erzählte Erck von dem Einbruch, ohne auf Details einzugehen.

»War es gefährlich?«

Die Frage überraschte Lena nicht. Seit Erck und sie zusammenwohnten, schien seine Sorge um sie zugenommen zu haben. Lenas Reaktion darauf war, ihrem Lebensgefährten die tendenziell gefährlichen Einsätze zu verschweigen und ihm allenfalls von Befragungen und Hausdurchsuchungen zu erzählen.

»Ich glaube nicht, dass der Einbrecher bewaffnet war«, antwortete Lena ausweichend.

»Konntest du das denn wissen?«

»Nein, aber ich war vorsichtig. Okay, bei meinem nächsten Nachteinsatz werde ich wohl die Schutzweste anlegen. Das war mir sozusagen eine Lehre.«

Erck schien nicht ganz zufrieden zu sein mit ihrer Antwort, schwieg aber. Lena trank den letzten Schluck Wein und reckte sich. »Ich muss schlafen, kommst du mit?«

»Wann kommen die Kriminaltechniker aus Flensburg?«, fragte Lena, als sie am nächsten Morgen neben Johann im Garten des Hilmer-Hauses stand, wo sie die Einbruchsspuren sichteten.

»Sie sollten gleich da sein.«

»So früh? Waren sie noch hier?«

Johann zeigte mit dem Finger nach oben. »Helikopter. Da hat unser Chef wohl ausnahmsweise die Spendierhosen angehabt.« Sie gingen um das Haus herum, um nach weiteren Spuren zu suchen. »Apropos Chef, hast du jetzt schon etwas von den beiden Kolleginnen gehört, die du …« Er zuckte mit den Schultern. »… zur Aussage motivieren wolltest?«

»Nein, leider nicht. Ich werde mich wohl noch einmal zu beiden aufmachen müssen. Am Telefon ist das schlecht zu besprechen.«

»Und wenn sie nicht mitmachen?«

»Dann bleibt mir nichts anderes übrig, als allein eine Beschwerde einzulegen. Ich habe mich erkundigt: Bei sexueller

Belästigung in der Form kann man davon ausgehen, dass auch nach der strafrechtlichen Verjährung ein beamtenrechtliches Disziplinarverfahren eingeleitet wird. Sicher ist das natürlich nicht. Wenn die beiden anderen auch aussagen, ist klar von einem Wiederholungstäter auszugehen. Dann gibt es auf jeden Fall ein Verfahren.«

»Verstehe. Ich würde ja gerne helfen, aber im Moment hängt das wohl alles von deiner Überzeugungskraft ab, oder?«

»Ich fürchte, ja.«

Lena und Johann wandten sich um, als sie ein Auto kommen hörten. Einer der Inselkollegen hatte die zwei Kriminaltechniker vom Helikopterlandeplatz abgeholt.

Lena erklärte den Neuankömmlingen, was vorgefallen war und wo sie unter Umständen Spuren finden konnten, bevor sie sich mit Johann auf den Weg zur Polizeistation in Nebel machte. Lars Henningsen begrüßte die beiden Kommissare und begleitete sie zu dem kleinen Büro mit zwei Schreibtischen, das er für sie freigeräumt hatte.

»Sagen Sie einfach Bescheid, wenn Sie was brauchen. Den Glaser habe ich übrigens für heute Nachmittag bestellt. Er wird dann das Fensterglas im Hilmer-Haus ersetzen. Wenn wir das Anwesen weiter bewachen sollen, brauche ich allerdings Unterstützung vom Festland.«

»Das wird nicht nötig sein. Die Kriminaltechniker werden eine Überwachungsanlage installieren. Wenn wieder jemand das Grundstück betreten sollte, bekommen wir direkt einen Hinweis über das Smartphone.«

Henningsen nickte. »Dann lasse ich euch mal allein.«

Johann und Lena richteten sich ihre neuen Arbeitsplätze ein und gingen anschließend ihre Mails durch.

»Was hast du da gestern Abend eigentlich noch gemacht?«, fragte Johann.

Lena hatte mit der Frage schon am vorigen Abend gerechnet und sich entschieden, Johann ins Bild zu setzen. Sie erzählte ihm von dem Foto ihrer Mutter und erklärte ihm, warum sie noch einmal ins Haus zurückgekehrt war.

»Hast du denn irgendeine Erklärung dafür?«, fragte Johann, der, falls ihm Lenas Heimlichkeiten etwas ausmachten, dies zumindest nicht zeigte.

»Nein, deshalb bin ich ja noch einmal zurück. Inzwischen neige ich dazu, die Sache einfach auf sich beruhen zu lassen. Meine Mutter und Hilmer haben sich gekannt und er ist, wie auch immer, in Besitz dieses Fotos gekommen.«

»Vergessen wir das einfach«, sagte Johann.

Lena wusste, was er eigentlich sagen wollte. Gäbe es tatsächlich eine persönliche oder familiäre Verbindung zum Opfer, müsste Lena den Umstand melden und den Fall vermutlich in andere Hände legen.

»Hast du noch mal über diesen Einbrecher nachgedacht?«, fuhr Johann fort. »Du bist dir sicher, dass es ein Mann war?«

»Eigentlich schon. Die Statur, der Gang, alles deutet auf einen Mann hin. Eins siebzig bis eins achtzig, würde ich sagen, normale, schlanke Figur. Nach den Bewegungen zu urteilen, war er oder auch sie sportlich.«

»Sonst noch was? Haarfarbe, Augen?«

»Zu dunkel, zu schnell«, antwortete Lena. »Die Augenbrauen waren auf jeden Fall nicht richtig blond. Wie dunkel, kann ich nicht sagen. Kurze Haare, es zeichnete sich zumindest nichts unter der Skimütze ab, eventuell sogar sehr kurze Haare. Das ist aber alles.«

»Das ist nicht viel. Hoffen wir mal, dass die Kriminaltechniker was finden. Ich gehe ja nach wie vor davon aus, dass es nichts mit unserem Fall zu tun hat. Es war bekannt, dass Hilmer tot ist, und auch, dass er allein gelebt hat. Das Haus liegt abseits, insofern optimale Bedingungen für einen Einbruch.«

»Der Mann war ausgesprochen vorsichtig. Ich war wirklich leise, und trotzdem scheint er etwas gehört zu haben.«

»Vielleicht hat er das zerrissene Siegel an der Tür gesehen«, warf Johann ein.

»Nein, dann wäre er gleich umgekehrt.«

»Wir haben das ganze Haus auf den Kopf gestellt. Was sollte der Einbrecher, falls er denn etwas mit dem Fall zu tun hat, gesucht haben?«

»Genau darüber habe ich mir auch schon den Kopf zerbrochen. Vielleicht müssen wir noch einmal das Haus durchsuchen«, sagte Lena, die inzwischen ihre Aufzeichnungen aufgerufen hatte und diese durchsah. »Kleine Bestandsaufnahme! Den Rechner von Hilmer hast du dir noch nicht vorgenommen?«

»Nein, bin aber dabei. Mache ich heute im Laufe des Tages.«

»Haben von den Notaren schon welche geantwortet?«

»Zwei. Kein Testament. Rest sollte heute oder morgen kommen. Das Nachlassgericht hat sich noch nicht gemeldet.«

»*Paketdienste* und *Online-Versand* stehen noch auf meiner Liste.«

Johann stöhnte leise. »Vielleicht ist es besser, wenn du gleich allein ins Büro von Hilmer fährst.«

»Ja, denke ich auch. Das Hamburger Kennzeichen steht auch noch aus.« Lena klappte ihren Laptop zu und stand auf. »Ich melde mich.«

Sieben

Das Büro der Firma befand sich am Ende einer Seitenstraße, die kurz vor dem Fährhafen von der Inselstraße Richtung Süden abging. Das zweistöckige Flachdachhaus musste in den letzten Jahren errichtet worden sein, das Schild vor dem Haus wies darauf hin, dass sich drei Firmen die Räumlichkeiten teilten. Lena stellte ihr Fahrzeug auf dem Parkplatz ab und ging aufs Haus zu. Lars Henningsen hatte sie bereits am Tag zuvor angekündigt und darum gebeten, dass alle Mitarbeiter am Vormittag in der Firma erreichbar sein sollten.

Auf ihr Klingeln öffnete eine junge Frau die Tür, Lena stellte sich vor und wurde ins Büro gebeten. Dort empfing sie eine seriös wirkende Frau Anfang fünfzig, die sich als Helene Lützen vorstellte und Lena in ein Besprechungszimmer führte.

»Darf ich fragen, warum sich die Kriminalpolizei mit dem Tod von Herrn Hilmer beschäftigt?«, fragte Helene Lützen.

Lena legte das Aufnahmegerät auf den Tisch und stellte es an, nachdem ihr Helene Lützen bestätigt hatte, dass sie mit einer Aufzeichnung des Gesprächs einverstanden war.

»Welche Funktion haben Sie in der Firma?«

Helene Lützen lächelte matt. »Ich bin die rechte Hand von Herrn Hilmer. Oder sollte ich sagen, war? Büroleiterin ist mein offizieller Titel.«

»Wie viele Mitarbeiter arbeiten hier im Büro?«

»Wir sind mit mir sechs Frauen. Drei arbeiten halbtags, drei Vollzeit. Wir verwalten nicht nur die eigenen Häuser, sondern auch noch einige externe. Zusätzlich haben wir noch einen Mitarbeiter, der sozusagen im Außeneinsatz tätig ist. Als Hausmeister und Mann für alles. Er kontrolliert auch die Putzkräfte, die auf Minijobbasis bei uns angestellt sind.«

»Danke für den kleinen Überblick«, sagte Lena. »Zu Ihrer Frage, wir untersuchen den Tod von Herrn Hilmer, da es Anzeichen für ein Fremdverschulden gibt. Ich würde Sie bitten, die Information vorerst für sich zu behalten.«

Helene Lützen nickte und schien einen Augenblick lang sprachlos zu sein. Sie griff nach dem Kugelschreiber, der vor ihr auf dem Tisch lag, hielt ihn kurz in beiden Händen, bevor sie ihn irritiert ansah und wieder weglegte. »Fremdverschulden? Jemand hat Herrn Hilmer …« Sie brach ab und starrte Lena an.

»Wie war Ihr Verhältnis zu Marten Hilmer?«

Helene Lützen antwortete nicht. Sie schien die Frage nicht verstanden zu haben oder war so entsetzt über Lenas Information, dass sie sie nicht gehört hatte. Lena fragte ein zweites Mal.

»Gut, natürlich. Marten ist … war ein guter Chef.«

»Wurde Herr Hilmer von allen Mitarbeiterinnen mit Vornamen angesprochen?«

»Nein, natürlich nicht. Ich … kannte Herrn Hilmer schon sehr lange. Schon vor der Zeit, als ich hier angefangen habe.«

»Sie waren mit ihm befreundet?«

»Ja, das ist für mich hier mehr als nur ein Job. Ich bin eigentlich Bankkauffrau und habe als Filialleiterin in der Sparkasse gearbeitet.«

Lena kannte das leichte Vibrieren der Stimme aus vielen Vernehmungen. Die Zeugin war verunsichert und antwortete nicht direkt auf die gestellte Frage. Helene Lützen schien

Hilmer nähergestanden zu haben, als sie im Moment zugeben wollte.

»Ich muss jetzt eine sehr persönliche Frage stellen, Frau Lützen. Ging Ihre Beziehung zu Herrn Hilmer über eine Freundschaft hinaus? Jetzt oder zu einem früheren Zeitpunkt?«

»Nein.« Helene Lützen starrte auf ihre Hände, die sie nebeneinander auf die Tischplatte gelegt hatte. »Ich bin verheiratet. Seit über fünf Jahren.«

»Und vor dieser Zeit?«

»Ich hatte mit Herrn Hilmer beruflich zu tun. Die Nord-Ostsee Sparkasse ist und war unsere Hausbank.«

»Das beantwortet nicht meine Frage, Frau Lützen.«

Die Büroleiterin zögerte lange. »Das bleibt unter uns?«, fragte sie schließlich.

»In jedem Fall«, antwortete Lena, obwohl ihr klar war, dass sie eine solche Zusage weder machen durfte noch einhalten konnte.

Helene Lützen ließ sich mehrere Minuten Zeit, bevor sie zu sprechen begann. »Es gab da eine Zeit, wie gesagt, das war vor meiner Ehe, wir sind uns etwas nähergekommen. Es waren nur ein paar Monate, vielleicht ein halbes Jahr.«

»Wer von ihnen hat die Beziehung beendet?«

»Warum ist das wichtig?«

»Beantworten Sie bitte meine Frage.«

»Das war Herr Hilmer.«

»Sie waren zu der Zeit schon seine Ansprechpartnerin bei der Bank?«

Helene Lützen nickte. »Ich weiß, das war nicht ganz nach Vorschrift.« Sie hob die Hände. »Aber so ist das Leben. Wir haben uns spontan ineinander verliebt.«

Lena war sich da nicht ganz so sicher. Marten Hilmer schien Privates und Geschäftliches nicht immer streng getrennt zu haben.

»Trotzdem haben Sie später sein Angebot, in dieser Firma zu arbeiten, angenommen. Ist das nicht ungewöhnlich?«

»Wir haben uns nicht im Streit getrennt, wenn Sie das meinen. Marten hat mir später ein sehr gutes Angebot gemacht und ich habe es angenommen.«

»Sie sind sich in der Zeit hier nicht mehr nähergekommen?«

Für einen Moment schien Helene Lützen zu erstarren, lächelte dann aber geschäftsmäßig und verneinte Lenas Frage.

»Ich brauche eine vollständige Liste der Geschäftsaktivitäten der letzten vier Jahre und eine Liste der Mitarbeiter, die nicht nur die Anschrift und Telefonnummer umfasst, sondern auch die beruflichen Daten. Wie lange sie bereits hier arbeiten, welcher Schwerpunkt, wöchentliche Arbeitszeit.«

»Ich weiß nicht, ob ich das … ich meine, das sind ja eigentlich Daten, die wir nicht rausgeben.«

»Sie bekommen heute oder morgen von mir einen richterlichen Beschluss dazu. Bereiten Sie bitte alles vor.« Lena schrieb Johann eine Nachricht und bat ihn, sich mit der Staatsanwaltschaft in Verbindung zu setzen.

»Gab es in der letzten Zeit Probleme mit Geschäftspartnern?«, stellte Lena die nächste Frage.

Helene Lützen schien froh zu sein, dass Lena das Thema wechselte. Sie lehnte sich leicht vor und streckte den Rücken durch. »Im Geschäftsleben wird schon manches Mal mit harten Bandagen gekämpft, aber das führt doch nicht …« Sie schluckte.

»… zu einem Mord?«, ergänzte Lena.

»Ja, ich wollte das nicht aussprechen. Allein bei dem Gedanken wird mir schlecht. Der arme Marten. Wir dachten doch alle, er habe einen Herzinfarkt oder was Ähnliches gehabt.«

»Sie haben eben harte Bandagen erwähnt. An welche Auseinandersetzungen haben Sie da gedacht?«

»Na ja, es gibt da jemanden. Das ist der Enkel von einer Hausbesitzerin, die an uns verkauft hat. Nicolaisen ist der Nachname.« Sie schien zu überlegen. »Ja, der Vorname ist Eibo. Eibo Nicolaisen. Er lebt aber nicht hier auf der Insel. Flensburg, glaube ich.«

»Was ist passiert?«

»Dieser Nicolaisen hat Herrn Hilmer vorgeworfen, dass der Preis für das Haus zu niedrig gewesen sei.«

»Und was haben die Eltern von Herrn Nicolaisen dazu gesagt? Sie müssten doch die eigentlichen Erben sein.«

Helene Lützen schüttelte den Kopf. »Die Eltern sind bei einem Autounfall ums Leben gekommen. Wenn ich das richtig in Erinnerung habe, ist der Enkel der einzige Erbe.«

Lena fragte nach weiteren geschäftlichen Auseinandersetzungen. Helene Lützen zählte zwei weitere Projekte auf, bei denen es zu Problemen gekommen war. Einmal hatten sich die Nachbarn eines neuen Ferienhauses bitter beschwert, weil sie sich belästigt fühlten, und ein anderes Mal waren Umweltschützer auf den Plan getreten, als Marten Hilmer ein Haus nahe den Dünen ausbauen lassen wollte. Die gerichtliche Auseinandersetzung stand kurz vor der Entscheidung, wusste Helene Lützen zu berichten.

Die nächsten zwei Stunden verbrachte Lena damit, eine Mitarbeiterin nach der anderen zu befragen. Keine der Frauen schien auch nur annähernd so gut über die Geschäfte der Firma informiert zu sein wie Helene Lützen. Als Letzte befragte Lena Kim Möller, die erst seit eineinhalb Jahren in der Firma arbeitete. Die junge Frau war Ende zwanzig, wirkte aber jünger. Sie hatte lange blonde Haare, war attraktiv und sorgfältig geschminkt – und ihr Blick verriet Lena, dass sie sich der Wirkung ihres Aussehens bewusst war. Sie erklärte Lena, dass sie in der Buchhaltung tätig war und dort die Zahlungseingänge überprüfte, sie anschließend bestätigte oder Mahnungen schrieb.

»Hatten Sie auch privat mit Herrn Hilmer zu tun?«

Kim Möller lachte. »Sie meinen, ob ich mit ihm ausgegangen bin oder so?«

»Sind Sie?«

»Sie wissen schon, wie alt Herr Hilmer war?«

»Antworten Sie doch einfach mit Ja oder Nein.«

»Ich habe ihn einmal auf eine Messe begleitet. Das ist etwa ein Jahr her. Das war in Berlin. Zählt das auch?« Kim Möller warf Lena einen gespielt naiven Blick zu.

»Frau Möller, Sie scheinen den Ernst der Lage nicht zu erkennen. Ich frage Sie noch einmal: Haben Sie Herrn Hilmer auch privat gekannt?«

Kim Möller grinste spöttisch. »Warum fragen Sie nicht einfach, ob wir miteinander gevögelt haben?«

»Haben Sie?«

Jetzt lachte die junge Frau. »Verraten Sie jedem, mit wem Sie so in die Kiste hüpfen? Tut mir leid, ich erinnere mich wirklich nicht. Kann sein, dass Herr Hilmer Interesse an mir hatte. Selbst wenn es so wäre, es gibt kaum einen Mann, der mir nicht hinterherglotzt. Warum auch nicht? Das kennen Sie doch sicher auch.« Sie musterte Lena und grinste wieder. »Für eine Polizistin …«

Lena zwang sich, ruhig zu bleiben. Kim Möller verstand es, zu provozieren. Aber sie schien keine Angst zu haben, in eine polizeiliche Ermittlung hineingezogen zu werden. Lena zog ein Plastikröhrchen aus der Tasche und reichte es Kim Möller.

»Was ist das?«, fragte diese mit einem breiten Grinsen.

»Wir brauchen auch von Ihnen eine DNA-Probe. Sie kennen das doch sicher aus Filmen.«

Kim Möller zog das Wattestäbchen heraus und betrachtete es scheinbar interessiert von allen Seiten. »Doch, das ist mir bekannt.« Sie lächelte und sagte: »Und wenn ich es nicht machen will?«

»Dann bekommen Sie in Kürze Post vom Staatsanwalt und werden eine kleine Reise nach Flensburg machen müssen. Und falls Ihre nächste Frage sein sollte, ob Sie sich damit verdächtig machen, würde ich antworten, dass das im Bereich des Möglichen liegt.«

Kim Möller seufzte theatralisch und zog das Stäbchen einmal über ihre Backeninnenseite.

»Was tut man nicht alles für die Gerechtigkeit«, sagte sie und reichte Lena die Probe. Lena beschriftete das Röhrchen und bat darum, dass Kim Möller ihre Finger einen nach dem anderen auf den kleinen Scanner legte, der ihre Fingerabdrücke speicherte. Beim letzten Abdruck nahm Möller ihr Handy und schien ein Foto von der Aktion machen zu wollen.

Lena hielt ihre Hand vor die Handylinse und schüttelte den Kopf. »Sie sollten das etwas ernster nehmen, Frau Möller.«

»Ist das etwa gesetzlich vorgeschrieben?«, konterte sie.

Lena ließ die Frage unbeantwortet und wartete, bis Kim Möller den letzten Finger auf den Scanner gelegt hatte. Sie löste den Scan aus und verpackte das Gerät wieder.

»Kommen wir noch mal auf die von Ihnen angesprochene Messe zurück. Warum haben Sie Herrn Hilmer begleitet?«

Kim Möller hob den Kopf und wiegte ihn hin und her. »Ist das wirklich so schwer zu erraten? Vielleicht bin ich etwas attraktiver als meine Kolleginnen? Oder auch intelligenter oder …«

»Oder?«, fragte Lena, als Kim Möller nicht weitersprach.

»… besser im Bett als meine Kolleginnen? Wollten Sie das hören? Ich habe keine Ahnung, warum Herr Hilmer so entschieden hat.«

»Haben Sie und Herr Hilmer auf der Messe Geschäftspartner getroffen?«

»Aber ja, wir hatten einen Termin nach dem nächsten. Dafür sind diese Veranstaltungen doch da. Ich kann nur sagen, es war herrlich! Fünf-Sterne-Hotel, Service vom Feinsten, die besten Restaurants und Bars der Stadt. Ich habe mich pudelwohl gefühlt.« Sie sah Lena mit einem süffisanten Lächeln an. »Dafür muss man geboren sein. Sie verstehen, was ich meine?«

Lena ließ auch diese Provokation an sich abprallen. »Ich brauche das Datum und den Namen des Hotels, in dem Sie und Herr Hilmer übernachtet haben.«

Kim Möller zog einen Block zu sich her und schrieb die gewünschten Daten auf. Die Messe hatte vor zehneinhalb Monaten stattgefunden, Hilmer und Möller hatten drei Nächte im Hotel übernachtet.

»Haben Sie noch Fragen, Frau …« Kim Möller warf einen Blick auf die Visitenkarte, die Lena ihr zu Beginn der Befragung gereicht hatte. »… Frau Hauptkommissarin?«

»Nein, es sei denn, Sie möchten mir noch etwas sagen.«

Kim Möller stand auf. »Nicht dass ich wüsste. Einen schönen Tag noch, Frau Lorenzen.«

Acht

Zurück in der Polizeistation gab Lena Johann einen kurzen Bericht der Befragungen.

»Wer hätte das gedacht, unser Mann war ein Insel-Casanova. Oder habe ich da was falsch verstanden?«

»Wenn Kim Möller sich tatsächlich in die bisher bekannten Kurzbeziehungen einreiht, müssen wir wohl davon ausgehen, dass wir noch weitere Frauen finden.«

»Eifersucht? Das klassische Motiv.«

»Johann, wir haben gerade erst angefangen. In ein paar Tagen sehen wir sicher klarer.«

»Das Gift in der Sherryflasche spricht dafür.«

»Das Ergebnis ist da?«, fragte Lena.

Johann nickte. »Absolut eindeutig. Hilmer hat das Lidocain über den Sherry zu sich genommen.«

»Endlich ein konkreter Anhaltspunkt. Hast du seinen Laptop nach Online-Bestellungen durchgesehen?«

»Es hat eine Weile gedauert, bis ich das Passwort hatte …« Er grinste. »Ich habe da etwas aufgerüstet, damit wir etwas unabhängiger von deinem Freund in Kiel sind.«

Johann sprach von Leon, einem Hacker, den Lena hin und wieder um einen Gefallen bat. Sie hatte ihn vor ein paar Jahren vor einem Gefängnisaufenthalt bewahrt, seitdem stand er in ihrer Schuld.

»Und?«, fragte Lena.

»Hilmer hat alles Mögliche übers Internet bestellt, allerdings keine Lebensmittel und außer Wein keinen Alkohol.«

»Verdächtige E-Mails?«

»Jetzt dein Ernst? In seinem Account sind die Mails der letzten sechs Jahre. Das sind über zwölftausend, da er seine geschäftliche Korrespondenz auch darüber hat laufen lassen. Nein, ich kann noch nichts über verdächtige Mails sagen.«

»Jetzt sei nicht gleich eingeschnappt«, sagte Lena. »Woher sollte ich das wissen? Aber die aktuellsten Mails hast du doch sicher schon überflogen.«

»Ja, in den letzten Tagen gab es zumindest kein Liebesgezwitscher, überwiegend geschäftliche Korrespondenz. Er scheint eine Reihe von Informanten hier auf der Insel gehabt zu haben, die ihn darüber auf dem Laufenden hielten, wer wo wann eventuell sein Haus verkaufen will oder muss. Dann habe ich noch eine Mail von einem gewissen …« Er blätterte in seinem Notizbuch.

»Eibo Nicolaisen?«, fragte Lena.

Johann sah erstaunt auf. »Woher weißt du das? Ja, genau der hat ihm eine ziemlich gepfefferte Nachricht geschrieben.« Johann suchte in seinen Unterlagen und zog ein Blatt heraus, das er Lena reichte.

Eibo Nicolaisen forderte Marten Hilmer in seiner E-Mail ultimativ auf, eine Nachzahlung von zweihunderttausend Euro für das erworbene Haus zu leisten. Dazu hatte er einen Termin gesetzt, der zwei Tage vor Hilmers Todestag lag. Der Rest der Mail bestand aus wüsten Drohungen, Nicolaisen schrieb von der Veröffentlichung von Unterlagen, die Hilmer ins Gefängnis bringen würden, beschimpfte ihn als lausige Ratte und Geldgeier, der über Leichen geht, und wünschte ihm einen schmerzhaften und langsamen Tod.

»Der junge Mann nimmt ja nicht gerade ein Blatt vor den Mund«, kommentierte Lena das Schreiben. »Kannst du bitte herausbekommen, wo seine Großmutter jetzt lebt und wie wir ihn erreichen können?«

Johann reichte ihr einen weiteren Zettel. »Das sind seine Daten. Von der Großmutter wusste ich noch nichts, aber das sollte nicht allzu schwer sein. Gib mir zehn Minuten.«

Lena öffnete ihren Mail-Account und fand eine Nachricht von Luise Stahnke, in der diese ihr mitteilte, wie viel des Lokalanästhetikums Marten Hilmer nach Luises Berechnungen eingenommen hatte. Lena leitete die Nachricht an die Kriminaltechnik weiter und bat darum, die Information mit der Menge in der Sherryflasche abzugleichen.

»So!«, sagte Johann. »Die Großmutter von Nicolaisen ist ins Altersheim gezogen. Theda Nicolaisen. Hier auf Amrum. Ich habe dir gerade die Telefonnummer der Einrichtung geschickt. Rufst du da an?«

Lena wählte die Nummer, bat darum, mit der Heimleitung verbunden zu werden, und erfuhr, dass Frau Nicolaisen nicht nur in der Einrichtung lebte, sondern auch gerade Besuch von ihrem Enkel hatte.

»Der Enkel ist hier auf der Insel. Kommst du?«, rief Lena, die bereits ihren Laptop zugeklappt hatte und ihre Jacke überzog.

Das Altersheim nannte sich Seniorenresidenz und war erst vor zwei Jahren eröffnet worden, wie Johann auf der Fahrt nach Wittdün recherchierte. Es lag am Ortsrand eingebettet in die Dünenlandschaft. Das eingeschossige Gebäude hatte vier Flügel – in jede Himmelsrichtung einen –, fügte sich harmonisch in die Umgebung ein und wirkte von außen wie ein Fünf-Sterne-Hotel.

Im Foyer stand eine Empfangsdame hinter einem langen Tresen und fragte, was sie für Lena tun könne. Lena erkundigte sich nach der Zimmernummer von Frau Nicolaisen und erhielt mit einem professionellen Lächeln die Auskunft, dass die einzelnen Apartments keine Nummern führten, sondern unterschiedliche Namen trugen. Frau Nicolaisen wohnte im Westflügel im Apartment mit dem Namen *Amrumer Düne*. Die Empfangsdame reichte Lena einen Plan und markierte ihr mit einem Kreuz die Position.

»Was mag das hier kosten?«, fragte Johann, als sie auf dem Weg zur *Amrumer Düne* waren.

Lena sah sich um. Die Einrichtung war hochwertig, der breite Flur hatte bodentiefe Fenster über die ganze Front, auf der gegenüberliegenden Seite hingen zwischen den Türen farbenfrohe Kunstwerke. Die Türen mit Echtholzfurnier rundeten den angenehm wohligen Eindruck ab.

Johann zeigte auf die Tür mit dem diskreten Schild *Amrumer Düne* und die Türklingel. Lena drückte auf den Knopf, sie warteten. Die Tür öffnete sich langsam, vor ihnen stand eine kleine Frau, die sie fragend ansah. Lena schätzte sie auf Anfang achtzig.

»Frau Nicolaisen?«, fragte Lena und reichte der Frau die Hand, als diese nickte. »Lena Lorenzen von der Kriminalpolizei. Wir hätten ein paar Fragen an Sie und Ihren Enkel. Ist Eibo bei Ihnen im Apartment?«

Sie hörten schnelle Schritte und ein Geräusch, als würde ein Fenster oder eine Tür geöffnet. Lena gab Johann einen Wink, er verstand sofort und lief den Flur zurück, den sie gekommen waren. Lena drängte sich an Frau Nicolaisen vorbei und rief: »Herr Nicolaisen? Polizei, wir müssen mit Ihnen sprechen!«

In dem geräumigen Wohnzimmer des Apartments stand die Tür zum Garten offen, Lena sah eine Person über den Rasen laufen und gleich darauf hinter den Büschen verschwinden.

Ohne sich noch einmal zu der alten Dame umzudrehen, stürzte Lena der Person hinterher. Als sie die Büsche erreichte, hörte sie ein Motorrad starten und blieb schwer atmend stehen. Johann hatte inzwischen das Haus umlaufen und kam ihr auf der anderen Seite eines halbhohen Zaunes entgegen.

»Das Motorrad … Das wird er gewesen sein, oder?«, fragte er.

»Ich denke schon.« Lena griff nach dem Handy und rief Lars Henningsen an. Er meldete sich direkt, Lena bat ihn, zu kontrollieren, ob auf Eibo Nicolaisen ein Motorrad zugelassen war, und zwei Kollegen zur Fähre zu schicken.

Johann setzte mit einem Sprung über den Zaun aufs Gelände der Seniorenresidenz über. »Was war das denn? Konntest du ihn wiedererkennen? Ist Nicolaisen bei Hilmer eingebrochen?«

»Nein, das ging alles viel zu schnell. Aber ich denke, weit kommt er nicht.«

Sie gingen zurück ins Apartment der alten Dame. Frau Nicolaisen saß in einem großen Sessel und starrte auf den laufenden Fernseher. Lena berührte sie vorsichtig an der Schulter, die alte Dame sah auf und lächelte. »Guten Tag, kennen wir uns?«

»Guten Tag, Frau Nicolaisen. Entschuldigen Sie bitte, dass wir hier so reingestürmt sind. Hat Ihr Enkel Eibo Sie vorhin besucht?«

Frau Nicolaisen sah Lena lächelnd an. »Wer bitte?«

»Ihr Enkel Eibo Nicolaisen«, sagte Johann, wobei er betont laut und deutlich sprach.

»Junger Mann, ich höre noch sehr gut«, fuhr ihn die alte Dame an. »Ich kenne keinen Eibo.«

Lena reichte ihr die Hand. »Vielen Dank, Frau Nicolaisen.«

Die Frau nickte und wandte sich wieder dem Fernseher zu.

Die beiden Kommissare verließen das Apartment und standen kurze Zeit später im Büro der Geschäftsführerin, die es ablehnte, Auskünfte über die Bewohner der Einrichtung zu geben, aber zwischen den Zeilen bestätigte, dass Frau Nicolaisen an Altersdemenz litt.

»Kannst du mir mal verraten, wie diese Frau vor Kurzem einen Vertrag abgeschlossen hat?«, fragte Johann, als sie zum Auto zurückgingen.

»Genau das werden wir herausfinden.«

Zurück in ihrem provisorischen Büro rief Lena beim Grundbuchamt an und erfragte, welcher Notar den Kaufvertrag beurkundet hatte. Nach einem weiteren Anruf, bei dem sie sich in der Kanzlei des Notars ankündigte, fuhr sie nach Wittdün und saß wenig später bei Johannes Prott im Büro. Sie schätzte ihn auf Anfang fünfzig, er war klein und stämmig, seine von Gel glänzenden Haare hatte er im Stil der Fünfzigerjahre nach hinten gekämmt.

»Selbstverständlich erinnere ich mich an die Beurkundung«, antwortete der Notar auf Lenas Frage. »Aus meiner Sicht war da alles in Ordnung.«

»Der Kaufpreis war ausgesproch…«

»Das liegt nun wirklich nicht in meinem Ermessen«, fiel der Notar ihr ins Wort.

»Wann genau ist der Vertrag abgeschlossen worden?«

Der Notar blätterte in seinem Kalender. »Fast genau vor elf Wochen.« Er warf ihr einen spöttischen Blick zu. »Brauchen Sie den genauen Termin mit Uhrzeit? Den Vertrag kann ich Ihnen gerne auch heraussuchen lassen.«

»Hat jemand Frau Nicolaisen zum Vertragstermin begleitet?«, fuhr Lena unbeirrt fort.

»Ja, eine Dame. Den Namen habe ich allerdings nicht parat, da er für die Beurkundung keine Rolle spielte. Ich würde vorschlagen, Sie fragen Frau Nicolaisen selbst.«

»Sind Sie häufiger für Herrn Hilmer tätig gewesen?«

»Liebe Frau, ich bin Notar und nicht Herrn Hilmers Anwalt. Ich bin beiden Vertragspartnern verpflichtet, sozusagen neutral unterwegs. Beantwortet das Ihre Frage?«

»Haben Sie häufiger Kaufverträge beurkundet, bei denen Herr Hilmer als Käufer agiert hat?«

Johannes Prott zögerte. Lena vermutete, dass er den Datenschutz anführen würde, um die Frage nicht beantworten zu müssen.

»Tut mir leid, aber ich unterliege auch der Schweigepflicht. Eigentlich hätte ich Ihnen ohne richterlichen Beschluss nicht einmal etwas zum Verkauf des Nicolaisen-Hauses sagen dürfen.«

Lena stand auf. »Dann verabschiede ich mich für heute, Herr Notar. Ich weiß ja jetzt, wo ich Sie finde.«

»Soll das eine Drohung sein?«

»Herr Prott, wenn ich Drohungen ausgesprochen hätte, müssten Sie mit Sicherheit nicht nachfragen. Ich wünsche Ihnen einen schönen Tag.«

Sie verließ die Kanzlei und wollte gerade die Wagentür öffnen, als sich ihr Handy bemerkbar machte. Sie warf einen Blick aufs Display und nahm das Gespräch an.

»Johann! Ich bin gerade wieder beim Notar raus und fahre jetzt …«

»Nicolaisen ist am Fährhafen gesehen worden. Ich dachte, du solltest das wissen.«

»Ich fahre hin.« Während sie ins Auto sprang und mit quietschenden Reifen wendete, erklärte ihr Johann, wo sie die Kollegen finden würde.

Lena stellte den Wagen auf dem ersten freien Platz ab und lief im Laufschritt auf das Polizeifahrzeug zu, das gut verdeckt hinter einem Container stand.

»Wo ist er?«, fragte sie, nachdem sie ins Auto gestiegen war.

Einer der uniformierten Beamten zeigte auf eine Reihe wartender Autos. »Hinter dem schwarzen VW-Bus. Wann sollen wir zugreifen? Ist er bewaffnet?«

»Das wissen wir nicht, aber ich vermute, dass er uns nicht angreifen wird.« Lena hatte sich noch im Wagen ihre Schutzweste angezogen. »Habt ihr eine Weste?«

Der jüngere der beiden Beamten schüttelte den Kopf, der ältere klopfte auf seine Brust.

»Wir beide gehen«, sagte sie zu dem älteren Uniformierten und wandte sich an den jüngeren. »Sie blockieren gleich die Ausfahrt.« Der Mann hinter dem Steuer nickte, Lena und sein Kollege stiegen aus.

»Ich gehe vor, geben Sie mir Deckung«, sagte Lena. »Wenn er Ihre Uniform sieht, wird er sofort türmen.«

Lena hatte ihre Sommerjacke über die Schutzweste gezogen, um nicht sofort an der Aufschrift *Polizei* erkannt zu werden. Ihr lief der Schweiß den Rücken hinunter, während sie zwischen den Autos entlangschlenderte, als hätte sie alle Zeit der Welt. Knapp zwanzig Meter vor dem VW-Bus wechselte sie die Spur, um so seitlich auf das Motorrad zugehen zu können. Der Motorradfahrer stand neben seiner Maschine, hatte den Helm abgelegt und die Lederjacke geöffnet. Lena ging weiter und ließ ihren Blick über die Fahrzeuge schweifen. Hier und da standen Menschen vor den wartenden Autos, rauchten oder unterhielten sich. Da das Motorrad in der mittleren der drei Reihen stand, würde es dem Fahrer schwerfallen, aus dem Stand zu starten.

Nach einem letzten Blick zu dem uniformierten Beamten, der inzwischen drei Fahrzeuge hinter dem Motorrad bei einem Auto in Stellung stand, ging sie geradeaus auf den Mann in der Motorradkluft zu. Wenige Meter vor ihm zog Lena ihre Waffe.

Sie hielt sie mit beiden Händen nach unten gerichtet, als sie den Namen von Eibo Nicolaisen rief. Der Mann wandte sich ihr ruckartig zu, während Lena »Polizei!« schrie und auf ihn zurannte.

Die Waffe in Lenas Hand schien ihre Wirkung nicht zu verfehlen. Der Mann erstarrte und hob langsam die Arme.

Neun

»Bin ich jetzt verhaftet?«, fragte Eibo Nicolaisen, als er in Lenas provisorischem Büro saß. Der, wie Lena inzwischen wusste, neunundzwanzigjährige Mann war groß und mager, hatte schulterlange Haare, strahlend blaue Augen und einen Dreitagebart.

»Im Moment sind Sie vorläufig festgenommen, ja.«

»Und warum, bitte schön?«

»Wir ermitteln im Zusammenhang mit dem Tod von Marten Hilmer.«

»Warum? Ich habe gehört, dass er ...« Eibo Nicolaisen schien schlagartig verstanden zu haben, worum es ging. »Lustig!«, sagte er nach der ersten Schrecksekunde und grinste spöttisch. »Die Polizei, dein Freund und Helfer. Immer da, wenn es gegen die Falschen geht. Gratulation!«

»Ich würde gerne etwas mehr über Ihr Verhältnis zu Marten Hilmer hören. Dass Ihre Großmutter ihr Haus an ihn verkauft hat, wissen wir.«

Eibo Nicolaisen zeigte ihr den nach oben gestreckten Daumen. »Exzellente Leistung für deutsche Beamte.«

Lena wartete, bis Nicolaisen weitersprach. »Dieser Hilmer war ein Gauner. Ach, was sage ich, ein Insel-Mafioso. Meine

Oma war überhaupt nicht in der Lage, dem Verkauf ihres Hauses zuzustimmen. Sie lebt schon eine ganze Weile in einer anderen Welt.«

»Wer hat Ihre Großmutter zum Notartermin begleitet?«

»Diese Hexe von Pflegerin. Und ich Vollidiot habe sie auch noch angestellt.« Eibo Nicolaisen schien inzwischen begriffen zu haben, wie ernst die Lage für ihn war. Er antwortete ohne die vorherige Häme und deutlich hörbare Verachtung.

»Name?«

»Heike Dittmann. Sie wohnt in Wittdün. Straße habe ich gerade nicht im Kopf. Sie kam seit ungefähr einem Jahr zweimal täglich. Am Vormittag drei Stunden und am späten Nachmittag noch einmal zwei.«

»Wo waren Sie, als das Haus verkauft wurde?«

»In den Staaten. Ich hatte dort einen Job für drei Monate. Ich bin Tontechniker und war mit einer Band auf Tour. Seit drei Wochen bin ich zurück.«

»Sie haben einen Arbeitsvertrag mit Frau Dittmann gemacht?«, fragte Johann.

Eibo Nicolaisen schüttelte den Kopf. »Verdammt, wissen Sie, was das kostet? Das hätte ich nicht lange durchgehalten.«

»Haben Sie ihr den Lohn überwiesen?«

Wieder schüttelte er den Kopf. »Das wollte sie nicht. Und ich eigentlich auch nicht. Sie hat ihr Geld bar bekommen. Als ich in den Staaten war, habe ich ihr die Hälfte vorab gegeben und die andere Hälfte sollte sie kriegen, wenn ich wieder da bin. Das hatte sich allerdings erledigt, weil Oma schon in diesen Luxustempel eingezogen war. Wissen Sie, was das im Monat kostet? Acht Riesen! In drei Jahren steht sie auf der Straße.«

»Verstehe ich das richtig?«, fragte Lena. »Sie beschuldigen nicht nur Herrn Hilmer, sondern auch Frau Dittmann?«

»Ohne diese …« Er schluckte das Wort hinunter. »… diese Dame wäre es doch nie zu dem Verkauf gekommen. Ja, irgendwann hätte ich das Haus selbst verkaufen müssen. So viel verdiene ich nicht, als dass ich Omas Pflege auf Dauer bezahlen könnte. So wie ich das sehe, hat sie nicht viel mehr als die Hälfte des eigentlichen Wertes für das Haus bekommen. Und dann haben diese beiden Verbrecher Oma auch noch in dieses sauteure Heim gesteckt. Das ist überhaupt nicht auf Demenzkranke eingestellt und der Vertrag läuft natürlich über zwei Jahre. Vorher kann ich nichts machen, sagt der Anwalt. Und im Moment sowieso nicht, da ich noch keine Vollmacht habe. Und ob ich die bekomme, steht auch noch in den Sternen. Vielleicht wird die an irgendeinen windigen Betreuer übergeben. Die gibt es ja wie Sand am Meer, dumm und dämlich verdienen die sich.« Er hielt inne. »Und Hilmer ist jetzt umgebracht worden? Habe ich das richtig verstanden? Deshalb waren Sie hinter mir her?«

»Weshalb sind Sie im Altersheim vor uns geflüchtet?«, fragte Lena.

Eibo Nicolaisen zuckte mit den Schultern. »Ich mag keine Bul…, ich meine, Polizisten sind mir etwas suspekt. Das war ein Reflex, sonst nichts.«

»Kommen wir noch einmal auf Marten Hilmer zurück. Sie haben ihm mehrfach per Mail gedroht.«

»Verständlich, oder?«

»Ist es dabei geblieben?«, fragte Johann.

Langsam wandte sich Eibo Nicolaisen zu Johann um, als wäre dieser für ihn kein ernst zu nehmender Gesprächspartner. »Was meinen Sie?«

»Haben Sie sich auch persönlich getroffen? Hier auf Amrum oder anderswo?«

»Warum sollte ich? Ich hatte nichts mit ihm zu besprechen, oder glauben Sie, ich laufe mit einem Messer durch die Gegend und bedrohe Menschen? Das ist nicht mein Stil.«

»Und was ist Ihr Stil?«, fragte Lena, der es schwerfiel, Eibo Nicolaisen einzuordnen. War er wirklich der fürsorgliche Enkel, dem es um das Wohl seiner kranken Großmutter ging? Oder sah er vor allem sein Erbe dahinschmelzen?

»Okay, ich habe dem Typen ein paar klare Ansagen gemacht. Ich war frustriert, dass mir die Hände gebunden sind. Diese beiden Gauner haben mich oder vielmehr meine Oma eiskalt über den Tisch gezogen. Die wussten genau, dass ich in den Staaten bin und nicht einfach mal so über den Atlantik hüpfen kann.« Er schlug mit der Hand auf die Tischplatte und wirkte wütend. »Gott, ich wäre sogar gekommen, wenn ich von der Schweinerei gewusst hätte. Aber diese Hexe hat mich doch vollgesülzt mit ihrem Gelaber. Oma ginge es wun-der-bar, sie könnte nur nicht ans Telefon, weil sie gerade schlafen würde, sie hätte eine Erkältung und läge im Bett oder einen schlechten Tag und würde sich nicht an mich erinnern.« Nicolaisen legte den Kopf in den Nacken und atmete tief durch. »Sie glauben doch nicht ernsthaft, dass ich da hin bin und mit ihm … was auch immer gemacht habe.« Er stutzte. »Wie ist er denn überhaupt umgekommen? Was ist genau passiert?« Bevor Lena antworten konnte, sprach er weiter. »Okay, das dürfen Sie mir natürlich nicht sagen. Und wenn ich es gewesen wäre, wüsste ich es sowieso.«

»Waren Sie jemals im Haus von Marten Hilmer?«, fragte Lena.

»Was sollte ich da wollen? Und ja, ich weiß, wo das ist. Das wollten Sie doch sicher als Nächstes fragen?«

Lena reichte ihm ein Plastikröhrchen. »Wir brauchen von Ihnen eine DNA-Probe. Die Fingerabdrücke sind Ihnen ja bereits abgenommen worden.«

Eibo Nicolaisen griff nach dem Röhrchen, zog es mit Schwung auseinander und fuhr sich einmal mit dem Stäbchen durch den Mundinnenraum, bevor er die verschlossene Probe über den Tisch zu Lena rollte. »Bitte!«

»Was machen wir mit ihm?«, fragte Johann, als er draußen vor der Polizeistation neben Lena stand.

»Wir können ihm nichts nachweisen. Im Moment zumindest noch nicht. Ich habe eben mit dem Staatsanwalt gesprochen. Er wird eine Verfügung erwirken, damit Nicolaisen nicht das Land verlassen kann. Wir ziehen dann seinen Ausweis ein. Über Nacht bleibt er in der Arrestzelle und morgen kann er gehen. Bis dahin müssten wir zumindest wissen, ob von ihm Fingerabdrücke in Hilmers Haus gefunden wurden.« Lena sah auf ihr Handy, kurz vor achtzehn Uhr. »Ich mache Schluss für heute. Kannst du mit Henningsen reden, damit einer der Kollegen über Nacht bei Nicolaisen in der Station bleibt?«

»Klar, ich muss sowieso noch ein paar Sachen recherchieren. Wenn mich um Mitternacht jemand ablöst, reicht es vollkommen. Morgen dann um acht hier?«

Lena nickte. »Wir nehmen uns noch mal Nicolaisen vor und entscheiden dann, ob wir Unterstützung aus Flensburg anfordern.«

Als Lena den Motor starten wollte, klingelte ihr Handy. Luise Stahnkes Name erschien auf dem Display.

»Störe ich?«, fragte sie nach einer kurzen Begrüßung.

»Nein, Luise. Ich wollte gerade Feierabend machen und in Ercks Wohnung fahren. Hast du noch neue Informationen?«

»Wie man's nimmt. Ich habe mir von den Kollegen der Kriminaltechnik die Daten zum Sherry geben lassen und mit meiner Berechnung verglichen. Die Dosis war sehr hoch. Da wollte also jemand entweder hundertprozentig sichergehen oder er wusste nicht, was er tat. Aber darum rufe ich nicht an. Wenn meine Berechnung stimmt, fehlt aus der Flasche mehr Sherry, als das Opfer an dem Abend getrunken hat.«

»Das ist … jetzt aber eine Überraschung.«

»Dachte ich mir schon.«

»Wie genau ist deine Berechnung?«

»Gerichtsverwertbar wohl nicht. Dafür habe ich deinen Mann zu spät auf dem Tisch gehabt. Das zerpflückt jeder Verteidiger mit Genuss. Aber unter uns, ich denke, ich liege richtig. Es fehlt etwa ein Viertel mehr aus der Flasche, als er an dem Abend getrunken hat. Was das jetzt bedeutet, kann ich dir nicht sagen. Das ist dein Aufgabengebiet.«

Lena wusste, dass Luises Erkenntnisse die Ermittlungen noch komplizierter machen würden. Hilmer musste aus der Flasche schon zuvor etwas getrunken haben. Da er zu dem Zeitpunkt aber keine Vergiftungserscheinungen gezeigt hatte, musste der Sherry im Nachhinein mit dem Gift versetzt worden sein – oder jemand hatte die Flasche ausgetauscht und sie so weit entleert wie die Originalflasche. In jedem Fall musste die Person im Haus gewesen sein. Mit oder ohne Hilmers Einwilligung.

»Das macht es uns nicht gerade leichter. Trotzdem danke, Luise.«

»Und, wie geht es dir? Auf Amrum? Bist du schon deinem …«

»Nein, und ich hoffe, dabei bleibt es auch.« Sie erzählte ihrer Freundin von dem Foto ihrer Mutter, das sie bei Hilmer gefunden hatte. Luise schwieg so lange, dass Lena schließlich fragte: »Luise? Bist du noch da?«

»Ja, natürlich«, antwortete ihre Freundin und fuhr nach einer weiteren kurzen Pause fort: »Verrückt! Aber so ist das wohl, wenn man als Polizistin in der alten Heimat ermittelt. An jeder Ecke kann eine Überraschung auf einen warten.«

Lena fand die Formulierung übertrieben, sprach ihre Freundin aber nicht darauf an. »Damit komme ich zurecht.« Sie wechselten noch ein paar Worte, bevor Lena sich verabschiedete und sich auf den Weg zu Erck machte.

»Hat es dir geschmeckt?«, fragte Erck, als Lena die Teller abräumte.

»Wie immer.« Nachdem sie das Geschirr in die Spüle gestellt hatte, trat sie hinter Erck und umarmte ihn. »Wann habe ich dir zum letzten Mal gesagt, wie sehr ich dich liebe?«

»Das ist schon ein paar Tage her.«

Sie küsste ihn auf die Wange. »Wohl eher Wochen.« Sie setzte sich wieder und rückte mit dem Stuhl ganz nah an Erck heran. »Es ist schön, so früh nach Hause zu kommen, und du bist schon da.«

»Ja, viel Zeit haben wir in Husum nicht füreinander.« Erck nahm ihre Hand in seine. »Und wenn wir doch mal ein paar Stunden am Stück zusammen sind, habe ich häufig das Gefühl, dass du mit deinen Gedanken trotzdem bei der Arbeit bist.«

»Mag sein.« Lena schluckte. Erck hatte recht. Ihr fiel es schwer, abzuschalten. Selbst an freien Wochenenden ertappte sie sich dabei, wie sie über den jeweils aktuellen Fall nachdachte oder über ihre Chancen, Kriminalrat Groll für die sexuellen Übergriffe zur Verantwortung zu ziehen. »Nein, es mag nicht nur sein«, sagte sie entschlossen. »Du hast recht, aber ich schaffe es einfach nicht, das zu ändern. Vielleicht braucht es Zeit, bis ich mich an das Leben zu zweit gewöhne. Kannst du denn aus dem Stand abschalten?«

Erck überlegte eine Weile, bevor er antwortete: »Na ja, ich arbeite ja auf einer Insel. Vielleicht hilft mir das, schnell Abstand zu gewinnen.«

»Womit habe ich dich nur verdient?«, sagte Lena leise. »Du bist da, wenn ich dich brauche, aber umgekehrt schaffe ich es nur selten oder vielleicht auch nie, dich aufzufangen. Was ist nur mit mir los, Erck?«

Er zog sie an sich und umarmte sie. »Du musst loslassen. Die Arbeit, die Verantwortung, die Perfektion. Du kannst nicht gut verlieren – aber so ist das Leben nicht. Kein Mensch kann nur gewinnen.«

Lena musste unwillkürlich an Groll denken, an die Erfahrung, die sie über lange Jahre geprägt hatte, obwohl sie hatte verhindern können, dass Groll bis zum Äußersten ging. Aber das war im Affekt gewesen, eine einstudierte Reaktion auf eine Bedrohung. Später hatte sie versagt, sie hatte nicht den Mut gehabt, ihren Vorgesetzten anzuzeigen. Sie war gegangen, hatte sich versetzen lassen und verloren. Dieses Gefühl saß tief in ihr und hatte sie über Jahre angetrieben. Sie hatte besser sein wollen als die anderen, schneller und effektiver. Hatte sie sich dabei verloren?

»Dieser Groll«, fuhr Erck fort. »Ist es wirklich so wichtig, dass du seine Beförderung verhinderst? Ich habe das Gefühl, dass dich das aufreibt.«

Lena ließ sich lange Zeit für die Antwort. »Ich weiß, was du meinst«, sagte sie schließlich. »Und vermutlich hast du auch recht, ich muss in meinem Leben etwas ändern. Aber bei Groll kann ich nicht anders. Er würde mich ein zweites Mal tief demütigen, sollte ich mich jetzt wieder zurückziehen. Er darf so nicht weitermachen. Ich hätte ihn schon damals stoppen müssen.«

»Ja, das kann ich verstehen. Aber versprich mir, dass du auf dich achtgibst und dich nicht selbst verlierst dabei. Das ist es nicht wert, Lena. Es gibt auch ein Leben außerhalb dieser Behörde und du bist nicht für alles verantwortlich.«

Lena schmiegte sich an Erck. »Ich weiß schon, dass mich die Jahre bei der Polizei geprägt haben. Oder war ich schon immer so … hart zu mir und allen anderen?«

Erck strich ihr die Haare aus dem Gesicht. »Ein wenig vielleicht. Wärst du sonst so abrupt damals von Amrum geflüchtet?«

Lena schloss die Augen. Da war es wieder, das Thema, das sie seit vielen Monaten umschifften. Lena hatte nach dem Tod ihrer Mutter die Insel verlassen und Erck vor die Wahl gestellt, mitzukommen oder zu bleiben. Er hatte bis zum letzten Tag mit sich gerungen, war aber schließlich auf Amrum geblieben und hatte sich hier eine Existenz aufgebaut.

»Ich war jung und impulsiv«, sagte Lena. »Trotzdem kann ich mir auch nach der langen Zeit nicht vorstellen, dass ich es hätte anders machen können. Das war damals der einzige Weg für mich.«

»Hast du Amrum nicht vermisst?«, fragte Erck leise.

»Natürlich habe ich das. Ich habe monatelang mit meiner Entscheidung gekämpft und war nicht nur einmal nahe dran, aufzugeben. Die Ausbildung in der Polizeiakademie war – gerade als Frau – harter Tobak. Die Ausbilder haben uns Frauen besonders hart rangenommen.«

»Das waren die Jahre, direkt nachdem du gegangen bist. Aber später, im Beruf, warum bist du dann nicht häufiger zurückgekommen?«

Bis auf wenige Besuche bei ihrer Tante Beke hatte Lena die Insel gemieden. Ihrem Vater war sie während der ganzen Zeit nur viermal über den Weg gelaufen. Jedes Mal zufällig und mit dem gleichen Ergebnis.

»Es hat wohl zu wehgetan. Solch ein Schmerz vergeht nicht einfach. Hier lebt der, der dafür verantwortlich ist, dass ich Mama so früh verloren habe.«

»Wer? Werner? Er ist und bleibt dein Vater. Und glaub mir, er hat jahrelang darunter gelitten, dass er sich mit Dorthe so kurz vor dem Unfall gestritten hat.«

Lena löste sich von Erck. »Hat er das? Vielleicht hat er das auch nur erzählt, um sich selbst reinzuwaschen.«

»Dein Vater saß nicht am Steuer, Lena.«

»Und wenn schon! Deshalb ist er noch lange nicht unschuldig.«

»Ich weiß schon, wie du das siehst. Und ich stehe auch hinter deiner Entscheidung, keinen Kontakt zu Werner zu haben. Trotzdem kann ich es schade finden, dass es für dich – oder für uns beide zusammen – keinen Weg gibt, der aus diesem Dilemma rausführt.«

Lena richtete sich auf. »Wie sind wir überhaupt darauf gekommen?«

Erck zuckte mit den Schultern. »Du hast gefragt, ob du schon damals so hart zu dir und anderen warst.«

»Ja, stimmt. Und die Antwort ist wahrscheinlich, dass ich mich nicht groß geändert habe. Mama hat mal gesagt, ich würde immer mit dem Kopf durch die Wand wollen. Egal wie dick und hart die Wand ist.«

Erck lächelte. »Ja, da hatte sie wohl recht. Aber es gibt auch noch eine andere Lena. Die, die das Leben liebt, die weich ist und rücksichtsvoll und vor allem mitfühlend. Ich liebe beide Lenas!«

Lena lächelte. »Das hast du schön gesagt. Auch wenn ich nicht weiß, ob das alles so stimmt.« Sie küsste ihn zärtlich. »Und ich liebe dich! Weil du so bist, wie du bist. Und mich nicht verändern willst. Und weil du da bist, wenn ich dich brauche. Immer da warst, auch in der langen Zeit, während der wir getrennt waren.«

Erck schaute verlegen auf seine Hände. »Du übertreibst etwas.«

»Nein, glaub mir, das tue ich nicht. Ich habe dich die ganze Zeit vermisst. Ich wusste es nur nicht, was es auch nicht besser gemacht hat. Und jetzt, wo ich dich wiedergefunden habe, wir uns wiedergefunden haben, will ich dich nicht noch einmal verlieren.«

»Wirst du nicht«, flüsterte Erck. »Ganz bestimmt nicht.«

Zehn

Gegen halb neun am nächsten Morgen parkte Lena vor der Polizeistation. Als sie aus dem Auto ausstieg, kam ihr Johann entgegengelaufen.

»Wo warst du denn?«, fragte er mit vorwurfsvollem Unterton. »Ich habe versucht, dich zu erreichen.«

»Moin, erst mal! Ich hatte das Handy ausgestellt. Tut mir leid, wir waren um acht verabredet, aber Erck und ich haben noch gemeinsam gefrühstückt. Und dabei die Zeit vergessen.«

»Hast du auch nicht gesehen, dass es einen Treffer gibt?«, fragte Johann, als er Lena erreicht hatte.

»Nein! Bedeutet?«

»Fingerabdrücke auf der Sherryflasche«, verkündete Johann. »Du wirst es nicht glauben.«

Lena öffnete die Tür der Polizeistation und ließ Johann vor.

»Wird das jetzt eine deiner legendären Quizshows?« Johanns Spezialität war es, Neuigkeiten nur häppchenweise mitzuteilen.

»Eibo Nicolaisen. Ein fast vollständiger Abdruck der ganzen Hand. Dadurch können wir Nicolaisen definitiv mit der Tat in Verbindung bringen.«

Lena blieb abrupt stehen. »Das ist jetzt kein Aprilscherz, oder?«

»Nein, absolut nicht. Und wenn du deine Mails gecheckt hättest, wüss…«

»Schon gut, Johann«, unterbrach Lena ihn. »Lass uns ins Büro gehen.«

Am Schreibtisch klappte sie den Laptop auf und las die Mail aus Flensburg, in der sich die Kriminaltechniker eindeutig festlegten. Neben den Abdrücken von Marten Hilmer waren nur die von Eibo Nicolaisen gefunden worden.

»Warum nur ein Abdruck?«, fragte Lena, die kopfschüttelnd vor dem Bildschirm saß. »Entweder hat er Handschuhe angehabt oder nicht. Im ersten Fall gäbe es keine Abdrücke, im zweiten Fall eine ganze Menge mehr.«

»Er hat das Lidocain in den Sherry gemischt, anschließend die Flasche abgewischt und dabei nicht sehr sauber gearbeitet. Das würde auch erklären, warum ansonsten nur noch Hilmers Abdrücke zu finden waren. Aber letztlich ist es doch egal, wie das zusammenhängt. Aus der Nummer kommt er auf jeden Fall so schnell nicht raus.«

Lena fand diese Erklärung nicht sehr überzeugend, aber sie musste Johann recht geben, dass Eibo Nicolaisen mit den Fingerabdrücken auf der Flasche zu ihrem Hauptverdächtigen geworden war. Sie wählte die Nummer des Staatsanwalts, dessen Sekretärin ihr mitteilte, dass sie ihren Chef in der nächsten Viertelstunde im Büro erwarte. Lena bat um Rückruf und wandte sich wieder zu Johann.

»Wenn Nicolaisen in Haft bleiben soll, muss er bis heute Spätnachmittag einem Haftrichter vorgeführt werden. Du kennst die Regel. Das kann nur in Flensburg gemacht werden.«

»Dann bleibt uns nicht mehr viel Zeit, um ihn noch einmal zu vernehmen.«

»So ist es. Wie gehen wir vor?«

Als der Staatsanwalt sich nach zwanzig Minuten endlich meldete, hatten sie eine Strategie für die Vernehmung festgelegt. Lena brachte den Staatsanwalt auf den neuesten Stand und nach kurzer Diskussion legte er fest, dass Eibo Nicolaisen weiter in Haft bleiben sollte. Gegen Mittag würde ihn ein Helikopter von Amrum nach Flensburg bringen, um ihn rechtzeitig vor Ablauf der Vierundzwanzig-Stunden-Frist dem Haftrichter vorzuführen.

Lena stellte den Rekorder auf den Tisch, aktivierte die Aufnahme und nannte Ort, Zeit, Anlass und Anwesende, bevor sie Eibo Nicolaisen noch einmal auf seine Rechte hinwies.

Man sah Nicolaisen die Nacht in der Arrestzelle an. Seine Kleidung wirkte noch ungepflegter als am Tag zuvor, unter den Augen zeigten sich dunkle Ringe, als hätte er wenig oder nicht geschlafen, und sein Blick wanderte unruhig durch den Raum. »Was wird das jetzt hier?«

»Wir werden die Befragung von gestern fortführen«, sagte Lena. »Ich möchte noch einmal auf Ihr Verhältnis zu Marten Hilmer zurückkommen.«

Über eine halbe Stunde ging Lena mit ihm die gleichen Fragen durch wie schon am Vortag. Es ergaben sich keine Widersprüche zwischen Nicolaisens Aussagen, sie wirkten auf Lena aber wie auswendig gelernt.

»Sie haben gestern ausgesagt, dass Sie in einer sehr aussichtslosen Situation sind«, schaltete sich Johann zum ersten Mal ein. »Weder haben Sie eine Vollmacht, um Ihre Großmutter zu vertreten, noch haben Sie große Chancen, sie jetzt noch zu bekommen, da Ihre Großmutter nicht mehr geschäftsfähig ist und das zuständige Gericht Sie nicht unbedingt für geeignet halten könnte.«

»Nett zusammengefasst, Herr Kommissar.« Eibo Nicolaisen hatte sich seit Beginn der Vernehmung bemüht, einen lockeren und unbesorgten Eindruck zu hinterlassen, aber mit jeder Frage schien es ihm schwerer zu fallen, die Fassade aufrechtzuerhalten.

»Wie war Ihr Plan, um doch noch Gerechtigkeit für Ihre Großmutter zu erlangen?«

Eibo Nicolaisen lachte. Es wirkte aber auf Lena, als sei ihm eher zum Heulen zumute. »Gerechtigkeit! Was für ein großes Wort. Sagen Sie, wie lange können Sie mich hier eigentlich festhalten?«

»Vierundzwanzig Stunden. Anschließend müssen Sie einem Haftrichter vorgeführt werden, der über die Untersuchungshaft entscheiden wird.«

»Also kann ich einfach abwarten und Tee trinken? Klingt doch gut. Wann fährt die letzte Fähre heute?«

»Darüber brauchen Sie sich keine Gedanken zu machen. Zum Haftprüfungstermin werden Sie mit einem Polizei-Helikopter abgeholt und nach Flensburg gebracht.«

Für einen Moment schien Nicolaisen verunsichert, fing sich aber schnell wieder. »Fast hätte ich Ihnen die Finte abgekauft. Hubschrauber, lustig. Wir sind hier doch nicht im Kino.«

»Sie haben gestern ausgesagt, dass Sie bisher das Hilmer-Haus nicht betreten haben.«

Nicolaisen antwortete nicht.

»Ist das richtig?«

»Das wissen Sie doch selbst.«

»Ist das richtig?«, wiederholte Lena ruhig die Frage.

»Ja, verdammt. Wie häufig muss ich hier noch jeden Scheiß wiederholen? Was sollte ich bei dem Arsch wohl machen?«

»Dann haben Sie sicher eine Erklärung dafür, dass wir Spuren von Ihnen im Haus gefunden haben?«

»April, April! Oder was kommt gleich?«

»Ihre Fingerabdrücke sind auf der Mordwaffe gefunden worden.« Lena benutzte bewusst die schwammige Formulierung, um Nicolaisen unter Druck zu setzen und ihn zu einer Aussage zu bewegen.

Erschrocken starrte der junge Mann sie an und stammelte: »Mord… …waffe … Wovon reden Sie?«

»Ich dachte, ich hätte mich deutlich ausgedrückt. Ihre Fingerabdrücke sind auf der Flasche gefunden worden.«

»Flasche? Ist Hilmer mit einer …«

»Sie waren also niemals bei Marten Hilmer zu Hause?«, wiederholte Lena die Frage.

Nicolaisen saß wie schockgefroren auf dem Stuhl, atmete flach und unregelmäßig mit leicht geöffnetem Mund. Nach einer gefühlten Ewigkeit schüttelte er sekundenlang den Kopf. »Ich habe nichts damit zu tun. Ich habe Hilmer nicht erschlagen.«

»Fangen wir noch einmal von vorne an, Herr Nicolaisen. Wann genau waren Sie im Haus von Herrn Hilmer?«

»Verdammt, das war, drei Tage bevor der Idiot …« Nicolaisen stutzte und schien jetzt erst zu begreifen, was er gesagt hatte. »Ja, ich war da, aber lange bevor er umgekommen ist oder meinetwegen auch ermordet wurde. Und das ganz sicher nicht von mir. Ich war doch gar nicht auf Amrum, als er … Das war doch am Samstag, oder ist das auch alles getürkt?«

»Wir glauben Ihnen kein Wort«, fuhr Johann ihn an. Lena hatte ihm zuvor einen Wink gegeben, um das abgesprochene Szenario einzuleiten. »Sie haben ein Motiv, Sie waren am Tatort und zu guter Letzt haben wir auch noch Ihre Fingerabdrücke auf der Flasche gefunden. Was sage ich, das war es noch nicht. Sie sind vor uns geflüchtet, haben versucht, die Insel zu verlassen. Und jetzt raten Sie mal, was der Haftrichter in ein paar Stunden dazu sagen wird.«

Eibo Nicolaisen schwieg.

Johann hob seinen Arm und warf einen Blick auf seine Uhr. »In genau zwei Stunden startet der Helikopter. Ungefähr eineinhalb Stunden später sitzen Sie dann vor dem Richter. Noch Fragen?«

Lena räusperte sich leise. »Herr Nicolaisen, wo haben Sie sich am Samstag aufgehalten?«

»Flensburg«, antwortete er nach einigen Sekunden. Zuvor hatte er im Wechsel Johann und Lena angestarrt und Unverständliches vor sich hingemurmelt. Erst als Lena ihre Frage wiederholte, ging ein sichtbarer Ruck durch seinen Körper, er richtete sich auf und sah Lena direkt an.

»Und drei Tage vorher, also am Mittwoch, haben Sie sich mit Marten Hilmer in seinem Haus getroffen.«

Nicolaisen nickte.

»Von wem ging die Initiative aus?«

»Ich bin einfach hingegangen. Ohne mich anzumelden. Er wusste auch gleich, wer ich bin. Hat mein Foto wohl gegoogelt. Keine Ahnung, auf jeden Fall hat er mich ins Haus gelassen. Deshalb war ich auch da. Ich wollte persönlich mit ihm sprechen. Im Büro habe ich ihn ja nie erreicht.«

»Was ist dann passiert?«

Nicolaisen sah auf. »Passiert? Was wollen Sie mir schon wieder anhängen? Nichts ist passiert. Ich bin da in sein protziges Wohnzimmer und … Ach, Scheiße, was soll das Ganze hier überhaupt? Ist Hilmer jetzt am Mittwoch erschlagen worden, oder wie?«

»Sie haben sich also mit Herrn Hilmer unterhalten?«, fuhr Lena unbeirrt fort. Ihr war klar, dass die Vernehmung die letzte Möglichkeit war, Nicolaisen ohne Anwalt zu befragen. Sobald er in Untersuchungshaft saß, würde ihm, falls er keinen eigenen Anwalt wählte, ein Pflichtverteidiger beigeordnet werden. Aus Erfahrung wusste sie, dass Beschuldigten geraten wurde, zunächst einmal die Aussage zu verweigern.

»So könnte man es nennen.«

»Und wie würden Sie es nennen?«

»Wie schon! Wir haben uns gestritten. Was ja wohl auch kein Wunder ist, oder?«

»Hat er Ihnen etwas zu trinken angeboten?«

Nicolaisen rollte mit den Augen. »Ist die Frage jetzt ernst gemeint? Natürlich nicht, und ich hätte auch nichts gewollt.«

»Hat Herr Hilmer etwas getrunken?«

»Keine Ahnung! Ich habe nichts gesehen.« Eibo Nicolaisen stutzte. Ihm schien gerade klar geworden zu sein, worauf die Fragen hinausliefen. »Vielleicht ja doch. Verflucht, haben Sie denn keine anderen Fragen? Ich habe dem Arsch nichts getan. Was hätte ich davon gehabt? Ich wollte mehr Geld. Und? Bekomme ich jetzt mehr? Wohl kaum, oder?«

»Sie wollten mehr Geld?«, fragte Johann, der sich in den letzten Minuten zurückgehalten hatte. Das *Sie* hatte er in seiner Frage besonders betont.

»Gott, verdammt! Nicht für mich, sondern für meine Oma. Wenn Sie mit ihr gesprochen hätten, wüssten Sie, was los ist. Was Hilmer gemacht hat.«

»Das mag alles so sein«, sagt Lena. »Aber hier geht es nicht um mutmaßliche Verfehlungen von Herrn Hilmer, sondern darum, wer ihn getötet hat.«

Nicolaisen beugte sich leicht vor. »Ich nicht! Ich gebe ja zu, dass ich ihm gerne an die Gurgel gegangen wäre, aber dazu hatte ich nicht den Mumm. So verdammt einfach ist das. Ich bin eine feige Sau. Ja, ich habe und hatte Hass auf ihn. Und zwar richtig fett. Aber …« Er brach ab, schloss die Augen und senkte den Kopf.

»Wie lange waren Sie am Mittwoch bei Herrn Hilmer?«, fragte Lena weiter.

»Nicht lange«, sagte er leise. »Zehn Minuten oder etwas länger. Wir haben uns nur noch angeschrien. Ja, ich habe damit angefangen. Aber der Scheißkerl hat doch tatsächlich behauptet, dass alles mit rechten Dingen zugegangen ist. Und er hat mir Geld angeboten.«

»Wie viel, und warum wollte er es Ihnen geben?«

»Das war Schweigegeld, was sonst? Über die Summe haben wir nicht mehr gesprochen. Ich lasse mich doch nicht bestechen. Der war das absolute Oberschwein, glauben Sie mir. Skrupellos und ohne jede Gnade. Dem ging es nur um seine Kohle. Alles andere war ihm egal.«

»Hat Herr Hilmer Sie nach draußen begleitet?«, fragte Johann.

»Soll das ein Witz sein?«, fuhr Nicolaisen ihn an. »Natürlich nicht! Ich bin von allein gegangen.«

»Also waren Sie auf dem Weg nach draußen unbeobachtet«, sagte Johann.

Nicolaisen warf ihm einen wütenden Blick zu. »Was wollen Sie damit sagen?«

»Zunächst ist es nur eine Feststellung«, erwiderte Johann. »Sie hatten also durchaus die Möglichkeit, zum Beispiel einen herumliegenden Haustürschlüssel an sich zu nehmen.«

»Bullshit!«, zischte Nicolaisen. Er atmete schwer und sank auf dem Stuhl zusammen, als habe ihn sämtliche Kraft verlassen.

»Herr Nicolaisen«, sagte Lena und versuchte, die Worte so einfühlsam wie möglich klingen zu lassen. »Es sieht wirklich schlecht für Sie aus. Wenn Sie mich fragen, werden Sie heute Nachmittag in Untersuchungshaft kommen. Sie müssen uns schon etwas mehr liefern als das, was wir bisher gehört haben.«

»Ein bisschen viel mehr, würde ich sagen«, sagte Johann grob. »Fangen wir doch damit an, dass Sie uns von Ihrer Ex erzählen. Ivonne Böker. Haben Sie noch Kontakt zu ihr?«

»Was?«, stieß Nicolaisen aus. »Ivonne? Warum?«

»Haben Sie noch Kontakt zu ihr?«

»Das geht dich einen Scheißdreck an, Alter!«

»Nach Ihrem Facebook-Profil zu urteilen, sind Sie weiter befreundet. Ihr gefällt der eine oder andere Beitrag, den Sie veröffentlichen, und sie hat auch einige freundliche Kommentare auf Ihrer Seite hinterlassen.«

»Und wenn schon. Ist das jetzt auch schon ein Verbrechen?«

»Nein, natürlich nicht. Sehen Sie sie auch manchmal offline? Sie lebt und arbeitet in Schleswig. Weit ist das ja nicht von Flensburg.«

»Was soll das Ganze?«, fragte Eibo Nicolaisen, der mit seinen Kräften am Ende zu sein schien.

»Sehen Sie sich hin und wieder?«, fragte Johann unbeirrt weiter.

»Ja, verdammt, das kann schon mal sein. Wir haben einen ähnlichen Freundeskreis. Da trifft man sich schon mal auf einer Feier.«

»Erinnern Sie sich, wann Sie sich das letzte Mal gesehen haben?«

»Nein!«

»Aber Sie erinnern sich schon noch, was für einen Beruf Ihre Freundin hat?«

Eibo Nicolaisen schwieg.

»Sie ist PTA, sprich pharmazeutisch-technische Assistentin, und arbeitet in einer Apotheke in Schleswig. Ist das richtig?«

Nicolaisen sprang auf. »Lass Ivonne da raus, du Arschloch!«

Elf

»Ich hab hier noch was!«, rief Johann.

Lena sah von ihrem Laptop auf, an dem sie den Bericht für den Staatsanwalt fertigstellte. Die restliche halbe Stunde der Vernehmung hatte keine neuen Erkenntnisse erbracht, Eibo Nicolaisen befand sich wieder in der Arrestzelle und würde in Kürze von zwei uniformierten Beamten zum Helikopterlandeplatz gebracht werden.

»Nun sag schon! Ich muss das hier fertig machen.«

»Jetzt rate mal, was Nicolaisen ursprünglich für berufliche Ambitionen hatte. Vor seiner Karriere als Tontechniker?«

Lena schüttelte genervt den Kopf und wollte sich gerade wieder an die Arbeit machen, als Johann sagte: »Er war zwei Semester auf einer privaten Schauspielschule in Hamburg.«

Lena war klar, was Johann damit andeuten wollte. Auf sie hatte Nicolaisen einen ausgesprochen authentischen Eindruck gemacht, während Johann ihn für einen guten Schauspieler hielt.

»Das ist schon einige Jahre her, deshalb habe ich es auch nicht gleich entdeckt«, fügte Johann hinzu.

»Wie viele Jahre ist es her? Zehn? Und nur zwei Semester. Mag sein, dass er seine Gefühle etwas besser im Griff hat als der Normalbürger, aber das ändert nichts an meinem Eindruck.

Im Übrigen wird sich der Staatsanwalt mit solchen windigen Details kaum beschäftigen. Uns wird nichts anderes übrig bleiben, als weiter Indizien und Beweise für seine Schuld zu suchen. Oder für seine Unschuld.«

Es klopfte an der Tür, Lars Henningsen schaute herein. »Wir bringen Nicolaisen jetzt zum Helikopter.«

»Ist in Ordnung«, sagte Lena und stand auf. Auf dem Flur kam ihr Eibo Nicolaisen entgegen. Er trug Handschellen und ging flankiert von zwei Beamten auf sie zu. Sein Widerstandsgeist schien gebrochen zu sein. Er sah sie schweigend an, den Körper leicht nach vorne gebeugt, als trage er etwas Schweres auf dem Rücken. Die Gruppe blieb stehen, als sie bei Lena ankam.

Nicolaisen hob seine gefesselten Hände hoch. »Ist es das, was Sie wollten?«, fragte er leise.

»Nach dem jetzigen Stand bleibt uns nichts anderes übrig, als Sie dem Haftrichter vorzuführen. Der wird entscheiden, wie es weitergeht.«

»Sie haben ja jetzt Ihren Täter. Gratulation.«

Lena nickte den beiden begleitenden Beamten zu und sagte zu Nicolaisen gewandt: »Wir werden uns in den nächsten Tagen in Flensburg sehen, Herr Nicolaisen.«

Die Gruppe verließ die Polizeistation. Der Helikopterlandeplatz lag kaum einen Kilometer entfernt Richtung Ortsmitte von Nebel. Der Flug nach Flensburg würde nicht einmal zwanzig Minuten dauern.

Zurück im Büro vervollständigte Lena den Bericht an die Staatsanwaltschaft und verschickte ihn per Mail.

Johann hob die Hand. »Ich habe eine heiße Kandidatin für Hilmers Hamburgerin. Es hat etwas gedauert, weil die Buchstabenkombination, die uns Frau Thamen genannt hat, vertauscht war. Zumindest gehe ich davon aus. Alter und Geschlecht der Fahrzeughalterin stimmen, ich habe sogar im

Netz ein Foto von ihr gefunden. Habe dir gerade alles per Mail geschickt.«

Lena öffnete die Nachricht: Sabrina Ott mit einer Meldeadresse in der Hamburger Hafencity. Lena wählte die Handynummer, die Johann ihr geschickt hatte.

»Ja, bitte?«, fragte eine dunkle Frauenstimme.

»Lena Lorenzen, guten Tag. Spreche ich mit Sabrina Ott?«

»Ja, durchaus.«

»Ich bin Hauptkommissarin beim LKA Schleswig-Holstein und untersuche den Tod von Marten Hilmer. Nach unserer Recherche haben Sie Herrn Hilmer gekannt. Ist das korrekt?«

Sabrina Ott antwortete nicht, sodass Lena ein weiteres Mal fragte: »Sie kannten Herrn Hilmer?«

Sabrina Ott räusperte sich leise. »Ja.«

»Sie hatten noch nicht von seinem Tod gehört?«

»Nein.«

»In welcher Beziehung standen Sie zu Herrn Hilmer?«

Es blieb still in der Leitung. Erst als Lena ihre Frage wiederholte, meldete sich Sabrina Ott. »Woher weiß ich, dass ich tatsächlich mit der Polizei spreche?«

»Das können Sie nicht wissen. Suchen Sie sich doch bitte die Telefonnummer der Amrumer Polizeistation heraus und lassen Sie sich zu mir durchstellen. Hauptkommissarin Lorenzen. Ist das in Ordnung für Sie?«

»Ja, aber es kann einen Augenblick dauern.«

»Kein Problem. Ich warte.«

Nach zehn Minuten klingelte Lenas Telefon.

»Frau Ott«, begann Lena, »ich hatte Sie vorhin gefragt, in welcher Beziehung Sie zu Herrn Hilmer standen.«

»Das ist nicht so einfach zu beantworten.«

»Versuchen Sie es bitte. Ich habe Zeit.«

»Wir haben uns über einen Escortservice kennengelernt.«

Wieder wartete Lena eine Weile, bevor sie nachfragte. »Ist es dabei geblieben?«

»Sie meinen, ob er mich weiter dafür bezahlt hat, dass ich mit ihm Sex habe?« Ihre Stimme klang, als sei Sabrina Ott verärgert.

»Wenn Sie es so ausdrücken wollen«, antwortete Lena ruhig. »Allerdings habe ich keinerlei Vorurteile gegenüber Ihrem Beruf, falls Sie meinen, das herausgehört zu haben.«

»Schwer zu glauben, zumal Sie eine Frau sind«, sagte Sabrina Ott in einem moderateren Ton. »Aber gut, ich habe tatsächlich gerade erst von Ihnen erfahren, dass Marten … also, dass er tot ist. Woran ist er gestorben? Er ist doch nicht etwa …« Lena hörte, wie Sabrina Ott schwer atmete.

»Wir gehen beim momentanen Stand der Ermittlungen davon aus, dass Herr Hilmer getötet wurde.«

»Von wem? Ich meine, wer … Sie wissen es noch nicht?«

»Das ist richtig, Frau Ott. Die Ermittlungen laufen noch. Sie haben sich also über den ersten Kontakt hinaus privat getroffen?«

»Privat? Wann fängt eine Beziehung an, privat zu sein, wenn sie ursprünglich geschäftlich war? Das meinten Sie doch, geschäftlich als Gegensatz zu privat?«

»Tut mir leid, wenn ich mich unpräzise ausgedrückt habe. Es mag daran liegen, dass ich mich nur wenig auskenne in dem Bereich.«

»Bereich?« Sabrina Ott lachte. Es klang nach einem traurigen Lachen, das ein anderes Gefühl überdecken sollte. »Ja, auch im gehobenen Escortservice sind wir alle nur Huren.«

Dieses Mal wartete Lena, bis Sabrina Ott nach Sekunden der Stille weitersprach. »Entschuldigen Sie bitte, ich bin … etwas durcheinander. Ich habe gerade heute Morgen versucht, Marten anzurufen, aber sein Handy war ausgestellt. Das war schon ungewöhnlich, und jetzt erzählen Sie mir, dass er ermordet wurde. Was ist genau passiert?«

»Tut mir leid, Frau Ott, darüber darf ich Ihnen keine Auskunft geben.« Sie hielt kurz inne, bevor sie weitersprach. »Wie eng war Ihre Beziehung zu Herrn Hilmer?«

»Wie alt sind Sie, wenn ich fragen darf?«

»Dürfen Sie. Siebenunddreißig. Wir beide sind gleich alt.«

»Und was haben Sie gedacht, als Sie nach mir suchten? Man hat Ihnen doch sicher erzählt, dass es sich um eine Frau handelt, die fast dreißig Jahre jünger ist als Marten.«

»In meinem Beruf darf man sich nicht von Vorurteilen leiten lassen, Frau Ott. Und genau deshalb habe ich auch die Frage gestellt, wie Ihre Beziehung zu Herrn Hilmer ausgesehen hat.«

»Das zwischen Marten und mir ist eine komplizierte Liebesbeziehung. War eine komplizierte Liebesbeziehung. Wir haben uns selten gesehen, alle zwei bis drei Wochen vielleicht. Er war häufig hier in Hamburg, aber ich war auch auf der Insel. Sie kennen Amrum?«

»Ich bin hier geboren und aufgewachsen.«

»Oh, dann können Sie sicher nachfühlen, warum Marten dort so verwurzelt war. Nach zwei bis drei Tagen bei mir hat er sich zurückgesehnt nach *seiner* Insel. Ja, er nannte sie *seine Insel.*«

»Wann haben Sie Herrn Hilmer zum ersten Mal getroffen?«

»Es kommt mir ewig lange vor, aber es sind noch nicht einmal zwei Jahre. Wir wollten den Jahrestag feiern. Am 13. September.«

»Danke für Ihre Offenheit. Ich würde Sie gerne treffen, um Sie ausführlich zu Herrn Hilmer zu befragen.«

»Verdächtigen Sie mich etwa?«

»Nein, wir befragen das gesamte Umfeld von Herrn Hilmer. Sie sind Zeugin, und vermutlich eine sehr wichtige.«

»Wann und wo?«

»Ich würde zu Ihnen nach Hamburg kommen. Dort können wir uns bei meinen Hamburger Kollegen im Präsidium treffen oder auch bei Ihnen in der Wohnung.«

Nach kurzem Zögern willigte Sabrina Ott ein und sie verabredeten sich für den übernächsten Tag in Hamburg.

»Eine Prostituierte?«, fragte Johann und schien Schwierigkeiten zu haben, ein Grinsen zu unterdrücken. »Ja, ich weiß, Escort für die Reichen und Mächtigen. Viertausend für einen Abend.«

»Du bist ja gut informiert. Wie gesagt, sie scheinen anschließend eine mehr oder weniger normale Beziehung miteinander gehabt zu haben. Bisher haben wir noch niemanden gefunden, der oder die so nah an Marten Hilmer dran war.«

»Schon gut. Mein Problem. Ich kann einfach nicht verstehen, dass Männer für Sex bezahlen. Ich finde das schlicht eklig. Du etwa nicht?«

»Ich bin kein Mann und könnte es mir umgekehrt nicht vorstellen. Einmal abgesehen von der Zwangsprostitution und ähnlichen Auswüchsen, ist dieses Gewerbe in unserem Land erlaubt. Können wir wirklich moralisch über Männer urteilen, die zu Prostituierten gehen? Müssen wir nicht gerade in unserem Job offen sein und die Menschen so nehmen, wie sie sind? Jeder von ihnen wird einen Grund haben, warum er dafür bezahlt. Und für die wenigen Frauen, die einen Mann buchen, gilt das genauso.«

Johann stöhnte. »Du hast natürlich recht, aber ich tue mich schwer, mich davon frei zu machen. Ich finde Freier zum Kotzen.«

»Lassen wir das Thema, Johann. Was machen die Paketdienste? Hast du da schon Antworten?«

»Genau deshalb wollte ich mit dir sprechen. Ich schaffe die Arbeit nicht. Wir brauchen Unterstützung.«

Lena nickte. »Ja, das habe ich schon befürchtet. Ich rufe gleich Warnke an. Der soll das mit Flensburg besprechen.«

»Wie wäre es mit Ole? Mir graut es vor irgendeinem Kommissaranwärter, der noch grün hinter den Ohren ist.«

Lena musste unwillkürlich grinsen. »So wie du damals bei unserer ersten Begegnung?«

Ihr Handy summte. »Sekunde«, sagte Lena und öffnete die SMS.

> Guten Tag, Frau Lorenzen, ich muss Ihnen leider absagen bezüglich Ihres Anliegens. Ich möchte Sie bitten, mich nicht mehr zu kontaktieren. Mit freundlichem Gruß, Claudia Fährmann

Lena las die Nachricht mehrere Male. Nach dem Gespräch, das sie kurz vor der Fahrt nach Amrum mit Claudia Fährmann geführt hatte, war sie sich sicher gewesen, dass diese ebenfalls eine interne Anzeige gegen Kriminalrat Groll stellen würde. Was hatte sie dazu bewogen, Lena eine Absage per SMS zu schicken und sie so distanziert zu formulieren?

»Was ist?«, fragte Johann, der Lenas Irritation bemerkt zu haben schien.

Lena reichte ihm das Smartphone. »Das ist eine der Kolleginnen, die Groll belästigt hat. Mehr noch, ich vermute sogar, dass er sie vergewaltigt hat. Und die Tat ist noch nicht verjährt.«

Johann las die Nachricht ein zweites Mal. »Und dann das? Das stinkt gewaltig, wenn du mich fragst.«

Zwölf

Kriminaldirektor Warnke sagte Lena zu, dass er für Unterstützung sorgen würde, und gratulierte ihr zu dem ersten Erfolg mit der Festnahme von Eibo Nicolaisen. Lena bat darum, in Husum nachzufragen, ob sie dort Ole Kotten entbehren konnten. Anschließend rief sie bei ihrem Husumer Kollegen an, erzählte ihm von ihrer Anforderung über Warnke und gab ihm einen ausführlichen Bericht über die Ermittlungen. Noch während sie telefonierten, erhielt Ole Kotten einen Anruf seines Chefs. Sie unterbrachen ihr Gespräch und führten es zehn Minuten später weiter. Lena bat ihren Husumer Kollegen darum, Ivonne Böker in Schleswig zu befragen, bevor er sich auf den Weg nach Amrum machte.

Nachdem sie die Daten von Heike Dittmann, der ehemaligen Pflegerin von Theda Nicolaisen, recherchiert hatte, rief Lena sie an, um ihren Besuch anzukündigen.

Die Altenpflegerin lebte in einem Penthouse in Wittdün. Das Mietshaus mit sieben Wohnungen schien erst vor kurzer Zeit errichtet worden zu sein. Lena klingelte, kurz darauf summte der Türöffner. Der Eingangsbereich war mit hochwertigen Fliesen ausgelegt und es wurde allein durch Höhe und Breite des Raumes deutlich, dass es sich im Haus um

Luxuswohnungen handelte. Lena betrat den Aufzug und drückte auf die oberste Taste. Die Tür öffnete sich zu einem Vorraum, von dem zwei Türen abgingen.

»Frau Lorenzen?« In einer der Türen stand eine große schlanke Frau Anfang vierzig mit kurzen schwarzen Haaren. Sie trug einen schlichten dunklen Hosenanzug und eine helle Bluse.

Lena reichte ihr die Hand. »Frau Dittmann?«

Die Frau nickte und bat Lena in die Wohnung. Der großzügig geschnittene Raum war weiß gestrichen, an den Wänden hingen Reproduktionen bekannter Kunstwerke, die Couchlandschaft sah teuer aus, der Teppich auf dem Echtholzparkett passte stilistisch nicht zum Rest der Einrichtung, schien aber ebenso hochwertig zu sein.

»Polizei? Darf ich fragen, was Sie von mir wollen?«

»Wollen wir uns zunächst setzen?«, schlug Lena vor und wartete, bis Heike Dittmann auf die Couch wies.

»Danke«, sagte Lena und ließ sich nieder. »Wir untersuchen den Tod von Herrn Hilmer. Sie kannten ihn?«

»Untersuchen? Warum? Hatte er nicht einen Herzinfarkt? Das habe ich zumindest gehört.«

»Dazu kann ich Ihnen nichts sagen. Kannten Sie Herrn Hilmer?«

»Ja, wie man sich hier kennt auf Amrum. Hin und wieder sind wir uns über den Weg gelaufen. Warum fragen Sie?«

»Privat oder geschäftlich? Oder beides?«

Heike Dittmann saß kerzengerade auf der Couch und machte auf Lena den Eindruck, als lege sie sich jede ihrer Antworten gut zurecht.

»Nein, wir kennen uns privat, kannten uns, muss ich jetzt wohl sagen. Nicht, dass wir aktuell befreundet waren, nein, das nicht. Man traf sich auf Veranstaltungen oder bei Feiern von gemeinsamen Bekannten oder Freunden. Wie das so ist.«

»Sie haben nach meinen Informationen Frau Nicolaisen zum Notartermin begleitet, bei dem sie ihr Haus an Herrn Hilmers Firma verkauft hat.«

»Ja, das ist richtig. Frau Nicolaisen hatte mich darum gebeten. Ich bin oder eigentlich war ihre Pflegerin. Inzwischen ist sie in guten Händen in der neuen Seniorenresidenz.«

»Haben Sie in der Vergangenheit noch an anderen Notarterminen teilgenommen, die nicht Sie direkt betrafen?«

Heike Dittmann sah sie kopfschüttelnd an. »Was ist das für eine Frage? Werde ich hier in irgendeiner Weise verdächtigt? Ich muss Ihnen ganz ehrlich sagen, Ihre Fragen gefallen mir ganz und gar nicht.«

»Frau Dittmann, beantworten Sie bitte meine Frage.«

Heike Dittmann stand auf. »Tut mir leid, Frau Lorenzen, ich habe jetzt leider keine Zeit mehr. Wir werden unser Gespräch wohl zu einem anderen Zeitpunkt fortführen müssen.«

Lena erhob sich und ignorierte die ausgestreckte Hand von Heike Dittmann. »Danke für die offenen Worte, Frau Dittmann. Wir sehen uns dann in Kürze wieder. Ich rate Ihnen, das Land nicht zu verlassen und erreichbar zu sein. Die Staatsanwaltschaft wird Sie über die nächsten Schritte informieren. Ich wünsche Ihnen einen schönen Tag.« Lena nickte Heike Dittmann zu und verließ das Penthouse.

Alexander Harms, Lenas Schulfreund und Hausarzt in Norddorf, freute sich sichtlich, als Lena in sein Behandlungszimmer trat.

»Lena! Jetzt sag aber nicht, dass du als Patientin zu mir kommst.«

Lena lachte. »Nein, heute nicht. Aber wer weiß …«

»Erzähl, geht es wieder um Marten Hilmer?«

»Nur indirekt. Theda Nicolaisen ist deine Patientin?«

Alexander Harms wiegte den Kopf. »Du weißt doch, dass wir Ärzte eine knallharte Schweigepflicht haben.«

»Schon klar. Und du bekommst auch einen richterlichen Beschluss. Vielleicht kannst du mir ...« Lena hatte bewusst mitten im Satz abgebrochen. »Nehmen wir doch einmal an, du hättest eine Patientin, die an Altersdemenz erkrankt ist. Kann diese Patientin noch einen notariell beurkundeten Kaufvertrag unterschreiben?«

Alexander Harms zog die Augenbrauen hoch. Ihm schien die Frage nicht zu behagen. »Lena!«, sagte er. Schließlich seufzte er leise. »Gut, nehmen wir an, ich hätte eine solche Patientin. Es käme selbstverständlich darauf an, wie weit die Demenz fortgeschritten ist. Gerade in der Frühphase der Erkrankung können die Patienten ohne Probleme über ihre Angelegenheiten bestimmen. Je weiter die Demenz fortschreitet, desto schwieriger ist es. Beziehungsweise: Ab einem bestimmten Punkt werden sie nicht mehr verstehen, was die Unterschrift für Konsequenzen nach sich zieht.«

»Würdest du in einem solchen Fall, wenn er dir denn bekannt wäre, einschreiten?«

»Selbstverständlich nicht«, antwortete Alexander Harms. »Ich bin an die Schweigepflicht gebunden. Mit wem sollte ich das in einem solchen Fall denn diskutieren?«

»Ist dir solch ein Fall in deiner Praxis schon untergekommen?«, versuchte Lena, zu einer zumindest indirekten Aussage zu kommen.

Alexander Harms zögerte. »Solche Fälle sollen durchaus vorkommen. Und nicht immer sind die Angehörigen die treibende Kraft.«

Lena nickte. »Ich versuche, so schnell wie möglich einen Beschluss zu bekommen. Du weißt ja, wie schwierig das in Bezug auf das Arztgeheimnis ist.«

»Dann hoffe ich mal, dass ich dir geholfen habe.« Er musterte sie. »Du siehst etwas gestresst aus, Lena. Zu viel Arbeit?«

»Tatsächlich?« Sie klopfte sich mit beiden Händen gegen die Wangen. »So besser?«

Alexander Harms lächelte. »Ein bisschen vielleicht. Aber im Ernst, ich kenne die Symptome aus eigener Erfahrung. Vor zwei Jahren hatte ich einen Burn-out. Es war kein Zufall, dass ich danach aus Flensburg weg bin und hier die Praxis übernommen habe.«

»Ja, im Moment ist es etwas viel. Aber ich bekomme das schon in den Griff.«

»Ich bin kein Psychologe, nicht dass du mich falsch verstehst. Aber weißt du, wie häufig ich das damals gesagt habe? Ich habe alle Warnungen in den Wind geschlagen. Warte nicht zu lange, Lena.«

Lena stand auf. »Ich versuche es. Und danke für deine Unterstützung.«

Zurück in der Polizeistation sprach Lena mit der Sekretärin des Staatsanwalts und kündigte eine Mail an, in der sie um einen richterlichen Beschluss für Alexander Harms bitten würde.

Johann hörte sich Lenas Kurzbericht aufmerksam an und berichtete seinerseits von einer Nachricht aus der Kriminaltechnik, dass DNA-Spuren von Eibo Nicolaisen im Haus von Marten Hilmer gefunden worden waren.

»Sieht nicht gut aus für Eibo«, schloss er seinen Bericht ab.

»Auf jeden Fall kein Pluspunkt für ihn. Was macht die Recherche bei den Notaren? Gibt es ein Testament?«

»Bis auf einen habe ich von allen eine Antwort. Negativ. Ich versuche es später noch einmal beim Nachzügler. Auch beim Nachlassgericht ist kein Testament hinterlegt worden.«

»Also vermutlich kein Testament. Gibt es somit keine Erben?«

»Die Eltern von Hilmer sind Flüchtlinge aus dem Osten gewesen. Beide waren Einzelkinder, also liegt die Vermutung nahe, dass es keine gesetzlichen Erben gibt. Und somit auch kein Motiv.«

»Bekannte und Freunde?«

»Ich bin dabei. Die Liste wird von Minute zu Minute länger, was bei Hilmers Bekanntheitsgrad ja auch nicht verwundert. Wenn morgen die Verstärkung da ist, können wir mit den Befragungen anfangen.«

»Hast du vielleicht auch schon in Berlin wegen Kim Möller nachgefragt?«

»Habe ich, und die waren überraschenderweise auch sehr auskunftsfreudig. Die beiden hatten getrennte Zimmer. Ob die auch benutzt wurden, konnte mir natürlich keiner sagen.«

»Hat das Büro von Hilmer die Unterlagen geschickt?«

Johann nickte. »Findest du in deinem Mail-Account. Kümmerst du dich darum?«

Lena nickte und griff nach ihrem Handy, das in diesem Moment anfing zu klingeln.

»Lorenzen!«

»Mir ist da etwas zu Ohren gekommen, das mich doch etwas erstaunt hat, Frau Hauptkommissarin.«

Lena zuckte zusammen. Die Stimme von Kriminalrat Groll erzeugte nach wie vor Gänsehaut bei ihr. Er hatte den Satz wie beiläufig klingen lassen – als begrüße er eine alte Bekannte. Ihre Hand zitterte leicht, als sie das Telefon kurz vom Ohr nahm und zweimal darauf tippte, bevor sie sagte: »Was kann ich für Sie tun, Herr Kriminalrat Groll?« Lena spürte, wie sich ihre Angst von der einen Sekunde auf die andere in Wut verwandelte.

»Ich kann Ihnen nur raten, die Füße stillzuhalten. Sie haben nicht die geringste Ahnung, in welchem Wespennest Sie gerade herumstochern.«

Lena ließ sich Zeit mit ihrer Antwort und sagte schließlich mit ruhiger und abgeklärter Stimme: »Leider muss ich Sie enttäuschen. Mir ist absolut bewusst, in was für einem Sumpf ich mich gerade bewege. Was bleibt mir also anderes übrig, als ihn trockenzulegen?«

Lena presste das Handy ans Ohr und hörte ein wütendes Schnauben, bevor Groll anfing zu schreien. »Du pisst mir mit deinen verdammten Lügen nicht ans Bein. Wenn wir miteinander fertig sind, kannst du dir einen Strick nehmen. Oder irgendwelche Pillen schlucken, die dein verkorkstes Hirn auf Vordermann bringen.«

»Darf ich Sie zitieren, Herr Kriminalrat?«

»Verdammte Hure, was willst du von mir?«

»Ich bin weder eine Hure noch verdammt, aber das ist Ihnen ja durchaus bewusst. Und wenn Sie wissen wollen, was ich von Ihnen will, können wir uns gerne persönlich treffen und darüber reden. Unabhängig davon würde ich Sie bitten, mich freundlicherweise nicht mehr zu duzen.«

»Du bist tot! Mausetot. Da hilft dir auch dieser Leisetreter in Kiel nicht mehr.« Kriminalrat Groll beendete das Gespräch so abrupt, wie er es angefangen hatte.

Johann war, als Lena Groll begrüßt hatte, aufgestanden und hatte sich neben Lenas Schreibtisch gestellt.

»Was war das denn?«

Lena hoffte, dass die App, die sie zu Beginn des Gesprächs aktiviert hatte, funktioniert und das Telefongespräch aufgezeichnet hatte. Tatsächlich enthielt die Aufnahme die gesamte Unterhaltung bis auf Grolls ersten Satz. Nachdem Lena sie abgespielt hatte, stand Johann fassungslos da.

»Ich weiß gar nicht, was ich sagen soll. Du willst dich doch nicht wirklich mit ihm treffen?«

»Das war ein spontaner Einfall. Darauf wird er sich leider nicht einlassen.«

»Woher weiß er wohl von deinen Plänen?«

»Ich vermute, von Claudia Fährmann oder, was wahrscheinlicher ist, von jemandem, mit dem sie gesprochen hat.«

»Hat dieser Typ überall seine Spitzel?«

Lena ließ Johanns Frage unbeantwortet. War ihr gesamter Plan geplatzt, nachdem Groll davon erfahren hatte? Vermutlich hatte er Claudia Fährmann unter Druck gesetzt oder setzen lassen, damit sie nicht aussagte. Wusste er auch von Lenas zweitem Kontakt?

»Hast du eigentlich keine Angst, dass Groll dich fertigmacht?«, fragte Johann.

»Nicht nur das. Wenn er Oberwasser bekommt, wird er um sich schlagen. Das könnte auch die betreffen, die mit mir zusammenarbeiten. Also in erster Linie dich.«

»Mach dir da keine Sorgen. Ich kann schon auf mich aufpassen. Vor diesem Menschen habe ich keine Angst. Was kann er mir schon tun? Es gibt andere Dienststellen, die händeringend nach guten Leuten suchen. Aber du? Wenn er es schafft, dich als Lügnerin darzustellen, wird es ganz schön eng, oder?«

»Das ist mir klar. Aber ich habe jetzt so viele Jahre gezögert und mich versteckt. Ich muss das durchziehen, egal wie hoch das Risiko ist.«

»Das klingt ganz schön rational.«

Lena schloss die Augen und schwieg eine Weile. »Ich wünschte, ich könnte das so sehen. Nein, die ganze Sache zerreißt mich förmlich. Er wird versuchen, mein Leben zu zerstören. Nein, rein rational ist das sicher nicht. Ich versuche einfach, nicht an die Konsequenzen zu denken und weiterzumachen.«

»Verdammt schwierige Situation«, sagte Johann nachdenklich. »Der Fall hier könnte also unser letzter gemeinsamer sein?«

»Wenn es ganz dicke kommt …«

»Irgendwas wird uns schon einfallen, wenn es eng wird«, sagte Johann und lächelte matt. »Was planst du denn als Nächstes?«

»Ich muss dringend mit Anja Rüther sprechen, der anderen Zeugin gegen Groll.«

»Und wenn sie auch noch kneift?«

»Johann, das ist kein Kneifen! Ich kann Claudia Fährmann verstehen. Sie hat offensichtlich nicht die Kraft, um das durchzustehen. Ich hatte sie damals auch nicht.«

Johann schwieg.

»Verdammt, warum darf ich die Aufzeichnung nicht nutzen?«, fuhr Lena fort. »Schlimmer noch, wenn jemand mitbekommen würde, dass ich sie gemacht habe, würde ich arge Probleme bekommen.«

»Wir brauchen einen Plan – und zwar einen guten.«

Nach Grolls Anruf hatte Lena beschlossen, sich den Rest des Nachmittags freizunehmen. Auf dem Weg zum Strand hatte sich der Staatsanwalt bei ihr gemeldet. Der Haftrichter hatte für Eibo Nicolaisen Untersuchungshaft angeordnet, allerdings auch klargestellt, dass er in den nächsten Tagen weitere belastende Ermittlungsergebnisse brauchen würde, um die Untersuchungshaft aufrechtzuerhalten.

Lena blieb stehen und ließ ihren Blick über den Kniepsand gleiten, den breiten Strand vor Amrum, der eigentlich eine Sandbank war. Die Schuhe hatte sie an den Schuhbändern zusammengebunden und über ihre Schulter gehängt. Die Hose hochgekrempelt, ging Lena am auflaufenden Wasser entlang. Mit jeder neuen Welle wurden ihre Füße vom Nordseewasser überschwemmt.

Den Urlaub im Frühsommer hatten Erck und sie mit der Renovierung des Husumer Hauses verbracht, anschließend hatten sie sich beide in die Arbeit gestürzt. Es war Hochsaison, für Erck die wichtigste Zeit im Jahr. Wenn er auf Amrum war, arbeitete er bis zu sechzehn Stunden am Tag. Lena verbrachte viel Zeit irgendwo in Schleswig-Holstein, um die örtliche Kriminalpolizei zu unterstützen oder in eigenen Fällen zu ermitteln.

Inzwischen war sie über drei Kilometer gelaufen. Der letzte Strandkorb lag lange hinter ihr, an diesem Strandabschnitt begegnete sie nur wenigen Touristen und je weiter sie ging, desto ruhiger wurde es.

Kriminalrat Groll und alles, was mit ihm zusammenhing, hatte sie in den letzten zwei Stunden verdrängt. Jetzt, wo sie zur Ruhe gekommen war, drängten sich wieder die dunklen Gedanken in den Vordergrund.

Nachdem Groll nun von ihren Plänen erfahren hatte, gab es kein Zurück mehr. Nach dem Telefongespräch am Nachmittag würde er Himmel und Hölle in Bewegung setzen, um Lena nicht nur Steine in den Weg zu legen, sondern mit allen Mitteln ihre Karriere zu zerstören.

Sie ging im Kopf alle möglichen Varianten durch, übrig blieb der ursprüngliche Plan, eine offizielle Beschwerde bei der Behörde einzureichen, die in ein Disziplinarverfahren münden würde – Ausgang ungewiss. Da die Tat verjährt war, würde es darauf ankommen, als wie glaubwürdig ihre Aussage eingeschätzt wurde. Genau aus diesem Grund war es so wichtig gewesen, dass sich weitere Frauen zu gleichen oder ähnlichen Tatbeständen äußerten. Es blieb die Hoffnung, dass nach der MeToo-Bewegung der letzten Jahre die Kommission sensibler mit dem Thema umgehen würde als in den Jahrzehnten zuvor.

Lena blieb stehen und sah zu, wie die Wasser der auflaufenden Flut höher stiegen, ihre Knöchel erreichten und langsam an den Beinen hochkrochen. Unwillkürlich standen ihr Szenen ihrer Kindheit und Jugend vor Augen. Lena hatte nicht nur in den Sommermonaten viel Zeit am Strand verbracht. Mit ihrer Mutter und Beke war sie als kleines Kind kilometerweit über den Kniepsand gelaufen, hatte die Zugvögel im Frühjahr und Herbst beobachtet und im Watt die Tierwelt bestaunt. Ihr Vater kam in ihren Erinnerungen selten vor. Hatte sie ihn im Nachhinein aus ihren Gedanken gestrichen, als wären sie Fotos in einem Familienalbum, aus denen eine Person herausgeschnitten worden war?

Lena sah Erck, wie er als Junge auf sie zugelaufen kam, vor ihr stehen blieb und sie fragte, ob sie zusammen eine Strandhütte bauen wollten – eine der Hütten, die auf Amrum geduldet wurden, solange sie ausschließlich aus Strandgut bestanden.

Erck hatte sie damals zum Bau überredet, wochenlang suchten sie am Strand nach Holz und allem, was das Meer wieder preisgab. Alte Seile und Taue, Fischernetze, Plastiktonnen oder rot-weiße Rettungsringe. Am Ende des Sommers begann die Bauzeit und rechtzeitig zum Saisonende stand die Hütte, ihre eigene Hütte. Erst ein Frühjahrssturm riss ihr kleines Zuhause zurück ins Meer, und im nächsten Frühjahr war Erck wieder auf der Suche und verbrachte, selbst als Lena keine Zeit mehr für das neue Projekt hatte, jede freie Minute am Strand.

Auf der Suche nach dem Standort dieser zweiten Hütte, die Erck damals zu Beginn der Sommerferien fertiggestellt hatte, lief sie jetzt den Strand entlang. In der Ferne sah sie den Leuchtturm, der majestätisch in den blauen Himmel ragte. Sie versuchte, die Entfernung zu schätzen, ging einige Hundert Meter zurück, bis sie sich sicher war, die Stelle gefunden zu haben. Langsam setzte sie sich und ließ sich schließlich rücklings auf den warmen Sand fallen.

Dreizehn

Erck umarmte Lena, als sie im Flur der kleinen Wohnung aufeinandertrafen.

Er roch an ihren Haaren. »Du duftest nach Sand und salziger Luft. Warst du am Strand?«

»Ja, ich habe heute etwas eher aufgehört.« Lena zog Erck mit in die Küche und erzählte ihm von Grolls Anruf.

»Das ist unfassbar!«, entfuhr es Erck, dem Lena ansah, wie wütend er war. »Und der ist Polizist? Der gehört ins Gefängnis und nicht auf einen Chefsessel der Landespolizei. Ich würde am liebsten gleich zu ihm fahren und ihm gewaltig auf die Füße tret...«

»Erck, das würde auch nichts ändern. Ich habe mich entschlossen, meine Beschwerde noch heute abzuschicken.« Lena hatte in den letzten Wochen ein langes Schreiben aufgesetzt, in dem sie die versuchte Vergewaltigung durch Kriminalrat Groll beschrieb, ihre Gründe darlegte, weshalb sie damals keine Anzeige erstattet hatte, dies heute aber, auch nach der langen Zeit, für notwendig hielt.

»Und was ist mit den beiden anderen Frauen? Sie haben doch noch gar nicht zugesagt.«

Lena erzählte Erck von der SMS, die sie von Claudia Fährmann bekommen hatte.

»Ich habe so etwas schon vermutet«, sagte Erck. »Dass bisher nie eine der Frauen, dich einbegriffen, Anzeige erstattet hat, hat ja durchaus Gründe.« Er sah sie mit besorgtem Blick an. »Und nun? Willst du es also komplett allein durchziehen?«

»Was bleibt mir anderes übrig, Erck? Soll ich wirklich ein zweites Mal schweigen? Was macht das mit mir – und am Schluss auch mit uns?«

Erck stand auf und goss Wasser in den Kessel. »Tee?«

Lena nickte. Erck griff nach einer Kanne und füllte Tee in ein großes Sieb. Als das Wasser kochte, füllte er die Kanne und stellte die Eieruhr ein, bevor er sich wieder zu Lena setzte.

»Ja, was macht das mit uns? Das habe ich mich in den letzten Wochen häufiger gefragt. Aber ich bin zu keinem Ergebnis gekommen. Ich meine, ob es besser ist, die Beschwerde zu vergessen oder sie zu stellen.«

»Ich habe mich entschieden, Erck. Auch deshalb war ich am Strand. Ich musste nachdenken.«

Als der Timer klingelte, entfernte Erck das Sieb und schenkte den Tee ein.

»Ich weiß inzwischen, dass du das machen musst«, sagte er leise. »Und ich werde dich unterstützen. Egal was passiert.«

Lena lächelte dankbar und legte ihre Hand auf seine. »Ich weiß auch nicht, wie das alles ausgehen wird. Im schlimmsten Fall muss ich mir einen neuen Job suchen.«

»Lena, du bist Beamtin. Irgendwo in diesem Land wird sicher eine Hauptkommissarin gesucht.«

»Irgendwo. Aber ich weiß nicht, ob ich da hinwill.« Sie zuckte mit den Schultern. »Vielleicht sollte ich einfach Hausfrau und Mutter werden.«

Am nächsten Morgen um kurz nach neun Uhr trafen zwei Flensburger Kommissare auf Amrum ein, wenig später erschien

Ole Kotten in der Polizeistation. Er klopfte an die offene Bürotür und trat ein.

»Mir wurde gesagt, hier wird einer der besten Hauptkommissare des Landes erwartet.«

Lena sprang auf, um ihren Husumer Kollegen zu umarmen. Johann begrüßte Ole Kotten auf die gleiche Weise.

»Mehr als acht Tage sind leider nicht drin«, sagte Ole Kotten. »Mein Chef kann leider nicht ohne mich.«

Johann boxte ihm spielerisch in die Seite. »Träum weiter!«

»Unser Youngster! Frech wie eh und je.« Ole Kotten sah Lena an. »Du wirst die Daumenschrauben wohl mal etwas mehr anziehen müssen.«

»Wird gemacht!«, antwortete Lena schmunzelnd. »Du kannst gleich mitkommen. Wir wollten uns mit den Flensburger Kollegen zusammensetzen.«

Im Pausenraum der Polizeistation hatte Lars Henningsen sieben Stühle um zwei Tische gestellt und eine Flipchart aufgebaut.

Lena begrüßte die Kollegen und bat Ole Kotten, von der Befragung in Schleswig zu berichten. Ivonne Böker, die Ex-Freundin von Eibo Nicolaisen, war nicht mehr in einer Apotheke tätig und absolvierte seit einem Jahr ein Fernstudium für Gesundheitsprävention. Während der fast zweistündigen Befragung hatte sie mehrfach beteuert, in den letzten zwei Jahren keinen direkten Kontakt mit Eibo Nicolaisen gehabt zu haben. Auch hatte sie in den zwölf Monaten seit Beginn ihres Studiums in keiner Apotheke gearbeitet. Ole Kotten hatte keine Widersprüche in ihrer Aussage gefunden und sich von Ivonne Böker zwei Zeugen nennen lassen, die laut ihrer Auskunft bestätigen konnten, dass sie keinen direkten Kontakt zu Eibo Nicolaisen pflegte. Ole Kotten war anschließend zu der Apotheke gefahren, in der Ivonne Böker gearbeitet hatte. Dort war ihm von ihrem ehemaligen Chef bestätigt worden, dass

Frau Böker nicht mehr bei ihm tätig sei und er auch von keiner anderen Anstellung in Schleswig gehört habe.

Nach Oles Bericht übernahm Lena, fasste kurz die wichtigsten Ermittlungsergebnisse zusammen und begann, die Aufgaben zu verteilen.

»Es könnte also sein, dass die Sherryflasche nicht inklusive der giftigen Substanz ins Haus gekommen ist. Sollten wir den Zeitpunkt ermitteln können, seit dem die Flasche dort stand, haben wir ein Zeitfenster, in dem der Täter im Haus gewesen sein muss. Kollege Grasmann hat eine Liste aller Geschäfte auf Amrum, die infrage kommen, und es laufen Anfragen bei sämtlichen Paketdiensten und bei Online-Versandhäusern. Grasmann wird die Aktion koordinieren. Des Weiteren stehen Befragungen im Bekannten- und Freundeskreis des Opfers an. Hierbei sollte auch nach der Sherryflasche gefragt werden. Es scheint bekannt gewesen zu sein, dass Marten Hilmer ein Sherry-Liebhaber war. Von daher kann es durchaus sein, dass die Flasche ein Geschenk war.«

»Klingt nach der Nadel im Heuhaufen«, warf einer der Flensburger Beamten ein.

»Ja, durchaus. Allerdings wissen wir von der Putzfrau, dass das Opfer recht häufig Sherry getrunken hat. Von daher hoffe ich, dass es sich um einen kleinen Zeitraum handelt und wir über diesen Weg dem Täter näher kommen.«

»Liegt die Priorität auf dem bereits inhaftierten Verdächtigen?«, fragte der zweite Flensburger Kommissar.

»Ja und nein. Eibo Nicolaisen ist momentan unser Hauptverdächtiger, aber der Haftrichter hat ziemlich deutlich gesagt, dass wir mehr liefern müssen, wenn Nicolaisen weiter in Haft bleiben soll. Von einer möglichen Anklage einmal ganz abgesehen. Die PTA-Spur nach Schleswig hat sich ja als nicht relevant herausgestellt. Wir müssen abwarten, ob die Befragungen der nächsten Tage neue Erkenntnisse zu Eibo Nicolaisen bringen.«

»Welche Ermittlungsansätze gibt es noch?«, fragte Ole Kotten.

»Wir haben aus Hilmers Firma Unterlagen bekommen, die wir nach möglichen Motiven durchleuchten müssen. Es gibt Hinweise auf weitere Personen, die mit Hilmer im Streit lagen. Besonderes Augenmerk sollten wir auf Heike Dittmann legen. Wir brauchen Beweise, dass sie zumindest an dem Verkauf des Nicolaisen-Hauses mit beteiligt war. Der Staatsanwalt hat einen richterlichen Beschluss erwirkt. Ich werde im Anschluss mit dem Hausarzt von Frau Nicolaisen sprechen. Sollte die alte Dame bereits bei der Unterschrift nicht mehr geschäftsfähig gewesen sein, untermauert das den Verdacht gegen ihren Enkel. Allerdings vermute ich, dass Frau Nicolaisen nicht die einzige Betroffene ist und wir hier auf weitere Verdächtige mit starken Motiven treffen könnten.«

»Schön und gut«, sagte einer der Flensburger Kommissare. »Aber Nicolaisens Fingerabdrücke sind auf der Flasche gefunden worden und keine anderen. Ist das nicht sehr eindeutig?«

»Ja«, antwortete Johann. »Bisher ist noch kein Fall bekannt, in dem ein Fingerabdruck so gefälscht werden konnte, dass die Kollegen von der Kriminaltechnik darauf hereingefallen wären.«

»Fingerabdruckscanner lassen sich schon mit etwas Aufwand täuschen«, warf einer der Flensburger Beamten ein.

»Das habe ich sogar selbst einmal ausprobiert«, antwortete Johann. »Allerdings ist es bisher nicht gelungen, einen täuschend echten Abdruck auf Glas zu bringen, der dann später als Originalabdruck durchgeht. Und schon gar nicht einen von einer ganzen Hand.«

»Da der Abdruck auf der Flasche ist, kommt er also von Nicolaisen?«

»Davon müssen wir ausgehen«, sagte Lena. »Ob er allerdings im Hilmer-Haus darauf gekommen ist, ist die Frage. Ich gehe davon aus, dass Nicolaisen noch einfallen wird …« Sie malte Anführungsstriche in die Luft. »… dass er die Flasche bei seinem Besuch im Haus doch angefasst hat. Darauf sollten wir vorbereitet sein.«

Lena verteilte die Aufgaben. Die beiden Flensburger Beamten bildeten ein Team, Johann und Ole ein zweites. Die nächste Besprechung setzte Lena für den späten Nachmittag an.

Lena wartete im Eingangsbereich der Arztpraxis, bis die Patientin aus dem Sprechzimmer kam. Alexander Harms nickte ihr zu, als sie den Raum betrat. »So häufig wie in den letzten drei Tagen haben wir uns in den letzten zwanzig Jahren nicht gesehen. Setz dich doch, Lena.«

Lena reichte Harms den richterlichen Beschluss und wartete, bis er ihn durchgelesen hatte.

»Was willst du wissen?«

»Frau Nicolaisen ist deine Patientin?«

»Ja. Bevor sie ins Altersheim gezogen ist, war sie ein-, zweimal hier bei mir in der Sprechstunde, später habe ich sie auch zu Hause aufgesucht.«

»Konnte sie nicht mehr kommen?«

»Sie hat es selbst so nicht formuliert, aber sie wirkte erleichtert, als ich zu ihr ins Haus kam. Ihr Enkel hat mich übrigens darum gebeten.«

»Ungefähr sechs Wochen bevor Frau Nicolaisen aus dem Haus ausgezogen ist, hat sie einen Kaufvertrag unterschrieben. Im Grunde genommen habe ich nur die eine Frage: War sie zu diesem Zeitpunkt überhaupt noch in der Lage zu verstehen, was sie unterschrieben hat und was das für Konsequenzen haben würde?«

Alexander Harms nickte nachdenklich. »Ja, ich habe natürlich schon mit dieser Frage gerechnet. Vorab: Ich bin Internist und kein Neurologe. Natürlich habe ich mit Demenzkranken zu tun, und gerade die Altersdemenz wie bei Frau Nicolaisen ist häufig anzutreffen.«

»Aber?«

»Demenz ist nicht so eindeutig diagnostizierbar wie zum Beispiel ein Knochenbruch. Sie fängt in aller Regel extrem langsam an und selbst bei deutlichen Symptomen gibt es gute wie schlechte Tage.«

Lena musste unwillkürlich an Beke denken, zwang sich aber, sich auf das Gespräch zu konzentrieren.

»Was bedeutet das in Bezug auf Frau Nicolaisen?«, fragte sie.

»Dass ich dir keine hundertprozentige Diagnose geben kann. Aber mir ist schon klar, dass dir mit solch schwammigen Ausführungen nicht wirklich geholfen ist.« Er legte den Kopf in den Nacken und atmete tief durch. »Okay, du willst eine klare Aussage von mir. Als ihr Hausarzt habe ich sie über mehrere Monate betreuen können und dabei beobachtet, wie rasant ihre Demenz fortgeschritten ist. Zu dem Zeitpunkt, als sie den Vertrag unterschrieben hat, hatte sie bereits so große Probleme, ihren Alltag zu organisieren, dass sie ohne die Pflegerin, die mehrere Stunden am Tag im Haus war, nicht zurechtgekommen wäre. Frau Dittmann, die Pflegerin, hat viel abgefangen und ihr dadurch ein mehr oder weniger selbstständiges Leben im eigenen Haus ermöglicht. Das wäre nach meiner Meinung nicht mehr lange gut gegangen. Sprich: Eine Vierundzwanzig-Stunden-Betreuung wäre nötig geworden.«

»Das verstehe ich alles, Alexander, aber die eigentliche Frage hast du noch nicht beantwortet.«

»Ich weiß. Ich wollte dir verdeutlichen, wie schwierig die Antwort ist. Aber gut, davor drücken kann ich mich wohl nicht. Ich glaube nicht, dass Frau Nicolaisen die Tragweite ihrer

Entscheidung bewusst war. Dir persönlich würde ich sogar sagen, dass sie nicht einmal mehr wusste, dass sie ein Haus besaß.«

»Fragt sich, wie ein Notar unter diesen Bedingungen einen Vertrag beurkunden kann. Er muss doch bemerkt haben, was mit Frau Nicolaisen los ist.«

»Nicht unbedingt. Wenn die Pflegerin dabei war und Frau Nicolaisen zuvor auf den Termin vorbereitet hat, wäre es durchaus möglich, dass der Notar getäuscht wurde. Allerdings wäre es seine Pflicht, genauer hinzusehen. Mit ein paar gezielten Fragen würde der Schwindel schnell auffliegen.«

Lena stand auf. »Danke dir für deine Auskünfte. Du bekommst heute oder morgen ein Protokoll der Befragung zugeschickt. Eventuell musst du auch noch eine Art Gutachten schreiben.«

Alexander Harms begleitete sie durch die Praxis und verabschiedete sich mit den Worten: »Pass auf dich auf, Lena.«

Lena parkte an der Straße und stieg aus. Beke, bei der sich Lena auf dem Weg angekündigt hatte, stand vor dem Haus und wartete auf sie. Sie begrüßten sich mit einer langen Umarmung. In Bekes Küche stand bereits die Teekanne auf dem Stövchen und wurde von der kleinen Flamme der Kerze gewärmt.

»Du hast doch Zeit für eine Tasse Tee?«, fragte Beke. »Oder hast du Hunger? Wir haben ja bald Mittag.«

»Danke, aber setz dich erst mal.« Lena schenkte für beide Tee ein und hörte dem Knistern der Kluntjes zu, als der heiße Tee die Zuckerkristalle langsam löste.

»Geht es dir gut?«, fragte Beke.

»Beke, das möchte ich dich eigentlich fragen«, antwortete Lena und strich ihrer Tante über die Schulter. »Wie sind die Schmerzen heute?«

»Mir geht es gut. Erck war heute Morgen auch schon hier«, sagte Beke. »Er hat mir ein paar Sachen vom Kaufmann gebracht.«

»Das wusste ich gar nicht. Ich hätte es doch auch machen können.«

Beke zog ein Seniorenhandy aus der Tasche ihrer Kittelschürze. »Das hat Erck mir gegeben. So kann ich ihn jederzeit erreichen.«

»Das ist wirklich eine gute Idee.« Lena fragte sich, warum Erck ihr bisher davon nichts erzählt hatte.

»Deine Telefonnummer ist auch gespeichert«, fuhr Beke fort.

Lena lächelte, auch wenn ihr im Moment nicht danach zumute war. Erck hatte es zwar gut gemeint, als er Beke das Handy besorgt hatte, aber seine Fürsorge ihr gegenüber ging ihr zu weit. Warum hatte er sie nicht angesprochen, wenn er der Meinung war, dass Beke ein Handy brauchte? Lena fühlte sich übergangen. Gleichzeitig fiel es ihr schwer, auf Erck wütend zu sein.

»Was hast du denn, Lena?«, fragte Beke. »Du siehst so nachdenklich aus.«

»Alles gut. Der Fall hier auf Amrum macht mir viel Arbeit. Ich habe dir doch von Marten Hilmer erzählt.«

»Ich habe gehört, dass er an einem Herzinfarkt gestorben ist. Du hast mir gar nicht gesagt, dass du deshalb hier auf Amrum bist.«

»Doch, Beke. Du hast es vielleicht nur vergessen.«

Sie unterhielten sich noch eine Weile, bevor Lena wieder aufbrach. Sie versprach ihrer Tante, sobald es ihr möglich war, wieder bei ihr vorbeizukommen.

Als Lena ins Auto stieg, stand Beke in der Tür des Hauses und winkte ihr nach. Gedankenversunken fuhr Lena um die nächste Straßenbiegung, nur um dort wieder anzuhalten.

Was hatte Erck noch alles vor ihr zurückgehalten? Er schien zu glauben, dass sie vollkommen überlastet war. Wirkte sie nach außen so gestresst? Wuchs ihr tatsächlich alles über den Kopf – die Arbeit, die Beziehung, Groll …?

Ihr Handy klingelte. Nach einem Blick aufs Display nahm sie das Gespräch an. »Guten Tag, Herr Kriminaldirektor.«

»Guten Tag, Frau Lorenzen. Sie können sich sicher denken, warum ich anrufe.«

»Ja, natürlich. Sie haben mein Schreiben zu Kriminalrat Groll bekommen. Gibt es noch Fragen zu klären?«

»Zunächst einmal nicht. Ich leite den Vorgang direkt weiter, Sie werden dann mit Sicherheit von der Kommission hören, die sich mit der Angelegenheit beschäftigen wird.«

Warnke schien seine Worte sehr überlegt zu wählen. Lena fragte sich, was das zu bedeuten hatte. »Kriminalrat Groll hat mir seine Meinung bereits telefonisch mitgeteilt.«

»In deftigen Worten, vermute ich mal.«

»So könnte man es formulieren. Sie waren übrigens auch Thema.«

Warnke räusperte sich leise. »Ich kann mir durchaus denken, dass seine Äußerungen zu meiner Person nicht gerade positiv waren.«

»Nein, waren sie nicht.«

»Sie haben eine Aufzeichnung des Gesprächs?«

»Herr Kriminaldirektor, damit würde ich mich strafbar machen.«

»Wenn ich mich recht entsinne, haben Sie ein ausgezeichnetes Gedächtnis und können ein wortwörtliches Protokoll des Gesprächs verfassen?«

»Ist bereits geschehen. Ich kann es Ihnen gerne zusenden.«

»Nein, das wird nicht nötig sein. Haben Sie noch von weiteren Kolleginnen gehört, denen Ähnliches passiert ist?«

»Gehört ja, alles Weitere wird sich in den nächsten Tagen zeigen.«

»Verstehe.« Er hielt kurz inne, bevor er weitersprach. »Ich habe mit einem der Kommissionsmitglieder gesprochen. Ich fürchte, es wird keine einfache Verhandlung werden.«

»Das war mir von Anfang an klar.«

»Aber es bleibt ja noch etwas Zeit. Eventuell melden sich weitere Betroffene oder es gibt nicht zu widerlegende Beweise gegen den Kollegen Groll.«

Lena wunderte sich nicht über die zurückhaltende Art ihres Chefs. Bisher hatte er sich nie aus der Deckung gewagt. Trotzdem hatte sie von ihm mehr Unterstützung erwartet. Sie verabschiedete sich von ihm und legte nachdenklich das Handy zur Seite. Was hatte Warnke mit *nicht zu widerlegenden Beweisen* gemeint? War das eine Aufforderung, nicht ganz legale Mittel einzusetzen? Kurz entschlossen griff sie wieder zum Handy und rief Leon an.

»Ja?«

»Hallo, Leon. Wie geht es dir?«

»Was willst du?«

»Ich weiß, du hast schon mehr als genug für mich getan, aber dieses Mal geht es um mich persönlich.«

Der Hacker schwieg eine Weile, bevor er murmelte: »Erzähl.«

Lena fasste in wenigen Worten zusammen, um was es ging, und sagte dann: »Ich brauche etwas, das Groll belastet.«

»Handygespräche anzapfen kannst du vergessen. Ich bin nicht die NSA.«

»Und seinen Rechner?«

»Den privaten?«

»Er wird ganz sicher nicht den Dienstlaptop oder seinen Rechner im Büro für diese heiklen Sachen benutzen.«

»Schick mir alles, was du über ihn hast. Nicht über deinen Account. Es könnte dreckig werden.«

Lena verstand, was er ihr sagen wollte. Falls sie ins Fadenkreuz eventueller Ermittlungen geraten sollte, wollte Leon nicht, dass der Kontakt zu ihm so einfach nachvollziehbar war.

»Kommt! Und danke.«

Lena horchte ins Handy. Leon hatte wie immer ohne Gruß das Gespräch beendet.

Vierzehn

Helene Lützen, die Büroleiterin in Marten Hilmers Firma, wartete auf Lena, als diese die Polizeistation betrat. Lena hatte sie am Tag zuvor zu einer weiteren Befragung vorgeladen. Nun bat sie sie in ihr provisorisches Büro.

»Vielen Dank, dass Sie sich für ein weiteres Gespräch zur Verfügung stellen«, begann Lena, die bewusst auf die Aufzeichnung der Befragung verzichtete.

Helene Lützen schwieg.

»Ihre Unterlagen zu den Geschäftsbeziehungen haben wir inzwischen bekommen und werten sie gerade aus. Ist Ihnen noch etwas eingefallen, das wichtig für uns wäre?«

»Nein.«

»Sie waren an dem Kauf des Hauses von Theda Nicolaisen beteiligt?«

»Selbstverständlich. Ein solches Investment macht man nicht aus dem Bauch heraus. Vom Haus, das bautechnisch begutachtet werden muss, über eine Einschätzung, ob die Lage für die geplante Vermarktung kompatibel ist, bis hin zur Finanzierung des gesamten Projekts – so etwas dauert Monate, bei sehr großen Vorhaben bis zu einem Jahr. Als rechte Hand von Herrn Hilmer habe ich da natürlich durchgängig mit zu tun gehabt.«

»Der Enkel von Frau Nicolaisen behauptet, dass der Verkaufspreis zu niedrig ausgefallen ist. Was sagen Sie dazu?«

»Das ist Verhandlungssache. Kein Investor bezahlt mehr, als er muss. Hätte Frau Nicolaisen mehr gefordert, hätten wir neu rechnen müssen. Die Vorstellungen des Enkels sind vollkommen überzogen. Die geplanten Investitionen ins Haus betragen fast eine halbe Million Euro. Das kommt noch zum Hauspreis und den Nebenkosten dazu. Ob jemand anders mehr bezahlt hätte, kann ich nicht sagen. Möglich ist das immer. Aber Frau Nicolaisen hat nun mal an uns verkauft und den Preis akzeptiert.«

»Waren Sie bei Gesprächen mit Frau Nicolaisen anwesend?«

»Nein, damit hatte ich nichts zu tun.«

»Aber Sie sind mit Frau Nicolaisen persönlich in Kontakt gekommen?«

Helene Lützen zögerte und schien zu wissen, auf was die Fragen hinausliefen. »Ja, ich war im Haus, als der Gutachter dort war, und zweimal bin ich zusammen mit dem Architekten dort gewesen. Frau Nicolaisen war jedes Mal im Haus.«

»Hatten Sie den Eindruck, dass sie verstand, um was es ging?«

»Ich weiß, worauf Sie hinauswollen. Der Enkel hat es ja deutlich genug gesagt. Er musste ja auch irgendwas anführen, um seine absurden Anschuldigungen zu untermauern.«

»Sie haben noch nicht meine Frage beantwortet, Frau Lützen.«

»Weil ich dazu nicht viel sagen kann. Die Pflegerin war jedes Mal im Haus und eigentlich habe ich nur mit ihr gesprochen. Natürlich habe ich Frau Nicolaisen begrüßt und ein paar Worte mit ihr gewechselt, mehr aber auch nicht.«

»Kennen Sie die Pflegerin, Frau Dittmann, persönlich?«

»Nein, ich hätte mich jetzt nicht einmal an ihren Namen erinnert.«

»Was hatten Sie für einen Eindruck von ihr?«

»Sie hatte alles in der Hand, wirkte sehr kompetent auf mich. Aber auch mit ihr habe ich nur ein paar Worte gewechselt.«

»Ist es üblich, dass Vermittlerinnen eine Provision bekommen?«

Helene Lützen warf ihr einen misstrauischen Blick zu. »Wie meinen Sie das? Sprechen Sie von dieser Pflegerin?«

»Zum Beispiel.«

»Ob sie Geld bekommen hat, weiß ich nicht. Und natürlich gibt es so etwas wie Vermittlerprovisionen. Das ist ganz legal und wird überall gemacht. Das Finanzamt akzeptiert das auch. Wie Marten das in diesem Fall geregelt hat, weiß ich nicht.«

Lena notierte sich einige Stichworte von Frau Lützens Aussage und stellte die nächste Frage: »Kommen wir noch einmal zu Herrn Hilmer. Sie haben ihn ja aus zwei Perspektiven kennengelernt, persönlich und bei der Arbeit. Wie würden Sie ihn charakterisieren?«

»Ich hätte nicht die Arbeitsstelle gewechselt, wenn ich nicht eine hohe Meinung von Marten gehabt hätte. Natürlich war er in erster Linie Geschäftsmann, aber er ist dabei immer Mensch geblieben. Das können Sie mir glauben. Es ging ihm darum, guten Tourismus auf die Insel zu holen. Wir wollen hier keinen Massenauflauf wie auf Sylt. Weder die Reichen und Schönen noch die hunderttausend Tagestouristen bringen Amrum eine gute und gesicherte Zukunft. ›Solide, gehobene Ferienunterkünfte‹, hat Marten immer gesagt.«

»Ich habe inzwischen mit einigen Frauen gesprochen, mit denen Herr Hilmer auf die eine oder andere Weise liiert war.«

Helene Lützen warf Lena einen verächtlichen Blick zu. »Und was ist jetzt Ihre Frage?«

»Hat Sie das nicht gestört, wo Sie so eng mit ihm zusammengearbeitet haben?«

»Warum sollte es mich stören?« Sie sprach jetzt leiser als zuvor und wirkte auf Lena, als wäre ihr das Thema nicht angenehm.

»Sind Sie nie auf die Idee gekommen, dass Marten Hilmer aus sehr egoistischen Motiven Ihre Nähe gesucht hat?«

Helene Lützen starrte sie wütend an. »Jetzt werden Sie nicht auch noch unverschämt! Marten war nicht so, wie Sie ihn da gerade hinstellen. Er war ein liebevoller Mensch, jemand, der zuhören konnte, der geholfen hat, wenn er gesehen hat, dass jemand in Not ist. Er hat auch Frau Nicolaisen nicht betrogen. Der Preis für ihr Haus war absolut in Ordnung. Er hätte den Vertrag niemals abgeschlossen, wenn Frau Nicolaisen nicht mehr klar im Kopf gewesen wäre. Sie beschmutzen sein Andenken!« Sie sprang auf. »Haben Sie noch Fragen?«

»Im Moment nicht, Frau Lützen.« Lena begleitete die Frau bis vor die Tür, wo Frau Lützen jedoch Lenas zum Abschied ausgestreckte Hand ignorierte und sich ohne Gruß abwandte.

Lena streckte sich. Seit Stunden war sie mit den Firmenunterlagen beschäftigt. In den letzten drei Jahren hatte Hilmer vier Häuser auf Amrum gekauft, fünfzehn in den letzten zwanzig Jahren. Alle Gebäude waren zu Ferienwohnungen oder -häusern umgebaut worden. Aus den letzten Steuererklärungen ging hervor, dass die Firma jährliche Gewinne von um die zweihundertfünfzigtausend Euro erwirtschaftete. Gleichzeitig hatte Hilmer über die Jahre Kredite von über sechs Millionen Euro aufgenommen. Bei keinem der Verkäufe waren Unregelmäßigkeiten aktenkundig geworden, es hatte weder Anzeigen noch Zivilrechtsprozesse gegen Hilmer oder seine Firma gegeben. Lena recherchierte die Daten der Verkäufer und teilte sich mit den beiden Flensburger Kollegen die telefonischen Befragungen.

Beim ersten Gespräch erreichte sie den Sohn einer inzwischen verstorbenen ehemaligen Hausbesitzerin. Das Gebäude war vor fünf Jahren verkauft worden, die Besitzerin anschließend zu ihrem Sohn nach Rendsburg aufs Festland gezogen. Lenas Gesprächspartner schilderte Hilmer als ruhigen, sachlichen und vertrauenswürdigen Mann, der einen marktüblichen Preis für das Haus bezahlt habe. Seiner Mutter sei es wichtig gewesen, dass ihr Elternhaus in gute Hände kam. Dafür habe sie darauf verzichtet, den Preis durch eine Auktion in die Höhe zu treiben. Entscheidend für den letztendlichen Zuschlag sei gewesen, dass seiner Familie ein Anrecht auf eine jährliche vierwöchige Nutzung des Hauses eingeräumt wurde.

Der zweite Anruf galt Hannes Roth, zweiundachtzig, der vor acht Jahren sein Haus auf Amrum an Hilmer verkauft hatte.

»Sind Sie wirklich von der Polizei?«, wollte der alte Herr wissen.

»Wenn Sie sichergehen möchten, rufen Sie doch bitte die Polizeistation auf Amrum an und lassen sich zu mir durchstellen. Hauptkommissarin Lena Lorenzen.«

»Sie sind aber nicht die Tochter von Werner Lorenzen, oder?«

»Doch, das bin ich, Herr Roth.«

»Das ist ja ein Zufall! Ich kenne deinen Vater aus der Kirchengemeinde. Ein guter Mann. Was kann ich denn für dich tun?« Dass Hannes Roth zum Du gewechselt war, störte Lena nicht weiter.

»Herr Hilmer, dem Sie seinerzeit Ihr Haus verkauft haben, ist tot in seinem Haus aufgefunden worden. Wir untersuchen, wie es dazu gekommen ist. Können Sie mir etwas über den Verkauf erzählen? Waren Sie zufrieden mit Herrn Hilmer?«

»Du musst wissen, ein halbes Jahr zuvor ist meine liebe Frau Erika gestorben. Sie hatte Krebs. Es war eine Erlösung für sie, aber …« Er machte eine kurze Pause. »Das ist lange vorbei.

Ich komme ja eigentlich gar nicht von Amrum. Vielleicht weißt du das ja. Der Liebe wegen bin ich auf die Insel gekommen und dann auch so viele Jahre geblieben. Es waren schöne Jahre, aber als Erika starb … wollte ich zurück in meine Heimatstadt. Hier habe ich noch Verwandte. Einen Neffen und seine Frau und noch Freunde von früher. Manchmal denke ich, ich war zu voreilig und hätte lieber noch etwas warten sollen. Nach so vielen Jahren ist einem die Insel und alles, was dazugehört, doch ans Herz gewachsen.«

Lena hörte dem alten Herrn noch eine Weile zu, bis sie ihre Frage noch einmal wiederholte.

»Der Marten, ja, der hat das Haus gekauft. Was genau möchtest du denn wissen?«

»Sie kannten Herrn Hilmer schon vor dem Kauf?«

»Nein, die Pflegerin meiner verstorbenen Frau hat ihn mir empfohlen.«

Lena reagierte sofort. »War das Frau Heike Dittmann?«

»Ja, woher weißt du das? Die Heike hat meine Frau im letzten halben Jahr gepflegt. Erika wollte auf keinen Fall ins Pflegeheim. Und ich wollte das natürlich auch nicht.«

»Hat Frau Dittmann Ihnen zum Verkauf geraten?«

»Was soll ich sagen? Das ist jetzt schon so lange her. Die Heike hat mich nach Erikas Tod unterstützt. Es war ja viel zu tun. Die Beerdigung, die ganzen Sachen mit den Behörden und was sonst noch so alles kam. Heike war mir eine große Hilfe.«

»Und Sie haben auch über den Verkauf gesprochen?«

»Doch, doch. Heike hat mir geraten, das Haus zu verkaufen. Weil doch die Preise dafür sehr gut waren zu der Zeit. Sie wusste auch gleich, wer das kaufen könnte. Aber das habe ich schon gesagt, oder?«

»Hat Frau Dittmann Sie auch zum Notartermin begleitet?«

»Ja, sie war so nett, mich zu fahren.«

»Herr Roth, das war es auch schon, was ich von Ihnen wissen wollte. Ich bedanke mich recht herzlich.«

»Da nicht für. Und grüß mir deinen Vater von mir. Er erinnert sich bestimmt.«

Lena holte sich eine Tasse Kaffee, bevor sie die beiden letzten Personen auf ihrer Liste anrief. Bei der ersten Telefonnummer erreichte sie eine alte Dame, die sich nicht erinnern konnte, jemals auf Amrum gelebt zu haben. Als schließlich ihre Tochter ans Telefon kam, erfuhr Lena, dass der Verkauf seinerzeit von der Mutter selbst organisiert und sie als Tochter vor vollendete Tatsachen gestellt worden war. Ihre Mutter sei dann zu ihr ins Haus gezogen, könne sich aber aufgrund ihrer fortschreitenden Demenz nicht mehr an die vergangenen Jahre erinnern.

Bei dem nächsten Anruf sprach Lena mit einer alten Dame, die Amrum bereits vor fünfzehn Jahren verlassen hatte. Sie konnte sich gut an Marten Hilmer erinnern und fand nur lobende Worte für ihn. Er habe ihr einen guten Preis gezahlt und faire Bedingungen geboten.

Um kurz vor fünf am Nachmittag traf sich die Ermittlergruppe im Aufenthaltsraum der Polizeistation.

Einer der Flensburger Beamten, der zusammen mit Lena die Liste der Hausverkäufer abtelefoniert hatte, berichtete von einem weiteren Verkauf, bei dem Heike Dittmann eine Rolle gespielt hatte. Dittmann hatte als Pflegerin einer alten Dame deren Freundin zum Hausverkauf geraten und den Kontakt zu Marten Hilmer hergestellt. Lena vervollständigte die Informationen mit ihren Recherchen.

Der zweite Flensburger Kommissar hatte sich um die Vita von Heike Dittmann gekümmert. Sie war mit Anfang zwanzig nach Amrum gekommen und hatte hier als Servicekraft in verschiedenen Restaurants und Cafés gearbeitet, bevor sie eine Ausbildung zur Altenpflegerin durchlaufen hatte. Zunächst hatte sie in einem Altersheim auf Föhr gearbeitet, anschließend bei einem Pflegedienst auf Amrum, bevor sie sich selbstständig gemacht hatte. Seitdem war sie freiberuflich als Pflegerin tätig.

»Gehört das Penthouse ihr?«, fragte Johann.

»Sie hat es vor vier Jahren erworben. Wenn ich die abgeführte Grunderwerbssteuer hochrechne, wird sie etwas über fünfhunderttausend Euro dafür bezahlt haben. Ob beziehungsweise in welchem Umfang sie dafür einen Kredit aufgenommen hat, ist ohne Beschluss nicht zu erfahren.«

Lena nickte. »Ich werde den Staatsanwalt darum bitten.«

Johann meldete sich und berichtete von seinen Recherchen zur Flasche. Es handelte sich um einen Sherry aus Andalusien, der über sechzig Euro pro Flasche kostete und in keinem der Amrumer Geschäfte angeboten wurde. Im Haus fanden sich keine weiteren Flaschen dieser Sorte.

»Im Haus stehen allerdings weitere Flaschen anderer Sherrysorten. Sie waren alle ungeöffnet. Leider bin ich noch nicht so weit, dass ich sagen kann, wie und wann der Sherry ins Haus gekommen ist. Ich habe mich allerdings noch mit einem Fingerabdruckexperten beim LKA unterhalten. Er teilt meine Meinung, dass es höchst ungewöhnlich ist, dass nur die Abdrücke von Hilmer und Nicolaisen auf der Flasche sind. Bei vergleichbaren Fällen wurde immer eine Reihe von weiteren Abdrücken gefunden. Allein im Handel wird die Flasche von mehreren Personen berührt. Selbst wenn sie abgewischt wird, also flüchtig, bleiben immer noch einzelne Abdrücke oder Teilabdrücke zu sehen.«

»Was hat der Experte dazu gesagt, ob man Fingerabdrücke auf einem Gegenstand fälschen kann?«, fragte Ole Kotten.

»Hier wird es interessant. Er ist der Meinung, dass mit extrem hohem Aufwand eine solche Fälschung möglich wäre, glaubt aber nicht, dass das ein Laie hinbekommen würde.«

»Verschieben wir das Thema«, sagte Lena. »Der Fingerabdruck allein wird letztlich ohnehin nicht reichen, um Nicolaisen weiter in Untersuchungshaft zu behalten, von einem Prozess einmal ganz abgesehen.« Sie wandte sich an Ole Kotten. »Wie sieht es bei dir aus?«

»Ich habe mich, wie ihr wisst, um die Freundesliste gekümmert. Nach einer kleinen Rundreise über die Insel kann ich einmal die bisherigen Aussagen zusammenfassen. Marten Hilmer hatte vor allem Geschäftspartner und, ich nenne sie jetzt mal, Bewunderer. Echte Freunde habe ich bisher nicht gefunden. Die Geschäftspartner achten ihn und loben vor allem seine Ehrlichkeit. Selbst zwischen den Zeilen habe ich nicht herausgehört, dass er als Schlitzohr oder noch Schlimmeres gilt. Kurzum, sein Ruf scheint ausgezeichnet zu sein. Allerdings habe ich erst einen Teil der Kandidaten befragt.«

»Keine Freunde, hast du gesagt?«, fragte Lena.

»Das ist natürlich eine Definitionssache. Ich habe bisher niemanden gefunden, der oder die so betroffen von seinem Tod war, wie ich es bei Freunden oder Familienangehörigen erwarten würde. Um wieder die berühmten Zeilen dazwischen zu bemühen, Hilmer scheint als unnahbar gegolten zu haben. Sprich: Es ging wohl mehr von ihm aus, dass er keine tieferen Beziehungen auf freundschaftlicher Basis eingegangen ist. Gleichzeitig scheint er ein sehr vorsichtiger Mann gewesen zu sein. Oder sollte ich sagen: Ein gebranntes Kind scheut das Feuer?«

»Hast du seine Vorliebe für Sherry angesprochen?«, fragte Johann.

»Die war wohl allgemein bekannt. Seine Geschäftsfreunde brachten gerne mal eine Flasche als Geschenk mit. Die von uns gesuchte Marke kannte allerdings keiner der Befragten. Da ich aber noch zwei Drittel der Liste vor mir habe, kann sich das noch ändern.«

»Das mit den Freundschaften, die Marten Hilmer offensichtlich bewusst nicht eingehen wollte, interessiert mich noch genauer«, sagte Lena.

Ole Kotten nickte. »Das dachte ich mir schon. Ich versuche es mal. Einer der Befragten hat mir geschildert, dass die Eltern von Marten Hilmer sehr religiös waren. Die Sorte, die die Bibel sozusagen beim Wort nimmt und auch nicht davor zurückschreckt, sie mit Gewalt bei den eigenen Kindern durchzusetzen. Das hat mich nachdenklich gemacht und ich habe bei den weiteren Befragungen darauf ein besonderes Augenmerk gelegt. Für Marten Hilmer schien es nur eine Person zu geben, der er vertraute, und das war er selbst. Er konnte wohl durchaus mit Menschen umgehen, manche sagen sogar, sehr gut. Er konnte sich einfühlen, wusste, wo er jeden Einzelnen packen konnte, um ihm zu schmeicheln und ihn so zu motivieren …« Ole Kotten malte Ausrufezeichen in die Luft. »… dass die Person freiwillig im Sinne von Hilmer agierte. Gleichzeitig hat er aber wenig zurückgegeben. Das war einseitig, er als Mensch scheint sich niemandem wirklich geöffnet zu haben.«

»Er hatte Angst vor Menschen, willst du uns sagen?«, fragte Lena, die aufmerksam zugehört hatte.

»Gute Frage! Genau darüber habe ich mir auch Gedanken gemacht. Frag mich morgen oder übermorgen noch einmal. Aber in der Tendenz vermute ich das. Er scheint eine Mauer um sich gebaut zu haben, die nur er nach außen durchdringen konnte.«

Lena dankte Ole für seine Ausführungen und verwies auf die noch zu schreibenden Protokolle. Sie sprachen die Aufgaben der nächsten zwei Tage durch und beendeten den Arbeitstag.

Fünfzehn

Lena fuhr frühmorgens auf die Fähre in Wittdün. Aufs Festland überzusetzen würde eineinhalb Stunden dauern, der Rest der Fahrt noch einmal über zwei Stunden. Gegen Mittag hatte sie sich mit Sabrina Ott in ihrer Wohnung verabredet.

Als Lena am Tag zuvor nach der Mitarbeiterbesprechung in Norddorf angekommen war, war Erck bereits zu Hause gewesen. Lena schlug vor, einen Spaziergang am Strand zu machen und anschließend ein Glas Wein im Strandrestaurant zu trinken. Sie liefen eine Stunde bis zur Nordspitze und kehrten dann um. Lena erzählte von ihrem Besuch bei Beke, verschwieg aber, dass sie von dem Handy erfahren hatte. Der lange Spaziergang gab Lena neue Kraft.

Als sie schließlich eingekehrt waren und jeder ein Glas Wein vor sich hatte, redeten sie über die Vergangenheit. Lena sprach von den nächtlichen Albträumen, die sie noch Wochen nach dem Unfalltod ihrer Mutter geplagt hatten, von den Zweifeln, ob ihre Entscheidung richtig gewesen war, von einsamen Monaten während der Ausbildung und von der Sehnsucht, nach Amrum zurückzukehren. Erck hörte zu, hielt ihre Hand fest in seiner und erzählte seinerseits von den schweren Monaten nach Lenas Flucht von Amrum.

Jetzt wirbelte der Wind Lenas lange blonde Haare durcheinander. Sie stand an der Reling und genoss die Überfahrt aufs Festland. Zum ersten Mal seit langer Zeit freute sie sich schon bei der Abreise auf ihre Rückkehr zur Insel. Sie hatte das Gefühl vermisst. Lange Jahre hatte es in ihren Träumen nur den einen Weg gegeben: Richtung Osten nach Dagebüll und von da aus in die weite Welt. Endlich frei atmen. Vor ihrem inneren Auge sah sie sich als Kommissaranwärterin, erinnerte sich daran, wie stolz sie gewesen war, als sie zum ersten Mal das Kommissariat betreten hatte und vom Team begrüßt worden war. Ganz plötzlich und mit ungeheurer Wucht kam Groll auf sie zu – und die Nacht, die ihr Leben verändern sollte, stand ihr vor Augen.

Auf dem Weg nach Hamburg hielt sie in Husum und packte für sich und Erck frische Sachen ein. Auch die restliche Fahrt verlief ohne Staus und Behinderungen. Kurz vor elf Uhr fand sie einen Parkplatz in der Nähe von Sabrina Otts Wohnung und betrat gleich darauf das Apartmenthaus in der Hafencity.

Die im vierten Stock liegende Wohnung hatte einen fantastischen Ausblick auf den Hamburger Hafen. Das Wohnzimmer war großzügig geschnitten mit integrierter Küchenzeile. Sabrina Ott hatte sich diskret geschminkt und trug Jeans zu einer hellen Bluse. Sie bot Lena etwas zu trinken an und kam kurz darauf mit zwei großen Milchkaffeetassen zurück zur Sitzlandschaft, auf der Lena bereits Platz genommen hatte.

»Wissen Sie, wann Marten beerdigt wird?«, fragte Sabrina Ott.

»Nein, tut mir leid. Es ist wohl noch nicht geklärt, wer sich darum kümmert.«

»Wie kann ich Ihnen helfen?«, fragte Sabrina Ott, schien aber weiter über Lenas Antwort nachzudenken.

»Falls Sie gerne möchten, kann ich Ihnen den Kontakt zur Büroleiterin von Herrn Martens Firma vermitteln. Ich vermute, dass Frau Lützen die Beisetzung organisieren wird.«

Sabrina Ott schüttelte den Kopf. »Nein, ich möchte keinen Kontakt. Sie wird das sicher gut machen.«

»Sie kennen Frau Lützen?«

»Persönlich nicht, nein. Aber Marten hat von ihr erzählt. Sie war lange Zeit in Marten verliebt, er war sich nicht mal sicher, ob sie es nicht immer noch war.«

»Frau Lützen ist verheiratet.«

»Und? Das ist eine Unterschrift auf einem Stück Papier, aber hat mit den wahren Gefühlen nicht unbedingt etwas zu tun. Vielleicht wäre diese Frau sogar die richtige für Marten gewesen.«

Lena horchte auf, konzentrierte sich aber zunächst auf ein paar grundsätzliche Fragen. »Erzählen Sie mir noch etwas über Ihre Beziehung zu Herrn Hilmer?«

Sabrina Ott lächelte. »Sie können es nicht verstehen?«

»Auf Anhieb nicht, aber das versuche ich ohnehin zu vermeiden. Sich gleich festzulegen, ohne den Menschen und seine Beweggründe zu kennen, wäre unklug in meinem Beruf.«

»Dass er mich gebucht hat, habe ich Ihnen bereits erzählt. Obwohl, eigentlich war es ein Zufall, dass wir uns trafen. Eine meiner Kolleginnen, die er regelmäßig sah, wenn er in Hamburg war, hatte einen kleinen Unfall. Ich bin eingesprungen.« Sie hielt kurz inne und schien sich das erste Treffen ins Gedächtnis zu rufen. »Wir trafen uns in einem Restaurant an der Elbe. Anschließend machten wir einen Spaziergang am Elbufer, bis die Sonne unterging. Es war warm, ich glaube, noch fast dreißig Grad. Später sind wir mit einem Taxi in sein Hotel gefahren. Ja, Sie vermuten richtig, eigentlich ist das der Moment, den viele Menschen für den wichtigsten unserer Arbeit halten. Sex.« Sie lachte leise. »Was für ein Irrtum. Es gibt zwar Männer, die sind sehr fixiert auf den Geschlechtsakt, aber selbst diese Kunden sind letztlich auf der Suche nach menschlicher Nähe. Ein Zuhause für ein paar Stunden oder einen Tag.«

»Sie sagten *eigentlich*?«

»Oh, Sie sind eine aufmerksame Zuhörerin. Ja, wir saßen noch stundenlang an der Bar, tranken Kaffee und Wasser, unterhielten uns. Marten sagte mir später einmal, dass es sich für ihn wie ein Gespräch mit einer alten Freundin angefühlt hatte. Ich empfand es ähnlich. Er war mir nicht fremd, nicht so wie die meisten Männer. In der Regel arbeiten wir mit einer kräftigen Portion Schauspielkunst. Das bleibt nicht aus, gerade bei einer ersten Begegnung. Bei Marten war das anders. Ich brauchte ihm nichts vorzumachen. Aber das war nicht Ihre Frage. Ja, eigentlich hätte der Abend oder die Nacht im Bett geendet. Das tat sie auch, aber wir sind lediglich schlafen gegangen. Marten hat mir einen Kuss auf die Wange gegeben und wir sind eingeschlafen. Händchen haltend. Ich habe mich nicht einmal gewundert. Es war der perfekte Abschluss für diesen wunderbaren Abend.«

»Sie waren auch noch den nächsten Tag zusammen?«

»Bis zum Mittag. Anschließend hatte Marten einen Termin und direkt danach musste er zur Fähre. Wir haben uns das Frühstück ans Bett servieren lassen, gegessen, gelacht, geredet, und ja, irgendwann haben wir uns auch geliebt.«

Lena warf ihr einen erstaunten Blick zu. »Geliebt? Ich muss gestehen, diese Formulierung hätte ich jetzt nicht erwartet.«

Wieder lächelte Sabrina Ott. Es wirkte in keiner Weise überheblich, sondern eher, als hätte sie mit Lenas Frage gerechnet.

»Sie sind der Ansicht, menschliche Nähe und Geld schließen sich aus? Ja, es ist tatsächlich so, dass ich in meinem Beruf vorsichtig sein muss. Wie bei allen sozialen Tätigkeiten muss ich mich professionell verhalten. Ich darf den Kunden nicht zu sehr an mich heranlassen. Seine Wünsche, seine Gefühle, sein ganzes Leben spielen eine Rolle bei unserer Kommunikation.

Hier immer eine klare Grenze zu ziehen, Distanz zu wahren und doch dem Kunden nahe zu sein ist nicht leicht. Die Grenze ist fließend und in diesem besonderen Fall, bei Marten, habe ich es nicht geschafft, mich wirklich professionell zu verhalten. Und darüber bin ich froh. Ja, für mich, für uns war es eine Liebesnacht – oder ein Liebesmorgen. Und bevor Sie fragen, natürlich hat Marten die vereinbarte Summe bezahlt. Es lag auch nicht in unserem Ermessen, darüber zu befinden. Der Vertrag war geschlossen, das Honorar von der Kreditkarte abgebucht. Das war für uns beide kein Problem.«

»Und später?«, fragte Lena, der es schwerfiel, die besondere Beziehung zwischen Marten Hilmer und Sabrina Ott zu verstehen.

»Bis ungefähr vor einem halben Jahr hat Marten darauf bestanden, mir etwas zu geben. Ich habe ihm versucht zu erklären, dass ich sein Geld nicht nehmen kann, aber er hat mich in dieser Frage ignoriert. Ich habe es schließlich akzeptiert und die einzelnen Beträge auf ein Extrakonto eingezahlt. Dort liegt das Geld auch weiterhin. Ich werde es jetzt wohl für einen guten Zweck spenden.«

»Er hat Sie weiter bezahlt? Und das, obwohl Sie sich inzwischen auf einer anderen Ebene nähergekommen waren?«

»Ich habe es auch lange nicht verstanden. Vielleicht war es sein Weg, mit unserer Beziehung zurechtzukommen. Solange er mich bezahlte, war es quasi ausgeschlossen, dass wir ein richtiges Paar werden würden.«

»Hätten Sie es denn so gewollt?«

»Ich bin Realistin. Es war für mich allein deshalb keine Option, weil Marten es nicht in Erwägung gezogen hat. Er hätte mich nie zu etwas gedrängt und ich ihn auch nicht. Wir haben uns gegenseitig gebraucht, es war ein Geben und Nehmen. Es ist als Außenstehende schwer, das zu verstehen. Marten war gefangen in seiner Welt und in gewisser Weise trifft das auch auf mich zu.«

»Was muss ich darunter verstehen, *gefangen in seiner Welt*?«

»Marten hatte einen autoritären und brutalen Vater. Das war eine Hassliebe zwischen den beiden. Sie konnten nicht miteinander, aber auch nicht ohneeinander. Nachdem sein Vater gestorben war, hat Marten das Geschäft seines Vaters verkauft, um sich von ihm zu befreien. Vielleicht hätte das funktioniert, wenn er nicht das Geld aus dem Verkauf für seine neue Firma eingesetzt hätte. Oder wenn er die Insel verlassen hätte, um einen wirklichen Schlussstrich zu ziehen. Aber das war alles weit vor meiner Zeit, wie Sie wissen.«

Lenas Handy vibrierte. Sie warf einen Blick aufs Display, entschuldigte sich bei Sabrina Ott und nahm das Gespräch an.

»Kann ich dich später zurückrufen, Luise?«

»Du kannst nicht sprechen, vermute ich. Ich bin zu erreichen. Es ist wichtig.«

»Ich melde mich.« Lena legte das Handy zur Seite und sagte mit Blick auf Sabrina Ott: »Entschuldigung. Fahren Sie doch bitte fort.«

»Martens Erfolgsgeschichte, damit meine ich den Aufstieg seiner Firma, hat viel damit zu tun, dass er es seinem Vater postum recht machen wollte, ihm zeigen wollte, dass er ein Mann ist und würdig, den Namen der Familie weiterzutragen. Sie fragen sich sicher, ob er mir das alles so erzählt hat. Nein, das hat er nicht. Aber in unseren stundenlangen Gesprächen ist mir das klar geworden. Und hier schließt sich auch wieder der Kreis. Ein Hilmer, der des Namens würdig ist, würde niemals mit einer Prostituierten eine Beziehung eingehen. Er musste mich bezahlen, damit hat er sich eine Grenze gezogen, die er nicht überschreiten wollte.«

»Und das nur wegen seinem Vater?«

»Nein, nicht nur. Da gab es noch etwas. Er trauerte um seine große Liebe. Die Geschichte muss dreißig bis vierzig Jahre her sein. Ein großes Trauma. Mehr weiß ich nicht. Aber seitdem hat Marten nie wieder eine längere Beziehung zu einer Frau gehabt. So verrückt es klingt, unsere beiden Jahre waren die absolute Ausnahme.«

Lena musste unwillkürlich an das Foto ihrer Mutter denken. Nein, es war abwegig, ihre Mutter, die große Liebe von Marten Hilmer. Er hätte sich an ihr die Zähne ausgebissen. Lena wusste um die Abneigung ihrer Mutter gegenüber Casanovas, wie sie diese Männer damals genannt hatte.

»Sie wissen nichts über diese Frau?« Lena wunderte sich selbst über ihre Frage, die sie spontan gestellt hatte.

»Viel und ganz wenig. Ich habe eine Vorstellung von ihr, weil Marten sie immer in sich getragen hat. Gleichzeitig kenne ich weder ihren Namen noch weiß ich irgendwelche Details. Sie muss ihn sehr beeindruckt haben. Es muss eine starke Frau gewesen sein, mit einem gleichzeitig weichen Kern. Er hat lange um sie geworben, also war diese Frau entweder vergeben oder sie hat mit Marten gespielt. Ich tippe eher auf die erste Variante. Auf jeden Fall hat diese Frau sein Leben ähnlich geprägt wie sein Vater.«

»Lebt sie noch? Diese Frau, meine ich?«

»Wie kommen Sie da jetzt drauf? Ich weiß es nicht, aber wenn Marten von ihr sprach, kam mir manchmal der Verdacht, dass sie tot ist. Unerreichbar, sozusagen.«

Lena wechselte das Thema, konnte sich aber nur noch mit Mühe auf das Gespräch konzentrieren. Sabrina Ott sprach von Marten Hilmer, von seiner Zerrissenheit und dem Schwanken zwischen den Welten. Er sei privat ein anderer Mensch gewesen als geschäftlich. Das Wohl der Firma stand für ihn im Vordergrund, prägte den Rhythmus seiner Tage und Wochen und ließ ihm wenig Zeit für sein eigenes Leben. Sabrina Ott schien die erste Person in seinem Leben gewesen zu sein, der er ohne Vorbehalte vertraute, bei der er sich fallen lassen konnte und die ihm das gab, was er vielleicht sein Leben lang gesucht hatte: Nähe.

So offen, wie Sabrina Ott über Marten Hilmer gesprochen hatte, so sehr verschlossen blieb sie in Bezug auf ihre eigene Geschichte. War sie verliebt in Marten Hilmer? Hatte sie sich mehr von der Beziehung versprochen? War es für sie verletzend, dass Hilmer auf die Bezahlung bestanden hatte? War die Beziehung noch aktuell gewesen oder bereits von Hilmer beendet worden?

»Haben Sie sich Hoffnungen gemacht, dass Herr Hilmer Ihre Beziehung sozusagen legalisiert?«, wagte Lena zum letzten Mal einen Vorstoß.

»Das war nicht meine Absicht und auch nicht Martens. Ja, es kann sein, dass er sein Leben ändern wollte. Es gab Anzeichen dafür, mehr aber auch nicht. Ich habe unsere gemeinsame Zeit so genommen, wie sie war. Es hat mir gereicht.«

Nach zwei intensiven Stunden verabschiedete sich Lena von Sabrina Ott und ging gedankenversunken zu ihrem Fahrzeug zurück. Sollte Sabrina Ott die Wahrheit gesagt haben, ergab sich ein neues Bild von Marten Hilmer. Ob und welche Auswirkungen das auf ihre Ermittlungen haben würde, lag für Lena noch im Dunkeln.

Zurück im Auto erinnerte sich Lena an Luises Anruf und rief sofort zurück.

»Hallo, Lena. Danke, dass du dich meldest. Wo bist du?«

»Hamburg. Ich wollte gerade zurück zur Fähre nach Dagebüll. Warum fragst du?«

»Fährst du an der Küste entlang auf der A23?«

»Hatte ich vor. Worum geht es denn, Luise?«

»Ich würde gerne persönlich mit dir sprechen. Es eilt.«

»Wenn ich jetzt über Kiel fahre, weiß ich nicht, ob ich die Fähre noch bekomme. Kann das nicht warten?«

»Nein, kann es nicht. Vertrau mir. Bitte.«

»Luise! Was ist denn los? Ich kann jetzt wirk…«

»Kurz hinter Rendsburg auf der A7 ist eine Autobahnraststätte«, fiel Luise ihr ins Wort. »Da könnten wir uns treffen. Ist das okay für dich?«

»Wenn das unbedingt sein muss. Klar, das ist für mich eigentlich kein Umweg. Geht es um den aktuellen Fall?«

»Ja. Bis später, Lena.«

Luise hatte das Gespräch beendet. Lena starrte auf das Handy und schüttelte verärgert den Kopf. Luise war niemand, der sie unnötigerweise von der Arbeit abhalten würde. Sie musste etwas entdeckt haben, was ausgesprochen relevant für den Fall war und das sie ihr übers Telefon nicht mitteilen wollte.

Lena startete den Motor und folgte den Aufforderungen der Navi-Stimme.

Sechzehn

Lena brauchte mehr als eine Stunde, bis sie das Hinweisschild auf die Raststätte Hüttener Berge erreichte. Das Rätselraten über Luises Neuigkeiten wurde schnell abgelöst von den Gedanken an Sabrina Otts Aussage. Nach und nach formte sich für Lena ein neues Bild von Marten Hilmer, sie sah einen Mann, der durch seine Kindheit und Jugend und sein schwieriges Verhältnis zu Frauen geprägt war. Lag hier der Schlüssel zur Aufklärung des Verbrechens? Auch wenn Lena die üblichen Pauschalvermutungen zu Giftmorden wenig relevant fand, war die Wahrscheinlichkeit, dass sie es mit einer Täterin zu tun hatten, nicht unbedingt gesunken. Bisher hatten sie keine weiteren Beweise gegen Eibo Nicolaisen gefunden und selbst die Vermutung, dass Marten Hilmer von der Demenz der alten Dame gewusst hatte, war bisher nicht zu belegen gewesen. Er wurde zwar als knallharter Geschäftsmann beschrieben, gleichzeitig aber als fair und menschlich. Das passte nicht zu einem Betrug, bei dem eine alte demente Frau um ihre Altersversorgung gebracht wurde.

Lena bog von der Autobahn ab und suchte sich einen Parkplatz. Als sie die Raststätte betrat, hob jemand weit hinten im Sitzbereich die Hand. Lena ging auf Luise zu, die ihr ein paar Meter entgegenkam und sie mit einer Umarmung begrüßte.

»Du hast schon einen Kaffee für mich besorgt?«, fragte Lena, als ihr die beiden Kaffeetassen auf dem Tisch auffielen.

»Ja, ich habe dein Auto gesehen.«

Sie setzten sich an den Tisch. Lena trank einen Schluck und stellte die Tasse wieder ab. »Jetzt bin ich aber gespannt, was es so Wichtiges gibt, dass wir hier auf der Raststätte ein Geheimtreffen machen müssen.«

»Es hängt zwar mit dem Fall zusammen, ist aber auch privat.« Luise hielt einen Moment inne und legte ihre Hand auf Lenas. »Versprichst du mir, ganz ruhig zu bleiben?«

»Ruhig?« Lena sah ihre Freundin verständnislos an. Was war passiert? »Ich bin immer ruhig und gefasst, das weißt du doch. Jetzt rück schon raus mit der Sprache.«

Luise schien etwas sagen zu wollen, brach aber nach dem ersten Wort ab.

»Luise, ich habe wirklich nicht ewig Zeit. Was ist denn los?«

Luise atmete tief durch. »Du hast mir doch von dem Foto deiner Mutter erzählt, das du bei …« Sie schluckte.

»Marten Hilmer«, half Lena, die dachte, dass Luise den Namen vergessen hatte. »Ja, der hatte unerklärlicherweise ein altes Foto. Muss irgendein blöder Zufall gewesen sein.«

Luise schüttelte den Kopf. »Nein, das war es wohl nicht. Ich habe … nun, ich habe eure DNA verglichen. Du weißt ja, dass ich deine DNA im System habe. Ja, ich habe sie verglichen und … das Ergebnis war eindeutig: Der Mann ist dein leiblicher Vater.«

»Wie jetzt? Du kommst extra hier nach Rendsburg, um mich zu veralbern?« Lena lachte und brach abrupt ab, als sie Luises Blick bemerkte. Ihre Freundin schien es wirklich ernst zu meinen.

»Ich weiß es schon seit gestern und habe es fünfmal überprüft. Es gibt keinen Zweifel. Dieser Mann ist …«

»Schon gut!«, fuhr Lena Luise an. »Ich habe es ja verstanden.« Mit einem Mal wurde ihr schwindelig. Instinktiv schloss sie die Augen und hielt sich mit beiden Händen an der Tischplatte fest. Sie versuchte, ihren Atem zu beruhigen, der flach und hektisch ging. Wie aus weiter Ferne nahm sie wahr, wie ein Stuhl gerückt wurde, sich ein Arm um ihre Schulter legte und dann, dass Luise leise mit ihr sprach. Erst jetzt öffnete sie die Augen. Es war kein Traum. Das helle Licht eines vorbeifahrenden Autos blendete sie. Lena riss die Hände vor die Augen.

»Das … kann … nicht sein«, stammelte sie. »Das muss … ein Fehler … sein.«

Luise schwieg, aber Lena kannte die Antwort.

Mein Vater, hörte es Lena laut im Kopf dröhnen. *Nein*, schrie sie in Gedanken zurück. *Ich habe keinen Vater.* Sie spürte, wie ihre Wangen feucht wurden, und wischte die Tränen mit der flachen Hand weg.

»Hör zu, Lena. Ich nehme dich jetzt mit nach Kiel. Du übernachtest bei mir und morgen bringe ich dich wieder hierher zur Raststätte. Du kannst jetzt nicht weiterfahren.«

Lena nickte und ließ sich von ihrer Freundin in den Arm nehmen. Lange saßen sie so voreinander, bis Lena sich aufrichtete und Luise direkt ansah. »Kein Irrtum?«

Luise schüttelte den Kopf. »Ganz sicher nicht.«

»Wusste er es?«

»Das weiß ich nicht, Lena. Wenn du in seinem Haus außer dem Foto nichts gefunden hast, vermute ich mal, dass er nichts wusste. Hat er ein Testament gemacht?«

Lena brauchte eine Weile, um zu verstehen, warum Luise die Frage gestellt hatte. »Nein, kein Testament«, antwortete sie leise.

»Ich denke, er wird es nicht gewusst haben.«

»Und … mein … Vater?«

»Du wirst ihn fragen müssen. Irgendwann.«

»Beke?«

Luise kannte Lenas Tante aus vielen Gesprächen und war ihr auch einmal persönlich begegnet, als Beke Lena in Kiel besucht hatte. »Das kann ich mir nicht vorstellen. Wirklich nicht.«

»Nein«, sagte Lena. »Soll ich es ihr sagen?«

»Lena, dafür ist Zeit. Du kommst jetzt mit mir und dann sehen wir weiter.«

Lena hatte das Glas Wein abgelehnt. Sie saß auf Luises Sofa und starrte vor sich hin. Während der ganzen Fahrt nach Kiel hatte sie kein Wort sprechen können. Ihre Gedanken kreisten um ihre Mutter. Warum hatte sie nie etwas gesagt? Hatte sie Marten Hilmer schon vor der Hochzeit mit ihrem Vater gekannt? Waren sie Jugendfreunde gewesen? Hatte sie ihn geliebt? Warum hatte sie sich entschieden, zu schweigen? Oder hatte sie selbst nicht gewusst, wer der Vater ihrer Tochter war?

»Trink doch, bevor es kalt wird«, sagte Luise. Sie hatte Lena eine Tasse Tee auf den Beistelltisch gestellt und sich selbst ein Glas Wein eingeschenkt.

Lena nickte, griff wie in Trance nach der Tasse und trank.

»Geh es ruhig an, Lena. Dass du jetzt schockiert bist, ist ganz normal. Ich wiederhole mich, aber: Lass dir Zeit.«

Lena schreckte auf. »Du darfst es niemandem erzählen. Hörst du, Luise?«

Luise stellte das Weinglas ab. »Du willst den Fall behalten?«

»Natürlich! Ich kenne diesen Mann nicht, und nur weil er mein Erzeuger ist, besteht noch lange keine Beziehung zwischen uns.« Lena spürte, dass sie langsam wieder klarer denken konnte. Sie wollte auf keinen Fall die Ermittlungen abgeben. Jetzt noch weniger als zuvor.

»Bist du dir ganz sicher? Ich kann das Ergebnis für mich behalten. Ganz davon abgesehen, hätte ich den Test überhaupt nicht machen dürfen. Es gab weder einen Auftrag noch einen Grund dafür.«

»Keine Sorge. Niemand wird etwas von mir erfahren.«

»Hat Marten Hilmer Erben?«

»Nein. Warum?« Noch während sie sprach, wurde Lena klar, was der Hintergrund von Luises Fragen war.

»Entschuldige«, sagte Luise. »Das ist jetzt überhaupt nicht wichtig.«

»Nein, ganz bestimmt nicht. Und ich will das Geld auch nicht. Mit welcher Berechtigung auch?«

Luise stand auf. »Ich mache kurz das Gästezimmer klar. Bin gleich zurück.«

Lena lächelte ihr dankbar zu. Ein paar Minuten allein würden ihr guttun, die Gedanken sortieren, überlegen, wie es weitergehen sollte. Als Erstes griff sie zum Handy und schrieb Erck, dass sie eine Zwischenstation bei Luise eingelegt habe und über Nacht bleiben würde. Die nächste Nachricht ging an Johann, dem sie mitteilte, dass sie die Fähre um kurz nach sieben Uhr am nächsten Morgen nehmen würde. Sie stand auf und ging zum Fenster. Unten im Garten des Mietshauses spielten vier Kinder Fußball, ein Mann, vermutlich einer der Väter, sah zu und feuerte die Mannschaften an.

Wie hatte ihre Mutter ihr das antun können? Sie musste ein Verhältnis mit Marten Hilmer gehabt haben. An einen One-Night-Stand wollte Lena nicht glauben, niemals. Ihre Mutter musste geahnt haben, dass zwei Männer als Vater infrage kamen. Oder hatte sie definitiv gewusst, wer der Vater war? Und wenn ja, woher?

Von Beke wusste Lena, dass ihre Mutter mehr als zwei Jahre lang versucht hatte, schwanger zu werden. Sie habe von vielen Kindern gesprochen, hatte Beke ihr erzählt, und auch

Lena konnte sich erinnern, dass ihre Mutter sich weitere Kinder gewünscht hatte.

Wusste Werner davon? Hatte der Streit etwas damit zu tun gehabt? Der Streit, nach dem ihre Mutter, mit dem Fahrrad auf dem Weg nach Nebel unterwegs, tödlich verunglückt war?

Was würde Erck dazu sagen? Sollte sie es ihm überhaupt erzählen? Wäre es nicht besser, Luise zu bitten, die ganze Angelegenheit zu vergessen? Es hatte nie einen DNA-Abgleich gegeben, sie würde den Mörder von Marten Hilmer finden und zur Tagesordnung übergehen.

Tagesordnung. Gab es überhaupt noch eine oder war sie jetzt endgültig ins Chaos gestürzt? Kriminalrat Groll drängte sich wieder einmal in ihre Gedanken. Für einen Moment spürte Lena Übelkeit aufsteigen. Sie schüttelte sich und konzentrierte sich auf das Spiel der Kinder, die jedes Tor stürmisch bejubelten, als wäre es der schönste Treffer ihres Lebens.

Luise trat neben sie. »Wie geht es dir?«

»Alles gut! Ich muss die Nachricht noch etwas verdauen, aber im Moment scheint es mir das Beste, wir vergessen den ganzen Mist einfach.«

»Ich werde niemandem etwas sagen. Du kannst dich auf mich verlassen.«

»Danke, Luise.«

Sie schwiegen eine Weile und schauten gemeinsam in den Garten.

»Willst du es Erck auch nicht sagen?«, fragte Luise leise.

»Ist das wichtig für ihn?«

»Ich denke, ja. Ihr seid ein Paar, bekommt vielleicht Kinder. Hat er nicht das Recht zu wissen, wer der Großvater dieser Kinder ist?«

»Ich bin nicht schwanger und habe es auch nicht vor zu werden.«

»Das klang vor ein paar Monaten noch anders, Lena. Und das weißt du auch. Du hast ernsthaft darüber nachgedacht, zumindest ein Kind zu bekommen. Oder habe ich da etwas falsch verstanden?«

»Jede Frau denkt da doch mal drüber nach. Du nicht auch?«

Luise war vier Jahre jünger als Lena und seit Längerem auf der Suche nach einem Partner fürs Leben. Sie hatte Lena mehrfach erzählt, dass sie von einer Familie träumte: Mann, zwei Kinder und ein Hund.

»Entschuldige«, sagte Lena. »Natürlich hast du. Ich kann gerade nicht ganz klar denken. Der Fall, Groll, unser neues Haus. Und jetzt noch das.«

»Du musst dich nicht entschuldigen. Ich hätte nicht davon anfangen sollen. Du entscheidest, ich akzeptiere es.«

Lena küsste ihre Freundin auf die Wange. »Danke!«

Siebzehn

Lena stand auf *ihrem* Platz an der Reling und sah zu, wie die Fähre in Dagebüll ablegte. Nach einer schnellen Tasse Kaffee waren sie am frühen Morgen aufgebrochen und zur Raststätte gefahren. Der Abschied war kurz ausgefallen, Lena hatte ihre Freundin umarmt und war ins Auto gestiegen.

Die Entscheidung, wie sie mit Luises Fund umgehen sollte, war gefallen. Wer ihr leiblicher Vater war, ging nach den vielen Jahren, die seit ihrer Geburt vergangen waren, niemanden etwas an. Das Erbe, das ihr von Rechts wegen zustand, war ihr egal. Es würde sich jemand finden, der wie auch immer mit Hilmer verwandt war, oder das Vermögen würde an den Staat gehen.

Ob sie zu einem späteren Zeitpunkt Erck in das Familiengeheimnis einweihen würde, konnte sie immer noch entscheiden. Im Moment gab es dafür keinen Grund. Beke mit Fragen zu bombardieren war in deren jetzigem Zustand gefährlich, weil sie sich unnötig aufregen würde. Und Werner? Über Nacht war ihr klar geworden, dass er an dem ganzen Schlamassel nicht unschuldig sein konnte. Ihre Mutter hätte ihn niemals mit einem anderen Mann betrogen, wenn die Beziehung nicht schon einen Knacks gehabt hätte. Es gab keinen Grund, mit ihm über die Vaterschaft zu sprechen.

Kurz vor zehn traf Lena in der Polizeistation ein. Die Mitarbeiterbesprechung war für elf Uhr angesetzt, zuvor rief Lena Johann und Ole zu sich.

»Gibt es Neuigkeiten, die ich jetzt schon wissen müsste?«, fragte sie, nachdem sich die beiden Kollegen im Büro eingefunden hatten.

»Ich habe einen Geschäftsfreund und Bekannten von Hilmer gefunden, der ihm fünf Tage vor seinem Tod die Flasche geschenkt hat«, sagte Ole.

»Klingt doch wie ein kleiner Durchbruch«, sagte Lena erfreut. »Du berichtest nachher im Detail?«

»Nicht nur das, eventuell haben wir auch eine neue Verdächtige. Aber später mehr dazu.«

»Und bei dir?«, fragte Lena an Johann gewandt.

»Ich habe mich noch mit Lidocain als Gift beschäftigt.« Johann stöhnte übertrieben. »Nicht so einfach, kann ich euch sagen. Ich war in den beiden Apotheken in Norddorf und Wittdün, bei den zwei Zahnärzten und in allen anderen Arztpraxen. Bericht folgt dann gleich. Und bei dir?«

»Interessantes Gespräch. Sabrina Ott stand Hilmer sehr nahe. Auf jeden Fall hat sie mir seine Zerrissenheit nähergebracht.« Unwillkürlich musste Lena daran denken, dass sie Hilmers Tochter war. Welche Eigenschaften hatte sie von ihm geerbt?

Johann stand auf. »Okay, davon hören wir wohl gleich mehr. Ich mache uns schon mal einen Kaffee, damit wir nachher nicht auf dem Trockenen sitzen.«

Als er das Büro verlassen hatte, warf Ole Lena einen fragenden Blick zu. »Geht es dir gut? Du wirkst ziemlich erschöpft.«

Lena zuckte leicht zusammen. War ihr die Anspannung so deutlich anzumerken? Wie sollte sie das vor Erck verheimlichen, wenn Ole Kotten sie schon nach wenigen Minuten auf ihren Zustand ansprach?

»Du weißt doch, wie das ist. Irgendwann ist der Punkt erreicht, wo der berühmte Tropfen ausreicht, um das Fass zum Überlaufen zu bringen.«

»Welcher Tropfen?« Die offene und ehrliche Art von Ole Kotten hatte Lena immer bewundert. Jetzt wäre es ihr lieber gewesen, Ole hätte keine so fein justierten Sensoren für die Zwischentöne gehabt.

»Eine private Sache, die ich gestern erfahren habe. Sie reicht weit, weit in die Vergangenheit, beschäftigt mich aber trotzdem.«

»Okay. Sag, wenn ich helfen kann. Auch mit der Groll-Sache. Johann hat mich schon auf den neuesten Stand gebracht. Sieht nicht so gut aus, oder?«

»Lass mir ein, zwei Tage. Ich bin dabei, etwas auszuloten. Und die Kollegin aus der Nähe von Schleswig hat ja auch noch nicht abgesagt.«

Ole Kotten stand auf. »Ich mach mich schon mal auf den Weg.«

Über zwei Stunden saßen sie im Aufenthaltsraum der Polizeistation zusammen, hörten sich Berichte an und diskutierten die Ermittlungsergebnisse.

»Bevor wir die Aufgaben festlegen, versuche ich einmal, die letzten beiden Stunden zusammenzufassen.« Lena stand auf und ging zur Flipchart. Mit einem schwarzen Filzstift malte sie auf der Mitte des Blattes einen Kreis. Als sie erneut die Hand hob, zögerte sie einen Augenblick. *Lena Hilmer*, schoss es ihr durch den Kopf. Wäre das ihr Name gewesen? Mit leicht zitternder Hand schrieb sie *Marten Hilmer* in den Kreis, malte rechts daneben einen zweiten kleineren und notierte darin *Heike Dittmann*.

»Die Verdachtsmomente gegen Frau Dittmann in puncto Betrug verdichten sich. Sie hat dreihunderttausend Euro

Eigenkapital in das Penthouse gesteckt. Bisher wissen wir noch nicht, woher das Geld im Einzelnen gekommen ist. Wir werden dies im Detail bei der Bank recherchieren, der richterliche Beschluss sollte das abdecken. Zusätzlich haben wir vom Kollegen Kotten eine interessante Information zu der Altenpflegerin: Sie war ebenfalls über einige Monate mit Marten Hilmer liiert. Das liegt zwar über zehn Jahre zurück, allerdings könnte die Beziehung den Angaben der Quelle von Kollege Kotten zufolge zwischenzeitlich wieder aufgeflammt sein. Ob und wann und wie, wissen wir noch nicht.«

Lena malte einen Pfeil von *Heike Dittmann* zu *Marten Hilmer*. Kurz verschwamm der Name vor ihren Augen, doch sie wandte sich von der Flipchart ab und sprach weiter.

»Wenn die Bankdaten unsere Vermutungen stützen, werden wir einen Durchsuchungsbeschluss für die Wohnung von Frau Dittmann beantragen. Ich hoffe, hier nicht nur Beweise für ihre Beteiligung an etlichen Unregelmäßigkeiten in Zusammenhang mit Hausverkäufen zu finden, sondern im besten Fall auch auf weiteres belastendes Material zum Tod von Marten Hilmer zu stoßen. Noch Fragen zu Frau Dittmann?«

»Das Motiv ist mir noch nicht ganz klar«, sagte einer der Flensburger Kommissare.

Anstatt zu antworten, platzierte Lena auf der anderen Seite von Hilmers Kreis einen weiteren und schrieb hier den Namen *Astrid Hahn*.

»Gescheiterte Beziehung. Das nicht nur bei Heike Dittmann, sondern auch bei Astrid Hahn. Die Letztere hat eine Firma, die sich auf die Reinigung von Ferienhäusern spezialisiert hat. Frau Hahn hatte, wie wir von Kollege Kotten gehört haben, nicht nur ein geschäftliches Verhältnis zu Hilmer, sondern war auch zeitweilig mit ihm liiert.«

In drei weitere Kreise schrieb Lena *Helene Lützen*, *Frauke Thamen* und *Kim Möller*. Die fünf Frauen umrundeten jetzt

Marten Hilmer wie Planeten die Sonne. Lena starrte auf ihre eigene Grafik. So viele Frauen. Hatten sie ihn alle geliebt? Und er? Hatte dieser Mensch überhaupt lieben können? Sie schloss kurz die Augen, atmete tief durch und fuhr fort.

»Allen vier Frauen hat Hilmer die Beziehung aufgekündigt. Bei Kim Möller ist noch nicht klar, ob es eine Beziehung gab, wie lange sie gegebenenfalls dauerte und wie sie endete. Wir vermuten, dass dies jeweils für die vier Frauen sehr überraschend kam und sie dementsprechend verletzt waren. Im Gegensatz dazu war die Beziehung von Marten Hilmer zu Sabrina Ott, die über fast zwei Jahre lief, sehr innig und ist nicht geheim geblieben.«

»Eifersucht«, sagte der junge Flensburger Kommissar.

»Falls wir richtigliegen, sind sicher weitere Gefühle im Spiel. Aber wir wollen nicht spekulieren. Wir konzentrieren uns wie abgesprochen auf diese fünf Frauen, mit Schwerpunkt Heike Dittmann.«

»Was ist mit der Escortdame aus Hamburg?«, warf der zweite Flensburger ein.

Lena gab Sabrina Ott einen Platz weit oberhalb von Marten Hilmer und verband die beiden mit einem breiten roten Strich, der in beide Richtungen einen Pfeil bekam. Sie fragte sich, warum jede Bewegung sie im Moment so viel Kraft kostete, zwang sich aber, sich auf die Frage des Kollegen zu konzentrieren.

»Sie ist …« Lena schluckte. »Natürlich ist sie nicht aus dem Spiel. Aber im Moment ist sie die Einzige, die eine dauerhafte, wenn auch sehr komplizierte Beziehung mit Marten Hilmer hatte.« Er war ein komplizierter Mensch gewesen. *Und seine Tochter?* »Wenn sich weitere Verdachtsmomente auftun, werden wir sie nochmals befragen. Ich möchte nicht ausschließen, dass sich auch in dieser Beziehung ein Motiv finden lässt.«

»Was ist mit unserem Mann in der Untersuchungshaft?«, fragte einer der Flensburger Kommissare.

»Eibo Nicolaisen ist nach wie vor unser Verdächtiger Nummer eins. Die Sherryflasche war bereits im Hilmer-Haus, als Nicolaisen dort mit dem Hausherrn gesprochen hat. Das entlastet ihn unter Umständen, da er bei der Gelegenheit die Flasche berührt haben könnte. Andererseits hätte er in einem unbeobachteten Moment das Gift in die Flasche füllen können. Wir müssen noch einmal mit Frauke Thamen sprechen. Hat sie die Flasche abgewischt, und wenn ja, war das vor oder nach Nicolaisens Besuch im Haus?«

Ole Kotten räusperte sich hörbar. »Ich würde die Faktenlage so einschätzen, dass Nicolaisen beim nächsten Haftprüfungstermin entlassen wird. Hat jemand einen Ermittlungsansatz, der das verhindern könnte?« Er schaute in die Runde. Keiner der Kollegen meldete sich zu Wort.

»Stellen wir die Frage noch für einen Augenblick zurück«, sagte Lena, »und machen erst mal mit dem weiter, was wir bisher wissen. Nach bisheriger Recherche hat sich kein Notar gemeldet, bei dem ein Testament hinterlegt wurde. Beim Nachlassgericht ist auch nichts registriert und im Haus wurde keines gefunden, Erben haben sich bisher weder gemeldet noch sind sie bekannt.«

Lena legte eine kurze Pause ein. Nur mit Mühe konnte sie die Gedanken an das Erbe – ihr Erbe – verdrängen.

»Also, wo war ich? Es gibt … keine Erben, also auch kein Motiv in dieser Hinsicht. Insofern müssen wir uns auf Hilmers geschäftliche und persönliche Kontakte konzentrieren. Seine Beziehungen zu Frauen habe ich aufgezeigt.« Sie drehte sich zur Flipchart um und zeigte auf die Grafik. »Wichtige geschäftliche Kontakte sind zunächst einmal die Verkäufer. Hier haben wir bisher keine Unregelmäßigkeiten gefunden, die auf

Fehlverhalten von Hilmers Seite und ein mögliches Motiv deuten.«

»Entlastest du ihn da nicht zu früh?«, warf Johann ein.

Lena zögerte. War sie parteiisch? Nahm sie Marten Hilmer unbewusst in Schutz? »Das sind die Fakten. Bis auf Eibo Nicolaisen hat keiner der Hausverkäufer Hilmer etwas zur Last gelegt. Im Moment scheint es eher, dass Heike Dittmann eine zentrale Rolle im Hausvermittlungsgeschäft gespielt hat.«

»Die wiederum etwas mit Hilmer hatte«, legte Johann nach. »Sie soll ihn gleichzeitig hintergangen haben? Vielleicht hält da auch jemand mit seiner Meinung hinterm Berg, um sich nicht verdächtig zu machen.«

»Wer zum Beispiel?«

Johann zuckte mit den Schultern. »Ich kann gerne noch einmal die Protokolle durchgehen.«

»Mach das!«, sagte Lena, die erst jetzt merkte, dass sie auf Johanns Einwand sehr harsch reagiert hatte. Sie ging schnell zum nächsten Punkt über. »Dann haben wir die Geschäftspartner. Hier ist Kollege Kotten Astrid Hahn aufgefallen, er hat auch schon kurz mit ihr gesprochen. Eine ehemalige Mitarbeiterin des Hilmer-Büros hat uns verraten, dass Frau Hahn eine Beziehung zu Hilmer hatte, die von ihrer Seite sehr aktiv betrieben wurde. Es war sogar die Rede von Stalking. Ich werde Frau Hahn zusammen mit Ole Kotten noch einmal ausführlicher befragen. Weiterhin haben wir zwei Geschäftskontakte ermittelt, die nach Aussage von Zeugen konfliktreich waren. Auch diese beiden Personen werden von uns befragt werden.«

Lena schrieb die drei Namen weit oberhalb der Grafik auf und umrandete sie rot.

»Wir brauchen von allen DNA-Proben. Zunächst einmal freiwillig, wenn sich jemand verweigert, müssen wir weitersehen.« Sie hielt kurz inne, um Kraft für den Endspurt zu sammeln. »Weiter haben wir eine Familie, die sich von einem Hilmer-Ferienhaus gestört fühlt und sehr eindeutige Beschwerdebriefe an Hilmer und den Bürgermeister von Norddorf geschrieben hat. Auch hier müssen wir Befragungen durchführen.«

Lena schrieb den Namen der Familie auf das große Blatt der Flipchart und wandte sich wieder den Kollegen zu. Sie erschrak, als sie merkte, dass sie leicht schwankte.

»Bleibt Eibo Nicolaisen. Wie kommen seine Fingerabdrücke auf die Flasche? Ich werde mit Kollege Kotten Frauke Thamen, Hilmers Putzfrau, ein weiteres Mal befragen. Weiterhin sollten wir unseren Schwerpunkt auf die Herkunft des Lidocains legen. Johann Grasmann hat bereits angefangen zu recherchieren und braucht Unterstützung. Zusätzlich steht die Frage im Raum, wie die Person, die dem Sherry das Lidocain zugefügt hat, ins Haus gelangt ist. Das Team der Kriminaltechnik konnte keine Einbruchsspuren feststellen. Falls es Eibo Nicolaisen war: Ist es während seines Besuchs bei Hilmer geschehen? Oder ist er später noch einmal wiedergekommen? Wenn Zweiteres, wie ist er an den Schlüssel gekommen? Hat er Kontakt zu jemandem in der Firma? Kennt er Frau Thamen? Bevor ich Eibo Nicolaisen in der Haftanstalt befrage, brauchen wir mehr Fakten.«

»Was ist mit dem Herrn, von dem Hilmer den Sherry geschenkt bekommen hat?«, fragte einer der Flensburger Kommissare.

Lena nickte. »Kollege Kotten hat bisher nichts gefunden, was auf ein Motiv hindeuten würde. Die beiden sind Geschäftspartner und schon lange miteinander bekannt. Warum hätte er nicht gleich das Gift in den Sherry mischen sollen? Würde er seiner eigenen Flasche im Nachhinein das Gift zufügen? Wäre es da nicht naheliegender gewesen, eine andere Flasche zu nehmen, die nicht zu ihm zurückzuverfolgen wäre? Wie soll er ins Haus gelangt sein? Damit ist er noch nicht aus dem Spiel, er steht aber auch nicht im Fokus unserer Ermittlungen.«

Johann meldete sich. »Wir dürfen den Einbruch nicht außer Acht lassen. War es Zufall oder hat der Einbruch etwas mit dem Tod von Hilmer zu tun?«

Nachdem Lena die Aufgaben verteilt hatte, die sich aus ihrer Zusammenfassung ergaben, berief sie die nächste Sitzung für siebzehn Uhr am nächsten Tag ein.

Achtzehn

Ole Kotten legte Lena die Hand auf die Schulter. Sie waren gerade in Lenas Passat eingestiegen, um zu Astrid Hahn zu fahren.

»Was ist mit dir los?«, fragte er.

Lena startete den Motor, schaute in den Rückspiegel und legte den Gang ein.

»Lass uns das erst besprechen«, sagte Ole und beugte sich leicht zu ihr vor. »Bitte!«

Widerwillig stellte Lena den Motor aus. »Nichts ist. Etwas Stress und keine heiße Spur. Von Groll gar nicht zu sprechen.«

Ole schüttelte bedächtig den Kopf und schwieg.

»Ole, was soll das hier werden? Frau Hahn wartet auf uns. Wir haben Sonntag und ich will heute mal etwas früher nach Hause. Also?«

»Keine Chance, Lena. Seit wann vertraust du mir nicht mehr?«

»Rede keinen Quatsch. Und jetzt …«

»Nein. Ich komme nirgendwo mit hin, wenn du mir nicht sagst, was in Hamburg oder wo auch immer passiert ist.«

»Verflucht, Ole! Das ist eine private Angelegenheit. Sie ist unangenehm und ich will darüber nicht sprechen. Akzeptier das bitte.«

Langsam öffnete Ole Kotten die Beifahrertür und setzte einen Fuß auf den Beton des Parkplatzes.

»Jetzt bleib schon hier«, sagte Lena.

Er zog seinen Fuß zurück ins Auto, schloss die Tür und sah sie schweigend an.

»Es ist wegen … Luise hat da was rausgefunden. Eine private Sache. Ich bin etwas durch den Wind, aber das legt sich.«

»Es hat etwas mit unserem Fall zu tun, oder?«

Lena starrte aus dem Seitenfenster. Sie hätte wissen müssen, dass Ole ihren Zustand bemerken und keine Ruhe geben würde, bis er eine akzeptable Erklärung bekommen hatte. Fieberhaft überlegte sie, wie sie sich aus der Affäre ziehen konnte.

»Wenn es etwas mit dem Fall zu tun hat, musst du es mir sagen«, sagte Ole.

Lena atmete flach. »Können wir das nicht einfach lassen, Ole? Bitte!«

»Wenn es so ist, kann ich nicht darüber hinwegsehen. Und wie ich dich kenne, du doch auch nicht.« Er berührte sie an der Schulter. »Hat es mit Hilmer zu tun?«

Sie fuhr herum und sah Ole Kotten direkt an. »Hat Luise dich angerufen und etwas …« Sie verstummte und wusste im gleichen Augenblick, dass sie einen Fehler gemacht hatte.

»Nein, natürlich nicht.«

Lena seufzte. »Du versprichst mir, es für dich zu behalten?«

Ole Kotten nickte.

Lena zögerte, wusste aber gleichzeitig, dass sie keine Wahl hatte. Sie hatte sich bisher immer hundertprozentig auf Ole verlassen können, bei den Ermittlungen, aber auch im Privaten. Zwar kannten sie sich noch nicht sehr lange, aber vom ersten Moment an hatte sie einen Draht zu ihm gehabt. Nachdem er von der versuchten Vergewaltigung erfahren hatte, hatte er sie mit ganzer Kraft unterstützt.

»Ich habe in Hilmers Schreibtisch ein Foto meiner Mutter gefunden. Das habe ich Luise erzählt und sie hat ohne mein Wissen einen DNA-Abgleich gemacht. Von meiner DNA und der von Hilmer.« Lena hatte leise gesprochen und Ole dabei nicht angesehen.

»Du bist seine …«

»Ja«, sagte Lena. »Er ist mein leiblicher Vater. Niemand scheint davon gewusst zu haben. Nicht einmal meine Mutter. Es ist somit vollkommen unbedeutend. Ich bin diesem Mann nie persönlich begegnet und habe auch nicht vor, den DNA-Abgleich zu veröffentlichen.«

Ole Kotten strich sich durchs Haar. »Da war ich jetzt nicht drauf vorbereitet. Das ist ja ein Hammer! Und du hast nicht das Geringste geahnt?«

»Nein, nie im Leben wäre ich auf solch eine Idee gekommen. Nie!«

»Und jetzt?« Er hatte den Kopf in den Nacken gelegt und starrte an die Fahrzeugdecke.

»Nichts jetzt. Ich mache weiter, und sollte es wirklich zu heikel werden, weil dieser Mist etwas mit dem Tod von Hilmer zu tun hat, übergebe ich dir die Ermittlungen.«

»Dein Vater … ich meine, dein …«

»Ich weiß schon, was du meinst. Deine Frage läuft aber jetzt nicht darauf hinaus, dass du ihn verdächtigst, Hilmer nach so vielen Jahren getötet zu haben?«

»Ich kenne deinen Vater nicht.«

»Er hat nicht die geringste Ahnung. Alles andere wäre Wahnsinn.«

»Wie lange ist es her, dass du etwas mit deinem Vater zu tun hattest? Und damit meine ich jetzt nicht die zufälligen Begegnungen auf der Fähre, von denen du mir erzählt hast.«

»Was soll das jetzt, Ole? Verdächtigst du ihn etwa?«

»Nein, aber jeder Kriminalist würde deinen Vater befragen, wenn er von der Verbindung erfahren würde. Und das hat nicht das Mindeste damit zu tun, dass du die Ermittlungen leitest. Es wäre grob fahrlässig, es nicht zu tun.«

»Das ist jetzt nicht dein Ernst, oder?«

Ole Kotten schwieg.

»Hätte ich dir nur nichts erzählt«, murmelte Lena.

»Überleg doch mal. Was passiert, wenn wir ihn nicht befragen? Ständig wird das bei dir im Hinterkopf herumgeistern. Nicht heute, wo du es gerade erfahren hast, das verstehe ich, aber später. Je länger wir keine heiße Spur haben, desto häufiger wirst du daran denken, ob dein Vater nicht doch etwas damit zu tun hatte. Willst du das?«

Lena startete den Motor und sagte: »Dann fahren wir eben nach Norddorf.« Zunächst war es eine Trotzreaktion: Sollte Ole Kotten doch Werner befragen und ihm die frohe Nachricht überbringen, dass er jetzt endgültig seine Tochter verloren hatte. Doch mit jedem Meter, dem sie sich Norddorf näherten, schwand ihre Sicherheit. Als Luise ihr von dem Testergebnis erzählt hatte, war sie vollkommen fixiert auf ihr eigenes Schicksal gewesen. Selbst auf der Rückfahrt und bei der Besprechung hatte sie keine Verbindung zu dem Fall gezogen. Immer noch hielt sie eine Verbindung zwischen ihrem Vater und Marten Hilmer für ausgeschlossen.

Nein, ihr war etwas anderes klar geworden. Sie würde mit der Lüge nicht leben können. Sie musste die ganze Wahrheit wissen. Für sich, für Erck und auch für ihr zukünftiges Kind. Luise hatte recht gehabt, sie hatte gleich gewusst, dass Lena nicht mit dem Geheimnis würde leben können. Es würde an ihr nagen und sie auffressen.

Langsam und mit innerem Widerstand bog Lena in die Straße ein, in der sie aufgewachsen war. Zwanzig Meter vor dem Haus parkte sie das Auto an der Straße.

»Ich gehe allein«, sagte Lena. »Gibt es auch nur den geringsten Verdacht, gebe ich noch heute die Ermittlungen ab.«

»Okay. Ich warte hier.«

Bedächtig ging Lena auf die Haustür zu. Reflexartig fuhr ihre rechte Hand in die Jackentasche auf der Suche nach dem Schlüssel. Sie blieb stehen und lief erst nach einigen Sekunden der Starre weiter.

Die Haustür hatte eine andere Farbe als früher, die aber an manchen Stellen schon eingerissen war und abbröckelte. Darunter war ein dunkles Blau zu sehen, das Lena auch nicht kannte. Direkt vor der Tür blieb sie stehen und starrte auf den Klingelknopf und das neue Namensschild. *Lorenzen.* Kein Vorname, kein zweiter Name. Ruckartig fuhr der Arm hoch, der Zeigefinger bewegte sich zum Knopf. Es klingelte. *Die gleiche Klingel*, fuhr es ihr durch den Kopf. *Das gleiche Haus. Der gleiche Mensch.*

Die Tür öffnete sich. Eine Frau Anfang fünfzig stand ihr gegenüber und sah sie fragend an. »Guten Tag! Was kann ich für …« Sie stockte mitten im Satz. »Lena?«

Lena nickte mechanisch. »Ich muss mit Werner sprechen.«

Die Frau trat langsam zur Seite, schien geschockt von Lenas plötzlichem Erscheinen. »Ja, komm rein.« Sie hielt kurz inne und hielt dann Lena die Hand hin. »Ich bin Renate.«

Lena ignorierte sie und trat in den Flur. Erleichtert stellte sie fest, dass die Tapete eine andere und die Garderobe ausgetauscht worden war.

»Werner ist in der Küche«, sagte die Frau und schloss die Tür.

Lena eilte durch den Flur und öffnete die Küchentür, die leicht angelehnt war. Ihr Vater saß am Tisch, eine Tasse Tee vor sich. Als er sie bemerkte, sprang er auf. »Lena! Das ist aber … eine Überraschung.«

Lena wandte sich kurz zur Tür, in der Renate Lorenzen stand, und sagte dann zu ihrem Vater: »Ich muss dich allein sprechen.«

Werner Lorenzen schaute an Lena vorbei und schien sich wortlos mit seiner Frau zu verständigen. Lena hörte, wie die Tür geschlossen wurde.

»Willst du dich setzen?«, fragte Werner Lorenzen.

Lena schüttelte den Kopf. »Wusstest du davon?«

»Setz dich doch, Lena.«

Widerwillig zog sie einen Stuhl vor und setzte sich. »Hast du es gewusst?«

»Wenn du mir sagst, was ich genau gewusst haben soll, kann ich dir antworten.«

Lena wusste nicht, ob er ahnte, worauf sie hinauswollte.

»Dass ich nicht deine Tochter bin«, fuhr sie ihn wütend an.

Werner Lorenzen schreckte zurück. Er schluckte. »Wie hast du es erfahren?«

»Also wusstest du es«, sagte Lena mit scharfer Stimme.

»Ja.«

»Seit wann?«

»Kurz bevor deine Mutter verunglückt ist.«

»Mama hat es dir gesagt?«

»Nein. Ich bin zeugungsunfähig. War es anscheinend schon immer. Das habe ich damals erfahren. Bei einer Untersuchung … egal. Ich habe Dorthe … gefragt. Sie war selbst erschrocken, aber dann …«

»War das an dem Tag?«

Werner Lorenzen schüttelte den Kopf. »Fünf Wochen vorher.«

»Du weißt, wer es ist?«

»Nein.« Er schaute sie fragend an. »Aber du?«

»Hattest du nie einen Verdacht, wer es sein könnte?«

»Dorthe wollte es mir nicht sagen. Und später wollte ich es nicht mehr wissen. Es war nicht wichtig, Lena. Du warst und bist meine Tochter.«

»Warum hast du es mir verschwiegen?«

»Warum?« Werner Lorenzen zuckte kraftlos mit den Schultern. »Du weißt doch ganz genau, wie das damals mit uns beiden war. Wir konnten kaum ein Wort miteinander reden. Und in der Situation sollte ich dir sagen, was ich selbst nicht begreifen konnte?«

»Ja!« Sie hatte unwillkürlich laut gesprochen. Warum begriff er nicht, wie wichtig es gewesen wäre, ehrlich zu sein?

»Und was wäre dann passiert?« Er schloss die Augen. »Im Nachhinein ist man immer schlauer. Ja, es hätte gar nicht schlimmer kommen können als das, was dann kam. Aber wusste ich das? Hättest du mir überhaupt geglaubt, überhaupt zugehört? Du hattest gerade Mama verloren. Aber ich habe sie damals auch verloren. Ich konnte nicht klar denken, wusste nicht, wie es weitergehen sollte. Du musst mir glauben, es …«

Lena atmete schwer. Was sagte er da? Plötzlich schien sich ihr Vater in Zeitlupe zu bewegen. Sie sah, wie sich sein Mund bewegte, doch seine Worte erreichten sie verzerrt und zeitversetzt. Der Sinn blieb ihr verschlossen. Sie schloss die Augen und zwang sich, sich auf ihre Fragen zu konzentrieren. Sie hob die Hand als Zeichen, dass er schweigen sollte.

»Ich muss von dir wissen, ob du gewusst hast, wer es ist.«

Er starrte sie mit verwirrtem Gesichtsausdruck an. »Warum?«

»Mama hat dir nicht gesagt, wer es ist?«

»Nein. Und dann war es mir auch egal. Aber das habe ich doch schon gesagt. Warum willst du das jetzt wissen?«

»Ich *muss* es wissen. Wegen meiner Ermittlung.«

Er stutzte. »Das … das kann doch nicht sein.« Lenas Vater sprang erst auf, setzte sich gleich darauf aber wieder. »Marten Hilmer? Willst du mir das sagen?«

»Ja, er ist es.«

»Das kann nicht sein«, stieß Werner Lorenzen ein weiteres Mal aus. »Warum denn und … das war doch eine Ewigkeit her. In der Schule. Und auch nur kurz.«

Trotz ihrer eigenen Verwirrung hatte Lena versucht, ihren Vater so konzentriert zu beobachten, wie sie konnte. Er war nie ein guter Schauspieler gewesen, was in diesem Fall für ihn sprach. Lena war sich sicher, dass er nicht von Marten Hilmer gewusst hatte.

»Und was hat mein Wissen mit deiner Ermittlung zu tun?«, fragte Werner Lorenzen. Lena schwieg. Plötzlich riss er die Augen auf. »Du verdächtigst mich?«

»Nein, ich verdächtige dich nicht. Aber ich musste das fragen«, sagte Lena ruhig. Inzwischen hatte die Kommissarin in ihr die Regie übernommen, eine geübte Rolle, in der sie die Emotionen unter Kontrolle hielt. »Es ist wichtig, dass du die Information für dich behältst. Hast du mich verstanden?«

»Weiß Erck es schon?«

Lena zuckte erschrocken zusammen. Sie hatte nicht daran gedacht, dass ihr Vater und Erck regelmäßig Kontakt hatten.

»Du musst schweigen! Niemand darf etwas erfahren. Niemand!«

Werner Lorenzen nickte. »Gut. Versprochen.«

Lena stand auf. Ihr Vater folgte ihr. »Willst du nicht noch …«

»Nein!«, fiel Lena ihm ins Wort.

Er machte einen Schritt auf die Tür zu und öffnete sie. »Ich bringe dich noch nach draußen.«

Schweigend ging er vor ihr den Flur entlang. Neben der geöffneten Haustür blieb er stehen und drehte sich zu Lena um. »Vielleicht sehen wir uns wieder?«

Lena ging an ihm vorbei ins Freie. Nach wenigen Metern wandte sie sich um. »Ich weiß es noch nicht.«

Neunzehn

Ole Kotten wartete im Auto auf Lena. Sie ließ sich in den Sitz fallen und schloss die Augen.

»Ich kann auch allein zu Astrid Hahn fahren«, sagte Ole.

»Schon gut. Gib mir zwei Minuten.«

»Soll ich fahren?«

Lena nickte und sie wechselten die Plätze.

»Geradeaus, dann nach rechts und die Zweite links. Dann immer geradeaus bis nach Nebel«, sagte Lena.

Ole Kotten startete den Motor und fuhr langsam an. Als sie Nebel erreichten, dirigierte Lena ihn zum Haus von Astrid Hahn.

Das Gebäude stand im kleinen Gewerbegebiet des Ortes. Es war zweigeteilt, die eine Hälfte beherbergte die Firma, die andere nutzte Astrid Hahn als Wohnung.

»Willst du jetzt wirklich mitkommen?«, fragte Ole Kotten, nachdem er vor dem Haus geparkt hatte.

»Du fragst gar nicht, was vorhin war?«

»Wenn du deinen Vater auch nur ansatzweise verdächtigtest, hättest du es mir schon gesagt. Er hatte keine Ahnung, wer dein leiblicher Vater ist, oder?«

»Nein, nicht die geringste. Aber er wusste, dass er es nicht war.«

»Schon lange vor dem Tod deiner Mutter?«

»Nein, kurz davor, sagt er. Und ich glaube ihm. Er hätte das niemals vor mir verheimlichen können. Werner ist kein guter Schauspieler.«

»Du hast aber noch nicht meine Frage beantwortet.«

»Mir geht es gut«, sagte Lena und zeigte mit einer Kopfbewegung auf das Haus. »Wie gehen wir vor? Ich denke, die Daumenschrauben sind der richtige Weg.«

»Sie war aalglatt bei meiner Befragung. Leider wusste ich da noch nicht, dass sie eine Beziehung zu Hilmer hatte und noch weiter gerne gehabt hätte. Ja, wenn wir überhaupt etwas erreichen wollen, werden wir Klartext reden müssen. Bisher war ich sehr zurückhaltend und freundlich.«

»Vielleicht solltest du die Rolle beibehalten. Vorerst zumindest.«

Sie stiegen aus und machten sich auf den Weg.

»Darf ich Ihnen etwas anbieten?«, fragte Astrid Hahn und zeigte auf ein Tablett mit Gläsern und kleinen Flaschen.

Sie saßen am langen Tisch im Besprechungsraum der Firma, Lena und Ole auf der einen Seite, Astrid Hahn auf der anderen. Ole griff beherzt zu einer Flasche Wasser, schenkte sich und Lena ein und trank einen Schluck.

»Frau Hahn,« sagte er dann. »Wir haben ja schon gestern über Herrn Hilmer, Ihren ehemaligen Geschäftspartner, gesprochen. Sie sagten gestern aus, dass Sie mit Herrn Hilmer selten privat zu tun hatten. Ist das so richtig?«

»Ja, das könnte man so formulieren.«

Lena beugte sich leicht vor. »Haben Sie die Beziehung beendet oder war das Herr Hilmer?«

»Wie bitte?« Astrid Hahn zeigte sich wenig beeindruckt von Lenas Vorstoß.

»Sie haben mich schon verstanden. Beantworten Sie doch einfach die Frage und wir können fortfahren.« Lena fixierte sie.

»Ich denke, meine privaten Kontakte aus den letzten Jahrzehnten stehen hier nicht zur Debatte.«

»Dann vermute ich mal, dass Herr Hilmer die Beziehung beendet hat.« Lena hielt kurz inne. »Oder sollte ich sagen: Er hat Sie abserviert? Und das nicht nur privat, sondern gleich auch geschäftlich.«

»Sie haben eine blühende Fantasie, Frau Kommissarin.«

»Hauptkommissarin, wenn Sie mich unbedingt mit meinem Titel ansprechen möchten. Und es tut mir leid, mit Fantasie hat unsere Arbeit wenig zu tun. Wir haben Zeugenaussagen, die Ihre Beziehung bestätigt haben.«

»Was genau wollen Sie dann noch von mir?«, erwiderte Astrid Hahn mit einem spöttischen Lächeln.

»Frau Hahn«, sagte Ole Kotten. »Bei unserem gestrigen Gespräch waren Sie außerordentlich kooperativ. Beantworten Sie doch bitte die Fragen meiner Kollegin, dann können wir das hier schnell hinter uns bringen.«

»Wann haben Sie Herrn Hilmer das letzte Mal getroffen?«, fragte Lena und versuchte, Frau Hahn mit ihrem Ton zu verstehen zu geben, dass sie sich nicht abwimmeln lassen würde.

»Das weiß ich nicht«, antwortete Astrid Hahn. »Vor drei Wochen – oder waren es vier?«

Lena schlug ihr Notizbuch auf und blätterte darin herum, als suche sie etwas. »Ah, hier.« Sie warf Astrid Hahn einen auffordernden Blick zu. »Es wäre gut, wenn Sie sich etwas genauer erinnerten. An den Tag und den Anlass.«

Zum ersten Mal schien die Unternehmerin verunsichert zu sein. Sie zögerte die Antwort mehrere Sekunden hinaus. Schließlich hob sie entschuldigend die Arme. »Ja, jetzt fällt es mir wieder ein. Wir, also Herr Hilmer und ich, haben uns zu einem kleinen Arbeitsessen im Seefohrerhus getroffen.« Sie lächelte überheblich. »Ich bin Mitglied im Amrumer Jachtklub. Vielleicht kennen Sie das ja. Sehr schön dort.«

Wieder schaute Lena in ihr Notizbuch.

»Können Sie mir das genaue Datum sagen?«

Astrid Hahn griff nach ihrem Smartphone und tippte darauf herum. »Das war der 15. August. Zwanzig Uhr.«

»Danke. Um welche Geschäfte ging es?«

»Meine Firma hat bis vor einigen Jahren Herrn Hilmers Häuser gereinigt. Wir wollten die Geschäftsbeziehung wieder aufnehmen.«

»Warum haben Sie sich geschäftlich getrennt?«, fragte der freundlich lächelnde Ole Kotten.

»Das kommt schon vor. Genau weiß ich es nicht mehr. Vielleicht war es der Preis, oder es haben sich Gäste beschwert.«

»Uns liegen andere Informationen vor, Frau Hahn«, hakte Lena sofort nach. »Herr Hilmer soll Ihnen mit einer Anzeige wegen Stalking gedroht haben.«

Astrid Hahn rollte mit den Augen. »Dummes Geschwätz!«

Ole Kotten räusperte sich. »Frau Hahn, wir untersuchen hier ein Tötungsdelikt. Wir müssen alle Hinweise ernst nehmen. Die Zeugin hat uns glaubwürdig versichert, dass Sie, ich nenne es jetzt einmal, ›sehr interessiert‹ an Marten Hilmer waren, und das weit über das Geschäftliche hinaus. Dass wir weitere Zeugen finden, ist nur eine Frage der Zeit.«

Astrid Hahn starrte vor sich auf den Tisch. Ole Kotten und Lena ließen ihr Zeit.

»Und wenn schon«, stieß sie schließlich hervor. »Wir waren zusammen. Warum auch nicht? Marten war ein interessanter Mann und das Alter hat mich nicht interessiert. Gut, es hat nicht lange gehalten, aber so ist das in der Liebe.«

Lenas Smartphone vibrierte. Sie sah aufs Display und las die Nachricht von Johann. Er hatte eine E-Mail eines Online-Weinhauses in seinem Spamordner gefunden, die schon am Tag zuvor eingetroffen war. Es handelte sich um die Antwort auf seine Anfrage. Lena öffnete das Foto, das er mitgeschickt hatte, und zeigte Astrid Hahn die Abbildung der Sherryflasche. »Diese Flasche haben Sie vor Kurzem bei einem Online-Händler bestellt.«

Astrid Hahn warf einen Blick auf das Display. »Ja, und? Die war für Marten. Haben Sie noch nie jemandem etwas geschenkt?«

»Wann haben Sie Herrn Hilmer die Flasche gegeben?«

»Keine Ahnung. Vielleicht an dem Abend, als wir uns getroffen haben. Warum sollte das bitte schön wichtig sein?«

»Es ist wichtig, Frau Hahn«, sagte Ole Kotten.

»Ja, gut. Dann habe ich ihm die Flasche an dem Abend gegeben. Wann auch sonst?«

»Sie wurde aber erst am 20. August bestellt«, übernahm wieder Lena die Befragung. »Ist die Flasche noch in Ihrem Besitz?«

»Jetzt reicht es mir. Bitte verlassen Sie sofort mein Haus. Morgen können Sie gerne mit meinem Anwalt sprechen.«

Lena beugte sich vor. »Frau Astrid Hahn, ich nehme Sie hiermit vorläufig fest.« Sie nickte Ole zu, stand auf und verließ den Raum. Vor der Tür rief sie den Staatsanwalt an, dessen Privatnummer sie im Handy gespeichert hatte. Unwirsch fragte er sie, was es Wichtiges gebe, dass sie ihn an einem Sonntag störe. Sie erklärte ihm die Situation. Sie kamen überein, dass Frau Hahn in die Polizeistation gebracht werden sollte und Ole und Lena eine Hausdurchsuchung machen würden, da Gefahr im Verzug sei. Der nächste Anruf galt Lars Henningsen, der zusagte, in wenigen Minuten im Gewerbegebiet zu sein.

Lena ging zurück ins Besprechungszimmer. Astrid Hahn saß wie versteinert auf dem Stuhl und schien immer noch nicht begriffen zu haben, was passiert war.

»Sie werden in ein paar Minuten von einem Kollegen abgeholt. Wir werden anschließend eine Hausdurchsuchung machen. Gibt es Räume, die verschlossen sind?«

»Sie können doch nicht einfach …« Astrid Hahn brach ab.

»In diesem besonderen Fall können wir auch ohne richterlichen Beschluss tätig werden. Wo sind die Schlüssel zu Ihrem Büro und den Privaträumen?«

Astrid Hahn, die zwischenzeitlich versucht hatte, ihren Anwalt zu erreichen, wurde kurz nach Lenas Anruf von Henningsen abgeholt.

Ole stand unschlüssig vor Lena. »Hoffentlich war das nicht zu voreilig.«

»Vor morgen Mittag hätten wir keinen Beschluss bekommen. Der Staatsanwalt war meiner Meinung. Lass uns an die Arbeit gehen.«

Astrid Hahn hatte ihnen zuvor die Schlüssel ausgehändigt und beschrieben, wo sie ihr Büro finden würden. Ole machte sich auf den Weg in die Firmenräume, während Lena sich den Privatbereich vornahm.

Sie begann in der Küche, die sie systematisch durchsuchte. Alle vorhandenen Schlüssel glich sie mit dem Haustürschlüssel von Marten Hilmer ab, fand aber keine Übereinstimmung. Besonders achtete sie auf Flüssigkeiten, die nicht auf Anhieb zu identifizieren waren. Nachdem sie in der Küche alles überprüft und zwei Fläschchen gefunden hatte, die sie nicht zuordnen konnte, durchsuchte sie nacheinander Astrid Hahns Badezimmer, Schlafzimmer und schließlich den Vorratsraum. Auch hier fand sie zwei verdächtige Flaschen und ein Marmeladenglas mit einer Flüssigkeit, in der nicht aufgelöstes Pulver schwamm.

In der Zwischenzeit war Ole Kotten aus dem Firmenbereich zu ihr gestoßen. Bis auf eine Reihe von Schlüsseln, die nicht gekennzeichnet waren, hatte er nichts Verdächtiges gefunden.

Lena legte den Originalschlüssel auf den Tisch, Ole holte nach und nach die mitgebrachten Schlüssel aus der Plastiktüte und verglich sie.

»Hier!«, rief er. »Wenn mich nicht alles täuscht, sind die Schlüssel identisch.«

Lena trat an den Tisch und leuchtete die Schlüssel mit der Handylampe aus. Es gab keinen Zweifel, Astrid Hahn war im Besitz eines Schlüssels zum Haus von Marten Hilmer.

»Meinst du, es gibt weitere Schlüssel?«, fragte Ole. »Bisher hätte ich Hilmer nicht so eingeschätzt, dass er da freizügig mit umgegangen wäre.«

»Was mir größeres Kopfzerbrechen bereitet: Warum hat Astrid Hahn den Schlüssel nicht entsorgt? Nachdem du sie gestern befragt hast, muss ihr doch klar gewesen sein, dass auch sie im Fokus der Ermittlungen steht. Lass uns weitermachen. Möchtest du das private Büro oder das Wohnzimmer übernehmen?«

»Ich mach das Büro«, erwiderte Ole Kotten.

Lena schätzte die Größe des Wohnzimmers auf über dreißig Quadratmeter. Neben einer Couchlandschaft gab es einen großen Fernseher sowie eine Regalwand mit einigen Büchern und vier Körben. Lena durchsuchte den Raum und fand in einem der Körbe sechs Briefe mit Absender Astrid Hahn, die an Marten Hilmer adressiert waren. Sie waren alle ungeöffnet zurückgeschickt worden.

»Hast du noch etwas gefunden?«, fragte Lena, als Ole Kotten zu ihr ins Wohnzimmer kam.

»Nein, ich bin so weit durch. Und bei dir?«

Lena zeigte auf den Beistelltisch. »Briefe an Marten Hilmer.«

Ole Kotten setzte sich aufs Sofa und griff nach dem Stapel. »Ungeöffnet zurück.« Er sah sich die Poststempel an. »Und das über vier Jahre.« Er legte die Briefe in eine verschließbare Plastiktüte. »Aber das alles ist noch kein Grund, Frau Hahn länger festzuhalten.«

»Sie wird uns schon erklären müssen, warum sie ausgerechnet nach dem Abendessen diese Flasche bestellt hat und wo sie geblieben ist. Sie hatte die Möglichkeit, die Flasche heimlich auszutauschen, und sie hat ein Motiv. Fehlt nur noch das Lidocain. Warten wir ab, was in den Flaschen und Behältern ist, die ich in der Küche gesammelt habe.«

»Und bis dahin?«

»Lass uns zur Station fahren. Vermutlich ist schon ihr Anwalt dort und wartet auf uns.«

Zwanzig

»Ich protestiere aufs Schärfste gegen die grundlose Festnahme meiner Mandantin. Die Durchsuchung ihrer Firmenräume und des Privathauses werden ein Nachspiel haben«, polterte der Anwalt Frank Ohlsen los, als sie zu viert im zum Vernehmungszimmer umfunktionierten Aufenthaltsraum der Polizeistation saßen. »Im Übrigen wird meine Mandantin keine weiteren Aussagen mehr machen.«

»Das ist Frau Hahns gutes Recht«, sagte Lena und wandte sich an Astrid Hahn. »Wir haben bei Ihnen einen Schlüssel von Herrn Hilmers Haus gefunden. Woher haben Sie den und seit wann?«

Astrid Hahn sah zu ihrem Anwalt, der kaum merkbar den Kopf schüttelte und zu Lena gewandt sagte: »Dazu werden wir später eine Aussage machen. Falls Sie meiner Mandantin nichts weiter vorzuwerfen haben, gehe ich davon aus, dass sie jetzt gehen kann?«

Lena stand auf. »Halten Sie sich bitte zu unserer Verfügung. Falls Sie die Insel verlassen wollen, benötigen Sie von der Staatsanwaltschaft eine Freigabe. Haben Sie mich verstanden, Frau Hahn?«

Frank Ohlsen warf Lena einen giftigen Blick zu und wartete, bis seine Mandantin aufgestanden war. Er nickte Lena zu und verließ mit Astrid Hahn den Raum. Ole Kotten begleitete die beiden bis zur Tür und kam anschließend zusammen mit Johann zurück.

»Tut mir leid mit der E-Mail«, sagte Johann. »Normalerweise kontrolliere ich meinen Spamordner mindestens einmal am Tag. Dass ausgerechnet diese wichtige E-Mail da landen musste …«

»Besser spät als nie.« Ole Kotten ließ sich auf einen der Stühle fallen. »Was für ein verworrener Fall! Jetzt haben wir noch eine Hauptverdächtige.«

»Wer kommt auch darauf, dass die Ex von Hilmer noch einen Schlüssel besitzt«, sagte Johann. »Ob die anderen auch einen haben?«

Inzwischen saßen sie zu dritt um den Tisch. Ein Blick aufs Handy verriet Lena, dass es kurz vor sechzehn Uhr war.

»Sind die Flüssigkeiten aus dem Haus von Frau Hahn auf dem Weg nach Flensburg?«, fragte Lena an Johann gerichtet.

»Ein Inselkollege ist mit der Fähre rüber. In Dagebüll wartet jemand aus Flensburg. Ich habe es eilig gemacht. Heute arbeitet aber niemand in der Kriminaltechnik.«

»Dann werden wir spätestens übermorgen Gewissheit haben. Der DNA-Abgleich wird länger dauern«, sagte Lena. »Ich muss morgen mit der frühen Fähre nach Flensburg. Der Staatsanwalt will mich sehen. Es geht um die Entscheidung, ob Eibo Nicolaisen weiter in Untersuchungshaft bleibt.« Sie atmete tief durch. Johanns Blick verriet ihr, dass ihre Erschöpfung auch ihm nicht entgangen war. »Lasst uns jetzt durchgehen, was die nächsten Schritte sein werden.« Sie öffnete ihr Notizbuch und blätterte es durch.

»Erstens: Wir haben nicht den leisesten Schimmer, wo das Lidocain herkommt, das dem Sherry zugefügt wurde.«

Johann nickte. »Ich bin da auch noch nicht weitergekommen. Eventuell müssen wir es ganz anders aufziehen und alle Pharmagroßhändler um Auskunft bitten. Das wird dauern.«

»Daran habe ich auch schon gedacht. Bereite das bitte vor.«

»Dir ist schon klar, dass das einen Riesenrattenschwanz an Arbeit nach sich zieht?«, fragte Johann. »Wenn wir die Lieferadressen haben, werden wir vermutlich Hunderte Befragungen durchführen müssen.«

»Es kann sein, dass uns am Schluss nichts anderes mehr übrig bleibt, um einer der verdächtigen Personen etwas nachweisen zu können«, antwortete Lena. »Am Schluss wird ohnehin der Staatsanwalt über die Maßnahme entscheiden.«

»Okay, ich bereite es vor und suche schon mal die Adressen heraus«, sagte Johann.

»Zweitens: Astrid Hahn hat die Flasche Sherry fünf Tage nach dem Abendessen gekauft. Was ist an dem Abend und bis zum 20. August passiert? War es wirklich ein Geschäftsessen? Warum hat sie ein paar Tage später die Flasche bestellt und wo ist diese Flasche geblieben? Hatte Frau Hahn Zugriff auf das Lidocain?«

»Ich werde mich ums Restaurant kümmern«, sagte Ole Kotten. »Vielleicht erinnert sich ja jemand dort an die beiden.«

Johann hatte sich Notizen gemacht. »Der Rest bleibt wohl an mir hängen.«

Lena nickte. »Drittens: Wir haben keine weiteren Beweise für Eibo Nicolaisens Täterschaft gefunden. Ich werde dem Staatsanwalt morgen vorschlagen, dass er aus der Haft entlassen wird, aber Meldeauflagen bekommt.«

Ole Kotten und Johann nickten zustimmend.

»Viertens: Wir haben einige weitere belastende Hinweise gegen die Pflegerin Heike Dittmann. Morgen werden noch einmal die Bankdaten abgefragt, dann sehen wir, ob sie direkt von Hilmer Geld bezogen hat. Wir brauchen Klarheit über das Verhältnis der beiden, bevor wir ein zweites Mal mit ihr sprechen. Ich werde morgen den Staatsanwalt bitten, sie für Mittwoch vorzuladen. Er wird dann nach Amrum kommen müssen, um die Vernehmung zusammen mit mir durchzuführen.«

»Wäre Donnerstag nicht besser?«, fragte Ole. »Dann haben wir mehr Zeit.«

Lena nickte. »Du hast recht. Donnerstag also.« Lena konzentrierte sich wieder auf ihre Notizen. »Fünftens: Wir verschieben die Mitarbeiterbesprechung auf Dienstag. Acht Uhr. Bis dahin muss klar sein, wer noch einen Schlüssel zum Hilmer-Haus besessen hat.« Sie legte die beiden Schlüssel auf den Tisch. »Anhand der Nummer sollten wir herausfinden können, wie viele Schlüssel produziert wurden.« Lena war inzwischen klar geworden, dass es ein Fehler gewesen war, nicht schon vor Tagen nach weiteren Schlüsseln gesucht zu haben. Hatte das Foto ihrer Mutter und später Luises DNA-Test sie so sehr beeinträchtigt, dass sie nachlässig geworden war? Oder hatte sie dafür einen Auftrag an Johann vergeben und erinnerte sich nicht mehr? Nein, die Schuld lag eindeutig bei ihr.

»Mache ich morgen«, sagte Ole Kotten.

»Gut. Sechstens: Bis Dienstag sollten alle noch ausstehenden Befragungen von Bekannten und Geschäftspartnern abgeschlossen sein. Wird das klappen, Ole?«

Ole Kotten sah zu Johann, der nickte. »Wir versuchen es. Im schlimmsten Fall verschieben wir die Besprechung auf den Nachmittag.«

»Gut, warten wir morgen ab.« Sie wandte sich an Ole Kotten. »Dann befragen wir jetzt noch einmal Frauke Thamen.«

Lena stellte ihr Auto vor Ercks Haus ab. Ole Kotten hatte darauf bestanden, allein zu Frauke Thamen zu fahren. Nach kurzer Diskussion hatte Lena zugestimmt und war nach Norddorf gefahren.

In den letzten Stunden hatte Lena die Gedanken an ihren leiblichen Vater verdrängen können. Umso intensiver waren sie zurückgekehrt, als sie vor der Polizeistation in ihr Auto gestiegen war. Die wenigen Kilometer nach Norddorf hatten gereicht, um die mühsam errichtete Fassade wieder zum Einsturz zu bringen. Lena kurbelte den Sitz nach hinten und schloss die Augen. Erck hatte ihr bereits vor einer Stunde geschrieben, dass er früher als geplant nach Hause gekommen sei. Wie würde er reagieren, wenn er von dem DNA-Abgleich erfuhr? Oder hatte Werner ihn entgegen seinem Versprechen bereits informiert?

Sie zog den Autoschlüssel aus dem Zündschloss und öffnete die Fahrertür. Eine Weile verharrte sie sitzend mit der Hand auf dem Türöffner, bevor sie auf die Straße trat, das Auto abschloss und ins Haus ging.

»Erck!«, rief sie in den Flur.

»Bin in der Küche«, rief er zurück. »Hast du schon was gegessen?«

Sie hängte ihre Jacke auf, stellte die Tasche ab und ging zu Erck.

»Ich habe keinen Hunger«, sagte sie und setzte sich zu ihm.

Er sah sie erschrocken an. »Was ist passiert?«

»Nichts, außer dass meine Welt gestern auf den Kopf gestellt wurde.« Lena wunderte sich über ihre eigenen Worte. Hatte sie nicht noch vor Stunden die Tatsache, dass Marten Hilmer ihr leiblicher Vater war, als unbedeutend abgetan?

»Was … Was ist passiert?«, stammelte Erck.

»Marten Hilmer …«, setzte Lena an und brach ab. Dann begann sie von Neuem: »Hilmer war mein leiblicher Vater.« Lena war froh, als sie den Satz ausgesprochen hatte.

»Wie bitte? Was sagst du da?«

»Luise hat einen DNA-Abgleich gemacht. Gefragt hat sie mich vorher nicht, aber ich hatte ihr das mit dem Foto erzählt.«

»Aber …« Erck starrte sie mit großen Augen an. »Dorthe und Marten Hilmer? Das kann ich nicht glauben.«

»Es ist aber so. Ich wollte dir das nicht am Telefon sagen.« *Nein, ich wollte es dir überhaupt nicht sagen. Warum kann ich Erck nicht die Wahrheit sagen?*

»Ich verstehe das nicht«, sagte Erck kopfschüttelnd. »Und niemand wusste es?«

»Mama hat nie etwas gesagt. Bei Hilmer habe ich außer dem Foto nichts gefunden. Wenn es Briefe gegeben hätte, wären sie bestimmt noch da.« Lena erzählte Erck, was sie von Sabrina Ott über Marten Hilmers große unerfüllte Liebe erfahren hatte.

»Du meinst, nicht einmal deine Mutter wusste davon?«

»Ich weiß es nicht. Vielleicht hat sie ja was geahnt, es aber nie wissen wollen. Sie sind beide tot. Wir werden es wohl nie erfahren.«

»Und Werner? Warst du schon bei ihm?«

Lena nickte.

»Ich habe ihn heute zufällig getroffen«, fuhr Erck fort. »Er war so merkwürdig zurückhaltend und kurz angebunden.«

»Er hat mir gesagt, dass er von Hilmer keine Ahnung hatte. Aber er hatte kurz vor Mamas Tod erfahren, dass er keine Kinder zeugen kann.«

Erck schüttelte langsam den Kopf. Er wirkte unvermindert fassungslos und schockiert. »Wie geht es dir damit?«, fragte er leise.

»Ich kannte Hilmer doch gar nicht. Nur vom Sehen. Was soll ich dazu schon sagen? Er ist mein Erzeuger, okay, und Werner nicht. War es nicht das, was ich schon die ganze Zeit gedacht habe? Er ist nicht mehr mein Vater? Was soll sich jetzt schon für mich ändern?«

»Und du machst weiter? Mit den Ermittlungen?«

»Warum nicht? Außerdem will ich nicht, dass alle Welt darüber redet. Wenn ich von einem Fall zurücktrete, muss ich das natürlich begründen.«

Erck schwieg.

»Ich kann jetzt nicht mehr zurück, Erck. Und ich will auch nicht.«

»Das wird nicht so leicht, wie du dir das denkst. Musst du nicht permanent daran denken, wer Marten Hilmer war? Ihr beschäftigt euch doch den ganzen Tag mit ihm und den Umständen seines Todes.« Er griff nach ihrer Hand. »Ich habe Angst, dass du …« Er brach ab.

»Nicht durchhältst? Ich habe schon viel schwierigere Situationen gemeistert. Der Mann ist mir vollkommen egal, Erck. Er ist für mich wie jeder andere Tote, mit dem ich bei Ermittlungen zu tun habe.«

»Und wenn Dorthe und Hilmer sich doch besser kannten, als du es dir vorstellst? Auch wenn du den Mann nicht kanntest, du trägst seine Gene in dir. Du bist ein Teil von ihm, oder wie immer du es ausdrücken willst. Alles, was du von ihm erfährst, hat automatisch auch mit dir zu tun. Verstehst du das denn nicht?«

»Doch. Doch, das ist mir klar. Aber ich bin nicht erst seit gestern in diesem Job. Wenn ich mich persönlich zu sehr auf einen Fall einlasse, habe ich immer ein Problem. Ich kann das professionell angehen.« Sie zögerte, bevor sie hinzufügte: »Vielleicht will ich ja auch wissen, wer er ist. Mein leiblicher Vater.«

Erck zog sie an sich und umarmte sie. »Ich habe Angst um dich, Lena.«

»Ich weiß, aber das musst du nicht.« Lena spürte, dass ihre Wange feucht wurde. Sie schloss die Augen und schmiegte sich fest an Erck.

Einundzwanzig

»Der Haftprüfungstermin ist heute Nachmittag um fünfzehn Uhr«, sagte Staatsanwalt Dr. Bröckmann auf die Frage von Nicolaisens Pflichtverteidiger.

Sie saßen zu viert in einem Vernehmungsraum der Justizvollzugsanstalt Flensburg. Nicolaisens Pflichtverteidiger war ein kleiner stämmiger Mann Mitte fünfzig, der wenig Interesse an dem Fall seines Mandanten zu haben schien. Er gab zu Beginn der Vernehmung bekannt, dass sich sein Mandant inzwischen daran erinnere, eine Flasche bei der Unterredung mit Marten Hilmer berührt zu haben. Damit schien sich für ihn der Verdacht gegen Nicolaisen in Luft aufgelöst zu haben. Dr. Bröckmann hatte die Information mit einem Lächeln entgegengenommen, ohne sie weiter zu kommentieren.

»Ich werde dort Ihrer Haftentlassung zustimmen«, fuhr Dr. Bröckmann an Eibo Nicolaisen gewandt fort. »Aber bitte freuen Sie sich nicht zu früh. Sie sind und bleiben verdächtig. Ich kann Ihnen nur raten, unsere Fragen wahrheitsgemäß zu beantworten.«

»Selbstverständlich ist mein Mandant daran interessiert, dass der richtige Täter gefunden wird«, sagte der Anwalt mit Blick auf die Uhr. »Stellen Sie Ihre Fragen, dann werden wir sehen.«

Lena beugte sich leicht vor. »Kommen wir noch einmal zurück auf Ihr Gespräch mit Herrn Hilmer. Sie sagten, Sie hätten sich mit ihm gestritten und dabei sei es hoch hergegangen. Bleiben Sie bei der Aussage?«

»Das war kein Freundschaftsbesuch, wenn Sie das meinen«, murmelte Eibo Nicolaisen. Die Tage in Untersuchungshaft hatten ihn deutlich gezeichnet. Die Ringe unter seinen Augen waren breit und dunkel, er schien abgenommen zu haben und wirkte, als habe er seit Tagen nicht geschlafen.

»Wie hat Herr Hilmer auf Ihre Anschuldigungen reagiert?«

»Arrogant, wie sonst? Da wäre nichts zu besprechen. Ich hatte ihm ja alles schon zuvor geschrieben. Er wusste doch, um was es geht.«

»Haben Sie über Frau Dittmann gesprochen?«

»Was meinen Sie genau? Natürlich ging es um die Schla… Frau. Die war doch von Hilmer beauftragt.«

»Was hat Herr Hilmer dazu gesagt?«

»Was schon! Geglotzt hat er und so getan, als ob er nichts von den Machenschaften dieser Schlange gewusst hätte. Scheinheiliger …« Das letzte Wort verschluckte Nicolaisen.

»Hat Herr Hilmer in Bezug auf Frau Dittmann etwas nachgefragt?«

Eibo Nicolaisen zuckte mit den Schultern. »Und wenn schon. Das war doch alles Show! Deshalb bin ich doch so ausgerastet.«

Lena spürte das Kribbeln im Bauch. Sie war auf der richtigen Spur. Jetzt galt es, vorsichtig zu sein. »Er hat also nachgefragt? Erinnern Sie sich etwas genauer?«

Eibo Nicolaisen schien nicht zu verstehen, worauf Lenas Fragen hinausliefen. Er schüttelte leicht den Kopf und blickte zu seinem Anwalt. Der nickte ihm auffordernd zu.

»Habe ich ja eigentlich schon gesagt«, antwortete Eibo Nicolaisen. »Der Typ wollte sich doch nur reinwaschen. Von wegen nichts gewusst. Gefragt hat er, wieso ich nicht eher etwas gesagt hätte. Und war erstaunt, dass ich monatelang in den Staaten gewesen war.« Nicolaisen rollte mit den Augen. »Er meinte, diese Frau hätte ihm was anderes gesagt. Als ob man nicht sofort sehen würde, wie es meiner Großmutter geht. Und das war zu dem Zeitpunkt, als sie verkauft hat, nicht anders.«

»Was genau hat Herr Hilmer gefragt?«

Eibo Nicolaisen fuchtelte mit den Händen in der Luft herum. »Wie soll ich das noch wissen? Dumme Fragen halt. Um mich zu beruhigen. Aber das hat nicht geklappt.«

»Was hat er gefragt?«, wiederholte Lena ruhig.

»Ob ich regelmäßig Kontakt zu der Schlange gehabt habe. Hatte ich natürlich, aber das hat er nicht geglaubt. Oma wollte ihr Haus niemals verkaufen. Das hat sie mir hundertmal gesagt. Sie wollte da sterben, wo sie aufgewachsen ist. Und das habe ich ihr auch versprochen.« Über Eibo Nicolaisens Wangen liefen nun Tränen. Er kümmerte sich nicht darum. »Das alles war eine abgekartete Sache. Was denn sonst?«

»Danke für Ihre Offenheit.« Lena legte ihm ein Foto von Astrid Hahn vor. »Kennen Sie diese Frau oder haben Sie sie schon einmal gesehen?« Sie hatte das Bild von der Homepage der Reinigungsfirma heruntergeladen. Astrid Hahn war darauf zwar einige Jahre jünger, aber trotzdem gut zu erkennen.

Eibo Nicolaisen musterte das Foto.

»Ich weiß nicht. Also persönlich kenne ich sie auf keinen Fall. Ob ich ihr mal begegnet bin, keine Ahnung.«

»Lassen Sie sich Zeit. Es ist wichtig.«

»Sie hat vielleicht Ähnlichkeit mit einer Frau, der ich geholfen habe. Das war beim Edeka-Markt in Wittdün. Der Frau ist eine Mappe hingefallen und die Blätter flogen herum.« Er nahm das Foto in die Hand. »Nein, ich glaube nicht, dass sie es ist.«

»Erinnern Sie sich, an welchem Tag das war?«

»Mittwoch, glaube ich. Nach der Sache bei Hilmer.«

»Sie haben mit der Frau gesprochen?«

»Nein, gesprochen nicht. Geholfen habe ich ihr, die Blätter wieder einzufangen. Fertig, aus. Sie war aber älter als die Frau auf dem Foto, glaube ich.«

»Und bei einer anderen Gelegenheit? Denken Sie doch bitte nach. Vielleicht im Café? Oder auf der Fähre?«

Eibo Nicolaisen schob das Foto über den Tisch. »Tut mir leid.«

»Ist in Ordnung, Herr Nicolaisen. Kommen wir noch einmal zu Frau Dittmann. Waren Sie auch bei ihr zu Hause?«

»Ja und nein. Ich habe es ein paarmal versucht, aber es hat nie jemand aufgemacht. Leider. Meine Anrufe hatte sie blockiert. Es war immer besetzt.«

»Und Sie haben nicht vor ihrer Wohnung gewartet?«

Nicolaisen seufzte leise. »Schon, aber da kam jemand, ein älterer Mann, der hat mich angesprochen, was ich denn da herumstehe. Er hatte mich wohl schon eine Weile beobachtet. Na ja, er hat mit der Polizei gedroht, und dann bin ich halt weg.«

Lena nickte dem Staatsanwalt zu zum Zeichen, dass sie keine Fragen mehr habe. Er übernahm die Gesprächsführung und beendete die Vernehmung kurze Zeit später.

»Frau Hauptkommissarin, haben Sie den Fall wirklich noch im Griff?«, fragte Dr. Bröckmann. »Zuerst dieser junge Mann, dann Frau Hahn auf Amrum, deren Anwalt mir übrigens eine gepfefferte Beschwerde geschickt hat, und was kommt jetzt?«

Der Staatsanwalt hatte Lena nach der Vernehmung in sein Büro gebeten. Ihr war gleich klar gewesen, auf was die nächsten Minuten hinauslaufen würden. »Der Fall ist kompliziert. Wir konnten bisher die eigentliche Tatzeit nur auf fünf Tage eingrenzen. Es geht um den Zeitpunkt, an dem die giftige Substanz dem Sherry beigefügt wurde oder die Flasche ausgetauscht wurde. Die zweite Möglichkeit halte ich inzwischen durchaus für möglich.«

»Sie denken da an Frau Hahn?«

»Sie konnte bisher nicht erklären, wo die Flasche geblieben ist, die sie bestellt hat. Immerhin ein Sherry, der über sechzig Euro gekostet hat.«

»Verstehe, aber trotzdem: Ich erkenne keine Strategie in Ihrem Vorgehen. Haben Sie vor, einfach weiter im Nebel herumzustochern und auf einen Zufallstreffer zu warten?«

»Meine Kollegen und ich gehen davon aus, dass der Täter oder vermutlich eher die Täterin im unmittelbaren Umfeld von Herrn Hilmer zu finden ist. Wir sind gerade dabei, den Kreis enger zu ziehen. Es ist und bleibt schwierig, Indizien und Beweise zu finden. Aber Sie können sicher sein, dass das ganze Team mit Hochdruck daran arbeitet.«

»Sie suchen die Täterin im Kreis der Geliebten?«

»Wenn Sie es so ausdrücken wollen. Ja, ich vermute, dass Marten Hilmers Beziehungen eng verknüpft sind mit der Tat.«

Dr. Bröckmann runzelte die Stirn. »Das klingt alles sehr vage. Ich kann nur hoffen, dass wir in den nächsten Tagen einen Durchbruch haben.«

Sie besprachen die anstehende Vernehmung von Heike Dittmann, zu der der Staatsanwalt nach Amrum kommen würde, und gingen hier noch einmal die bisherigen Ermittlungsergebnisse durch, bevor sich Lena verabschiedete.

Als sie über den breiten Flur des Landgerichts ging, kam ihr eine Frau entgegen, die auf ihr Handy blickte. Lena beachtete sie zunächst nicht weiter, aus wenigen Metern Entfernung erkannte sie jedoch, dass es sich um Claudia Fährmann handelte.

»Hallo, Frau Fährmann«, sagte Lena und hielt ihr die Hand hin.

Die Kommissarin sah auf und schien bei Lenas Anblick zu erschrecken. »Was machen Sie hier?«

Als Claudia Fährmann nicht reagierte, zog Lena die Hand zurück. »Ich habe zusammen mit der Staatsanwaltschaft einen Verdächtigen befragt, der sich hier in Untersuchungshaft befindet.«

Claudia Fährmann zögerte. Ihr schien es unangenehm zu sein, Lena persönlich zu begegnen.

»Ich finde es zwar schade, dass Sie mir abgesagt haben«, fuhr Lena fort, »ich verstehe Sie aber gut.«

»Wirklich? Das glaube ich nicht.«

»Ich weiß natürlich nicht, was Sie durchgemacht haben, aber ich kann mich nur zu gut an die Wochen und Monate erinnern, in denen ich mit mir gerungen habe. Letztlich habe ich ihn nicht angezeigt. Aber das wissen Sie ja.«

Claudia Fährmann schwieg.

»Allerdings habe ich inzwischen eine Beschwerde bei meinem Vorgesetzten eingereicht. Mit hoher Wahrscheinlichkeit wird ein Disziplinarverfahren gegen Kriminalrat Groll eingeleitet.«

Claudia Fährmann blickte sich verstohlen um. »Ich kann Ihnen nicht helfen«, presste sie dann hervor und fügte leise hinzu: »Vielleicht schaffen Sie es ja, dieses Schwein zu Fall zu bringen.«

»Darf ich Ihnen noch einen Rat geben?«

Claudia Fährmann zuckte mit den Schultern.

»Kriminalrat Groll hat mich kurz nach Ihrer Nachricht angerufen. Ein sehr unangenehmes Gespräch, aber darum geht es mir nicht. Er muss von irgendwoher etwas erfahren haben. Da ich mir nicht vorstellen kann, dass Sie ihn informiert haben, vermute ich, es war jemand in Ihrem Umfeld. Seien Sie vorsichtig, wem Sie etwas erzählen. Groll ist gut vernetzt.« Lena streckte die Hand aus. »Auf Wiedersehen.«

Wenn auch zögernd erwiderte Claudia Fährmann den Abschiedsgruß, bevor sie hastig weiterging.

Zweiundzwanzig

»Oh, Sie sind es!« Anja Rüther hatte Lena soeben die Haustür geöffnet. In Flensburg hatte sich Lena spontan dazu entschlossen, die zweite Kollegin, die von Groll bedrängt worden war, zu besuchen.

»Hallo, Frau Rüther. Ich war gerade auf dem Weg und dachte, ich schaue mal bei Ihnen vorbei. Haben Sie ein paar Minuten für mich?«

Anja Rüther trat zur Seite und schloss die Tür, nachdem Lena in den Flur getreten war. »Möchten Sie einen Kaffee?«

Lena folgte ihr in die Küche und wartete, bis Anja Rüther die Kaffeemaschine gefüllt und angestellt hatte.

»Ich habe vor ein paar Tagen meine Beschwerde gegen Kriminalrat Groll eingereicht«, sagte Lena, als sich Anja Rüther zu ihr an den Tisch gesetzt hatte.

»Was ist mit der anderen Kollegin?«

Lena hatte sich schon auf dem Weg nach Schuby entschlossen, Anja Rüther die Wahrheit zu sagen. »Sie hat mir eine SMS geschrieben.«

»Sie will nicht aussagen, oder?«

»Ja, sie hat sich dagegen entschieden.«

»Da waren es nur noch zwei«, murmelte Anja Rüther.

»So könnte man es ausdrücken.«

Anja Rüther stand auf, schenkte Kaffee ein und kam mit zwei Tassen zurück an den Tisch. »Milch und Zucker?«

»Nur Milch.«

Eine Weile schwiegen beide und nippten an ihrem Kaffee. Dann sagte Anja Rüther: »Ich habe natürlich über Ihre Frage nachgedacht. Das mit Groll ist alles so lange her, dass ich es am liebsten vergessen würde. Mir ist schon klar, wie häufig Frauen genau diesen Weg wählen. Schweigen, vergessen und hoffen, dass es nie wieder passiert. Wir als Polizistinnen sollten es eigentlich besser wissen, oder?«

»Wir sind nicht nur Polizistinnen, sondern auch ganz normale Frauen. Ich habe auch so reagiert und mich weggeduckt. Bis vor ein paar Monaten, als ich Groll zum ersten Mal wiederbegegnet bin. Da ist mir klar geworden, dass ich mit dem Ereignis von damals nicht so weiterleben kann.«

»Ereignis?«

»Sie haben recht. Ich nenne es immer noch so. Er hat versucht, mich zu vergewaltigen. Es war eine Straftat und er hätte dafür nicht nur seinen Job verlieren müssen, sondern auch vor Gericht gehört.«

»Ich habe mit meinem Mann darüber gesprochen. Er wusste bisher noch nichts von … der Sache. Ich konnte ihn gerade noch davon abhalten, nach Schleswig zu fahren und eine Dummheit zu begehen.«

»Das verstehe ich gut. Meinem Lebensgefährten ging es ähnlich. Er unterstützt mich jetzt, aber er hat auch Angst, dass ich mir zu viel zumute.«

Anja Rüther lächelte matt. »Ist er auch Polizist?«

»Nein, das wäre kein Job für ihn. Er arbeitet auf Amrum als Verwalter von Ferienhäusern.«

»Mein Mann ist beim Finanzamt. Er meint, ich soll die Beschwerde einreichen. Aber er kennt die Strukturen bei uns nicht. Wenn ich das mache, kann ich meinen Job für alle Zeit an den Nagel hängen.« Sie blickte Lena offen an. »Haben Sie keine Angst, dass die Sache nach hinten losgeht?«

»Doch, habe ich. Nicht nur wegen mir, sondern auch wegen meinen Kollegen. Aber ich habe Glück, sie stehen mir fest zur Seite.«

Anja Rüther stand auf, ging mit ihrer Tasse zur Spüle und stellte sie dort ab. »Ich kann Ihnen nichts versprechen.« In diesem Augenblick hörten sie ein Baby schreien. Anja Rüther lief aus der Küche und kam wenige Minuten später mit ihrer Tochter auf dem Arm zurück. Sie setzte sich zu Lena und begann, das Kind zu stillen.

»Greta ist ein ungeduldiges Kind«, sagte sie mit Blick auf das gierig saugende Baby. »Wenn sie zu lange warten muss, schreit sie mir die ganze Siedlung zusammen.« Sie strich ihrer Tochter sanft über die wenigen Haare. »Meine Mutter sagt, ich wäre genauso gewesen.« Sie sah Lena an. »Hatten Sie mir nicht bei Ihrem letzten Besuch erzählt, dass Sie auch Kinder wollen?«

»So konkret nicht, aber ich habe schon darüber nachgedacht. Mein Lebensgefährte wäre sicher begeistert.«

Anja Rüther hob ihre Tochter hoch, legte sie über die Schulter und wartete, bis sie ein Bäuerchen gemacht hatte, bevor sie sie an die andere Brust legte. »Warten Sie nicht zu lange. Irgendwann ist es zu spät, und ich habe schon einige Kolleginnen getroffen, die ihre Entscheidung gegen ein Kind bereut haben.«

»Die Entscheidung fällt mir schwer. Ich würde auf jeden Fall weiterarbeiten wollen und möglichst auch beim LKA. Kiel, Husum, Norddorf auf Amrum und dann noch meine verschiedenen Einsatzorte. Das wird schwierig werden.« Lena erschrak über ihre eigenen Worte. So deutlich hatte sie sich Erck gegenüber noch nicht geäußert.

»Klingt kompliziert«, sagte Anja Rüther. »Wer würde dann beim Kind bleiben? Ihr Lebensgefährte?«

»So genau haben wir das noch nicht besprochen. Im Moment ist alles kompliziert genug. Wir beide sind mehr unterwegs als zu Hause in Husum.«

Lena fragte sich noch, wieso sie mit einer fremden Frau über dieses Thema sprach, als Anja Rüther ihr bereits antwortete: »Meine Mutter sagt immer: Wo ein Wille ist, ist auch ein Weg. Sie könnten sich die ersten drei Jahre doch aufteilen. Mir tut die Auszeit sehr gut.«

»Ich bin wohl noch nicht so weit«, sagte Lena. »Es gibt da noch ein paar Dinge, die ich abschließen muss.«

»Groll?«

»Ja, er gehört dazu.«

Wieder legte Anja Rüther ihre Tochter über die Schulter und streichelte ihr über den Rücken. Dann fragte sie: »Können Sie Greta kurz nehmen?«

Als Lena nickte, legte Anja Rüther ihr das vier Monate alte Baby in den Arm und zeigte ihr, wie sie es am besten halten konnte. Das Kind grunzte zufrieden und brabbelte vergnügt vor sich hin. Während Anja Rüther ihren Still-BH richtete und ihre Bluse schloss, ließ Lena das Baby nicht aus den Augen. *Ist es das, was ich will?*, schoss ihr durch den Kopf. *Kann ich mich über Monate oder gar Jahre auf ein Kind einlassen?*

Unwillkürlich erwiderte Lena das Lächeln des Babys. »Hallo, Greta!«, sagte sie leise und wagte es nicht, den Arm zu bewegen. Sie spürte die Wärme, die von dem kleinen Körper ausging, und sog den Babyduft ein.

»Soll ich sie wieder nehmen?«, fragte Anja Rüther und nahm ihre Tochter von Lena entgegen. »In diesem Alter sind sie unwiderstehlich. Man kann ihnen einfach nichts übel nehmen, auch wenn man manchmal denkt, man kann nicht mehr. Vor einigen Wochen hatte Greta Blähungen und schlief nachts gerade mal eine Stunde am Stück. Es war anstrengend, sehr sogar, aber wir haben es geschafft.«

Nachdem Lena und Anja Rüther noch eine Weile zusammengesessen hatten, verabschiedete sich Lena, um rechtzeitig in Dagebüll anzukommen.

Anja Rüther begleitete sie zur Tür. »Ich habe ja Ihre Kontaktdaten. In ein paar Tagen melde ich mich bei Ihnen. Versprochen.«

Lena fuhr als letztes Auto auf die Fähre. Erschöpft von dem Tag machte sie sich auf den Weg ins Zwischendeck. Mit einem starken Kaffee und einem Sandwich in der Hand suchte sie sich einen ruhigen Tisch und rief dann Leon von ihrem Privathandy an, das auf Ercks Namen angemeldet war.

»Hallo?«

»Hallo, Leon. Bist du weitergekommen?«

»Neue Nummer?«, fragte Leon, ohne Lena zu begrüßen. »Bist du sicher, dass niemand mithört?«

»Auf dieser Nummer sicher nicht.«

»Der Herr war so nett, mir Zugriff auf seinen Laptop zu gewähren. Es gibt schriftliche wie mündliche Dokumente. Meinen geringen juristischen Kenntnissen nach wirst du leider nichts davon nutzen können. Ich könnte natürlich über ein nicht zurückverfolgbares Konto ein paar nette E-Mails verschicken.«

»Um was handelt es sich?«

»Gespräche unter Kollegen, würde ich sagen. Wer weiß was und wer kann wen unter Druck setzen.«

Lena wunderte sich, dass Leon so ausführlich berichtete. Normalerweise war er wortkarg und kurz angebunden. Lag ihm womöglich mehr an ihr, als sie vermutet hatte?

»Wie kann ich auf die Daten zugreifen?«

»Dir ist klar, dass das gefährlich ist? Ich schicke dir auf dieses Handy einen Link, sobald du mir das Okay gibst. Internetcafé, würde ich vorschlagen. Und neuer Rechner.«

»Danke, Leon. Ich melde mich.«

»Lass dich von diesem Schwein nicht fertigmachen«, sagte Leon und legte auf.

Lena schaute verwundert auf ihr Handy. »So kann man sich in Menschen täuschen«, murmelte sie.

Sie trank ihren Kaffee und starrte eine Weile auf die Nordsee. Schließlich holte sie die Kopien der Briefe aus der Tasche, die sie bei Astrid Hahn gefunden hatte, und begann zu lesen.

Den ersten Brief hatte Astrid Hahn vor vier Jahren geschrieben. Aus dem Text ging hervor, dass die Trennung zu diesem Zeitpunkt erst wenige Wochen zurücklag. Sie schrieb, dass sie nicht verstehe, warum er die Beziehung gelöst habe. Sie bat ihn darum, es sich noch einmal zu überlegen, und schwärmte von den Stunden, die sie zusammen verbracht hatten.

Der zweite Brief war drei Wochen später verfasst worden. Astrid Hahn schilderte ihre Verzweiflung und flehte Marten Hilmer an, sich mit ihr zu treffen. Sie beklagte, dass er sich am Telefon verleugnen lasse, und schrieb, dass sie vollkommen am Ende sei.

Der dritte Brief datierte ein Jahr nach dem ersten. Aus dem Inhalt schlussfolgerte Lena, dass es Wochen vorher zwischen Hahn und Hilmer zu einem zufälligen Treffen in Kiel gekommen sein musste, das in einer Versöhnung endete. Astrid Hahn schrieb, dass ihre Liebe wieder aufgeflammt sei und sie Hilmer wiedersehen wolle.

Der vierte Brief musste Hilmer acht Wochen nach dem dritten erreicht haben. Astrid Hahn beklagte sich bitterböse über Hilmers Verhalten und hielt ihm vor, selbstverliebt zu sein. Im Laufe des Briefes nahmen die wütenden Anschuldigungen zu und führten schließlich zu dem Schluss, dass sie ihn zum Teufel wünschte.

Der fünfte Brief glich dem dritten und war über zweieinhalb Jahre alt. Hahn und Hilmer hatten sich in der Zwischenzeit versöhnt und wieder getrennt. In diesem Schreiben nahm Hahns Verzweiflung hysterische Züge an. Am Ende des Briefes drohte sie ihm mit Suizid.

Der sechste und letzte Brief war ein knappes Jahr alt. Hahn beschrieb die schweren Wochen und Monate nach der Trennung und bat Hilmer darum, ihr zu verzeihen. Sie schrieb nicht im Detail, was ihr Vergehen war, aber Lena las zwischen den Zeilen, dass Hahn Hilmer über Monate nachgestellt haben musste.

Lena legte die Kopien zurück in die Mappe und versuchte, sich Astrid Hahn in der Rolle der verzweifelten Geliebten vorzustellen. Bei der Befragung hatte sie sich als taffe Geschäftsfrau präsentiert, die keine Probleme damit hatte, Privates und Geschäftliches zu trennen. Die Briefe sprachen eine andere Sprache. Warum hatte Marten Hilmer sich ein Jahr nach dem letzten zurückgeschickten Brief mit Astrid Hahn getroffen? Lena glaubte nicht daran, dass er die Geschäftsbeziehung wieder aufnehmen wollte. Lena notierte sich, Helene Lützen nach den Gründen für das Ende der Zusammenarbeit befragen zu lassen.

Auf dem Weg nach Norddorf hielt Lena an der Polizeistation in Nebel. Wie sie erwartet hatte, waren Johann und Ole noch im Büro bei der Arbeit.

»Guten Abend, die Herren. Ist es nicht Zeit, Feierabend zu machen?«, sagte Lena, als sie ihr provisorisches Büro betrat.

Ole Kotten reckte sich. »Zurück aus der Höhle des Löwen?«

Lena griff sich einen Stuhl und setzte sich zwischen die Schreibtische. »Ich hab's überstanden. Nicolaisen ist allerdings wieder auf freiem Fuß.«

»Bröckmann war sicher nicht begeistert«, warf Johann ein.

»Er will Ergebnisse«, antwortete Lena.

Ole Kotten rollte die Augen. »Der wäre in der Politik besser aufgehoben. Wir arbeiten hier quasi rund um die Uhr, was man von ihm wohl kaum behaupten kann.«

»Seid ihr weitergekommen?«

Ole Kotten warf einen Blick zu Johann, der mit den Schultern zuckte. »Gemessen an einem Hundertmeterlauf haben wir vielleicht fünf Meter zurückgelegt. Bis zur Besprechung morgen sind ja noch ein paar Stunden.«

»Ihr habt die Briefe von Astrid Hahn gelesen?«

Die beiden Kommissare nickten.

»Starker Tobak«, sagte Ole Kotten. »Aber lass uns das morgen besprechen. Du willst sicher nach Hause und dich ausruhen.«

Lena setzte an, um zu widersprechen, nickte aber schließlich und verabschiedete sich von ihren Kollegen.

Dreiundzwanzig

Lena lag neben dem schlafenden Erck wach im Bett. Nachdem sie am frühen Abend nach Hause gekommen war, hatten sie zu Abend gegessen und anschließend einen Spaziergang am Wattenmeer gemacht. Dabei hatten sie weder über Marten Hilmer noch über Groll gesprochen.

Schon auf der Fahrt vom Festland nach Amrum war Lena das Gespräch mit ihrem Vater nicht aus dem Kopf gegangen. Er hatte angedeutet, dass ihre Mutter und Hilmer sich während der Schulzeit nicht nur gekannt hatten, sondern sich auch nähergekommen waren. »Nur kurz«, hatte er gesagt und schien nicht davon auszugehen, dass es eine harmlose Jugendfreundschaft gewesen war.

Lena stellte sich ihre Mutter vor, wie sie in den Armen von Marten Hilmer lag, wie sie sich heimlich trafen und verzweifelt nach einem Ausweg suchten. Oder war es ein One-Night-Stand mit schwerwiegenden Folgen gewesen? Würde sie jemals erfahren, warum ihre Mutter auf einen Gigolo hereingefallen war? Oder war Marten Hilmer erst durch die Trennung von ihrer Mutter und deren späteren Tod zu dem geworden, was Lena in ihm sah? Ein Mann, der unfähig war, eine längere und tiefe Beziehung zu einer Frau zu haben. Der allen Menschen um sich herum misstraute und sich nur auf sich selbst verließ. War die große Liebe, von der Sabrina Ott gesprochen hatte, tatsächlich ihre Mutter gewesen? Hatte sie ihn auch geliebt?

Lena wälzte sich im Bett und versuchte, an etwas anderes zu denken. Ihr Vater tauchte vor ihrem geistigen Auge auf. Hatte sie ihm zu Unrecht die Schuld am Tod ihrer Mutter gegeben? War die Situation damals viel komplizierter gewesen, als sie es sich hatte vorstellen können?

Weit nach Mitternacht schlief Lena ein und wachte am frühen Morgen auf. Sie stand auf, zog ihre Sportsachen an und verließ die Wohnung. Der halbstündige Lauf befreite sie von den schweren Gedanken, die anschließende Dusche mit dem Wechsel von kaltem zu heißem Wasser tat das Übrige.

»Guten Morgen«, begrüßte Lena die Kollegen zur Besprechung. Anschließend berichtete sie noch einmal ausführlich über die Befragung von Astrid Hahn und die anschließende Durchsuchung ihrer Firmen- und Privaträume, von dem gefundenen Schlüssel und den zurückgesandten Briefen. Anschließend gab sie einen kurzen Überblick zur Nicolaisen-Vernehmung, bevor sie Ole Kotten um eine Zusammenfassung der Recherchen vor Ort bat.

»Die Kollegen aus Flensburg haben bis auf fünf Personen alle Geschäftspartner und Bekannten von Hilmer befragt. Es gab hierbei keine neuen Erkenntnisse. Alles, was bereits in dieser Runde besprochen wurde, ist weiter bestätigt worden.« Er hielt kurz inne und fuhr dann fort: »Ich habe ausführlich mit den Nachbarn des Ferienhauses gesprochen, die im Konflikt mit Hilmer lagen. Erstaunlicherweise ist Hilmer auf sie zugekommen und hat einen großzügigen Kompromiss angeboten. Und das, obwohl es keine gerichtliche Auseinandersetzung gab und die Nachbarn auch nicht damit gedroht hatten.«

»Eine ähnliche Tendenz lässt sich aus der Nicolaisen-Vernehmung heraushören«, sagte Lena. »Auch wenn Eibo

Nicolaisen Hilmers Nachfragen als Theater angesehen hat, scheint Marten Hilmer nichts von Frau Nicolaisens Demenz gewusst zu haben.«

»Weiter habe ich mit Frau Thamen gesprochen, Hilmers Putzfrau«, fuhr Ole fort. »Sie hatte ja zwei Tage vor Hilmers Tod im Haus sauber gemacht. Frau Thamen war sich absolut sicher, die Flasche nicht angefasst zu haben. Herr Hilmer sei sehr ordentlich gewesen und habe die Flaschen immer wieder zurück in den Schrank gestellt. Selbst wenn es mal vorkam, dass eine aufzuräumen war, hat sie nie eine Flasche von außen gereinigt. In diesem Punkt war sie sich sehr sicher.«

»Von daher liegt es nahe, dass der Täter oder die Täterin die Flasche abgewischt hat und die Abdrücke von Hilmer und der von Nicolaisen später hinzugekommen sind«, sagte Johann.

»Oder Nicolaisen war derjenige, der die Flasche befüllt hat, und hat nicht gemerkt, dass ein Abdruck übrig geblieben ist«, schlug einer der Flensburger Kollegen vor.

»Das ist eine zentrale Frage, die wir weiter recherchieren müssen«, sagte Lena und gab Ole ein Zeichen, fortzufahren.

»Dann geht es bei mir weiter. Die Kriminaltechnik hat die DNA-Proben, die wir in den letzten Tagen gesammelt haben, noch nicht ausgewertet. Ich habe darum gebeten, die Abgleiche von Dittmann und Hahn vorzuziehen. Wir haben sie hoffentlich morgen. Der letzte Punkt auf meiner Liste ist das zweite Gespräch mit dem Geschäftspartner von Hilmer, der ihm den Sherry geschenkt hat. Ich habe noch einmal genauer nach der Marke gefragt. Das war laut des Zeugen ein Sherry, den Marten Hilmer gerne trank. Das war einigen Menschen in seiner Umgebung bekannt. Der Zeuge kennt übrigens Astrid Hahn und hat hin und wieder mit ihr zu tun. Und jetzt kommt's: Er konnte sich gut daran erinnern, dass sie Mitte August bei ihm im Büro war, die Flasche entdeckt hat und dass er mit ihr darüber gesprochen hat.«

»Das ist ja der Hammer!«, rief Johann in die Runde.

»Zumindest ist es ein weiteres Indiz, dass Astrid Hahn die Flasche nicht zufällig gekauft hat und vor allem von dem Geschenk an Hilmer wusste. Sie konnte also davon ausgehen, dass dort eine Flasche stand, die sie austauschen konnte. Beweisen können wir ihr das aber leider noch nicht.« Er warf Johann einen fragenden Blick zu. »Machst du weiter?«

Johann blätterte in seinem Notizheft und schien dort etwas zu lesen. Schließlich sah er auf und seufzte. »Gleich vorweg, mir ist ein ziemlich dummer Fehler unterlaufen. Ich habe ja seinerzeit mit der Gerichtsmedizinerin gesprochen und dabei auch gefragt, wie man an Lidocain herankommen kann. So weit, so bekannt: Apotheken, Ärzte, Großhandel. Dr. Stahnke hat mir allerdings noch einen Tipp gegeben, den ich bisher versäumt habe weiterzuverfolgen: Lidocain wird im Drogenmilieu dazu benutzt, um Kokain oder Heroin zu strecken. Es gab vor Kurzem einen Fall, in dem eine Apothekenmitarbeiterin über einen längeren Zeitraum mehrere Hundert Kilo Lidocain für sich bestellt hat, um es weiterzuverkaufen. Sie ist nur durch einen Zufall aufgeflogen.« Er senkte den Kopf. »Tut mir leid, Kollegen. Das war nicht sehr professionell.«

»Das heißt, unser Radius erweitert sich erheblich«, sagte Ole Kotten. »Hat jemand von unseren Verdächtigen Kontakt in die Drogenszene und hier im Besonderen zu Dealern?«

»Ich bin schon dabei, brauche aber noch etwas Zeit«, sagte Johann. »So, dann komme ich zur Konto-Recherche Dittmann. Das Wichtigste vorab: Dittmann hat seit vielen Jahren ganz offiziell Vermittlungsprovisionen von Hilmer bekommen. Und für das Nicolaisen-Haus ist auch Geld geflossen.«

»In welcher Höhe?«, fragte Lena.

»Ganz ordentlich. Insgesamt habe ich im fraglichen Zeitraum hundertzwanzigtausend Euro gezählt. Ganz offiziell verbucht und sicher auch beim Finanzamt gemeldet. Für das Nicolaisen-Haus waren es über einundzwanzigtausend Euro.«

»Also alles legal?«, fragte Ole Kotten.

»Vordergründig ja. Allerdings wissen wir nicht, wie sehr Frau Dittmann bei den Verkäufen nachgeholfen hat. Im Falle von Frau Nicolaisen steht ja der Verdacht im Raum, dass die arme Frau nicht einmal den Verkauf mitbekommen hat.« Johann warf einen Blick auf seine Notizen. »Was habe ich noch gefunden? Frau Dittmann zahlt zwar auf ihr Konto ein, hebt aber nur extrem selten Bargeld ab. Ebenso selten bezahlt sie mit der Karte. Das deutet auf Schwarzgeldzahlungen hin wie im Falle von Nicolaisen. Es gibt keine einzige Überweisung in Zusammenhang mit der Pflege von Frau Nicolaisen. Insofern hat Eibo Nicolaisen wohl die Wahrheit gesagt.«

»Hat sie auch selbst Bargeld eingezahlt?«, fragte Lena.

»Durchaus, aber immer mit klarer Zuordnung im Vermerk, um welche Pflegestelle es sich gehandelt hat.«

»Wie hoch sind die Beträge?«, fragte Ole Kotten.

»Achttausend pro Monat war der Höchstbetrag. Der niedrigste fünftausend Euro. Alles zusammengenommen hat sie ein durchaus attraktives Einkommen. So weit die Kontodaten. Ich fürchte, den Durchbruch hat das nicht gebracht.«

»Hast du noch etwas auf dem Laptop von Astrid Hahn gefunden?«, fragte Lena.

»Eine Reihe von E-Mails, die einen ähnlichen Wortlaut wie die ersten Briefe haben. Allerdings hatte Hilmer ihre Adresse blockiert und die Mails erreichten ihn nicht. Von daher hat Hahn es wohl mit der altmodischen Methode versucht. Ansonsten habe ich keine Kontakte zu Hilmer oder seiner Firma gefunden.«

»Danke, Johann.« Sie wandte sich an einen der Flensburger Kollegen. »Was ist mit den Haustürschlüsseln?«

»Es sind fünf Schlüssel ausgegeben worden. Einen hatte die Putzfrau, einen haben wir bei Frau Hahn gefunden, zwei im Hause Hilmer. Bleibt also noch ein Schlüssel, dessen Verbleib wir bisher nicht nachvollziehen können.«

Lena wandte sich an Ole Kotten. »Hattest du Zeit, bei dem Restaurant am Seglerhafen vorbeizuschauen?«

»Nein, tut mir leid. Das habe ich noch auf dem Zettel.«

»Kein Problem, ich übernehme das«, antwortete Lena und rief für den folgenden Tag am späten Nachmittag die nächste Besprechung ein.

»Wie geht es dir?«, fragte Ole Kotten, als Johann und die beiden Flensburger Kommissare den Aufenthaltsraum verlassen hatten.

»Alles gut«, sagte sie und stand auf.

»Wenn ich dir irgendwie helfen kann …«

»… dann sage ich Bescheid«, vervollständigte Lena den Satz. »Ich komme mit der Sache zurecht, Ole.«

»Ich habe mir überlegt, dass du immer noch zu einem späteren Zeitpunkt die Vaterschaft offenlegen kannst. Wer sagt denn, wann du es erfahren hast? Wenn wir den Fall abgeschlossen haben, ist noch Zeit genug.«

Lena sah ihn kopfschüttelnd an. »Du meinst, damit ich dann das Erbe antreten kann?«

»Daran habe ich weniger gedacht.«

»Wenn ich es offiziell mache, ist es auf der Insel schnell rum, was passiert ist. Rechnen können die Menschen hier auch. Was wirft das für ein Licht auf meine Mutter?« *Und Werner*, fügte sie in Gedanken hinzu.

»Ja, du hast recht. Daran habe ich nicht gedacht. Was sagt Erck dazu?«

»Wir hatten noch nicht viel Zeit, um darüber zu reden. Vielleicht in den nächsten Tagen.«

»Wie gesagt, wenn einer von euch mich braucht, ich bin da.«

»Danke, Ole. Das bedeutet mir viel.« Lena spürte, dass der letzte Satz nicht nur eine Floskel war. Ole Kotten war inzwischen mehr als ein Kollege für sie. Ohne es ihm je gesagt zu haben, sah sie ihn als eine Art Vaterersatz an. Sie mochte seine ruhige, gelassene Art. Vor allem bewunderte sie, dass er nicht vorgab, fehlerlos zu sein, und zugeben konnte, wenn er sich geirrt hatte.

»Was macht die Groll-Sache?«, fragte Ole.

Lena hatte weder Johann noch Ole in Leons Aktivitäten eingeweiht. Sie wollte zuerst die von ihm gefundenen Dateien sichten, bevor sie entschied, ob sie die Freunde der Gefahr aussetzen wollte.

»Ich habe auf der Rückfahrt von Flensburg bei Anja Rüther vorbeigeschaut. Sie überlegt noch. Drück mir die Daumen, dass sie den Mut findet, eine Aussage zu machen.« Lena wandte sich zur Tür. »Ich bin in ein bis zwei Stunden wieder da. Wenn es etwas Neues gibt, ruf mich doch bitte an.«

Vierundzwanzig

In einem kleinen Computer- und Internetgeschäft in Wittdün kaufte Lena eine halbe Stunde später einen gebrauchten Laptop, bezahlte ihn bar und setzte sich mit dem Rechner in ein Café mit offenem WLAN. Zuvor hatte sie Leon informiert, dass er den Link schicken könne.

Die Datei umfasste über fünfzig Megabyte Daten. Aufgrund der langsamen Verbindung dauerte es eine Weile, bis Lena sie auf den Laptop geladen hatte. Sie ging zum Auto zurück und hörte dort als Erstes eine Audiodatei ab. Groll hatte FaceTime genutzt, einen Chatdienst, mit dem übers Internet Video- und Audioanrufe geführt werden können.

Groll begrüßte seinen Gesprächspartner, ein Mann erwiderte den Gruß. Sie plauderten kurz über ihre nächste Angeltour, bevor Groll ihn fragte, ob er »die Fährmann noch einmal eingenordet« habe. Als der Mann die Frage bejahte, lag für Lena nahe, dass es sich bei Grolls Gesprächspartner um einen Flensburger Kollegen von Claudia Fährmann handelte. Der Mann, den Groll Jürgen nannte, bekräftigte, dass er »mit der Dame« noch einmal Klartext gesprochen habe und er nicht glaube, dass sie auf dumme Gedanken käme. Groll bedankte sich und meinte, dass Jürgen bei ihm etwas guthabe. Daraufhin wiegelte Jürgen ab und sagte, er stehe immer noch in Grolls

Schuld und dieser könne sich auf ihn verlassen. Wenn er ein Alibi wegen der LKA-Tante brauche, stände er jederzeit zur Verfügung. Als Jürgen nach dem Namen der LKA-Tante fragte, nannte Groll ihm Lenas vollständigen Namen und bezeichnete sie als Schlampe, die die längste Zeit bei der Truppe gewesen sei. Jürgen erkundigte sich, ob er einen Plan habe, woraufhin Groll hämisch lachte und meinte, er habe mindestens drei Pläne, von denen »die Lorenzen« keinen überleben würde. Jürgen grunzte zustimmend, bot noch einmal seine Mithilfe an und zog über Frauen in der Truppe her, die bei jedem Blick von Kollegen gleich nach Mama rufen würden. Gemeinsam lästerten sie über zartbesaitete Weiber, die den falschen Beruf ergriffen hätten. Nach weiteren zehn Minuten privatem Geplänkel verabschiedeten sich die beiden Männer.

In zwei Videodateien verfolgte Lena Nachrichten, die Groll an zwei verschiedene Personen über einen Messengerdienst verschickt hatte. Die Benutzernamen verrieten nichts über die wahre Identität der Gesprächspartner, aber Lena vermutete nach den ersten Nachrichten, dass es sich wie bei Jürgen um Polizisten handelte, die Groll beruflich wie persönlich kannte.

Der erste Chat begann damit, dass Groll fragte, ob *FraKu* Zeit habe. *FraKu* meldete sich nach wenigen Sekunden und fragte, wie es Groll gehe. Dieser antwortete, dass alles »paletti« sei, ihm aber etwas Ärger drohe durch wild gewordene Weiber. Als *FraKu* fragte, wie er ihm da helfen könne, schrieb Groll, dass es sich um die uralte Sache handele, die die Lorenzen wieder ausgegraben habe. *FraKu* schickte ein Emoji – ein grimmig schauendes Gesicht – und kommentierte es mit »Fuck!«. Groll schrieb, dass er unter Umständen wieder seine Hilfe brauche, um die Schlampe in die Schranken zu weisen. »Kein Thema«, antwortete *FraKu* und Groll zählte kurz auf, welche Aussagen *FraKu* machen müsste, und fragte, ob er sich an die Absprachen erinnere. *FraKu* schickte ihm ein Daumen-hoch-Emoji und schrieb, dass »wir richtigen Männer« zusammenhalten müssten. Groll bedankte sich und versprach, für *FraKu* ein gutes Wort einzulegen, damit seine Beförderung endlich durchkäme. Sie tauschten noch einige private Neuigkeiten aus, bevor sie sich verabschiedeten.

Im zweiten Chat ging es Groll augenscheinlich um das gleiche Thema. Er sprach mit einem *ThoB*, den er fragte, ob er sich noch an die Lorenzen und ihre miesen Anschuldigungen erinnere. *ThoB* reagierte zurückhaltender als *FraKu* und bestätigte erst auf Nachfrage, dass er wisse, wovon Groll sprach. Groll schien gemerkt zu haben, dass *ThoB* nicht so bereitwillig zu der vor vielen Jahren abgesprochenen Aussage stand, und begann, von einer groß angelegten Intrige zu sprechen, die ihm aus dem LKA entgegenschwappe. Er stellte sich als der Mann dar, der das LKA wieder auf Vordermann bringen wolle, aber von Seilschaften innerhalb der Behörde zu Fall gebracht werden solle. *ThoB* antwortete nur wortkarg und fragte schließlich, was er für Groll tun könne. Der schrieb, dass es um die damalige Aussage gehe, an die er sich sicher erinnere. *ThoB* antwortete, dass es schon so lange her sei und er nicht mehr genau wisse, um was genau es ging. Groll schrieb zurück, dass ihn die Lorenzen beschuldigt habe, sie angefasst zu haben. Er habe damals den Fehler gemacht, die Einladung in ihre Wohnung anzunehmen. Die Tante habe ihn quasi in eine Falle gelockt, um ihm eins auszuwischen. »Lange her«, antwortete *ThoB* und bat darum, nicht in die Angelegenheit hineingezogen zu werden. Groll schrieb, dass er noch einmal darüber nachdenken solle, *ThoB* sei auch nicht der einzige Kollege, der Groll zur Seite stehe. Die Verabschiedung fiel kühl aus, nachdem *ThoB* zugesagt hatte, sich in den nächsten Tagen wieder zu melden.

Lena klappte den Laptop zu. Leon hatte wieder hervorragende Arbeit geleistet. Die Frage war, was sie mit dem Material anfangen konnte. Die Disziplinar-Kommission würde kaum Material akzeptieren, das über illegale Abhörmethoden beschafft worden war. Unter Umständen würde Lena für die Aktion verantwortlich gemacht werden und ihre Glaubwürdigkeit dadurch infrage gestellt. Aber es musste doch einen Weg geben, das Material einzusetzen! Sollte sie Johann und Ole mit einbeziehen? Sie verschob die Entscheidung auf später, um sich auf den aktuellen Fall konzentrieren zu können. Während der Besprechungsrunde war ihr aufgefallen, wie unterschiedlich die Aussagen der Frauen waren, mit denen Hilmer in den vergangenen Jahren eine Beziehung gehabt hatte. Sie griff nach dem Handy und meldete sich bei Frauke Thamen an.

»Viel Zeit habe ich nicht«, sagte Frauke Thamen, als sie Lena die Tür öffnete.

»Was hältst du von einem kleinen Spaziergang am Strand?«

Frauke Thamen warf ihr einen misstrauischen Blick zu. »Ich habe doch gestern schon mit deinem Kollegen gesprochen. Was gibt es denn noch?«

»Bitte, Frauke. Lass uns ein paar Meter gehen. Es ist wirklich wichtig und du willst doch auch, dass der Mörder von Marten Hilmer gefasst wird.«

Widerwillig griff Frauke Thamen nach einer dünnen Sommerjacke, die hinter ihr an der Flurgarderobe hing, und folgte Lena zum Auto.

Auf der kurzen Fahrt bis zum Strandparkplatz schwieg Frauke Thamen und Lena hatte bereits die Befürchtung, dass ihre Strategie nicht aufgehen würde. Als sie nebeneinander nahe der Wasserlinie hergingen, fragte Lena, wie es Frauke Thamens Mutter ging.

»Es gibt gute und schlechte Tage. Heute ist zum Glück ein guter, ansonsten hätte ich auch nicht mitkommen können.«

»Hast du denn einen Pflegedienst für sie?«

»Seit ein paar Wochen kommt regelmäßig morgens und abends jemand. Das war eine schwierige Phase für Mama. Sie hat sich mit Händen und Füßen dagegen gewehrt, dass fremde Menschen bei ihr im Haus sind und ihr auch noch helfen sollen.«

»Stelle ich mir anstrengend vor. Du kennst ja meine Tante Beke. Sie muss eventuell an der Hüfte operiert werden. Ich kann sie kaum davon überzeugen, mit mir zur nächsten Untersuchung im Krankenhaus in Husum zu kommen.«

»Kenne ich! Da musst du hartnäckig bleiben. Genau wie bei kleinen Kindern. Ewig diskutieren bringt gar nichts.«

»Danke für den guten Tipp«, antwortete Lena lachend. »Ich werde es versuchen.«

Frauke Thamen hakte sich bei ihr unter. »Gerne! Und jetzt erzähl mal, was du über Marten wissen willst.«

Lena war froh, dass Frauke das Thema ansprach. Vorsichtig tastete sie sich an ihre eigentliche Fragestellung heran. »Du weißt, dass Marten Hilmer in den letzten Jahren einige Beziehungen hatte?«

Frauke Thamen schwieg eine Weile, bevor sie leise antwortete: »Ich habe mir da nie etwas vorgemacht. Es war ein Traum, ein schöner Traum. Eine Nacht und ein Morgen, mehr nicht. Ich glaube, Marten hatte große Probleme, sich zu binden. Ich habe es zu der Zeit nicht erkannt, aber heute sehe ich es klarer. Es ist ja auch nicht so, dass ich später nicht noch etwas mit anderen Männern hatte. Es war nur nie der Richtige dabei.« Frauke Thamen war stehen geblieben, als sie zu sprechen begonnen hatte. Jetzt zog sie Lena weiter. »In einer schwachen Minute in dieser Nacht, unserer Nacht, hat Marten mir von seiner großen Liebe erzählt. Er war leicht angetrunken, aber nicht sehr. Ich war ziemlich geschockt, als ich das hörte. Liege ich da in seinem Arm und er erzählt mir von einer Frau, die ihn abgewiesen hat. Marten hat nicht gemerkt, wie verärgert ich war, und einfach weitergeredet. Wie in Trance, würde ich sagen.«

»Ist dir in den letzten zwei Jahren an Marten Hilmer etwas aufgefallen? Hat er sich verändert?«

Frauke Thamen wiegte den Kopf. »Mag sein. Seit Marten tot ist, habe ich viel über ihn nachgedacht. Habt ihr eigentlich die Frau gefunden? Die mit dem Sportwagen und der Hamburger Nummer, meine ich.«

»Ja, Frauke, wir haben sie gefunden, aber mehr darf ich dir dazu nicht sagen.«

»War sie seine ... Freundin? Ich meine, so richtig, mit Liebe und Zukunft planen?«, fragte Frauke Thamen unbeirrt weiter.

»Ich darf dir ...«

»Schon klar, Lena. Ich weiß es auch so. Ich habe sie ja beobachtet, habe gesehen, wie Marten sie angesehen hat. Warum musste er nur so früh sterben?«

Lena horchte auf. »Du meinst, Marten war verliebt?« Sie hatte bewusst nur den Vornamen genannt.

»Ja, das glaube ich. Hatte ich dir erzählt, dass Marten mir ungefragt eine Lohnerhöhung gegeben hat? Dabei habe ich schon ganz gut bei ihm verdient.« Sie schmunzelte. »Zumindest besser als bei deinen Kollegen in der Polizeistation.«

»Wie hat er das begründet?«

»Gar nicht. Er hat es mir nicht mal gesagt, sondern einfach mehr überwiesen. Als ich ihn darauf angesprochen habe, meinte er, dass das schon seine Richtigkeit hätte. Ich hätte es verdient, hat er gesagt.«

»Wann genau war das?«

»Vor vier oder fünf Monaten. Aber ich kann die Gehaltsabrechnung raussuchen, wenn es wichtig ist.«

»Musst du nicht. Das reicht mir so.« Lena zeigte den Strand entlang. »Wollen wir noch ein wenig gehen oder musst du zurück?«

Frauke sah auf die Uhr. »Zehn Minuten geht noch, dann muss ich umdrehen.«

Sie gingen eine Weile schweigend nebeneinander her. Als Frauke stehen blieb und über die auflaufende Nordsee sah, stellte Lena ihre nächste Frage: »Du denkst, dass diese Frau aus Hamburg etwas in ihm verändert hat?«

»Ja, vielleicht. Erst ist es mir gar nicht aufgefallen. Früher war ich fast immer allein im Haus, wenn ich dort gearbeitet habe. Aber in den letzten Monaten war Marten immer häufiger zu Hause. Erst dachte ich, er arbeite von dort aus, aber dann habe ich gemerkt, dass er liest oder Musik hört.«

»Er hat es also langsamer angehen lassen?«

»So könnte man es ausdrücken. Ich habe ihn mal gefragt, ob er nicht im Büro sein müsste. Er meinte dann, dass seine Frau Lützen das alles wunderbar in der Hand habe. So hat er früher nie gesprochen.«

»Und ihr beide? Habt ihr in der letzten Zeit über euch gesprochen?«

»Lena, das mit Marten ist lange her und längst gegessen. Das habe ich dir doch schon erklärt. Ja, ich mag ihn … also ich mochte ihn immer noch sehr gerne. Als Freund und als Mensch. Aber mehr war da nicht.«

»Was nicht meine Frage beantwortet. Habt ihr über euch beide gesprochen?«

Frauke Thamen drehte sich um und zeigte in östliche Richtung. »Wir müssen umkehren, sonst komme ich zu spät zur Arbeit.«

Lena wartete, ob Frauke Thamen ihr noch auf die zweimal gestellte Frage antworten würde. Nachdem sie fast die halbe Strecke zum Auto zurückgelegt hatten, begann Frauke Thamen zu sprechen. »Um deine Frage zu beantworten: Es ist nicht dazu gekommen, aber ich glaube, Marten wollte noch einmal mit mir über uns sprechen. Das war vor fast drei Wochen an einem Donnerstag. Marten bat mich, eine Pause zu machen, und wollte mit mir reden. Natürlich habe ich ihm den Gefallen getan. Er fragte dann, wie es mir in den letzten Jahren ergangen wäre. Ich wusste erst gar nichts zu antworten. Wir hatten uns doch regelmäßig gesehen, wenn auch nur kurz. Und natürlich habe ich ihm von meiner Mutter erzählt. Und er wusste auch, dass ich noch in der Polizeistation sauber mache und noch zwei weitere Stellen habe.«

»Aber Marten meinte was anderes?«

»Ja, ich glaube schon. Wir haben aber nicht weitergeredet.«

»Warum nicht?«

»Ich war so verwirrt, wusste nicht, was er von mir wollte. Ich saß da in meinen Arbeitsklamotten, und er wollte mit mir über uns sprechen. Das konnte ich nicht. Ich habe ihm gesagt, dass ich schreckliche Kopfschmerzen hätte und nach Hause müsste.«

»Verstehe. Und später?«

Frauke Thamen lief etwas langsamer und blieb schließlich stehen. Als sie Lena ansah, flossen ihr Tränen über die Wangen. »Es gab kein Später. Eine Woche danach war Marten nicht im Haus, als ich gekommen bin. Aber es lag eine Einladung zum Essen auf dem Tisch in der Küche. Sie war für mich. Es wäre in der letzten Woche gewesen.«

Fünfundzwanzig

»Übermorgen sind Heike Dittmann und jetzt auch Astrid Hahn zur Vernehmung vorgeladen. Dittmann um zehn, Hahn um vierzehn Uhr«, sagte Lena, die Johann und Ole kurz zuvor von dem Spaziergang mit Frauke Thamen erzählt hatte. »Wir haben zwar einige Anhaltspunkte, aber ich fürchte, nicht genug, um die beiden unter Druck zu setzen.«

»Die DNA-Auswertung kommt morgen«, sagte Johann. »Ich habe vorhin noch einmal nachgefragt.«

»Selbst wenn beide Frauen im Haus waren, wird uns das kaum weiterhelfen«, warf Ole Kotten ein. »Eine Begründung für ihre Anwesenheit lässt sich schnell finden.«

»Rollen wir die Sache noch einmal von hinten auf«, schlug Lena vor. »Das Motiv!«

»Astrid Hahn ist ein Psychofrettchen«, sagte Johann.

»Etwas sachlicher, bitte«, sagte Lena mahnend.

»Ich bitte euch. Habt ihr die Briefe gelesen?«, konterte Johann. »Sie scheint über Jahre vollkommen auf Hilmer fixiert gewesen zu sein. Von ihrem Stalking hat Oles Zeugin berichtet. Die wahren Ausmaße kennen wir allerdings noch nicht. Ich gehe davon aus, dass es an dem Abend Mitte August zu einem Eklat gekommen ist und bei ihr die Sicherungen durchgebrannt sind.«

Ole Kotten räusperte sich. »Ich würde es zwar etwas anders ausdrücken, aber zum gleichen Ergebnis kommen.«

»Okay, ich fahre nachher zu dem Restaurant. Vielleicht erinnert sich ja jemand an die beiden.«

»Hahn hat den Sherry gekauft. Warum?«, fragte Johann. »Wir haben die Flasche nicht gefunden. Für mich lässt das nur einen Schluss zu: Sie ist mit ihrem Schlüssel ins Haus und hat die Sherryflasche, die Hilmer von seinem Geschäftsfreund bekommen hatte, gegen ihre, in der bereits das Lidocain aufgelöst war, ausgetauscht.«

»Und die Fingerabdrücke von Eibo Nicolaisen?«, fragte Ole Kotten.

Die Szene beim Edeka-Markt kam Lena in den Sinn. Eibo Nicolaisen hatte einer Frau geholfen, der etwas aus der Hand gefallen war und die nach seinen Worten Astrid Hahn ähnelte. Selbst wenn es so gewesen war, würde es sich kaum nachweisen lassen. Auf Amrum gab es nur an wenigen Stellen Kameraüberwachung. Der Edeka-Markt gehörte nicht dazu, soweit Lena wusste.

»Immer wieder die Flasche«, murmelte Johann. »Ich habe keine Ahnung, wie die Fingerabdrücke da gelandet sind. Trotzdem ist die Hahn für mich die Kandidatin Nummer eins.«

»Hast du Frau Lützen erreicht?«, fragte Lena.

Johann nickte. »Astrid Hahns Firma hat die Aufträge nach der ersten Trennung verloren. Nicht sofort, aber ein halbes Jahr später. Sie hat auch bestätigt, dass Hahn, ich zitiere, ›sehr aufdringlich‹ gewesen ist. Sie selbst hat mehrfach beobachtet, dass Frau Hahn vor dem Firmenbüro auf Hilmer gewartet hat und ihn, als er dann rauskam, ansprach. Mehrfach hat es wohl lautstarken Streit gegeben.«

»Hat Frau Lützen auch eine Begründung für die Beendigung der Geschäftsbeziehungen gegeben?«

»Sie vermutet, dass es mit den persönlichen Verwicklungen zwischen Hilmer und Hahn zusammenhing. Allerdings war sie mit ihren Äußerungen sehr zurückhaltend, so als wollte sie Hilmer schützen.«

»Ich sehe Helene Lützen nicht so zentral. Ich denke da eher an Heike Dittmann. Hatte sie eigentlich Kontakt zu Astrid Hahn?«, fragte Ole Kotten.

Johann grinste. »Du meinst, sie haben es zusammen gemacht?«

Ole Kotten stieß ihm mit dem Ellenbogen in die Seite. »Hatte dich die Chefin nicht schon eben zur Ordnung gerufen?« Er wandte sich wieder Lena zu. »Aber im Ernst. Sollten wir nicht eine mögliche Verbindung zwischen den beiden prüfen? Ich sehe zwar nicht das gleiche Motiv bei Frau Dittmann, aber das Entscheidende ist, dass sie vielleicht das gleiche Ziel hatten.«

»Vielleicht hat Marten Hilmer tatsächlich nichts von den Dittmann-Machenschaften gewusst und wollte den Kauf des Hauses von Theda Nicolaisen rückgängig machen«, sagte Lena.

»Das ist nicht dein Ernst«, sagte Johann ungläubig. »Der war ein gewiefter Geschäftsmann, den man nicht so leicht täuschen konnte. Er hat schließlich von dem Kauf profitiert und nicht Dittmann. Zumindest habe ich nichts gefunden.«

»Vielleicht hatte er seinen Fokus neu ausgerichtet oder war dabei, es zu tun. Nach dem Gespräch mit Frauke Thamen bin ich mir nicht mehr so sicher, dass er so weitermachen wollte wie bisher.«

»Und was würde das bedeuten?«, fragte Johann.

»Dass einige Menschen ziemlich irritiert gewesen sein müssen«, antwortete Ole Kotten für Lena.

»Tötet man deshalb einen Menschen?«, fragte Johann.

Lena klingelte am Seiteneingang des Restaurants am Seglerhafen. Ein Mann um die vierzig, Anzug und weißes Hemd, öffnete ihr die Tür.

»Frau Lorenzen?«

Lena hatte sich telefonisch bei Markus Holm, dem Geschäftsführer des Restaurants, angemeldet. Sie reichte ihm die Hand. »Hauptkommissarin Lorenzen, LKA.«

Er öffnete die Tür weit und trat zur Seite. »Kommen Sie doch rein.«

In einem kleinen Büro bot er Lena einen Stuhl an und setzte sich zu ihr. »Jetzt bin ich aber gespannt, was das LKA von mir will.«

»Wir untersuchen den Tod von Herrn Hilmer.«

»Okay. Ich habe natürlich gehört, dass er tot ist. Aber ich dachte bisher, dass …« Markus Holm sah Lena fragend an.

»Tut mir leid, Details darf ich nicht weitergeben. Sie kannten also Herrn Hilmer?«

Markus Holm nickte. »Ja, er war regelmäßig Gast in unserem Restaurant. Ich begrüße persönlich die Gäste und wechsele auch gerne ein paar Worte mit ihnen.«

»Wann war Herr Hilmer das letzte Mal bei Ihnen zu Gast?«

Markus Holm öffnete eine große Kladde und blätterte mehrere Seiten durch. »Sonntag, 1. September. Davor am Samstag, 24. August, und …« Er fuhr mit dem Finger über die Zeilen. »Ja, natürlich, am 15. August. Daran erinnere ich mich gut.«

Lena horchte auf. »Sie waren vor Ort?«

»Am 15. August? Ja, ich habe Herrn Hilmer und seine Begleitung begrüßt und sie zu dem Tisch geführt. Herr Hilmer hatte telefonisch um genau diesen Tisch gebeten.«

»Ein besonderer Tisch?«

»Nein, eigentlich nicht, aber dort ist es etwas ruhiger als an manchen anderen. Herr Hilmer hatte darum gebeten.«

»Und warum haben Sie diesen Abend noch in Erinnerung?«

Markus Holm schien zu überlegen, wie freimütig er auf die Frage antworten sollte. Schließlich hob er entschuldigend die Hände und sagte: »Wenn Sie danach fragen, wird es sicher wichtig sein. Normalerweise würde ich natürlich Verschwiegenheit wahren.« Er griff nach dem Kugelschreiber, der vor ihm auf dem Schreibtisch lag, und klopfte nervös damit auf die Tischplatte. »Das Treffen von Herrn Hilmer war nicht, wie soll ich sagen, also nicht ganz konfliktfrei. Die Dame am Tisch ist etwas lauter geworden, um nicht zu sagen, sie hat Herrn Hilmer angeschrien. Da ich gerade hinter der Theke stand, habe ich das mitbekommen und …« Er schluckte. »Nun, gut. Das Restaurant war bis zum letzten Platz gefüllt. Ich trat an den Tisch und bat um etwas mehr Diskretion. Die Dame ist dann aufgesprungen – ich weiß jetzt nicht, ob ich der Auslöser war oder es mit dem Gespräch am Tisch zu tun hatte –, auf jeden Fall hat sie, also die Dame, Herrn Hilmer den Inhalt ihres Weinglases ins Gesicht geschüttet. Anschließend hat sie das Restaurant verlassen.«

»Herr Hilmer und sein Gast haben sich also gestritten? Wissen Sie, worüber?«

»Dazu kann ich leider nichts sagen. Der Tisch steht etwas abseits und im Normalfall ist von einem Gespräch dort, zumal an der Theke, nichts zu hören.«

Lena suchte in ihrem Smartphone das Foto von Astrid Hahn und zeigte es Markus Holm.

»Ja, das ist die Dame. Meines Wissens führt sie eine Reinigungsfirma. Aber Sie scheinen sie ja bereits zu kennen.«

Lena befragte Markus Holm zu den beiden anderen von ihm genannten Terminen. Beim ersten war Marten Hilmer mit einem Geschäftspartner im Restaurant, beim zweiten war der Restaurantleiter nicht im Hause gewesen, versprach aber, sich bei seinen Mitarbeitern zu erkundigen und sich wieder zu melden.

Zurück im Auto dachte Lena kurz darüber nach, sich den Rest des Tages freizunehmen, entschied sich aber dagegen und fuhr auf der Inselstraße Richtung Fährhafen, um bei dem Geldautomaten dort Geld abzuheben. Als sie anschließend auf dem Weg zur Polizeistation war, fiel ihr der Edeka-Markt auf der rechten Straßenseite auf. Auf der Höhe des zur Straße liegenden Parkplatzes bremste sie kurz entschlossen und bog ab. Der Fahrer des Autos hinter ihr hupte wild, als er an ihr vorbeifuhr.

Lena stieg aus und schaute sich suchend um. Sie hatte sich nicht geirrt. An der Wand des Gebäudes befand sich eine Kamera, die auf den Parkplatz gerichtet war. Sie betrat den Markt und fragte sich bis zum Marktleiter durch, der sie in sein Büro bat.

»Ja, das ist richtig«, antwortete er auf Lenas Frage. »Im letzten Jahr wurden zwei Autos unserer Kunden beschädigt. Vermutlich beim Ausparken, aber leider waren in beiden Fällen die Verursacher nicht zu finden. Deshalb haben wir eine Kamera installiert.«

»Für wie viele Tage werden die Aufzeichnungen gespeichert?«

Der Marktleiter fuhr sich mit der Hand durch seine kurzen Haare. »Geht es jetzt um den Datenschutz? Ich meine, wir löschen die Aufzeichnungen natürlich wieder. Das läuft alles korrekt.«

»Nein, an Datenschutz bin ich nicht interessiert. Sie löschen nach den üblichen zweiundsiebzig Stunden?«

Der Marktleiter schien verunsichert. »Ich denke schon. Ich selbst habe das nicht eingerichtet, müssen Sie wissen.«

»Es geht hier um eine schwere Straftat, bei der eventuell Ihre Aufzeichnungen zur Lösung des Falles beitragen könnten. Ich versichere Ihnen, dass Sie keine Probleme bekommen, wenn Sie für längere Zeit gespeichert haben. Im Übrigen haben Gerichte schon entschieden, dass bis zu zehn Tage rückwirkend kein Problem sind.«

Der Marktleiter nickte und setzte sich hinter seinen Schreibtisch. Lena trat hinter ihn und sah, wie er die einzelnen Tage durchklickte. »Ich wusste das wirklich nicht«, murmelte er. »Hier ist schon eine Weile nichts aufgezeichnet worden. Das Gerät muss defekt sein.« Er schüttelte den Kopf. »Welchen Tag suchen Sie denn?«

»Mittwoch, 4. September.«

»Das ist aber schon fast zwei Wochen her.«

»Schauen Sie doch bitte nach«, forderte ihn Lena auf.

Der Marktleiter klickte sich weiter. »Hier, das ist die letzte Aufzeichnung. Das war leider eine Woche nach dem Datum, das Sie mir genannt haben. Da alle zweiundsiebzig Stunden gelöscht wird …« Er stutzte. »Das ist ja merkwürdig. Die Festplatte ist komplett voll. Vielleicht ist doch …« Er klickte sich weiter durch, bis er schließlich beim Donnerstag angekommen war. Lena hielt die Luft an und ballte die Faust, als der Mittwoch aufgerufen wurde.

»Tatsächlich«, sagte der Marktleiter. »Sie haben Glück. Das geht sogar bis zum Dienstag zurück.«

»Kann ich mir die Aufnahmen ansehen? Ich weiß leider nicht, wann genau es war. Gibt es einen Schnelldurchlauf?«

»Schon, aber das dauert bei so vielen Stunden natürlich auch. Ich meine …«

»Lassen Sie mich einfach machen.«

Der Marktleiter stand auf. »Bitte!«

Nach einer kurzen Einweisung ließ Lena die Aufzeichnung ab zwölf Uhr laufen. Jedes Mal, wenn sie meinte, dass sich zwei Menschen länger auf dem Parkplatz aufhielten, stoppte sie die Aufzeichnung und ließ sie in Normalgeschwindigkeit abspielen. Nach einer Stunde verschwammen die Bilder vor ihren Augen. Sie stoppte das Video und öffnete das Fenster im Büro. Der Marktleiter, der gleich zu Beginn ihrer Recherche das Büro verlassen hatte, kehrte zurück und sah sie fragend an.

»Eine halbe Stunde werde ich wohl noch brauchen«, sagte Lena und setzte sich wieder vor den Bildschirm.

Der Marktleiter nickte und ging wieder.

Inzwischen zeigte die Anzeige auf der Aufnahme, dass Lena das Band schon bis in den Nachmittag überprüft hatte. Hatte sie etwas übersehen oder hatte sich Nicolaisen in dem Tag geirrt? Sie ließ das Band wieder laufen und konzentrierte sich auf die schnell über den Parkplatz laufenden Personen.

Was war das? Lena atmete scharf ein und klickte schnell auf den Button. Aufgeregt ließ sie die Aufnahme zurücklaufen und starrte wie gebannt auf den Bildschirm. Auf der unteren rechten Hälfte hielt ein Motorrad, ein Mann stieg ab, zog seinen Helm vom Kopf. Das musste Nicolaisen sein. Er legte den Helm auf den Sitz und ging auf den Eingang des Marktes zu, als am oberen rechten Rand eine Frau ins Bild trat, der, kurz bevor sie aufeinandertrafen, etwas aus der Hand fiel. Nicolaisen blieb stehen und zögerte kurz, bevor er der Frau half, die auf dem Boden liegenden Blätter aufzusammeln.

Lena hielt das Band an. Was hatte die Frau in der linken Hand? Sie nahm nur mit rechts die Blätter auf, während Nicolaisen mit beiden Händen arbeitete. Lena startete das Band wieder. Nicolaisen reichte der Frau den gesammelten Stapel und nahm von ihr etwas entgegen, das sie zuvor in der linken Hand gehalten hatte. Lena beugte sich vor, sah, wie die Frau die Blätter in eine Art Ordner legte und dann den Gegenstand, den sie vorher Nicolaisen gereicht hatte, wieder zurückbekam.

Lena atmete schwer. War es das, was sie dachte?

Sechsundzwanzig

»Das ist tatsächlich eine Flasche«, sagte Johann, nachdem sie zum fünften Mal den Videoausschnitt angeschaut hatten.

»Unglaublich«, murmelte Ole Kotten. »Aber ich fürchte, das hat vor Gericht keinen Bestand. Die Qualität ist nicht ausreichend.«

»Aber Nicolaisen und die Hahn sind doch einwandfrei zu erkennen«, sagte Johann kopfschüttelnd. »Und auch wenn die Flasche nur wenige Sekunden deutlich zu sehen ist, muss das doch als Indiz reichen.«

»Okay, gehen wir davon aus, dass das eine Flasche ist. Allerdings ist es vor einem Supermarkt nicht ungewöhnlich, eine solche in der Hand zu haben«, entgegnete Ole Kotten.

»Ole, du hast recht, aber ein kleiner Durchbruch ist das schon«, mischte sich Lena in die Diskussion ein. »Zusammen mit der Aussage des Restaurantleiters wird sie uns schon einiges erklären müssen.«

»Trotzdem brauchen wir entweder ein Geständnis oder weitere Indizien«, sagte Ole. »Wo hat sie das Lidocain her? Bist du da schon weiter, Johann?«

Er schüttelte den Kopf. »Ich versuche, bei allen Verdächtigen Bekannte, Freunde oder Verwandte zu finden, die etwas mit der Drogenszene zu tun haben. Leider wird darüber auf Social-Media-Kanälen nicht oft gesprochen. Aber ich bin am Ball.«

»Okay, ich schreibe meine Protokolle«, sagte Lena, »und werde dann noch einmal Helene Lützen befragen. Anschließend mache ich Feierabend.«

Die Büroleiterin von Hilmers Firma lächelte bemüht, als Lena durch die halb offen stehende Bürotür trat und fragte: »Haben Sie ein paar Minuten Zeit für mich?«

Helene Lützen nickte und zeigte auf den Besprechungstisch in ihrem Büro. »Möchten Sie etwas trinken?«

»Ein Wasser wäre schön.«

Nachdem Helene Lützen eingeschenkt hatte, setzte sie sich zu Lena an den Tisch. »Was kann ich noch für Sie tun?«

Lena legte das Aufnahmegerät auf den Tisch. »Sie haben sicher nichts dagegen?«

»Nein, natürlich nicht.«

Lena klappte ihr Notizbuch auf und tat so, als läse sie etwas darin. »Können Sie mir noch einmal von den letzten, sagen wir, sechs Monaten berichten? Hat sich Herr Hilmer in dieser Zeit verändert?«

Helene Lützen zog die Augenbrauen zusammen. »Bin ich das nicht schon gefragt worden?«

»Das mag sein, aber im Laufe einer Ermittlung stellen wir häufig Fragen ein zweites und drittes Mal. Auch Sie haben sicher noch einmal über die Zeit nachgedacht und können uns mit sozusagen neuen Erinnerungen helfen.«

Helene Lützen schien nicht von Lenas Argument überzeugt zu sein, antwortete aber nach einer kurzen Pause: »Ich weiß nicht genau, auf was Sie hinauswollen. Marten war eigentlich wie immer. Gut, in den letzten Monaten hat er sich etwas mehr freie Zeit gegönnt. ›Durchatmen‹ hat er das genannt. Er hat sich schon mal einen Tag freigenommen, vor allem vor und nach den Wochenenden, oder ist auch etwas früher als üblich aus dem Büro raus. Die Geschäfte laufen gut und von daher war es kein Problem.« Sie lächelte matt. »Hin und wieder hat er auch mal auf sein Alter angespielt. Er wäre kein Jungspund mehr und könnte nicht mehr zwölf Stunden am Stück arbeiten. Aber sonst, nein, es war alles wie immer.«

Lena wunderte sich, dass die Büroleiterin keine Veränderungen an Marten Hilmer bemerkt hatte. Selbst Frauke Thamen, die bei Weitem nicht so viel Zeit mit Hilmer verbracht hatte wie Helene Lützen, war etwas aufgefallen. Oder lag es daran, dass sie sich zu oft gesehen hatten und sie deshalb die sich langsam entwickelnden Veränderungen nicht wahrgenommen hatte? »Sie wissen, dass Herr Hilmer eine neue Beziehung zu einer Frau aus Hamburg unterhielt?«

Helene Lützen lächelte. »Sagen wir so, ich habe es zumindest vermutet. Marten hielt sich in letzter Zeit sehr häufig in Hamburg auf, ohne dort geschäftliche Termine zu haben.«

»Sie haben ihn nicht danach gefragt?«

»Ich bitte Sie! Ja, Marten und ich waren eng befreundet, aber ich hätte ihn nie nach einer Frau ausgefragt. Das versteht sich doch von selbst. Schließlich waren wir einmal ein Paar, und in einem solchen Fall macht man einen zumindest kleinen Bogen um solche Fallstricke.«

»Und Herr Hilmer hat nie etwas erzählt? Nicht einmal in Andeutungen?«

»Mag sein, ich muss aber ehrlich sagen, dass mich dieses Thema nicht interessiert hat. Als Frau verstehen Sie das sicher.«

»Ihre Mitarbeiterin Kim Möller machte bei der Befragung Andeutungen, dass sie mit Herrn Hilmer eine, sagen wir, Affäre hatte. Haben Sie darüber Kenntnis?«

Helene Lützen schüttelte verärgert den Kopf. »Kim sollte sich lieber auf ihre Aufgaben konzentrieren, als solche Gerüchte in die Welt zu setzen. Sie überschätzt sich – nicht nur, was die Arbeit angeht – maßlos. Mehr habe ich dazu nicht zu sagen.« Ihre Stimmung schien schlagartig umgeschlagen zu sein. Helene Lützen klang nun herrisch und herablassend.

»Wieso ist sie mit zu der Messe nach Berlin gefahren?«

»Ist das so schwer zu verstehen? Sie macht halt optisch was her, und darum ging es wohl. Marten wollte seine Geschäftspartner beeindrucken.« Sie deutete ein Augenrollen an. »Wenn es denn der Firma dient.«

»Frau Möller und Herr Hilmer waren also …«

»Nein«, fiel Helene Lützen Lena ins Wort. »Das sagte ich doch schon.«

»Die Firma von Astrid Hahn hat ja früher lange die Hilmer-Ferienhäuser gereinigt. War in irgendeiner Weise beabsichtigt, die Geschäftsbeziehungen wieder aufzunehmen?«

»Wie kommen Sie darauf? Nein, wir haben inzwischen unsere eigenen Mitarbeiter für diese Arbeiten, und das ist nicht nur günstiger, sondern auch besser.«

»Herr Hilmer hat sich Mitte August mit Frau Hahn getroffen. Es soll ein Geschäftsessen gewesen sein.«

»Davon weiß ich nichts. Und ich hätte es, wenn Marten über eine Veränderung in dem Bereich nachgedacht hätte, bestimmt gewusst.«

»Dann habe ich noch eine Frage: Hat Herr Hilmer in der letzten Zeit mit Ihnen über Ihre damalige Beziehung gesprochen oder ein solches Gespräch angekündigt?«

»Wie meinen Sie das?«, fragte Helene Lützen sichtbar pikiert.

»War Ihre frühere Beziehung in den letzten Monaten Thema zwischen Ihnen beiden?«

»Nein, das war und ist lange abgeschlossen. Wir haben damals natürlich darüber gesprochen. Das liegt ja nahe. Aber seither nicht mehr. Ich gehe mal davon aus, dass Sie ein tiefgründiges Gespräch meinen und nicht eine freundliche Erinnerung nebenbei?«

Lena nickte, dann stand sie auf und bedankte sich für die offenen Worte.

Als Lena den Flur der kleinen Obergeschosswohnung betrat, stand dort ein Korb, den Erck gerne als Picknickkorb nutzte.

»Schon zu Hause?«, fragte Erck, als er ihr freudestrahlend aus dem Bad entgegenkam.

»Überraschung?«, fragte Lena mit Blick auf den Korb.

»Ertappt!«, antwortete Erck lachend. »Fragen sind nicht gestattet. Willst du dich noch frisch machen? Wir starten in einer Viertelstunde.«

Sie fuhren aus Norddorf raus und an Nebel vorbei nach Süden. Lena ahnte bereits, was das Ausflugsziel sein würde. In den Tagen ihres ersten Falles auf Amrum hatte Erck sie auf den Leuchtturm entführt. Dieser war in der Sommersaison für Besucher nur vormittags geöffnet, aber Erck war mit dem Verantwortlichen befreundet und hatte sich damals den Schlüssel für einen Privatbesuch ausgeliehen.

Auf halber Höhe zwischen Nebel und Wittdün bog Erck in einen Seitenweg nach rechts ab und parkte kurz darauf in der Nähe des Leuchtturms.

»Wir sind da!«, sagte er. »Oder bist du zu müde für ein paar Treppen?«

Lena beugte sich zu ihm hinüber und küsste ihn auf die Wange. »Das sind fast zweihundert Stufen, aber wenn ich schlappmache, wirst du mich sicher bis nach oben tragen.«

Erck lachte. »Ich versuche es zumindest.«

Sie stiegen aus, Erck holte den Picknickkorb von der Rückbank und zusammen gingen sie auf den Leuchtturm zu. Bevor sie sich an den Aufstieg machten, blieben sie einen Moment stehen und ließen den Blick schweifen. Der Leuchtturm stand auf einer Düne und lag dadurch fast siebzig Meter über dem Meeresspiegel.

Langsam stiegen sie die steinerne Wendeltreppe hinauf zur Aussichtsplattform. Oben angekommen, genossen sie den weiten Blick in alle Himmelsrichtungen. Sie standen eng aneinandergeschmiegt und blickten über den Kniepsand und die Nordsee. Die Sonne stand inzwischen tief und zauberte ein Glitzern auf das auflaufende Wasser.

Erck ließ den Korken der Champagnerflasche knallen und goss ihnen beiden ein.

»Weißt du noch, auf was wir beim letzten Mal angestoßen haben?«, fragte Erck, als er Lena ihr Glas reichte.

»Auf unsere Träume«, antwortete Lena.

Erck lächelte. »Genau. Und anschließend haben wir uns geküsst. Zum ersten Mal seit unendlich langer Zeit.«

Lena hob ihr Glas. »Auf unsere Träume und darauf, dass sie wahr werden.«

Erck gab Lena die eingelegten Paprikastücke und das Weißbrot herüber. Inzwischen hatten sie den Leuchtturm verlassen und waren die wenigen Hundert Meter bis zum Strand gelaufen. Hier suchten sie sich einen windgeschützten Platz, auf dem Lena die mitgebrachte Decke ausbreitete.

»Möchtest du auch von den Pilzen?«, fragte Erck und legte Lena zwei der großen Champignons auf den Teller.

Sie aßen in einvernehmlichem Schweigen. Die Sonne versank langsam hinter dem Horizont, es begann zu dämmern.

»Ich habe heute Werner getroffen und ein paar Worte mit ihm gewechselt«, sagte Erck schließlich leise.

»Wie ging es ihm?«

»Gefragt habe ich nicht, aber er sah etwas mitgenommen aus.«

»Hast du ihm gesagt, dass du Bescheid weißt?«

»Ich wusste nicht, ob dir das recht ist. Wir hatten kaum Zeit, über die neue Situation zu sprechen.«

»Tut mir leid. Ich will den Fall möglichst schnell abschließen. Die anderen arbeiten auch rund um die Uhr.«

»Lena, ich wollte dir keine Vorwürfe machen. Ich mache mir Sorgen, das stimmt. Und ich hoffe, dass du auf dich achtgibst.«

»Vielleicht ist es schon in zwei, drei Tagen vorbei. Wir hatten heute einen kleinen Durchbruch. Am Donnerstag kommt der Staatsanwalt aus Flensburg und wir befragen zwei Verdächtige.«

»Und wie geht es dir dabei?« Er lächelte ernst. »Du weißt, was ich meine.«

»Hilmer? Ich lerne ihn jeden Tag ein Stück besser kennen. Sozusagen meine letzte Chance, etwas über meinen Erzeuger zu erfahren.«

»Musst du ihn *Erzeuger* nennen? Wir wissen doch gar nicht, was damals genau passiert ist.«

»Ja, du hast recht. Hatte ich dir erzählt, dass Mama seine große Liebe war, die er nie vergessen konnte? Verrückt, oder?«

»Finde ich nicht.«

Lena lächelte. »Das sind merkwürdige Parallelen zwischen euch beiden. Das war mir noch gar nicht aufgefallen.«

»Allerdings gibt es bei mir ein Happy End. Marten Hilmer hat weder seine große Liebe erobern können noch hat er je erfahren, dass er eine Tochter hat. Beim einen wie beim anderen wäre sein Leben wahrscheinlich anders verlaufen.«

»Das ist zu vermuten«, sagte Lena nachdenklich. »Meinst du, ich habe was von ihm geerbt? Ich rede nicht von seinem Vermögen, sondern von Eigenschaften, guten wie schlechten.«

»Das weiß ich nicht, Lena. Möglich ist es.« Er hielt kurz inne. »Hast du Angst davor?«

»Ja, ich habe schon darüber nachgedacht, was ich von ihm haben könnte. Zu ändern ist es aber ohnehin nicht mehr. Und ich habe schon so lange keinen Vater mehr, dass es mir eigentlich egal ist.«

»Lena, du hast zwei Väter. Einen, der dich aufgezogen hat, und einen, der dich sicher auch gerne hätte aufwachsen sehen.«

»Was hat Werner gesagt, als du ihn heute getroffen hast?«

»Er hat gefragt, wie es dir geht.«

»Was hast du geantwortet?«

»Dass du viel Arbeit hast und dir Sorgen um Beke machst.«

»Habe ich ihm unrecht getan? Sei ehrlich, Erck. Habe ich mir das damals alles nur eingebildet?«

»Du meinst, dass Werner eine andere Frau hatte?«

»Ich war so überzeugt davon, dass ich gar nichts anderes mehr sehen wollte. Es konnte nur so sein. Er wollte Mama verlassen, weil …« Als ihr klar wurde, wie ungerecht sie womöglich gewesen war, verschlug es ihr die Sprache.

»Wenn ich es wüsste, würde ich es dir sagen. Aber so, wie ich es miterlebt habe, hatte er keine Beziehung neben Dorthe. Und Renate kam erst zwei Jahre später nach Amrum. Sie haben sich erst hier kennengelernt.«

»Warst du dabei?«, fragte Lena spitz.

»Nein, natürlich nicht. Aber ich weiß, dass Renate nie vorher auf Amrum war und sie nur durch einen Zufall hier gelandet ist. Glaub mir, sie kannten sich vorher nicht.«

»Dann war es eben eine andere«, murmelte Lena.

»Oder du hast dich getäuscht und falsche Schlüsse gezogen. Lena, das ist so lange her. Vielleicht ist das jetzt die Chance, noch einmal von vorne anzufangen. Werner ist dazu ganz sicher bereit.«

Lena ließ sich zurück in den Sand fallen und zog Erck dabei zu sich. Sie küssten sich, Lena strich Erck die Haare aus dem Gesicht.

»Ich denke darüber nach. Mehr kann ich dir nicht versprechen.«

Siebenundzwanzig

»Die Kriminaltechnik war fleißig«, sagte Johann, als sie am nächsten Vormittag im Aufenthaltsraum zusammensaßen, um die letzten Ermittlungsergebnisse durchzugehen.

»Von Astrid Hahn sind DNA-Spuren im Haus gefunden worden. Das lässt vermuten, dass sie in den letzten Wochen vor Hilmers Tod in seinem Haus war.«

»Ein weiterer Punkt auf der Liste«, sagte Ole Kotten. »Hahn war extrem auf Hilmer fixiert, man könnte es fast krankhaft nennen. Nach allem, was wir wissen, hat Hilmer bei dem Abendessen Mitte August einen endgültigen Schlussstrich gezogen. Hahn hat uns über den Anlass des Treffens angelogen. Es gibt keinerlei Hinweise, dass die Geschäftsbeziehungen wieder aufgenommen werden sollten. Ein paar Tage nach dem Essen hat sie den Sherry bestellt. Sie besitzt einen Schlüssel für das Haus und sie hat wenige Tage vor Hilmers Tod dafür gesorgt, dass die Fingerabdrücke von Eibo Nicolaisen auf die Flasche kamen. Vor allem diese Aktion macht sie zur Hauptverdächtigen.«

»Leider wird das noch nicht reichen«, sagte Lena. »Ist eigentlich die Analyse der Flüssigkeiten, die wir in Astrid Hahns Wohnung gefunden haben, endlich fertig?«

»Ja«, sagte Johann und blätterte in seinen Notizen. »Habe ich vergessen zu erwähnen. Sie haben kein Lidocain gefunden und auch sonst keine Substanzen, die für eine tödliche Vergiftung geeignet wären. Allerdings fehlt noch eine Probe.« Er sah wieder auf seine Notizen. »Das war wohl eine Flüssigkeit, in der ein nicht aufgelöstes Pulver schwamm. Aber sie sind dran. Lidocain ist es auf jeden Fall nicht.«

Lena nickte. »Wir müssen sämtliche Ermittlungsergebnisse noch einmal durchgehen. Gibt es irgendwo Ansätze, die wir noch näher beleuchten können? Johann und Ole, ihr konzentriert euch auf Astrid Hahn.« Sie wandte sich den beiden Flensburger Kollegen zu. »Könnt ihr bitte noch einmal alle Indizien bezüglich Heike Dittmann durchgehen? Ich brauche für die Vernehmung morgen mehr, als ich bisher habe.«

»Du hast sie zusätzlich zu Frau Hahn im Verdacht, etwas mit Hilmers Tod zu tun zu haben?«, fragte Johann. »Das wäre aber ein merkwürdiger Zufall. Wie soll Frau Dittmann an die Flasche mit den Fingerabdrücken gekommen sein? Allenfalls wenn die beiden den Plan zusammen ausgeführt haben. Sie wusste auf jeden Fall, dass Eibo Nicolaisen einen ausgezeichneten Verdächtigen abgeben würde. Aber ein Mordkomplott? Kennen sich die beiden überhaupt?«

»Auch dem sollten wir heute nachgehen«, sagte Lena. »Ich bekomme bei Heike Dittmann noch einiges nicht zusammen. Sollte sie tatsächlich ohne Wissen von Hilmer Frau Nicolaisen so manipuliert haben, dass niemand deren Demenz bemerkte? Das wäre mit einem großen Risiko verbunden gewesen. Schließlich war abzusehen, dass der Enkel das nicht einfach so akzeptieren würde. Welchen Nutzen hatte sie von der ganzen Aktion? Brauchte sie so nötig die Provision? Oder ging es ihr darum, Marten Hilmer ihre Zuneigung zu beweisen?«

Einer der Flensburger Kollegen schrieb eifrig mit. »Sollten wir nicht Dittmann oder Hahn observieren? Zumindest bis morgen. Eventuell sprechen sie sich zu ihren Zeugenaussagen ab.«

»Dazu ist unser Team zu klein«, antwortete Lena. »Zusätzlich ist es auf der Insel extrem schwierig, Personen zu observieren, ohne selbst entdeckt zu werden.« Sie wandte sich an Johann. »Ist Dittmanns DNA auch im Haus gefunden worden?«

»Nein. Leider kein Treffer.«

»Dann sollten wir die letzten offenen Punkte noch einmal durchgehen. Sind die fünf noch fehlenden Personen aus Hilmers Bekanntenbereich befragt worden?«

Der Flensburger Kollege meldete sich. »Wir haben alle erreicht. Zusammenfassend kann man wohl sagen, dass Marten Hilmer auch hier den Eindruck hinterlassen hat, dass sich in seiner persönlichen Situation in naher Zukunft etwas ändern könnte. Konkrete Aussagen dazu gab es aber nicht.«

»Ansonsten noch etwas Außergewöhnliches?«, fragte Lena.

»Kollege Kotten hatte bei einer der letzten Besprechungen darauf hingewiesen, dass Hilmer keine richtigen Freunde hatte. Dem will ich nicht widersprechen, aber Ulfert Jakobs würde ich am ehesten unter dieser Kategorie einordnen. Er ist mit Hilmer zur Schule gegangen und sie haben lose den Kontakt gehalten.«

»Schickst du mir bitte die Adresse? Wo kann ich ihn erreichen?«

»Zu Hause in Nebel. Er ist Frührentner. Vor zwei Tagen ist er aus dem Urlaub zurückgekommen. Deshalb hatten wir ihn bis jetzt noch nicht erreicht.«

»Okay. Ist das Protokoll, das die Umweltschützer und Hilmer unterschrieben haben, auf Echtheit geprüft worden?«

»Ja«, sagte Ole Kotten. »Alles sauber! Den Ermittlungsstrang können wir schließen.«

Lena beendete die Besprechung und machte sich eine halbe Stunde später auf den Weg zu Ulfert Jakobs.

Auf Lenas Klingeln öffnete ein Mann, der sich auf einen Gehstock stützte. Lena stellte sich vor und wurde in die

Wohnküche des Hauses gebeten. Nachdem Ulfert Jakobs sie mit einer Tasse Tee versorgt hatte, fragte er, warum er ein zweites Mal Besuch von der Polizei bekomme.

»Ich hätte noch ein paar zusätzliche Fragen«, antwortete Lena. Sie hatte in der Polizeistation das Protokoll der Befragung gelesen. Ulfert Jakobs hatte sich bestürzt über die Nachricht von Marten Hilmers Tod gezeigt. Er und seine Frau hatten nach der Rückkehr aus dem Urlaub weder Zeitung gelesen noch mit jemandem aus der Nachbarschaft gesprochen. Jakobs gab an, sich nicht vorstellen zu können, dass jemand auf seinen Freund Hilmer so wütend gewesen war, dass er ihm etwas angetan hatte. Jakobs und Hilmer hatten sich in den letzten zwölf Monaten regelmäßig getroffen, in den Jahren davor nur ein- oder zweimal im Jahr.

»Dann stellen Sie die mal«, sagte Jakobs und lehnte sich auf dem Stuhl zurück.

»Sie haben sich in diesem Jahr häufiger mit Marten Hilmer getroffen als in den Jahren zuvor. Wie kam es dazu?«

»So ist das nun mal, wenn man älter wird. Man denkt übers Leben nach, was war und was noch kommt. Marten brauchte wohl jemanden, mit dem er reden konnte.« Jakobs zeigte mit dem Kopf auf den Gehstock. »Ich bin nicht mehr so mobil, aber bis zu Martens Haus ist es ja nicht weit von hier. Außerdem kam er gerne auch mal unangekündigt vorbei. Ich bin fast immer hier. Da freut es mich natürlich, wenn ich Besuch bekomme.«

»Sie haben mit Herrn Hilmer über sein Leben gesprochen?«

»Jo, so könnte man das sagen.« Ulfert Jakobs senkte den Blick. »Ich bin kein Psychologe, das nicht. Marten brauchte wohl jemanden, der ihm zuhörte. Wenn man vermögend ist, weiß man doch nie, ob die Leute nur auf gut Freund machen, ohne es ernst zu meinen.«

Lena wartete, ob Jakobs weitersprechen würde, bevor sie ihre nächste Frage stellte. »Sie wissen um Herrn Hilmers Beziehung zu einer Frau in Hamburg?«

Jakobs nickte schweigend.

»Ich habe mit Frau Ott in Hamburg gesprochen.«

»Die Sabrina war mal mit Marten hier bei mir. Nur kurz zum Tee. Passten gut zusammen, die beiden.«

»Das könnte ich mir auch vorstellen«, sagte Lena. »Trotzdem war es wohl eine komplizierte Beziehung.«

Jakobs nickte wieder, schwieg aber.

Lena kam eine Idee. »Kennen Sie eigentlich meine Tante Beke?«

Ulfert Jakobs sah erstaunt auf, warf dann einen zweiten Blick auf die Visitenkarte, die Lena ihm zu Beginn gereicht hatte. »Das is ja was. Die Tochter von Werner, oder?«

»Ja, Sie kennen meinen Vater?«

»Klar, wie man sich so kennt hier. Und mit Beke bin ich sogar befreundet, würde ich sagen. Hab gehört, sie hat es mit der Hüfte und kann nicht mehr so gut laufen?«

»Ja, das stimmt. Ich war schon mit ihr beim Arzt.«

»Dann sag ihr mal, dass ich ihr gute Besserung wünsche.«

»Das mache ich gerne, Herr Jakobs.« Sie warf ihm einen fragenden Blick zu.

»Ja, ich weiß schon, du willst mehr von mir über Marten hören. Das, was ich mit ihm geredet habe, war alles ziemlich vertraulich. Ich bin nicht so ein Ausplauderer. Man muss schon etwas diskret sein, wenn es um Freunde geht.«

»Sie können sicher sein, Herr Jakobs, dass nichts von dem, was Sie mir erzählen, an die Öffentlichkeit kommt. Sie wollen doch auch, dass der Mörder Ihres Freundes gefunden wird.«

Ulfert Jakobs schenkte Lena und sich Tee nach, trank einen Schluck und stellte die Tasse wieder ab.

»Ich weiß schon, um was es geht. Das hatte der junge Kommissar mir schon gesagt.« Er legte eine Pause ein und sprach weiter. »Viele hier auf der Insel denken, Marten war ein ganz Gerissener. Hatte nur sein Geld im Kopf und sonst nichts. Ja, es gab wohl 'ne Zeit, da hat Marten es jedem und allen zeigen wollen. Wenn du mich fragst, steckte da sein Vater hinter. Der war zwar lange verstorben, aber immer noch da. Wenn du verstehst, was ich meine.«

»Sie sind nicht der Erste, der das erwähnt.«

»Das glaub ich sofort. Marten war wirklich nicht so ein schlechter Mensch, wie manche Leute hier sagen.« Ulfert Jakobs seufzte laut. »Es ist nämlich so: Marten wollte sich zur Ruhe setzen. Ich sage dir jetzt was, das du bitte wirklich nicht weitersagst. Kann ich mich darauf verlassen?«

»Das können Sie, Herr Jakobs.«

»Marten wollte der Sabrina einen Heiratsantrag machen. Aber vorher wollte er hier noch klar Schiff machen. ›Mit seiner Vergangenheit ins Reine kommen‹, hat er das genannt. Ja, jeder von uns hat doch so seine Leichen im Keller. Das war bei Marten nicht anders. Er war nicht immer gut mit seinen Frauen umgegangen. Nicht dass du denkst, er hätte sie geschlagen. Nein, so war er nicht. Aber er hat es nie lange mit einer Frau ausgehalten. Und wenn sie ihm hinterhergelaufen sind, ist er auch schnell mal wieder weich geworden. Das ist überhaupt nicht gut, aber er konnte nicht anders. Das war seine große Schwäche. Die Frauen.«

»Ich weiß von einer Zeugin, dass Marten Hilmer sich in der letzten Zeit mit einigen Frauen getroffen hat, mit denen er eine Beziehung gehabt hatte. Ging es darum, sie um Entschuldigung zu bitten?«

Ulfert Jakobs nickte bedächtig. »Wenn du es so ausdrücken willst.«

»Es ging aber noch um mehr?«, fragte sie.

»Die beiden, von denen er mir erzählt hat, haben wohl unterschiedlich reagiert. Aber das mit der Entschuldigung ist wohl richtig. Und er wollte ihnen auch noch sagen, dass er jetzt nach so langer Zeit seine große Liebe gefunden hat.«

»Wollte Herr Hilmer die Firma ganz aufgeben?«

»Ich glaube, dass das so ist. Er hat mir gesagt, dass er nach jemandem sucht, der alles kauft. Er wollte einen richtigen Schlussstrich. Sich nur ein bisschen um das Geschäft kümmern ginge nicht, hat er mir gesagt.« Ulfert Jakobs brach ab und Lena schien es, als zögerte er weiterzureden. Schließlich nickte er heftig. »Marten wollte, dass Sabrina aufhört zu arbeiten.«

»Sie wissen, welcher Tätigkeit Frau Ott nachgeht?«

»Nein, darüber hat Marten nicht gesprochen. Er sagte nur, dass es für ihn schwierig wäre. Ich habe nicht nachgefragt, was er damit meinte.« Er zog die Augenbrauen hoch. »Ich kann mir aber schon denken, was es ist.« Er sah Lena direkt an, aber sie schwieg. »Ich versteh schon. Du darfst mir das nicht sagen. Ist schon gut. Und nicht, dass du jetzt denkst, ich würde irgendwie meine Nase über solch eine Arbeit rümpfen. Nein, bestimmt nicht. Marten hat die Sabrina geliebt. Und das war gut so.«

»Frau Ott hat von alledem nichts gewusst?«

»Er wollte sie damit überraschen. Ich fand das nicht gut, aber ich wollte Marten da nicht reinreden. Das hat keiner von uns beiden beim anderen gemacht. Das war unsere heimliche Abmachung. Wir haben nie darüber gesprochen, aber es immer so gehalten. Die Menschen haben das Zuhören verlernt, hat Marten mir einmal gesagt. Alle hören nur das, was sie hören wollen.«

»Darf ich noch einmal zu den Gesprächen fragen, die Marten Hilmer mit den Frauen geführt hat?«

Ulfert Jakobs nickte.

»Hat er Ihnen im Nachhinein etwas von diesen Treffen berichtet?«

»Nicht direkt. Aber ich habe herausgehört, dass er enttäuscht war. Mehr kann ich dazu wirklich nicht sagen. Das wäre sonst Spökenkiekerei.«

Ulfert Jakobs bot Lena mit einer Geste mehr Tee an, was sie dankend ablehnte. »Ich muss denn wohl mal wieder los«, sagte sie, stand auf und reichte Jakobs die Hand. »Sie haben mir sehr geholfen.«

Achtundzwanzig

»Wo ist Johann?«, fragte Lena Ole Kotten, als sie zurück in die Polizeistation kam.

»Er ist mit zwei der Inselkollegen zu Hilmers Haus, um die Nachbarn zu befragen. Es geht um das Auto von Astrid Hahn. Sie fährt ja ein relativ auffälliges Modell. Er war nicht davon abzubringen. Ich halte es für Zeitverschwendung.«

»Auffälliges Modell?«

»Ein Mercedes G 500, ein Geländewagen mit klassischem Design. Klotzig und vollkommen überdimensioniert. Ab hunderttausend Euro. Selbst wenn sich jemand erinnert, beweist das nur, dass sie zu ihm wollte.«

»Einen Versuch ist es wert. Vielleicht können wir sie damit morgen bei der Vernehmung unter Druck setzen.«

Ole nickte und wandte sich wieder seinem Laptop zu.

»Mir geht der Einbruch bei Hilmer nicht aus dem Kopf«, sagte Lena.

Ole sah auf. »Was genau?«

»Wenn wir davon ausgehen, dass der Einbruch etwas mit Hilmers Tod zu tun hatte, was war der Grund dafür? Hat er oder sie etwas gesucht? Und wenn, was?«

»Wir haben das ganze Haus auf den Kopf gestellt, Lena.«

»Das war noch in einer frühen Phase der Ermittlung. Wir hatten nur einmal das Haus durchsucht, niemand wusste, dass wir von einem Tötungsdelikt ausgehen. Vielleicht wollte da jemand auf Nummer sicher gehen und die Flasche holen.«

»Du denkst an Astrid Hahn?«

»Wäre naheliegend, aber sie passt von der Statur und Größe her nicht zum Einbrecher. Heike Dittmann schon.«

»Also doch die beiden im Doppelpack? Schwer vorstellbar, oder? Und warum sollte Dittmann dann die Scheibe einschlagen, wenn Astrid Hahn doch einen Schlüssel hatte?«

Lena legte das Kinn in die Hände und seufzte. »Du hast recht. Egal wer es im Auftrag von Frau Hahn gemacht hätte, der Schlüssel wäre sicher zum Einsatz gekommen. Warum mehr Aufsehen verursachen als nötig?«

»Außerdem hat Hahn doch erheblichen Aufwand betrieben, um Nicolaisens Fingerabdrücke auf die Flasche zu bekommen. Warum sollte sie ihre Finte selbst durchkreuzen?«

»Weil ihr die ganze Sache zu heiß geworden ist?«

Ole schüttelte den Kopf. »Das passt hinten und vorne nicht. Lass uns lieber fragen, was Dittmann im Haus gesucht haben könnte.«

»Ja, du hast recht. Bei mir wirbelt gerade alles im Kopf durcheinander.« Lena schmunzelte. »Eigentlich sind die verrückten Vorschläge ja die Spezialität von Kollege Grasmann.«

»Stimmt!«, sagte Ole lächelnd. »Was kann Dittmann also im Haus gesucht haben? Die Flasche offensichtlich nicht. Es muss ihr so wichtig gewesen sein, dass sie dafür das Risiko, erwischt zu werden, eingegangen ist.«

»Hilmers Laptop, weil dort etwas gespeichert ist, was ihr gefährlich werden könnte?«, schlug Lena vor. »Allerdings hat Johann auf dem Rechner nichts Derartiges gefunden.«

»Wo ist das Teil jetzt?«

Lena ging um ihren Schreibtisch herum und suchte unter Johanns Unterlagen. »Hier. Vielleicht sollte ich da noch einmal jemanden dransetzen.« Sie nahm den Laptop mit zu ihrem Schreibtisch und rief Leon mit dem Privathandy an, das auf Ercks Namen lief.

»Der Arsch hat bisher niemanden mehr kontaktet«, sagte Leon, bevor Lena ihn begrüßen konnte.

»Hallo, Leon! Ich habe noch eine andere Sache. Einen Laptop, auf dem vielleicht versteckte oder gelöschte Dateien zu finden sind. Kannst du ihn dir anschauen?«

»Hat das was mit der anderen Sache zu tun?«

»Nicht direkt, aber es ist für mich persönlich extrem wichtig.«

Leon schwieg.

»Ich kann dir das jetzt nicht genau erklären. Später vielleicht«, fuhr Lena fort. »Es wäre wirklich wichtig.«

»E-Mail!«

Lena nannte ihm die E-Mail-Adresse von Marten Hilmer.

»Öffne gleich die Mail und klick die Datei an. Rechner anlassen. Ich brauche zwei Stunden.«

»Alles klar«, sagte Lena und hörte, wie Leon auflegte.

Nachdem Lena das Protokoll der Befragung von Ulfert Jakobs geschrieben hatte, verließ sie die Polizeistation und fuhr mit dem Auto die wenigen Hundert Meter bis zum Strandparkplatz. Im Außenbereich des Strandpiraten, eines Restaurants direkt am Kniepsand, fand sie einen Platz und bestellte sich ein Matjesbrot mit Zwiebeln und Honig-Senf-Soße. Dazu trank sie ein Bier.

Lena genoss den Trubel und das Stimmengewirr um sie herum. In diesem Moment fühlte es sich an wie Urlaub, sie schloss die Augen und hob den Kopf in Richtung Sonne. Die wohlige Wärme ließ sie müde werden. *Jetzt im Sand liegen, an nichts denken und einschlafen,* dachte sie. *Die letzten Tage waren anstrengender als alle Monate davor. Hätte ich den Fall doch abgeben sollen? Nein, ich finde den, der meinen zweiten Vater getötet hat. Und ich werde mit Werner sprechen und ihn fragen, was damals passiert ist.*

Lena öffnete die Tür zu ihrem provisorischen Büro und traf auf Johann. »Wieder da?«

Er grinste breit. »Immer zu Diensten!«

»Habt ihr was erreicht?«

»Kann man so sagen. Ein älterer Herr ist sich sicher, Astrid Hahns Mercedes am Freitagvormittag gesehen zu haben. Also einen Tag bevor Hilmer den Sherry getrunken hat.«

»Wie verlässlich ist der Zeuge?«

»Er hat Schwierigkeiten mit dem Laufen, aber im Kopf schien er mir fit zu sein. Er sitzt, wenn das Wetter mitspielt, jeden Vormittag auf der Bank vor seinem Haus. Als Autofan ist ihm die teure Karre gleich aufgefallen. Astrid Hahn hat er mir übrigens gut beschrieben und anschließend auf dem Foto identifiziert.« Johann sah sie triumphierend an. »Damit können wir sie festnageln. Oder besser du und der Staatsanwalt.«

In diesem Augenblick kam Ole Kotten ins Büro, Johann berichtete ein zweites Mal.

»Nicht schlecht!«, sagte Ole Kotten. »So schließt sich langsam, aber sicher der Kreis. Was meinst du, Lena?«

»Wenn sie morgen einfach schweigt, wird es schwierig werden. Ich kann noch nicht einschätzen, wie der Staatsanwalt unsere Rechercheergebnisse werten wird. Nach dem Fiasko mit Nicolaisen wird er sich nicht noch einmal auf brüchiges Eis begeben wollen.«

Lena berichtete von dem Gespräch mit Ulfert Jakobs und schloss mit dem Satz: »Wir wissen immer noch nicht, was Marten Hilmer mit Astrid Hahn an dem Abend konkret besprochen hat, aber es wird vermutlich um seinen Rückzug aus seinem bisherigen Leben gegangen sein. Ist es vorstellbar, dass Astrid Hahn dadurch so hart getroffen war, dass sie daraufhin plante, Marten Hilmer zu töten?«

»Ich habe Frau Hahn noch nicht live erlebt«, sagte Johann, »aber wenn sie sich wirklich noch Hoffnungen gemacht hat, und das über Jahre hinweg, ist alles möglich. Was meinst du, Ole?«

»Wir haben es bei Frau Hahn mit einer äußerst gespaltenen Persönlichkeit zu tun. Auf der einen Seite Unternehmerin, klar und strukturiert, und andererseits eine nicht mehr rational denkende und handelnde Frau, wenn es um Hilmer geht. Impulsiv und krankhaft egozentrisch.«

»Alles richtig«, sagte Lena. »Trotzdem passt etwas nicht ins Bild.« Sie hob schützend die Hände. »Und fragt jetzt nicht, was das ist.«

»Impulsiv, hast du gesagt, Ole. Wenn sie ihn im Restaurant erschossen hätte, das würde passen«, sagte Johann. »Aber diese Tat ist nicht nur von langer Hand geplant worden, sondern die Tatwaffe ist auch noch mit Fingerabdrücken eines perfekten Verdächtigen präpariert worden. Nennst du das impulsiv?«

Ole Kotten stöhnte. »Ich gebe mich geschlagen und hoffe, dass du, Lena, morgen die Dame zum Reden bringst.«

Lenas Privathandy machte sich bemerkbar. Leon schrieb, dass er fertig sei und seine Spuren verwischt habe. Außerdem nannte er ihr den Ort, wo sie die gewünschten Dateien finden würde.

»Leon hat was gefunden«, murmelte sie und zog Hilmers Laptop zu sich. Mit wenigen Klicks fand sie den Ordner, in den Leon die gelöschten Dateien kopiert hatte.

»Ups, da haben meine Kenntnisse doch wohl nicht ganz ausgereicht«, sagte Johann, der hinter Lena getreten war.

Lena stand auf und zeigte auf den Stuhl. »Dreißig Dateien. Kannst du das übernehmen? Ich habe Beke versprochen, bei ihr vorbeizukommen.«

»Und ruh dich aus!«, sagte Ole. »Der Tag morgen wird sicher anstrengend.«

Beke freute sich über Lenas Besuch. Trotz Lenas eindringlichem Wunsch, dass Beke sich keine Extraarbeit machte, stand auf dem Tisch neben der Teekanne ein Kuchen. Sie saßen zwei Stunden zusammen, redeten und lachten. Lena fühlte sich zurückversetzt in die Zeit, in der sie und ihre Mutter häufig bei Beke zu Besuch gewesen waren. Mehrmals war Lena kurz davor, ihr von dem DNA-Abgleich zu erzählen, brachte es aber nicht über sich. Es würde noch Zeit genug bleiben, um es ihr schonend beizubringen.

Gegen achtzehn Uhr traf sie in der Wohnung ein. Da Erck später kommen würde, hatte sich Lena vorgenommen, das Abendessen vorzubereiten. Im Edeka-Markt in Norddorf hatte sie alles Notwendige eingekauft und wusch als Erstes den Salat. Anschließend schälte sie die Kartoffeln und legte das Fleisch in eine Marinade ein.

Als Lenas Handy klingelte, wusch sie sich eiligst die Hände und suchte die Küche nach dem Telefon ab. Als sie es endlich in der Hand hielt, verstummte das Klingeln. Johann hatte angerufen. Für einen Moment war sie in Versuchung, nicht zurückzurufen, tat es aber schließlich doch.

»Doch noch im Einsatz?«, fragte Johann.

»Erzähl schon, ich bin mitten in der Vorbereitung des Abendessens.«

»Ich hatte ja den Auftrag, die Dateien durchzusehen. Das hat leider etwas länger gedauert, weil ich erst noch …«

»Johann! Bitte!«

»Ich habe einen Brief oder Briefentwurf gefunden. Von Hilmer an Heike Dittmann. Er schreibt, dass er von Eibo Nicolaisen beschuldigt würde, einen Vertrag mit seiner dementen Großmutter geschlossen zu haben. Dann führt er aus, dass er selbst nachgefragt habe und auch bei Frau Nicolaisen im Altersheim gewesen sei, und letztlich sei er zu dem Schluss gekommen, von Dittmann bewusst hintergangen worden zu sein.« Johann machte eine seiner üblichen Kunstpausen, bevor er fortfuhr. »Und jetzt kommt's: Hilmer droht ihr damit, sie anzuzeigen, wenn das Geschäft nicht rückgängig gemacht oder eine andere Lösung gefunden werden kann.«

»Lösung?«

»Ja, im nächsten Satz erwähnt er Eibo Nicolaisen, der als Vertreter von seiner Großmutter dem Verkauf zustimmen und entsprechend finanziell entschädigt werden müsste. Hilmer war nicht bereit, die gesamte Summe zu übernehmen, und hat vorgeschlagen, den Betrag zu teilen.«

»Und das war ein Briefentwurf?«, fragte Lena.

»Keine Ahnung. Das Schreiben ist nicht als Brief formatiert. Ich könnte mir vorstellen, dass Hilmer das in dem Schreibprogramm vorgeschrieben und dann per Mail verschickt hat. Und bevor du fragst, nein, in seinem Account habe ich eine solche E-Mail nicht gefunden.«

»Vorausgesetzt, er hat es verschickt, musste Heike Dittmann also befürchten, dass diese Mail oder auch ein Entwurf davon noch auf dem Laptop war.«

»Bingo! Das Gleiche habe ich auch schon vermutet. Jetzt solltest du morgen einiges an Munition haben, um die Dame unter Druck setzen zu können.«

»Ich glaube auch. Danke, dass du noch angerufen hast. Mach nicht mehr so lange, Johann.«

Erck strich ihr zärtlich über die Wange. Sie hatten gemeinsam gegessen und lagen nun im Bett.

»Kannst du nicht schlafen?«, fragte er.

»Nein, in meinem Kopf schwirren die Fakten herum. Ich kann nur hoffen, dass ich morgen einen guten Tag habe und die beiden Frauen mit meinen Fragen in die Enge treiben kann.«

»Befragungen sind doch deine Stärke, sagt Ole immer.«

Lena lächelte. »Nett von ihm, mich zu loben. Gut, dass wir so einen Freund in der Nähe wohnen haben.«

»Er macht sich Sorgen um dich?«

»Mag sein. Das ist auf jeden Fall sein Spezialgebiet.«

»Vielleicht hat er ein wenig recht mit seiner Sorge?«

Lena richtete sich im Bett auf. Erck folgte ihr.

»Was meinst du? Schaffen wir es, vor Bekes Arzttermin in Husum noch eine Woche in Urlaub zu fahren? Vielleicht nach Schweden. Irgendwo eine kleine Hütte im Nirgendwo. Kein Handyempfang, nur wir beide.«

»Ich glaube, das kann ich organisieren. Vielleicht habe ich sogar ein Haus. Nicht in Schweden, aber in Dänemark. Ein Freund hat da ein kleines Domizil. Er nutzt es nur für sich und die Familie. Vielleicht ist es ja frei.«

»An der Nord- oder an der Ostsee?«, fragte Lena.

»Ostsee. Absolut einsam, weit und breit kein anderes Haus. Hundert Meter zum Strand. Und das Highlight ist …?«

»Ein Kamin?«

Erck hob den Daumen. »Ich rufe ihn morgen gleich mal an. Was meinst du?«

Lena schmiegte sich an ihn. »Klingt wunderbar. Kannst du mich einen Augenblick ganz fest in die Arme nehmen?«

Erck küsste Lena. »Nicht nur einen Augenblick!«

Neunundzwanzig

Dr. Bröckmann begrüßte Heike Dittmann und ihren Anwalt und bat sie, Platz zu nehmen. Lars Henningsen hatte den Aufenthaltsraum der Polizeistation mit zwei sich gegenüberstehenden Tischen zu einem Vernehmungsraum umfunktioniert.

Lena startete die Aufnahme und übernahm die Formalien, bevor der Staatsanwalt einführende Worte sprach und anschließend wieder Lena das Wort gab.

»Frau Dittmann, zunächst möchte ich Sie fragen, ob Sie noch etwas zu Ihrer ursprünglichen Aussage hinzufügen möchten.«

Der Anwalt räusperte sich leise. »Meine Mandantin möchte keine weitere Aussage machen und hat somit auch nichts hinzuzufügen.«

Lena hatte damit gerechnet, dass Heike Dittmann von ihrem Aussageverweigerungsrecht Gebrauch machen würde. Sie legte dem Anwalt den Entwurf des Hilmer-Schreibens vor und wartete, bis er die Zeilen überflogen hatte.

»Das ist ein Schreiben von Marten Hilmer an Ihre Mandantin. Möchten Sie oder Frau Dittmann etwas dazu sagen?«

Den Anwalt hatte Hilmers Schreiben sichtbar nervös gemacht. Mehrfach hatte er einen Blick zu seiner Mandantin geworfen, jetzt sah er Lena unschlüssig an. Währenddessen griff Heike Dittmann nach dem Blatt und begann zu lesen.

»Möchten Sie etwas dazu sagen?«, wiederholte Lena ihre Frage an den Anwalt.

»Ich bitte Sie, Frau Hauptkommissarin. Das ist ein Blatt Papier mit ein paar Wörtern«, fand der Anwalt die Sprache wieder. »Das alles hat null Beweiskraft. Darauf brauche ich Sie doch nun wirklich nicht hinzuweisen.«

»Wir haben die Aussage von Frau Nicolaisens Arzt, dass sie zu dem Zeitpunkt des Vertragsschlusses nicht in der Lage war, die Konsequenzen ihres Handelns zu überblicken. Er geht sogar davon aus, dass Frau Nicolaisen nicht einmal mitbekommen hat, worum es in der Sitzung beim Notar überhaupt ging.«

»Seit wann erstellen Hausärzte einfach Gutachten?«, fragte der Anwalt. »Das Ganze hier ist absurd. Wenn Sie nicht mehr haben, würde ich vorschlagen, dass wir die Befragung beenden.«

Als er Anstalten machte aufzustehen, schritt der Staatsanwalt ein. »Werter Kollege, Ihnen steht es natürlich frei, diesen Raum zu verlassen. Ihre Mandantin wird sich allerdings weiter unseren Fragen stellen müssen, wenn sie nicht eine vorläufige Festnahme riskieren will.«

Der Anwalt sank zurück auf den Stuhl. »Ich bitte Sie, Herr Kollege. Das kann nicht Ihr Ernst sein! Wenn Sie sich nur ein wenig mit Demenz auskennen würden, wüssten Sie, dass es keinen normativen Verlauf dieser Krankheit gibt. Es mag ja sein, dass …« Er schaute auf das Hilmer-Schreiben. »… dass Frau Nicolaisen an Demenz erkrankt ist, aber wer will mit Sicherheit sagen, wie ihr Zustand in den Tagen vor dem Verkauf war? Da werden Sie keine ernst zu nehmenden Gutachter finden, die Ihnen diesen hier geäußerten Verdacht bestätigen.«

Dr. Bröckmann lächelte. »Das soll nicht Ihre Sorge sein, Herr Kollege.« Er zog eine Akte aus dem vor ihm liegenden Stapel, öffnete sie und blätterte darin herum. »Ich habe hier ein

Gutachten von Prof. Dr. Reichmüller. Ich gehe davon aus, dass Ihnen der Name bekannt ist. In diesem Gutachten wird Frau Nicolaisen eine schwere Demenz bescheinigt. Der Professor hat selbstverständlich in seinem Gutachten auch den Zeitraum der Vertragsschließung berücksichtigt und sich hier sehr eindeutig geäußert. Nach meinen Erfahrungen wird das Gutachten vor Gericht mit extrem hoher Wahrscheinlichkeit anerkannt werden.«

Lena hatte erst bei der morgendlichen Besprechung mit dem Staatsanwalt davon erfahren, dass er Prof. Reichmüller nach Amrum geschickt hatte und der Gutachter unmittelbar danach seinen Bericht geschrieben hatte.

Dr. Bröckmann schob dem Anwalt das Gutachten über den Tisch. »Sie können gerne einen Blick hineinwerfen, werter Kollege.«

Der Anwalt schluckte. »Ich würde Sie um eine kleine Pause bitten müssen.«

Dr. Bröckmann stand auf, Lena folgte ihm. Beide nahmen ihre Unterlagen in die Hand und verließen den Raum.

»Treffer, würde ich sagen«, sagte der Staatsanwalt auf dem Weg in die kleine Teeküche der Polizeistation.

»Ja, der erste Punkt ging an uns«, bestätigte Lena. »Ich hoffe, Frau Dittmann entschließt sich jetzt, auszusagen.«

Der Staatsanwalt nickte und schenkte sich einen Kaffee ein.

»Meine Mandantin ist bereit, Stellung zu den genannten Vorwürfen zu nehmen«, sagte der Anwalt, als Lena und der Staatsanwalt wieder im Raum waren.

»Das begrüßen wir sehr«, antwortete der Staatsanwalt und wandte sich Heike Dittmann zu. »Bitte, Sie haben das Wort.«

Heike Dittmann beugte sich leicht vor. Sie hatte die Vernehmung bisher mit stoischem Blick verfolgt, schien aber inzwischen den Ernst der Lage erkannt zu haben. Ihr Gesicht war leicht gerötet und die Atmung ging flacher als zuvor.

»Ich habe Frau Nicolaisen über einen langen Zeitraum als Pflegerin begleitet und kann Ihnen versichern, dass der Wunsch, das Haus zu verkaufen, direkt von ihr kam. Dieser Prozess der Entscheidung ging über einige Monate, und da ich den Kontakt zu Herrn Hilmer habe nie abbrechen lassen, war es für mich selbstverständlich, Frau Nicolaisen in dieser Angelegenheit behilflich zu sein. Sie war nach meiner Einschätzung absolut in der Lage, die Entscheidung zu treffen. Wie sich inzwischen ihr Zustand darstellt, kann ich persönlich nicht sagen, da ich sie seit vielen Wochen nicht mehr gesehen habe.«

Das Statement hörte sich an, als hätte Frau Dittmann es von einem Blatt abgelesen. Sie hatte, während sie sprach, weder gezögert noch sich verhaspelt. Jetzt sah sie den Staatsanwalt zurückhaltend lächelnd an, als wollte sie ihn fragen: »Könnte ich jemals jemandem etwas Böses antun?«

»Hat Herr Hilmer jemals mit Frau Nicolaisen allein verhandelt?«, fragte Lena.

Langsam wandte Heike Dittmann ihren Blick zu ihr. »Bitte?«

»Sie haben mich schon verstanden, Frau Dittmann. Eine einfache Antwort reicht mir.«

Heike Dittmann wartete mehrere Sekunden, bevor sie antwortete: »Herr Hilmer? Ob er direkt mit Frau Nicolaisen etwas zu tun hatte? Natürlich hatte er das. Wie könnte es auch anders sein?«

»Hat Herr Hilmer jemals allein mit Frau Nicolaisen gesprochen?«, wiederholte Lena ihre Frage.

»Allein? Da kann ich nichts zu sagen. Ich war einige Male dabei, wie Sie ja offensichtlich wissen, auch beim Notartermin, aber ob Herr Hilmer sich zusätzlich mit Frau Nicolaisen getroffen hat, weiß ich schlicht nicht.«

»Sie haben Ihre Pflegeleistungen für Frau Nicolaisen nie offiziell in Rechnung gestellt. Ist das bei Ihnen üblich?«

Heike Dittmann schien auf die Frage gewartet zu haben. Sie schüttelte vehement den Kopf. »Nein, und das war auch ein Fehler, den ich zutiefst bereue. Der Enkel der Dame, Eibo Nicolaisen, hat mich darum gebeten, ja, er hat mich regelrecht angefleht, ihm entgegenzukommen. Ich habe mich darauf eingelassen, da mir das Schicksal von Frau Nicolaisen zu Herzen ging und es ansonsten keinen anderen Weg gab, ihr zu helfen.«

Lena ging über die letzte Bemerkung hinweg, auch wenn ihr eine Entgegnung auf der Zunge lag.

»Sie haben ausgesagt, eine ausschließlich geschäftliche Beziehung zu Marten Hilmer gehabt zu haben. Ist das richtig?«

Heike Dittmann schwieg.

»Ist das richtig, Frau Dittmann?«

Der Anwalt räusperte sich. »Meine Mandantin möchte in diesem Punkt keine Aussage machen.«

»Wie gesagt, das hat sie ja bereits vor einigen Tagen getan«, sagte Lena. »Inzwischen haben unsere Ermittlungen ergeben, dass Sie eine Beziehung zu Herrn Hilmer gehabt haben.« Sie wartete auf eine Reaktion, aber Heike Dittmann schwieg beharrlich.

»Wir wissen weiter, dass Herr Hilmer die Beziehung beendet hat und Sie im Laufe der Jahre weiter an ein Wiederaufleben der Beziehung geglaubt haben.«

»Wohl kaum«, sagte Heike Dittmann ruhig.

Lena entschloss sich, aufs Ganze zu gehen. »Sie haben sich Herrn Hilmer als Vermittlerin angeboten, um weiter in seiner Nähe sein zu können.«

Heike Dittmann lächelte. »Nein, das war rein geschäftlich. Und bevor Sie noch einmal fragen: Ich hatte keine Beziehung zu Marten Hilmer. Wir haben uns einige Male getroffen, das ist richtig. Und wir hatten auch Sex. Zumindest von meiner

Seite aus war das allerdings mehr als Kundenbindung gedacht.« Sie sah Lena herausfordernd an. »Wenn Sie verstehen, was ich meine.«

»Es ging also ausschließlich um die Provisionen, die Sie kassiert haben?«

»Woher wissen Sie davon?«

»Wir haben Ihre Bankdaten eingesehen. Selbst für das Haus von Frau Nicolaisen, deren Schicksal Ihnen ja so am Herzen liegt, haben Sie über zwanzigtausend Euro Vermittlungsprovision bekommen.«

Heike Dittmann zuckte mit den Schultern. »Das ist alles legal.«

»Sie haben in den Jahren ein feines Gespür dafür entwickelt, wie Herr Hilmer reagiert hat. Und weil sich Herr Hilmer dazu verleiten ließ, die Beziehung für kurze Zeit wieder aufzunehmen, haben Sie gedacht, es besteht noch eine Chance.«

»Kapieren Sie es immer noch nicht?«, antwortete Heike Dittmann aufgebracht. »Das war geschäftlich. Hilmer war mir egal. Ja, wir haben miteinander gevögelt. Auch immer wieder einmal. Ich habe keine Ahnung, ob er darin mehr gesehen hat. Es ist mir ehrlich gesagt auch egal gewesen.«

»Und warum haben Sie sich mit ihm am 24. August zum Abendessen im Seefohrerhus getroffen?« Lena hatte am Morgen eine E-Mail in ihrem Account gefunden: Der Geschäftsführer des Restaurants hatte seine Mitarbeiter befragt und dabei erfahren, dass Marten Hilmer und Heike Dittmann an diesem Tag im Restaurant gegessen hatten.

»Das ging nicht von mir aus. Er wollte mich unbedingt sprechen. Hat mir von seiner großen Liebe erzählt. Irgendeine Frau in Hamburg. Als ob mich das interessieren würde. Ich habe mir das angehört und ihm viel Glück gewünscht. Noch Fragen?«

»Ich glaube Ihnen nicht! Sie tun jetzt so cool, als wäre es nur ums Geschäft gegangen, dabei haben Sie sich viel mehr von der Beziehung versprochen. Sie waren enttäuscht und kon...«

»Ich wollte nichts mehr von Marten. Wann kapieren Sie das endlich?«, fauchte Heike Dittmann Lena an.

»Und deshalb sind Sie in Hilmers Haus eingebrochen?«

»Deshalb doch nicht!«, blaffte Heike Dittmann sie an und sprang auf. Dann erst schien sie zu begreifen, dass sie in Lenas Falle getappt war.

»Weshalb sind Sie dann am Dienstag, den 10. September, in das Haus von Marten Hilmer eingebrochen?«

Heike Dittmann sank auf ihren Stuhl zurück, erstarrt vor Schreck, kreidebleich und mit zitternden Händen.

»Warum sind Sie eingebrochen?«, wiederholte Lena ein weiteres Mal.

Heike Dittmann zeigte mechanisch auf das vor ihr liegende Dokument, den E-Mail-Entwurf von Marten Hilmer.

Zwei Stunden später unterschrieb Heike Dittmann das Protokoll. Sie hatte im weiteren Verlauf der Befragung zugegeben, dass Frau Nicolaisen nur ansatzweise mitbekommen hatte, dass ihr Haus verkauft wurde, und nur durch Frau Dittmanns »Unterstützung« der Vertrag zustande gekommen war. Der Einbruch in Hilmers Haus hatte den Laptop als Ziel gehabt, weil Heike Dittmann befürchtet hatte, dass jemand das Schreiben finden würde. Dass Marten Hilmer seinen Entwurf und die Original-Mail bereits gelöscht hatte, hatte sie nicht ahnen können.

Heike Dittmann sagte aus, dass sie sich bei Freunden Geld geliehen hatte, um den Eigenanteil für das Penthouse bezahlen zu können. In den letzten zwei Jahren war sie mit den Rückzahlungen erheblich in Verzug geraten und brauchte dringend einen größeren Geldbetrag. Aus diesem Grund hatte sie sich dazu entschlossen, das Nicolaisen-Haus zügig an Hilmers Firma zu vermitteln. Sie hatte gleich bei dem ersten Treffen mit Eibo Nicolaisen bemerkt, welches Potenzial das Gebäude als Ferienhaus hatte, und sich auf eine geringe Entlohnung ihrer Pflegearbeit eingelassen. Sie hatte auf Schwarzzahlung bestanden. Ihre Hoffnung war, dass der Enkel aus Angst vor rechtlichen Konsequenzen nichts gegen den Verkauf unternehmen würde.

Heike Dittmann stritt vehement ab, etwas mit dem Tod von Marten Hilmer zu tun zu haben. Sie wusste zwar von der Sherry-Vorliebe, aber ihr war die Edelmarke weder bekannt noch hatte sie jemals eine Flasche gekauft.

Der Staatsanwalt teilte Heike Dittmann mit, dass ein Verfahren wegen Betrugs und Einbruchs auf sie zukommen würde, und schloss die Vernehmung.

»Sie und Ihr Team haben hervorragende Arbeit geleistet«, sagte Dr. Bröckmann zu Lena, als sie zusammen am offenen Fenster des provisorischen Vernehmungsraums standen. »Mehr war bei Frau Dittmann nicht zu holen. Ich gehe davon aus, dass sie allenfalls Mittäterin ist, aber das können wir ihr erst nachweisen, wenn wir den Haupttäter überführt haben.«

»Danke für das Lob. Ich werde es weitergeben«, sagte Lena. »Ob Frau Dittmann noch mehr mit dem Tod von Marten Hilmer zu tun hat, wage ich noch nicht zu beurteilen.«

»Und die nächste Dame war auch mit unserem Opfer liiert?«, fragte der Staatsanwalt kopfschüttelnd. »Der Herr war ja der reinste Casanova.«

Lena schluckte eine spitze Bemerkung herunter und ließ sich Zeit für ihre Antwort. »Ich glaube, dass Marten Hilmer ein mehr oder weniger schweres Trauma mit sich herumschleppte und hier auch die Ursache für sein gestörtes Verhältnis zu Frauen lag.«

»Sie tippen auf schwere Kindheit oder etwas Ähnliches?«

Am Ton der Stimme erkannte Lena, dass er ihre Sichtweise nicht teilte und sie ihn eher belustigte. »Ja, das passiert vielen Männern. Sie wollen ihrem erfolgreichen Vater beweisen, dass sie ihm ebenbürtig sind. Außerdem ist Herrn Hilmers große unerfüllte Liebe bei einem Autounfall ums Leben gekommen.«

»Mag alles sein«, antwortete der Staatsanwalt. »Ich bin kein großer Freund der Psychologie. Mir sind Fakten lieber, und was ich da sehe, ist ein sehr unbeständiger Mann, der offensichtlich nicht zwischen persönlichen und geschäftlichen Interessen unterscheiden konnte.«

»Das habe ich nicht bestritten, Dr. Bröckmann. Es geht mehr darum, inwieweit Herr Hilmer durch seine Erziehung und seine Erfahrungen als junger Mann geprägt worden war. Das entschuldigt nicht sein Verhalten, aber es macht es verstehbar. Ich denke, er war in den letzten Jahren auf der Suche nach sich selbst. Das kurze Aufleben der alten Beziehung zu Frau Dittmann hat meines Erachtens damit zu tun. Vermutlich werden wir bei Frau Hahn ein ähnliches Muster finden.«

Dr. Bröckmann zuckte mit den Schultern. »Dazu kann ich nichts sagen. Vielleicht sollte ich mich besser aus dieser Diskussion heraushalten.«

In diesem Augenblick klopfte jemand an die Tür und einer der uniformierten Beamten der Inselpolizei trat ein. »Frau Hahn und ihr Anwalt wären jetzt da.«

»In einer Viertelstunde sind wir bereit«, antwortete der Staatsanwalt. »Bieten Sie den Herrschaften doch an, bei Ihnen zu warten. Wir melden uns dann.«

Dreissig

Der Staatsanwalt sprach einleitende Worte und gab dann an Lena ab. Zuvor hatte der Anwalt von Frau Hahn mitgeteilt, dass seine Mandantin bereit sei, zu kooperieren und alle offenen Fragen zu beantworten.

»Frau Hahn, uns interessiert zunächst einmal Ihre Beziehung zu Herrn Hilmer. Wann sind Sie zum ersten Mal ein Paar geworden?«

Lena sah Astrid Hahn an, wie unangenehm ihr bereits diese erste Frage war. Sie schien sich zu der Antwort zwingen zu müssen. Ihre Mimik war eingefroren, sie blickte starr geradeaus und hatte beide Hände nebeneinander auf den Tisch gelegt.

»Das erste Mal getroffen haben wir uns vor ungefähr sieben Jahren. Ich hatte ein Angebot für Herrn Hilmers Firma geschrieben und es persönlich vorbeigebracht. Dabei habe ich ihn kennengelernt.«

»Wann begann Ihre Beziehung?«

»Das war fast ein Jahr später. Zunächst habe ich den Auftrag bekommen und die Ferienhäuser nach dem Aufenthalt der Gäste von meinen Mitarbeitern reinigen lassen.«

»Wer von Ihnen beiden war der aktivere Part bei der Aufnahme der Beziehung?«

Astrid Hahn warf Lena einen scharfen Blick zu, atmete einmal kurz durch, bevor sie antwortete: »Keiner von beiden, würde ich sagen. Oder andersrum, wir wollten beide die Beziehung.«

»Wie lange waren Sie ein Paar?«

Astrid Hahn zuckte mit den Schultern. »Das kann ich nicht mehr so genau sagen.«

»Dann schätzen Sie bitte. War es ein Monat, waren es zwei Monate oder gar noch mehr?«

Astrid Hahns Miene verfinsterte sich. »Ich weiß wirklich nicht, warum das jetzt wichtig sein soll. Das ist viele Jahre her und …«

»Frau Hahn!«, unterbrach Lena sie. »Je eher Sie meine Fragen beantworten, desto schneller ist das hier vorbei.«

Astrid Hahn ließ einige Sekunden verstreichen. »Mit kleinen Unterbrechungen vielleicht achtzehn Monate. Wie gesagt, ich kann mich nicht mehr an den genauen Zeitraum erinnern.«

»Kleine Unterbrechungen? Was genau muss ich mir darunter vorstellen?«

»Genau das, was ich gesagt habe«, zischte Astrid Hahn. Der Anwalt beugte sich zu seiner Mandantin und flüsterte ihr etwas zu. Sie nickte und lächelte schließlich steif in Lenas Richtung. »Es gab Auszeiten. Wie viele, weiß ich nicht mehr.«

»Wer hat sich von wem getrennt?«

»Das haben wir gemeinsam beschlossen.« Astrid Hahn wirkte jetzt unsicher. »Ich meine, wir waren ja nicht verheiratet und mussten keine Scheidung einreichen. Unter Erwachsenen kann man so was ja wohl besprechen.«

»Es gab also keine Konflikte in Ihrer Beziehung zu Marten Hilmer?«

»Das habe ich nicht gesagt!«, fuhr Astrid Hahn Lena an. Sie schien über ihren Ton selbst zu erschrecken und fügte gleich hinzu: »Entschuldigung! Das hier ist … nicht leicht für mich.«

»Das ist in Ordnung, Frau Hahn«, sagte Lena. »Wir können alles in Ruhe besprechen.« Sie hielt kurz inne, bevor sie die nächste Frage stellte. »Es gab also Konflikte in der Beziehung. Welcher Art waren sie?«

»Marten …, also Herr Hilmer, arbeitete sehr viel. Was bedeutete, dass wir uns nicht jeden Tag sehen konnten.«

»Sie wollten also die Beziehung intensivieren, Herr Hilmer war da etwas zurückhaltender?«

»Ja, so könnte man es ausdrücken.«

»Wie sehr wollten Sie die Beziehung denn intensivieren?«

Astrid Hahn beugte sich vor und warf Lena einen wütenden Blick zu. »Das ist doch kein Geschäft, um das man feilschen kann.«

»Das beantwortet nicht meine Frage, Frau Hahn.«

Wieder ließ sich Astrid Hahn Zeit. Lena schien es, als müsste sie sich nach jeder Antwort zunächst erholen.

»Ich hatte zu dem Zeitpunkt den Wunsch, so oft es ging mit Herrn Hilmer zusammen zu sein.«

»Sie haben an Heirat gedacht?«

»Kann sein. Ich erinnere mich nicht mehr so genau.«

»Wie hat Herr Hilmer auf Ihren, wie Sie es ausdrücken, Wunsch reagiert?«

»Er wollte sich Zeit lassen. Und das war ja auch vollkommen in Ordnung.«

»Trotzdem haben Sie sich mehrfach getrennt?«

Astrid Hahn zuckte mit den Schultern.

»Wer war der aktive Part bei den Trennungen?«

»Marten«, murmelte Astrid Hahn, die mit durchgebogenem Rücken und versteinerter Miene auf dem Stuhl saß.

»Wie verlief Ihre Beziehung in den folgenden Jahren?«

»Es gab keine mehr. Das habe ich doch schon gesagt.«

»Sie waren also ab der Zeit, nachdem sich Marten Hilmer von Ihnen getrennt hatte, nicht mehr, auch nicht kurz, zusammen?«

Astrid Hahn atmete schwer, warf noch einen flehenden Blick zum Anwalt, der ihr aber nur zustimmend zunickte.

»Das waren nur One-Night-Stands«, murmelte Astrid Hahn schließlich. »Zwei- oder dreimal. Es war dumm von mir zu hoffen, dass mehr dahintersteckte.«

»Erinnern Sie sich an das letzte Mal?«

Astrid Hahn nickte. Sie wirkte, als habe sie keine Kraft mehr, sich gegen Lenas Fragen aufzulehnen. »Das war vor achtzehn Monaten«, sagte sie leise.

»Herr Hilmer hat die Beziehung dann wieder beendet?«

Astrid Hahn nickte ein weiteres Mal.

»Könnten Sie das bitte für die Aufnahme laut bestätigen?«

»Ja, das hat er. Es war doch auch nur eine Nacht.«

Der Anwalt räusperte sich. »Ich würde vorschlagen, dass wir eine kurze Pause machen. Meiner Mandantin gehen die persönlichen Fragen sehr nahe.«

Nach einem kurzen Blick zu Lena, die der Unterbrechung mit einem Nicken zustimmte, sagte Dr. Bröckmann: »Das können wir selbstverständlich machen. Möchten Sie etwas zu trinken?«

Der Anwalt bat um Kaffee, Dr. Bröckmann und Lena verließen den Raum.

»Was meinen Sie?«, fragte der Staatsanwalt, nachdem sie einen der Inselpolizisten gebeten hatten, Kaffee ins Vernehmungszimmer zu bringen.

»Es wäre besser gewesen, wenn wir gleich weitergemacht hätten, aber leider wäre dann die Gefahr groß gewesen, dass

Frau Hahn mauert. Der Anwalt wirkte, als wäre er kurz davor, ihr zu raten, die Aussage zu verweigern.«

»Das war auch mein Eindruck«, sagte Dr. Bröckmann mit einem anerkennenden Blick zu Lena. »Wird sie gestehen?«

»Ich denke, die Chancen stehen gut. Vorausgesetzt, sie ist die Täterin.«

»Sie haben Zweifel?«

»Die habe ich grundsätzlich. Selbst nach einem Geständnis. Ich habe schon einiges in dieser Hinsicht erlebt.«

»Und der Enkel – wie war noch gleich sein Vorname?«

»Eibo. Eibo Nicolaisen.«

»Sie schließen ihn inzwischen aus?«

»Ausschließen vielleicht nicht gerade. Aber unser Hauptargument, die Fingerabdrücke auf der Flasche, haben wir selbst widerlegt. Es würde mich sehr wundern, wenn sich noch weitere Verdachtsmomente gegen Nicolaisen finden ließen.«

»Um eine Anklage wegen Steuerhinterziehung wird er nicht herumkommen. Ich werde aber mit dem Kollegen reden, vielleicht können wir das mit einem Strafbefehl abhandeln.«

Der Anwalt kam auf sie zu. »Frau Hahn ist jetzt bereit.«

»Frau Hahn«, begann Lena, »könnten Sie uns schildern, was am Abend des 15. August im Seefohrerhus vorgefallen ist?«

Astrid Hahn schien in der Pause neue Kraft geschöpft zu haben. Sie saß kerzengerade auf dem Stuhl und lächelte Lena an. »Ich habe es Ihnen zwar schon einmal erzählt, aber wenn es sein muss: Herr Hilmer hatte mich eingeladen. Es ging um die Fortführung der Geschäftsbeziehung.«

Lena blätterte in ihren Unterlagen und zog ein Blatt heraus. Sie tat so, als würde sie es überfliegen, und hob dann den Kopf. »Wir haben verlässliche Zeugenaussagen, die Ihre Aussage widerlegen. Es war keinesfalls von Herr Hilmer geplant, Ihre Firma neu zu beauftragen.«

»Marten hat nicht immer alle in der Firma eingeweiht. Das war schon immer so.«

»Die Aussagen und unsere eigene Recherche in den Geschäftsunterlagen der Firma sprechen da eine andere Sprache.«

»Ja, vielleicht war das nicht das Hauptthema an diesem Abend. Marten wollte sich aussprechen. Fragen Sie mich jetzt nicht, warum.«

Erneut blätterte Lena in ihren Unterlagen und zog ein weiteres Blatt heraus. »Ich habe hier die Aussage des Restaurantleiters. Soll ich sie vorlesen?«

Astrid Hahn schüttelte den Kopf. »Nein«, sagte sie leise.

»Was ist passiert an diesem Abend?«, fragte Lena ein weiteres Mal.

»Das wissen Sie doch schon alles, oder?« Astrid Hahn beugte sich vor und sah Lena in die Augen. »Marten wollte sich verabschieden. Große Liebe und was weiß ich alles. Ich bin wütend geworden und habe das Restaurant verlassen.«

»Sie waren enttäuscht?«

»Wütend!«, sagte Astrid Hahn eine Spur zu laut und aggressiv. »Es wäre äußerst hilfreich, wenn Sie mir zuhören könnten.«

Ein drittes Mal suchte Lena in ihren Unterlagen und holte schließlich die Briefe hervor. »Ich denke, auch diese Dokumente muss ich nicht vorlesen?«

Astrid Hahn funkelte sie an. »Nein. Vergessen Sie diese Briefe. Das war eine Dummheit. Zum Glück hat Marten sie ungeöffnet zurückgeschickt.«

»Die Briefe zeigen eindeutig, wie Ihr Verhältnis zu Marten Hilmer war. Danach ist nicht anzunehmen, dass Sie den Abend des 15. August so einfach abgehakt haben. Im Gegenteil. Sie werden ausgesprochen verletzt gewesen sein, als Sie von Herrn Hilmer erfahren haben, dass er seine große Liebe gefunden hat und seine Firma aufgeben will.«

Astrid Hahn schwieg mit gesenktem Kopf.

Lena klappte ihren Laptop auf, startete die Videoaufnahme des Parkplatzes vor dem Edeka-Markt und drehte den Bildschirm zu Astrid Hahn und ihrem Anwalt.

»Sie wissen sicher, was dort gerade passiert. Die Frau im Video sind Sie, der junge Mann ist Eibo Nicolaisen. Wie sind Sie auf ihn gekommen?«

Astrid Hahn starrte zunächst auf die Videosequenz, klappte schließlich den Laptop zu und schob ihn von sich. Lena schwieg und sah Astrid Hahn ruhig an. Die Sekunden verstrichen, während die Unternehmerin vor sich auf den Tisch starrte und der Anwalt von einem zum anderen schaute.

»Was soll dieses ganze Schauspiel?«, durchbrach der Anwalt schließlich die bleierne Stille.

»Frau Hahn hat dem jungen Mann eine Flasche gereicht«, sagte der Staatsanwalt. »Es handelt sich um Herrn Nicolaisen, der, wie Sie sicher gehört haben, für einige Tage in Untersuchungshaft saß. Herr Hilmer wurde mithilfe einer Sherryflasche getötet, und auf dieser Flasche befanden sich die Fingerabdrücke von Herrn Nicolaisen.«

Der Anwalt schien für einen Moment aus dem Konzept und blinzelte einige Male verwirrt, bevor er sich wieder fing und an den Staatsanwalt wandte: »Ich möchte mich mit meiner Mandantin beraten.«

»Alles zu seiner Zeit«, sagte der Staatsanwalt und nickte Lena auffordernd zu.

»Frau Hahn«, sprach Lena Astrid Hahn an. »Woher wussten Sie von Eibo Nicolaisen?«

»Heike«, flüsterte sie.

»Sprechen Sie von Heike Dittmann?«

»Ja.«

»Sie haben zusammen mit Frau Dittmann die Tat geplant?«

Astrid Hahn schüttelte den Kopf.

»Sprechen Sie bitte laut.«

»Nein. Das habe ich nicht.«

Der Anwalt sprang auf. »Ich protestiere aufs Schärfste. Diese Fragen sind suggestiv gestellt. Antworten Sie jetzt auf keine Frage mehr, Frau Hahn.«

»Setzen Sie sich bitte wieder«, sagte Dr. Bröckmann. »Im Übrigen würde ich Sie bitten, uns nicht anzuschreien.«

Der Anwalt stand unschlüssig da, und einen Moment dachte Lena, er würde den Raum verlassen, doch dann sank er langsam wieder auf den Stuhl. »Meine Mandantin macht von ihrem Aussageverweigerungsrecht Gebrauch.«

»Das ist ihr Recht«, sagte Lena. »Was hat Ihre Mandantin am Freitag, dem 6. September, beim Haus von Herrn Hilmer gemacht? Wir haben eine Zeugenaussage, die ihre Anwesenheit bestätigt.«

»Ich möchte dringend allein mit meiner Mandantin sprechen«, presste der Anwalt hervor.

Dr. Bröckmann warf einen fragenden Blick zu Lena, sie nickte. Beide standen auf. »In zehn Minuten setzen wir die Befragung fort«, sagte der Staatsanwalt und verließ mit Lena den Raum.

Als sie vor der Tür warteten, kam Johann auf sie zugelaufen und wedelte dabei mit einem Blatt. »Die Kollegen der Kriminaltechnik haben sich gerade gemeldet. Die DNA von Frau Hahn ist an der Flasche gefunden worden.«

Lena griff nach dem Blatt und las die E-Mail durch, bevor sie sie dem Staatsanwalt reichte. »Warum jetzt erst?«, fragte sie zu Johann gewandt.

»Ich habe am Montag darum gebeten, die Flasche noch einmal anhand der neuen Proben zu überprüfen«, sagte Johann.

Dr. Bröckmann legte die Mail in seine Mappe und wandte sich an Johann. »Gute Arbeit, Herr Grasmann. Können Sie bitte den Transport von Frau Hahn nach Flensburg organisieren.«

»Mache ich.« Johann nickte und machte sich auf den Weg.

»Sie sind einverstanden?«, fragte Dr. Bröckmann Lena. »Der Termin vor dem Untersuchungsrichter wird nur noch eine Formalie sein. Ein Geständnis würde die Sache natürlich wunderbar abrunden.«

Astrid Hahn hatte gerötete Augen, als hätte sie geweint. Sie saß aufrecht auf dem Stuhl und sah Lena an, als diese ihre letzte Frage erneut stellte: »Sie sind am Freitag gesehen worden, als Sie zum Haus von Marten Hilmer fuhren. Können Sie bestätigen, dass Sie dort waren?«

Astrid Hahn beugte sich zu ihrem Anwalt und flüsterte ihm etwas zu, er antwortete ebenso leise, sie nickte.

»Ja«, sagte sie.

»Was haben Sie dort gewollt?«

»Ich war auf der Suche nach Herrn Hilmer. In der Firma habe ich ihn nicht angetroffen und deshalb bin ich zu seinem Haus gefahren. Aber auch dort habe ich ihn nicht getroffen.«

»Sie waren im Haus?«

Astrid Hahn zögerte. »Nur kurz.«

»Wo ist die Sherryflasche, die Sie am 20. August im Internet bestellt haben, jetzt?«

»Ich weiß es nicht. Ich muss sie irgendwo vergessen oder verloren haben.«

»Wir haben vorhin die Aufnahme beim Edeka-Markt in Wittdün gesehen. Wieso trugen Sie an diesem Tag Handschuhe, obwohl die Temperaturen bei über zwanzig Grad lagen?«

Der Anwalt beugte sich vor. »Meine Mandantin möchte Folgendes erklären: Frau Hahn wurde von Herrn Hilmer zutiefst gekränkt und fühlte sich von ihm missbraucht. In dieser für sie psychisch unglaublich schwierigen Situation hat sie in einer Art Kurzschlussreaktion einen Plan gefasst, Herrn Hilmer schwer zu schaden. Sie bereut es sehr, dass sie Herrn Nicolaisen in die Angelegenheit verwickelt hat. Allerdings ist ihr nach der Aktion auf dem Parkplatz des Edeka-Marktes bewusst geworden, auf welch einen absurden Weg sie sich begeben hatte. Um es ganz deutlich zu sagen: Meine Mandantin hat, entgegen ihrem ursprünglichen Plan, dem Sherry zu keinem Zeitpunkt eine giftige Substanz beigefügt und diese im Haus von Herrn Hilmer deponiert. Zu keiner Zeit, möchte ich noch einmal betonen. Sollte es sich bei der Flasche tatsächlich um die von meiner Mandantin gekaufte handeln und sollte Herr Hilmer tatsächlich mit dem Sherry vergiftet worden sein, ist es ihr unerklärlich, wie ihre Flasche, befüllt mit einer giftigen Substanz, ins Haus von Herrn Hilmer gekommen ist. Meine Mandantin streitet jede aktive Mittäterschaft ab.«

Lena warf einen Blick zum Staatsanwalt, der genauso erstaunt über das Statement des Anwalts zu sein schien wie sie.

»Uns hat in der Pause eine Nachricht der Kriminaltechnik aus Flensburg erreicht«, sagte Dr. Bröckmann. »An der Flasche, die bei Herrn Hilmer sichergestellt wurde, sind DNA-Spuren Ihrer Mandantin gefunden worden. Zusammen mit den Fingerabdrücken des jungen Mannes können wir jetzt mit hoher Sicherheit davon ausgehen, dass es sich bei der Flasche um die Ihrer Mandantin handelt.«

Der Staatsanwalt sah Hilfe suchend zu Lena, die ihm zunickte und eine weitere Frage stellte: »Frau Hahn, Sie verstehen sicher, dass es schwer nachvollziehbar ist, dass Sie die Flasche verloren haben wollen und genau diese Flasche anschließend im

Hause Hilmer aufgetaucht ist. Nicht nur das, sondern jemand soll auch noch zufällig den gleichen Plan gefasst haben wie Sie?«

»Aber so muss es gewesen sein. Denn ich war es nicht«, sagte Astrid Hahn leise.

»Wo haben Sie sich nach der Aktion auf dem Edeka-Parkplatz aufgehalten?«

Der Anwalt beugte sich vor. »Meine Mandantin war in einem Zustand der absoluten Erregung. Sie hat keine Erinnerung daran, wo sie sich am restlichen Mittwochnachmittag und -abend aufgehalten hat, selbst große Teile des Donnerstagvormittags sind verschwommen. Sie weiß erst wieder, dass sie am Nachmittag in ihre Firma gefahren ist, um dort nach dem Rechten zu schauen.«

»Was haben Sie mit der Flasche gemacht, als Sie auf dem Edeka-Parkplatz in Ihr Auto gestiegen sind?«, fragte Lena.

Astrid Hahn sah auf. »Sie lag auf dem Beifahrersitz in einer Tüte. Das glaube ich zumindest.«

»Haben Sie mit jemandem über Ihre Absichten gesprochen?«

»Nein, natürlich nicht. Aber an den Mittwochnachmittag und den Donnerstagvormittag habe ich keine richtige Erinnerung.«

Dr. Bröckmann war während Lenas Fragen zunehmend unruhiger geworden. Er schien Astrid Hahns Erklärungen als reine Ausreden anzusehen. »Wenn Sie keine Erinnerungen mehr haben, kann es ja genauso gut sein, dass Sie die Flasche im Haus von Herrn Hilmer deponiert haben.« Der Staatsanwalt hatte ruhig, aber bestimmt gesprochen.

»Nein! Das würde ich wissen. Ich war das nicht.«

»Woher kannten Sie Herrn Nicolaisen?«

»Von Heike. Heike Dittmann.«

»Können Sie das bitte etwas genauer schildern?«

Astrid Hahn senkte den Blick und ließ sich Zeit für die Antwort. »Ich war vor ein paar Wochen bei ihr zu Besuch. Er hat geklingelt. Immer wieder. Wir haben dann zusammen gesehen, wie er zu seinem Motorrad gegangen ist. Heike hat mir erzählt, dass er schon mehrmals bei ihr gewesen war.«

»Hat Frau Dittmann Ihnen geraten, Herrn Nicolaisen als …«

»Nein!«, sagte Astrid Hahn. »Sie hat mir nur erzählt, dass er wegen dem Haus seiner Großmutter mit ihr sprechen will. Und dass er Marten vorwirft, dass … Aber das wissen Sie ja sicher alles.«

»Woher wussten Sie, dass Herr Nicolaisen beim Edeka-Markt etwas einkaufen wollte?«

»Ich bin ihm gefolgt«, sagte Astrid Hahn flüsternd.

»Könnten Sie bitte etwas lauter sprechen, damit wir Ihre Aussage aufnehmen können?«

»Ich habe beim Altersheim auf ihn gewartet und bin ihm gefolgt. Als er auf den Parkplatz abgebogen ist, bin ich …« Sie brach ab. Tränen liefen über ihre Wangen. Lena reichte ihr ein Taschentuch und wartete, bis sie sich beruhigt hatte.

»War der Sherry zu dem Zeitpunkt mit irgendetwas versetzt?«

Astrid Hahn schüttelte vehement den Kopf. »Nein! Natürlich nicht. Die Flasche war noch verschlossen.«

»Was wollten Sie für eine Substanz zufügen?«

Astrid Hahns Anwalt beugte sich vor. »So weit war meine Mandantin in den Vorbereitungen noch nicht fortgeschritten. Dieser Umstand zeigt deutlich, dass sie allenfalls die Tat in Grundzügen geplant hatte. Meine Mandantin hat sich rechtzeitig besonnen. Die Vorbereitungen waren eine Art Affekthandlung, mehr nicht. Frau Hahn wird zu diesem Punkt nichts weiter aussagen.«

Lena befragte Astrid Hahn in den nächsten dreißig Minuten noch einmal zu den Stunden nach der Begegnung auf dem Edeka-Parkplatz, ohne dass deren Erinnerung zurückkam. Währenddessen wurde der Staatsanwalt sichtbar immer ungeduldiger und beendete schließlich die Vernehmung mit den Worten: »Frau Hahn, Sie sind hiermit vorläufig festgenommen. Zwei Beamte werden Sie nach Flensburg begleiten, wo Sie morgen dem Haftrichter vorgeführt werden. Sie können sich jetzt noch mit Ihrem Anwalt austauschen.«

Der Staatsanwalt stand auf, Lena folgte ihm.

Einunddreissig

»Wird das für eine Anklage reichen?«, fragte Ole Kotten.

Sie saßen zu dritt in Ercks Wohnung. Nachdem der Staatsanwalt sich auf den Weg zurück nach Flensburg gemacht hatte, war Astrid Hahn von zwei Beamten der Inselpolizei abgeführt worden.

»Also ich sehe da keine Probleme«, sagte Johann und nahm einen kräftigen Schluck aus seiner Bierflasche. »Wenn wir ihr jetzt noch nachweisen, woher sie das Gift hat, ist doch alles paletti. Da kann sie so viele Erinnerungslücken haben, wie sie möchte. Wie siehst du das, Lena?«

»So ein ungewöhnliches Geständnis habe ich noch nie gehört. Ich könnte mir durchaus vorstellen, dass sie tatsächlich nicht mehr weiß, was in den vierundzwanzig Stunden passiert ist.«

»Was aber nicht heißt, dass sie es nicht war«, sagte Johann.

Lena nickte. »Die Möglichkeit besteht. Immerhin hatte sie den Plan gefasst und die Begegnung mit Nicolaisen durchgezogen.«

»Und genau das zeugt doch von einer hohen kriminellen Energie«, warf Johann ein. »Oder habe ich da was falsch verstanden?«

»Natürlich nicht«, sprang Ole Lena bei. »Aber ein Indizienprozess ist immer eine wackelige Angelegenheit. Kein Staatsanwalt mag das.«

»Lass uns damit morgen in der Besprechung weitermachen«, sagte Lena. »Ich muss eine Nacht darüber schlafen.« Sie hob ihre Flasche. »Prost!«

Die beiden Männer stießen mit ihr an.

»Was ist jetzt eigentlich mit diesem Mistkerl Groll?«, fragte Johann. »Gibt es da was Neues?«

Lena zögerte kurz, holte dann aber den gebraucht gekauften Laptop, spielte die Aufnahme ab und ließ sie die Chats lesen.

»Seit wann hast du das?«, fragte der sichtlich erstaunte Johann.

»Seit vorgestern.«

»Und du hast noch nichts unternommen?«

»Das wird schwierig, Johann«, sagte Ole Kotten. »Die Aufnahme und die Chatprotokolle sind illegal. Das wird die Kommission nicht akzeptieren.«

»Habt ihr eine Idee, wie ich da vorgehen kann?«, fragte Lena.

»Kann Leon das nicht unter einer nicht zurückverfolgbaren Adresse an die richtigen Leute verschicken?«, fragte Johann.

»Natürlich kann er das«, antwortete Lena. »Und dann?« Sie zeigte auf den Laptop. »Ich habe mir extra einen gebrauchten Rechner gekauft, damit ich mit der ganzen Sache nicht in Verbindung gebracht werden kann. Man weiß nie, was passiert.«

»Und wenn wir es Groll und den beiden …« Ole Kotten malte Anführungszeichen in die Luft. »… Kollegen schicken? Mal schauen, ob sie unruhig werden und Fehler machen.«

»Quatsch, dann sind sie doch nur gewarnt«, sagte Johann. »Was soll das bringen?«

»Gute Frage«, sagte Lena und erzählte von ihrem Gespräch mit Kriminaldirektor Warnke und ihrem Gefühl, dass er sie zu der Aktion aufgefordert hatte.

»Typisch Warnke«, meinte Johann und rollte mit den Augen. »Die Drecksarbeit sollen immer die anderen machen und er ist fein raus.«

»Lass doch mal, Johann«, sagte Ole. »So kommen wir nicht weiter.« Er wandte sich an Lena. »Und wie wäre es, wenn du es offen machst. Du wartest, bis die Typen ihre Aussage gemacht haben, dann schickt dieser Leon dir die Dateien anonym zu und du gibst sie weiter und behauptest, nicht zu wissen, woher sie kommen.«

Lena wiegte den Kopf. »Weiß nicht. Vielleicht hat der eine oder andere etwas von meinen Kontakten in die Hackerszene mitbekommen. Dann würde ich blöd dastehen und keiner glaubt mir mehr.«

»Ja, mag sein«, sagte Ole und nickte nachdenklich. »Verdammt, es muss aber doch einen Weg geben, diese Daten einzusetzen.«

»Wie hat Groll ihn genannt?«, fragte Johann.

»Jürgen. Leider ist kein Nachname gefallen.«

»Und die beiden anderen?«

Lena nannte ihm die Nicknamen von Grolls Chatpartner.

Johann stand auf und zog das Handy aus der Tasche. »Gebt mir ein paar Minuten, ich muss mal telefonieren.«

Nachdem er auf den Flur verschwunden war und sie nur noch leise Gesprächsfetzen hörte, sah Lena Ole fragend an. »Was hat er vor?«

»Warten wir's ab. Ich habe da so eine Ahnung.« Er suchte ihren Blick. »Und wie ist es mit der anderen Sache? Was hat Erck dazu gesagt?«

»Er war ziemlich erstaunt. Aber das ist ja auch kein Wunder. Er möchte nach wie vor, dass ich mich mit meinem Vater versöhne.«

»Und?«

»Zuerst schließen wir den Fall ab und dann sehe ich weiter.«

»Sicher? Gibt es nicht immer einen nächsten Fall oder Groll oder was weiß ich?«

Lena legte den Kopf in den Nacken und sog die Luft tief ein. »Es ist verdammt schwer, umzuschalten. Das Schlimmste an der Sache ist, dass ich meinen Vater wohl auch noch falsch verdächtigt habe. Ich bin davon ausgegangen, dass er seine jetzige Frau schon vorher kannte und dass das damals der Grund für den Streit war.«

»Verstehe«, sagte Ole und legte Lena die Hand auf die Schulter. »Aber es ist noch nicht zu spät. Ist das nicht das Wichtigste?«

Bevor Lena antworten konnte, stürmte Johann zurück ins Zimmer. »Ich hab ihn! Jürgen Schleth, Dezernat 1 und somit direkter Vorgesetzter von Claudia Fährmann.« Er lief aufgeregt in der kleinen Küche herum. »Ich kenne den Typen. Der ist ein absolutes Arschloch, aber glaubt mir, der hat keine Eier in der Hose.«

Ole zeigte auf den leeren Stuhl. »Jetzt setz dich erst mal wieder hin und erzähl, was du vorhast.«

Johann zog den Stuhl vor und setzte sich. »Also, wir setzen Schleth mit dem aufgezeichneten Gespräch unter Druck. Leon droht ihm damit, das Teil an das ganze Polizeipräsidium zu schicken, wenn er nicht Claudia Fährmann bei ihrer Aussage unterstützt.«

»Risikoreich«, kommentierte Ole Johanns Vorschlag. »Und wenn er seinerseits damit vorprescht und behauptet, das wäre gefälscht?«

»Wie denn? Eine Stimmenanalyse ist heutzutage schnell gemacht. Da steht er dann aber reichlich blöd da. Ich sag dir, der denkt zuallererst an sich selbst. Der macht, was von ihm verlangt wird.«

Ole Kotten stöhnte leise. »Und wenn er Claudia Fährmann dafür verantwortlich macht und auf sie losgeht?«

»Dann gehen halt die E-Mails an alle Flensburger Kollegen raus. Ich habe eine Liste. Die ist zwar ein Jahr alt, aber das wird reichen, um ihn anderweitig zu beschäftigen.«

»Was meinst du?«, fragte Ole an Lena gewandt.

»Ich möchte Frau Fährmann nicht in Gefahr bringen. Wenn die Aufnahme veröffentlicht würde, würde ihr Name genannt. Das kann sich Schleth auch denken.«

»Und was ist mit *FraKu*?«, fragte Johann. »Aus dem Chat geht klar hervor, dass er Groll damals ein falsches Alibi gegeben hat und es jetzt wieder tun würde.«

»Hast du den Namen auch?«, fragte Ole erstaunt.

»Ja, ich habe einen Kollegen in Flensburg angerufen, der lange Jahre in Schleswig gearbeitet hat. *FraKu* ist Franz Kunert.« Er wandte sich an Lena. »Du kennst ihn bestimmt.«

»Ja. Der müsste jetzt kurz vor der Pension stehen.«

»Die wird er sich wohl kaum versauen wollen. Wir setzen ihn unter Druck und er zieht seine Unterstützung zurück. Der andere hatte sich doch quasi schon verweigert. Wie hieß der noch?«

»ThoB«, sagte Lena. »Ich vermute, dass dahinter Thomas Behrens steckt. Er ist nur zwei Jahre älter als ich. Einer von Grolls damaligen Speichelleckern.«

»Den werden wir genauso einnorden«, sagte Johann mit Überzeugung. »Dann ist Grolls Alibi futsch und er steht allein da. Und noch mal zu Jürgen Schleth: Leon kann die Aufnahme bestimmt so zurechtschneiden, dass Claudia Fährmann nicht vorkommt. Immerhin hat Schleth sich angeboten, Groll ein falsches Alibi zu geben und ihm auch sonst zu helfen, Lena fertigzumachen. Dann lassen wir halt die Forderung weg, dass er Claudia Fährmann gut zusprechen soll.«

Lena warf einen Blick zu Ole, der ihr zustimmend zunickte.

»Okay, das könnte ein Weg sein. Ich spreche nachher mit Leon, der wird das sicher gleich machen.«

Johann zeigte ihr den gehobenen Daumen.

»Was ist eigentlich mit der zweiten Kollegin, die Groll vergewaltigen wollte?«, fragte Ole. »Wie hieß sie noch gleich?«

»Anja Rüther. Sie überlegt wohl noch, leider habe ich noch nichts von ihr gehört. Im Moment will ich sie nicht noch mal ansprechen. Damit erreiche ich eher das Gegenteil von dem, was ich will.«

»Und wie wahrscheinlich ist es, dass sie sich zu einer Anzeige durchringt?«, fragte Johann.

»Johann, wie lange habe ich dafür gebraucht? Ich kann die beiden Kolleginnen verstehen und werde ihre Entscheidung auch akzeptieren. Wenn ich jetzt richtig Druck mache, wäre ich doch nicht viel besser als Groll. Nein, ich will die beiden nicht in etwas hineinziehen, was sie letztlich nicht durchstehen können und wo sie noch einmal verletzt werden.«

»Sehe ich genauso«, pflichtete Ole ihr bei.

Johann schien nicht ganz überzeugt zu sein, nickte aber zustimmend.

»Wie war dein Tag?«, fragte Lena, als Erck, kurz nachdem Johann und Ole gegangen waren, eintraf.

»Anstrengend. Eine Putzkraft wird für längere Zeit ausfallen und ich musste einen Ersatz finden. Ganz schön schwierig in der Saison.«

»Und?«

»Ja, ich habe jemanden gefunden. Morgen machen wir einen Vertrag. Ich hoffe, dass sie es sich bis dahin nicht anders überlegt.«

»Darf ich dich trotzdem zum Essen einladen? Nur eine Kleinigkeit bei Rialto. Was meinst du?«

»Wenn wir zu Fuß gehen. Ich brauche dringend ein Glas Wein.«

Lena hakte sich bei Erck unter. »Auf geht's.«

Auf dem Weg zum Restaurant erzählte Erck von seiner Suche nach einer neuen Mitarbeiterin: Er hatte gefühlt mit hundert Frauen gesprochen und jedes Mal eine Absage erhalten, bis ihn ein Freund anrief und erzählte, dass seine Cousine für ein paar Monate bei ihm wohne und Arbeit suche. Im Außenbereich des kleinen Restaurants fanden Lena und Erck einen Platz. Für Mitte September war es abends noch ungewöhnlich warm. Sie bestellten und bekamen kurz darauf ihren Weißwein serviert.

»Wie war dein Tag?«, fragte Erck mit dem Glas in der Hand.

»Wir kommen voran.«

»Das ist doch mal ein Trinkspruch«, sagte Erck schmunzelnd und stieß mit Lena an.

»Ich habe übrigens das Haus in Dänemark klargemacht«, sagte Erck auf dem Rückweg.

»Wow! Für wann?«

»In zwei Wochen geht es los. Bis dahin machen seine Eltern dort noch Urlaub. Eine Vertretung für mich habe ich auch schon organisiert.«

Lena hörte zwischen den Zeilen Ercks Sorge, dass Lena keinen Urlaub bekommen würde, ein wichtiger Fall dazwischenkam – oder die Sache mit Kriminalrat Groll. Deshalb sagte sie: »Egal was passiert, ich komme mit. Und wenn ich mich krankschreiben lassen muss.«

Erck blieb stehen. »So entschlossen?«

»Mehr als das! Wir haben eine kleine Auszeit verdient.«

»Und wenn wir Glück haben, ist das Wetter sogar noch halbwegs.«

Lena hakte sich bei Erck unter und zog ihn mit. »Und wenn schon. Mir ist das Wetter so was von egal. Ich brauche einfach nur ein paar Tage Ruhe und eine hohe Dosis Erck.«

Erck legte im Gehen den Arm um ihre Schulter. »Ich bin dabei!«

Zweiunddreissig

»Ich habe gestern noch ausführlich mit dem Staatsanwalt über unsere weitere Strategie gesprochen«, sagte Lena, als sie am nächsten Morgen mit den vier Kollegen im Aufenthaltsraum der Polizeistation saß. Sie hatte zuvor lange von den beiden Vernehmungen berichtet. »Eibo Nicolaisen ist erst mal aus dem Spiel. Wie ihr eben gehört habt, hat Frau Hahn bestätigt, dass sie ihn bewusst ausgesucht und in die Falle gelockt hat.« Ein Nicken ging durch die Runde. »Punkt eins: Davon ausgehend, dass Frau Hahn mit hoher Wahrscheinlichkeit die Täterin ist und auch das Lidocain abgefüllt hat, müssen wir ihre Bezugsquelle finden.«

»Das kann schwierig werden, oder?«, fragte einer der Flensburger Kollegen.

»Ja, da will ich nicht widersprechen. Kollege Grasmann hat schon einige Stunden damit verbracht, aber jetzt konzentrieren wir uns nur auf die eine Person. Die Kriminaltechnik aus Flensburg sollte jetzt gerade eingetroffen sein und wird das Haus und die Geschäftsräume von Frau Hahn noch einmal gründlich untersuchen. Kollege Henningsen war so freundlich, die Kriminaltechniker zu begleiten. Aber zurück zu Frau Hahn.

Wir müssen ihr Leben bis in den letzten Winkel durchleuchten. Lidocain lässt sich nun mal nicht einfach im Internet bestellen.«

»Darknet?«, fragte der Flensburger Beamte.

Lena schaute zu Johann, der nickte und antwortete: »Ja, daran habe ich auch schon gedacht. Aber Frau Hahns Computer weist keinerlei Spuren auf, die sie mit dem Darknet in Verbindung bringen. Zur Sicherheit steht er jetzt in Flensburg und wird von der Kriminaltechnik untersucht.«

»Wann bekommen wir da Infos?«, fragte Lena.

»Ich habe es sehr, sehr eilig gemacht und hoffe, dass wir im Laufe des Tages Klarheit haben. Ich denke aber nicht, dass sich da noch etwas findet.«

»Okay«, sagte Lena. »Also konzentrieren wir uns zunächst auf den analogen Weg.« Sie sah einmal in die Runde und fuhr fort: »Punkt zwei: Die Verbindung zwischen Hahn und Dittmann ist noch ausgesprochen nebulös. Frau Hahn hat zwar bestritten, dass sie die Tat gemeinsam geplant haben, aber angesichts der Erkenntnisse aus der gestrigen Vernehmung sind der Staatsanwalt und auch ich uns keinesfalls sicher, dass sie hier die Wahrheit gesagt hat. Dittmann hatte gute Gründe, Marten Hilmer zum Schweigen zu bringen.«

»Ich habe heute früh das Protokoll der Befragung gelesen«, sagte Johann. »Da habe ich mir die Frage gestellt, warum Dittmann, wenn sie doch mit Hahn zusammengearbeitet hat, sich nicht ihren Schlüssel für den Einbruch ausgeliehen hat.«

»Vielleicht hat sie ihr so weit nicht getraut«, sagte Ole Kotten.

»Mord ja, Einbruch, um ein paar Spuren zu verwischen, nein?«

»Sie werden wohl kaum zusammen ins Haus gegangen sein und gemeinsam die Flasche ausgetauscht haben«, konterte Ole Kotten. »Ich halte Dittmann eher für die Frau im Hintergrund, die Hahn angestachelt hat und sie letztendlich benutzt hat.

Vorausgesetzt, sie hatte überhaupt einen tatsächlichen Anteil an der Tat.«

»Warum hat Hahn ihm die Flasche nicht einfach geschenkt?«, fragte einer der Flensburger Kollegen. »Dann hätte sie sich den ganzen Aufwand sparen können.«

»Hätte er sie angenommen?«, fragte Ole Kotten. »Außerdem hatte der Korken eine Plastik-Ummantelung. Dass sie geöffnet worden war, wäre sofort aufgefallen.«

»Wir haben allerdings keine Flasche gleichen Typs bei Hahn in der Wohnung oder der Firma gefunden«, sagte Johann.

Ole Kotten zuckte mit den Schultern. »Die lässt sich schnell entsorgen.«

»Okay«, unterbrach Lena die Diskussion. »Wir haben noch einen dritten Punkt. Frau Hahn behauptet, dass sie zwar die Tat geplant, sie aber nicht durchgeführt hat. Selbst wenn wir ihr nachweisen können, dass sie das Lidocain gekauft oder besorgt hat, kann sie sich immer noch auf ihre Erinnerungslücken berufen. Sie war im Übrigen sehr glaubwürdig, als sie über die Zeit gesprochen hat, an die sie sich nicht erinnert. In Widersprüche hat sie sich auch nicht verwickelt.«

»Ist das jetzt wirklich dein Ernst?«, fragte Johann. »Ich halte das für die dümmste Ausrede, die ich in meiner ganzen, zugegeben noch nicht sehr langen Laufbahn gehört habe.«

»Wir dürfen diesen Ermittlungsansatz nicht außer Acht lassen. Sollte es tatsächlich so gewesen sein, gibt es einen anderen Täter oder eine andere Täterin.«

»Und wenn Heike Dittmann den Rest erledigt hat?«, fragte Ole Kotten. »Angenommen, sie hat gesehen, dass Hahn vollkommen durch den Wind ist und die Sache nicht zu Ende bringen kann, und hat es dann selbst in die Hand genommen. Dafür hat sie sich Hahns Schlüssel besorgt und ihn später wieder unbemerkt zurückgebracht.«

»Ja, an etwas Ähnliches habe ich auch schon gedacht«, sagte Lena. »Gehen wir also an die Arbeit.«

Lena verteilte die Aufgaben und beendete die morgendliche Besprechungsrunde.

Zurück im Büro telefonierte sie mit dem Staatsanwalt, der ihr mitteilte, dass der Haftprüfungstermin bereits beendet und Astrid Hahn in Untersuchungshaft überführt worden sei.

Sie hatte eben aufgelegt, als sich ihr Handy bemerkbar machte. Sie warf einen Blick aufs Display: Sabrina Ott aus Hamburg.

»Guten Tag, Frau Ott!«, begrüßte Lena sie.

»Hallo, Frau Lorenzen. Haben Sie ein paar Minuten Zeit für mich?«

»Ja, wir können gerne sprechen. Was kann ich für Sie tun?«

»Ich bin seit gestern auf Amrum und Ihrem Rat gefolgt, Frau Lützen anzusprechen. Ich bin direkt in die Firma gefahren, ohne mich anzumelden. Frau Lützen hat mich auch empfangen, war aber nicht sehr erfreut, dass ich mich einmische. Sie hat es nicht so genannt, aber so, wie sie gesprochen und sich gegeben hat, war es offensichtlich.«

Lena horchte auf. Sie hatte Sabrina Ott als sehr bewusste und aufmerksame Frau erlebt und war sich sicher, dass diese sich nicht bei ihr melden würde, wenn es um eine Nebensächlichkeit ginge.

»Frau Ott, haben Sie Zeit, sich mit mir zu treffen? Vielleicht in einem Café?«

»Gerne, Frau Lorenzen. Wo?«

Lena betrat das Vier-Sterne-Hotel in Norddorf und fand Sabrina Ott in dem Café, das um diese Zeit mit nur wenigen Gästen besetzt war. Sie begrüßten sich und bestellten Kaffee.

»Ich habe vorhin ein Gespräch mitbekommen«, sagte Sabrina Ott. »Da haben sich zwei darüber unterhalten, dass Martens Mörderin verhaftet worden ist. Ist das richtig?«

»Wir haben jemanden verhaftet, aber ob sie die Täterin ist, muss sich noch herausstellen.«

»Aber so einfach kommt man in diesem Land doch nicht ins Gefängnis?«

Lena lächelte. »Nein, natürlich nicht. Es gibt schon gravierende Verdachtsmomente. Aber darüber kann ich nicht weiter sprechen.«

Sabrina Ott nickte. »Ja, das verstehe ich natürlich.«

Ihr Kaffee wurde serviert, Sabrina Ott bekam einen Espresso, Lena einen Latte macchiato.

»Sie fragen sich sicher, warum ich angerufen habe«, sagte Sabrina Ott, rührte kurz in ihrem Espresso und trank ihn dann in einem Schluck aus.

Lena nickte. »Sie sagten, Sie hätten sich mit Frau Lützen getroffen?«

»Getroffen ist sicher das falsche Wort. Ich habe mich etwas aufgedrängt. Dafür habe ich mich natürlich gleich entschuldigt und selbstverständlich gefragt, ob sie ein paar Minuten Zeit für mich hat.«

»Hatte sie?«

»Ja, zu Beginn des Gesprächs war sie sehr freundlich, hat mich zu einem Kaffee eingeladen. Ich kannte das Büro noch gar nicht, weil Marten mich nie dorthin mitgenommen hat, aber der Besprechungsraum ist ja sehr geschmackvoll eingerichtet.« Sie hielt kurz inne. »Entschuldigung. Ich rede etwas um den heißen Brei herum. Das hängt wohl damit zusammen, dass ich das Aufeinandertreffen mit dieser Frau noch nicht so richtig verdaut habe.«

»Erzählen Sie doch einfach, was passiert ist«, schlug Lena vor.

»Ja, das wird wohl das Beste sein.« Sabrina Ott hob die Hand, um beim vorbeilaufenden Kellner einen zweiten Espresso zu bestellen. »Wie gesagt, Frau Lützen war zunächst zwar distanziert, aber freundlich. Ich habe sie im Laufe des Gesprächs gefragt, ob sie die Beerdigung plant. Als sie das bejaht hat, fragte ich sie, ob ich ihr helfen könne. Sie lehnte meine Hilfe rundweg ab und meinte, dass das ihre alleinige Aufgabe sei und niemand sonst dabei etwas zu suchen habe.«

»Das waren ihre Worte?«

»Ja, ich glaube sogar, dass sie genau die gleiche Formulierung gebrauchte. Sie können sich vorstellen, dass ich etwas erschrocken war und nachgefragt habe. Frau Lützen wurde dann … ja, nervös oder auf jeden Fall emotionaler als zuvor. Sie erklärte mir, dass sie die Vertraute von Marten gewesen sei, und da es keine Angehörigen gebe, es selbstverständlich sei, dass sie alles in die Hand nimmt.«

»Das klingt zunächst mal logisch.«

»Das will ich auch gar nicht bestreiten«, sagte Sabrina Ott. »Es war mehr ihr Blick und die Art, wie sie es sagte. Es klang, als gehöre Marten ihr und nur sie habe darüber zu bestimmen, was jetzt passiert. Aber wirklich nur sie ganz allein. Plötzlich war ein unheimliches Funkeln in ihren Augen, über das ich mich regelrecht erschrocken habe.«

Lena verstand inzwischen, warum Sabrina Ott zu Beginn des Gesprächs nach der Festnahme gefragt hatte.

»Ich weiß jetzt nicht, ob ich mich verständlich ausgedrückt habe«, fuhr Sabrina Ott fort. »Es mag sein, dass ich im Moment sehr empfindlich reagiere.«

»Erzählen Sie doch weiter«, sagte Lena, die vermutete, dass Sabrina Ott noch mehr zu sagen hatte.

»Ja, es ist nur …« Sie holte tief Luft und schien sich zu konzentrieren. »Also, ich habe das in der Situation nicht angezweifelt oder Frau Lützen wegen ihrer Meinung angegriffen. Nein, das ist nicht mein Stil. Trotzdem scheint sie gemerkt zu haben, dass ich erstaunt, vielleicht sogar entsetzt war über ihre Worte. Sie hat mich wütend angesehen und mir gesagt, ich solle mich da raushalten. Schließlich sei ich ja schon bezahlt worden und meine …« Sabrina Ott schluckte. »… meine Mission sei erfüllt.«

»Sie wusste also, wie Sie Herrn Hilmer kennengelernt haben?«, fragte Lena.

»Auf jeden Fall. Ansonsten würden ihre Worte keinen Sinn ergeben. Ich war erschrocken, habe es mir aber hoffentlich nicht anmerken lassen. Allerdings bat ich Frau Lützen, mir den Termin der Beerdigung mitzuteilen.«

»Wie hat sie darauf reagiert?«, fragte Lena.

Sabrina Ott seufzte. »Sie hat mich angestarrt und gemeint, ich hätte auf der Beerdigung nichts zu suchen. Überhaupt solle ich Amrum so schnell wie möglich verlassen.« Sabrina Ott richtete sich auf. »Sie können vielleicht verstehen, dass mir an diesem Punkt der Geduldsfaden gerissen ist. Ich bin aufgestanden und gegangen. Und das, ohne mich zu verabschieden.«

»Das ist mehr als verständlich. Haben Sie jetzt im Nachhinein den Verdacht, dass Frau Lützen Sie, schon bevor Sie Ihren Namen genannt haben, erkannt hat?«

Sabrina Ott schloss die Augen und schien die Szene noch einmal in Gedanken durchzugehen. »Ja, wenn Sie mich so fragen. Als ich in ihr Büro kam, sah sie einen Moment regelrecht entsetzt aus. Aber sie hat sich schnell gefangen.« Sie blickte Lena direkt an. »Nicht dass Sie denken, ich wollte Frau Lützen in irgendeiner Weise denunzieren. Das ist ganz sicher nicht meine Absicht. Ich bin ihr nicht einmal böse, dass sie mich so angefahren hat. Aber das alles kam mir so sonderbar vor, dass ich es unbedingt jemandem erzählen musste.«

»Das war absolut richtig. Und ich hoffe, Sie kommen auch zur Beerdigung. Ich würde mich sehr freuen.«

Sabrina Ott warf ihr einen verwunderten Blick zu. »Sind Sie … ich meine, sind Sie auch da?«

Lena nickte. »Ja, meine Mutter hat Herrn Hilmer gut gekannt.«

Sabrina Ott schwieg und schien für einen Moment verwirrt zu sein. »Ach so. Ja, dann werden wir uns ja da wiedersehen.«

»Darf ich Ihnen noch einen Rat geben?«

Sabrina Ott nickte.

»Herr Hilmer hatte einen alten Schulfreund. Sie kennen ihn auch. Ulfert Jakobs. Vielleicht besuchen Sie ihn einmal. Er weiß eine ganze Menge über Ihren Lebensgefährten, das Sie sicher interessieren wird. Sollte er nichts sagen, melden Sie sich wieder bei mir.«

»Eine ganze Menge?«

»Keine Angst, es sind nur positive Dinge. Ich fürchte, Herr Hilmer hatte nicht mehr die Zeit, sie Ihnen mitzuteilen.«

Sabrina Ott nickte nachdenklich. »Danke! Ich würde Herrn Jakobs gerne anrufen, habe aber keine Nummer von ihm.«

Lena schrieb ihr die Telefonnummer und die Adresse auf.

Bei der Verabschiedung zögerte Sabrina Ott kurz, als Lena ihr die Hand reichte, trat dann vor und umarmte sie. »Vielen Dank für alles.«

Zurück in der Polizeistation traf Lena auf Ole Kotten, dem sie einen kurzen Bericht des Gesprächs gab.

»Und was vermutest du? Bisher ist Frau Lützen während unserer Recherchen nicht weiter aufgefallen. Was sollte sie mit der ganzen Sache zu tun haben? Hatte sie direkten Kontakt zu Astrid Hahn?«

»Das weiß ich noch nicht, Ole. Auf jeden Fall hat sie mir verschwiegen, dass sie wusste, wer Frau Ott ist und als was sie arbeitet. Sie hat mir gegenüber nur davon gesprochen, dass sie vermutete, dass Hilmer eine neue Beziehung eingegangen war. Warum sollte sie das tun?«

»Vielleicht war es ihr peinlich oder sie hat darüber die Nase gerümpft. Ich sehe da keinen Zusammenhang zum Fall.«

»Da magst du recht haben, Ole. Ich gehe dem trotzdem nach.«

Ole nickte und konzentrierte sich wieder auf den Bildschirm seines Laptops. Lena machte sich auf die Suche nach Johann, den sie in der Teeküche fand. Auch er bekam einen kurzen Bericht, Lena bat ihn darum, ihr alle Rechercheergebnisse zu Helene Lützen zu schicken.

Ihre nächste Station war der Leiter der Polizeistation, Lars Henningsen. Sie fragte ihn nach der Hausdurchsuchung bei Astrid Hahn.

»Interessante Sache, muss ich schon sagen.« Er grinste. »Das haben wir nicht jeden Tag hier auf der Insel. Die gehen richtig sorgfältig vor. Da bleibt ja kein Stein auf dem anderen. Also, die Kollegen der Kriminaltechnik rufen mich rechtzeitig an, dann fahre ich noch mal hin und versiegele wieder die Privaträume. Die Firma bleibt ja offen, wenn ich das richtig verstanden habe.«

»Ja, bis auf das Büro. Hat sich schon rumgesprochen, dass Frau Hahn in Untersuchungshaft sitzt?«

»Davon ist auszugehen. Ich zumindest werde überall darauf angesprochen. Aber ich kann ja nichts dazu sagen, was wiederum die Leute nicht verstehen.«

»Ich kann mir vorstellen, was das alles aufwirbelt. Sollte es zum Prozess kommen, wird es noch schlimmer werden.«

»Sollte? Ich dachte, Sie hätten jetzt die Richtige.«

»Ein Geständnis gab es bisher noch nicht. Wir versuchen deshalb, auch noch die letzten Puzzleteile richtig einzusetzen. Sagen Sie, kennen Sie Helene Lützen, die Büroleiterin von Hilmers Firma, näher?«

»Näher wäre jetzt übertrieben. Ich kenne ihren Mann aus dem Sportverein. Wir laufen zusammen.« Er lachte und strich sich über den Bauch. »Die beiden Dickbäuche aus der letzten Reihe.«

Lena stimmte in sein Lachen ein. »So schlimm ist es nun wirklich nicht. Sagen Sie: Wenn Sie den Mann von Frau Lützen kennen, hat er Ihnen sicher auch mal etwas über seine Ehe erzählt, oder?«

»Steht denn Frau Lützen unter Verdacht?«

»Nein, darum geht es nicht. Wir müssen das gesamte Umfeld noch einmal abklopfen. Und da gehört sie halt dazu.«

Lars Henningsen schien es unangenehm zu sein, nach seinem Sportkameraden befragt zu werden. »So viel reden wir da nicht drüber.«

»Aber Sie haben schon einen Eindruck von der Ehe, vermute ich mal?«

Lars Henningsen wiegte den Kopf. »Seine Frau arbeitet sehr viel, hat mir Reiner erzählt.« Er warf Lena einen Blick zu. »Nun gut, das ist es wohl nicht, was Sie wissen wollen. Ja, was soll ich sagen. Wenn ich ganz ehrlich bin, habe ich bis heute nicht verstanden, warum Reiner sich das alles gefallen lässt.« Er hielt inne. »Seine Frau, also die Helene Lützen, hat nicht nur nach der Hochzeit ihren Nachnamen behalten, was ja heutzutage wohl ganz üblich ist, sondern sie ist, etwas anderes kann ich aus Reiners Schilderungen nicht herauslesen, ziemlich herrisch und ständig schlecht gelaunt. Reiner sagte mir, dass es in den letzten Monaten immer schlimmer geworden wäre. Er hofft wohl, dass das nur eine Phase ist.«

»Was Sie aber nicht glauben?«, fragte Lena weiter.

»Ich kenne Reiners Frau nur von zwei Treffen. Einmal waren meine Frau und ich bei den beiden, ein anderes Mal waren sie bei uns. So lange bin ich ja auch noch nicht auf Amrum.« Henningsen sah Lena misstrauisch an. »Hilft Ihnen das weiter?«

»Das kann ich noch nicht sagen, Kollege Henningsen. Aber es könnte gut sein, dass Ihre Schilderung ein kleines, aber gar nicht mal so unwichtiges Puzzleteil ist.«

Dreiunddreissig

Lena ging die Daten von Helene Lützen durch. Sie war im Frühjahr dreiundfünfzig Jahre alt geworden. Nach ihrem Abitur mit neunzehn hatte sie in Flensburg, ihrem Geburtsort, eine Ausbildung bei einer örtlichen Bank gemacht und sich in den Folgejahren dort bis zur stellvertretenden Filialleiterin hochgearbeitet. Mit zweiunddreißig ging sie nach Hamburg, um dort Betriebswirtschaft zu studieren. Nach dem vierten Semester brach sie das Studium ab, arbeitete vier Jahre in einer Hamburger Bank, um sich dann mit achtunddreißig als Filialleiterin bei der Sparkasse auf Amrum zu bewerben. Sieben Jahre später wechselte sie zu Marten Hilmers Firma und war seitdem dort beschäftigt.

Sie war Einzelkind, ihre Eltern waren vor sechs beziehungsweise sieben Jahren gestorben. Der Vater war Maurer gewesen, die Mutter Hausfrau. Seit Helene Lützens viertem Lebensjahr hatten verschiedene Pflegekinder in der Familie gelebt. Johann hatte eine Anfrage beim Flensburger Jugendamt gestellt, aber noch keine Antwort bekommen.

Helene Lützen war nie zuvor wegen einer Straftat vernommen oder angeklagt worden. Johann hatte keinerlei Verbindungen zu Apothekern oder in die Drogenszene gefunden.

Lena wählte die Nummer des Jugendamts und ließ sich zur zuständigen Sachbearbeiterin durchstellen. Sie stellte sich vor und fragte, ob Johanns Anfrage noch bearbeitet wurde.

»Einen Augenblick, bitte«, sagte die Sachbearbeiterin. Lena hörte Papier rascheln. »Ja, hier habe ich es. Der Beschluss vom Gericht ist gestern gekommen. Was wollen Sie genau wissen?«

»Ich brauche eine Auflistung der Pflegekinder, die in der Familie Lützen betreut wurden.«

»Das kann ich machen. Sie wissen aber schon, dass wir die jetzige Adresse nicht haben?«

»Es reicht mir, wenn ich den Namen und das Geburtsdatum bekomme. Wann können Sie mir das schicken?«

»Gute Frage! Ich muss kurz in meinen Kalender schauen«, antwortete die Sachbearbeiterin und fuhr nach einer kurzen Pause mit weiterem Papierrascheln fort: »Sagen wir, in circa zwei Wochen.«

»Eher geht es nicht?«

»Würde ich es sonst sagen?«

»Danke für die Auskunft. Würden Sie mich freundlicherweise wieder zurück zur Zentrale verbinden?«

Die Sachbearbeiterin murmelte nur etwas Unverständliches und legte anschließend auf. Lena rief erneut beim Jugendamt an und ließ sich mit dem Leiter verbinden.

»Larsen«, meldete sich eine Männerstimme.

Lena stellte sich ein weiteres Mal vor.

»Lena Lorenzen. Aus Norddorf?«, hörte sie die überraschte Stimme des Jugendamtsleiters.

»Ja, warum?«

»Enno Larsen. Erinnerst du dich nicht an mich? Schmächtiger Junge, eine Klasse unter dir? Klein und pickelig?«

Lena lachte. »Enno! Klar erinnere ich mich. Dich hat es nach Flensburg verschlagen?«

»Ja, der Liebe wegen. Nach dem Studium in Kiel habe ich hier in Flensburg angefangen. Wie das so ist, lief mir hier meine Frau über den Weg. Ich meine, damals war sie es natürlich noch nicht. Auf jeden Fall bin ich hier hängen geblieben. Hin und wieder sind wir schon auf Amrum. Weit ist es ja nicht. Und du? Bei der Polizei? Warum auch nicht, passt wohl zu dir. Sag, was kann ich für dich tun?«

Lena erklärte Enno Larsen, welche Informationen sie benötigte, und fragte, ob er den Vorgang beschleunigen könnte.

»Kein Thema. Ich hole mir gleich die Unterlagen. In einer Stunde hast du die Daten. Wie ist deine Mailadresse?«

Vierzig Minuten nach Lenas Anruf in Flensburg erreichte sie die E-Mail aus Flensburg. Sie öffnete die angehängte Datei und fand dreiundzwanzig Namen, die dazugehörigen Geburtsdaten und die Zeiten, die die Kinder jeweils bei der Familie Lützen verbracht hatten. Lena machte sich an die Arbeit und gab einen Namen nach dem anderen ins System ein. Bis auf eine Person, die im Ausland gemeldet war, lebten alle in Norddeutschland. Im nächsten Schritt überprüfte sie jeden der Namen auf Vorstrafen und laufende Ermittlungen. Am frühen Nachmittag hatte sie eine Liste von fünf Personen – vier Männer, eine Frau –, die im Laufe der Jahre mit den Strafverfolgungsbehörden in Kontakt gekommen waren. Die Frau, einundvierzig, saß eine dreijährige Haftstrafe wegen Internetbetrugs ab. Einer der Männer hatte nach einem von ihm verschuldeten Unfall Fahrerflucht begangen und war zu einer Geldstrafe verurteilt worden. Die drei weiteren Männer waren wegen Diebstahl, Körperverletzung und Beamtenbeleidigung zu Geld- und Bewährungsstrafen verurteilt worden. Sie waren zweiundvierzig, sechsundvierzig beziehungsweise fünfzig Jahre alt und in Hamburg, Flensburg und Husum gemeldet.

Lena rief zunächst bei Ben an, einem Kollegen aus Flensburg, den sie vor Jahren auf einer Fortbildung näher kennengelernt hatte. Sie bat ihn darum, Andre Kohler zu überprüfen und abzuklären, ob er etwas mit der Drogenszene zu tun hatte. Ihr zweiter Anruf galt einem Kollegen in Hamburg, mit dem Lena in einer großen SoKo zusammengearbeitet hatte. Ihn bat sie um die gleiche Hilfe bezüglich des jüngsten der drei Kandidaten. Anschließend suchte sie Ole Kotten, den sie in der Teeküche fand.

»Auch einen Kaffee?«, fragte er und goss das Wasser in die Kaffeemaschine. »In fünf Minuten steht er auf dem Tisch.«

»Danke, gerne«, antwortete Lena. »Ich habe hier ein Pflegekind der Familie Lützen. Dennis Wandscheit. Er lebt in Husum und ich muss wissen, ob er etwas mit der Drogenszene zu tun hat.«

»Ich kenne ihn nicht, aber ich kann gleich mal die Kollegen anrufen. Oder hat es Zeit, bis der Kaffee fertig ist?«

»Kein Problem. Ich brauche auch eine Pause.«

Sie sahen gemeinsam zu, wie die braunen Tropfen in die Kanne flossen und diese langsam füllten.

»Erck hat ein Haus in Dänemark gefunden, in dem wir eine Woche Urlaub machen können«, sagte Lena.

»Klingt doch gut. Bald?«

»In zwei Wochen. Vorher müssen wir noch Bekes Arzttermin über die Bühne bringen. Ich hoffe nur, dass wir bis dahin den Fall komplett abgeschlossen haben.«

»Hast du Zweifel? Wir sind doch kurz davor, Astrid Hahn festzunageln. Vielleicht hat schon die Nacht in Untersuchungshaft ihre Erinnerung wiederhergestellt.«

»Der Staatsanwalt will sie erst am Montag neu vernehmen. Ich habe schon überlegt, ob wir zwar morgen noch arbeiten, aber den Sonntag freimachen.«

»Wollte ich auch schon vorschlagen. Wir drehen hier sonst am Rad. Ich muss auch dringend zu Hause nach dem Rechten schauen.«

»Tobias?« Ole und Tobias waren verheiratet, hatten aber vor Kurzem eine Beziehungskrise durchgemacht. »Tut mir leid, ich habe überhaupt nicht nachgefragt, seitdem du hier bist.«

»Alles gut«, murmelte Ole. »Wir berappeln uns so langsam, aber sicher. Und diese kleine Auszeit nach den anstrengenden letzten Monaten ist, glaube ich, für uns beide ganz gut.«

»Sicher?«

Ole Kotten nahm die Kanne aus der Maschine und schenkte ein. »Bitte«, sagte er und reichte Lena eine Tasse. Er hielt seine Tasse in beiden Händen und trank nach einer Weile einen kleinen Schluck. »Was ist schon sicher, Lena? Tobias und ich haben beschlossen, eine Paartherapie zu machen. Klingt komisch, oder?«

»Überhaupt nicht! Probiert es aus, ihr werdet schnell sehen, ob euch das weiterbringt. Wenn nicht, brecht ihr es ab.«

Ole Kotten nickte. »So sehe ich das auch. Drück uns die Daumen. Ich will Tobias nicht verlieren.«

»Er dich sicher auch nicht.« Lena kannte Oles Mann aus mehreren Treffen in ihrem neuen Haus und in Oles und Tobias' Wohnung.

Ole atmete tief durch. »An die Arbeit, würde ich sagen. Du bekommst sofort Bescheid wegen deinem Mann in Husum, sobald ich was erfahre. Wie war noch der Name?«

»Dennis Wandscheit.«

Ole nickte und ging zu seinem Arbeitsplatz.

Lena hörte sich noch einmal die Tonaufnahme der Vernehmung von Astrid Hahn an, wobei sie manchmal stoppte, um Passagen ein zweites Mal durchzugehen. Besonders die Stellen, an denen Astrid Hahn von den Stunden sprach, die für sie im Nebel lagen, ging Lena Satz für Satz durch. An einem bestimmten Abschnitt blieb sie hängen.

»Ich würde Ihnen wirklich sagen, wo ich gewesen bin, aber ich erinnere mich nicht.«

»Sie haben gesagt, Sie wären mit dem Auto zum Edeka-Parkplatz gefahren.«

»Ja, das muss so gewesen sein. Wie hätte ich sonst dahin kommen sollen?«

»Sie steigen also ins Auto, die Flasche liegt in einer, sagen wir, Tragetasche neben Ihnen auf dem Beifahrersitz. Sind Sie gleich losgefahren?«

»Nein, ich glaube nicht. Ich saß eine ganze Weile da. Ja, es hat jemand an mein Fenster geklopft und etwas gefragt.«

»Wollte die Person, dass Sie den Parkplatz verlassen?«

»Ja, ich glaube. Es war jemand vom Markt. Er hatte einen Kittel an. Einen weißen Kittel, und da stand etwas auf dem Schild an seiner Brust.«

»Sind Sie dann gleich gefahren?«

»Ja, ich glaube. Doch, ich bin vom Parkplatz gefahren.«

»In welche Richtung? Rechts oder links?«

»Nicht weit. Ich habe mir einen neuen Parkplatz gesucht.«

»Auf der Hauptstraße?«

»Nein. Da kann man doch nicht parken. Nein, irgendwo anders.«

»Sind Sie da auch gestört worden?«

»Nein. Ich war lange im Auto. Vielleicht habe ich geschlafen. Ich weiß es wirklich nicht mehr.«

»Sind Sie dann ausgestiegen?«

»Ich glaube, ja. Ich war am Wasser. Auf der Promenade. Auf einer Bank. Ja, da habe ich gesessen.«

»Waren Sie allein?«

Schweigen.

»Frau Hahn, waren Sie allein?«

Stille.

»Sie können sich nicht erinnern?«

»Nein. Irgendwann muss ich ja zum Auto zurückgegangen sein.«

»Hatten Sie die Tasche mit der Flasche dabei?«

Wieder antwortete sie nicht.

»Frau Hahn, hatten Sie die Flasche dabei?«

»Ja, ich glaube. Vielleicht war es aber auch meine Handtasche.«

»Was haben Sie mit der Flasche gemacht?«

An dieser Stelle bat der Anwalt um eine kurze Pause. Lena erinnerte sich, dass Frau Hahn vollkommen erschöpft und apathisch gewirkt hatte. Als sie wenige Minuten später die Vernehmung wieder aufnahmen, hatte sich Astrid Hahn geweigert, weitere Fragen zu der Zeit kurz nach dem Vorfall auf dem Edeka-Parkplatz zu beantworten.

Lena rief Google Maps auf und suchte nach einer Seitenstraße, die Astrid Hahns Schilderungen entsprach. Danach war es sehr wahrscheinlich, dass sie ganz in der Nähe von Hilmers Firma geparkt hatte. Kurz entschlossen suchte sich Lena die Handynummer von Kim Möller aus den Unterlagen heraus und rief sie an.

»Kim hier!«

»Hauptkommissarin Lorenzen, guten Tag, Frau Möller. Ich müsste noch einmal kurz mit Ihnen sprechen. Wo befinden Sie sich gerade?«

»Zu Hause.«

»Sind Sie krankgeschrieben?«

»Die Schl…« Sie stockte. »Lützen hat mich rausgeschmissen. Dabei kann sie das gar nicht! Ihr gehört doch der Laden nicht. Ich gehe morgen zum Anwalt und sie wird …«

»Frau Möller«, unterbrach Lena den Redeschwall. »Ich bin in zehn Minuten bei Ihnen. Bis gleich.«

»Möchten Sie etwas trinken?«, fragte Kim Möller, die nach Lenas Ankündigung hastig ihr Make-up erneuert zu haben schien. Trotzdem sah man ihr an, dass sie in den letzten Stunden geweint hatte.

»Nein, danke. Ich habe nur ein paar Fragen.«

Kim Möller nickte und lehnte sich auf dem Sofa zurück.

»Am Mittwoch bevor Herr Hilmer starb, haben Sie da gearbeitet?«

»Ja, ich war den ganzen Tag da. Daran erinnere ich mich gut. Es war stressig, weil die Alte schlechte Laune hatte.«

»Sie sprechen von Frau Lützen?«

»Ja, klar. Von wem sonst?«

»Wann gehen Sie normalerweise nach Hause?«

»Das ist unterschiedlich, aber meistens wird es doch fünf Uhr nachmittags.«

»War an diesem Mittwochnachmittag etwas Besonderes?«

»Sie meinen, ob Marten im Büro war?«

»Wäre das etwas Besonderes gewesen?«

»Normalerweise nicht, aber in den Wochen …« Sie schluckte. »… also in den Wochen bevor er dann …«

»Bevor Herr Hilmer starb«, half ihr Lena.

»Ja, also in den Wochen davor war er nur sehr selten im Büro. Niemand wusste genau, was los war. Gut, das ging schon einige Monate so, fast könnte man sagen, er arbeitete von Tag zu Tag weniger, aber in dieser Woche … da war er kaum da.«

»Auch am Mittwoch nicht?«

»Höchstens am Vormittag. Nachmittags auf keinen Fall. Daran würde ich mich erinnern.«

»Hatte Frau Lützen Besuch?«

Kim Möller zuckte mit den Schultern. »Das weiß ich doch jetzt nicht mehr. Klar, das mit dem Chef hätte ich mir gemerkt, aber ob die Alte Besuch hatte … keine Ahnung.«

»Überlegen Sie bitte noch einmal. Es ist wichtig.«

»Nein, tut mir leid.«

Lena stand auf. »Vielen Dank! Und gehen Sie wirklich zum Anwalt. Ich glaube auch nicht, dass Frau Lützen die Vollmacht hat, jemanden aus der Firma zu entlassen.«

Sie wandte sich ab und drehte sich an der Tür noch einmal um. »Sie erinnern sich an Ihre Aussage. Es ging da um die Messe in Berlin. Mich würde persönlich interessieren, ob Sie und Herr Hilmer sich nähergekommen sind.«

Kim Möller schüttelte den Kopf. »Nein, da war nichts. Wir haben uns gut verstanden, aber das war mehr so ein Vater-Tochter-Ding. Sonst nichts. Marten war wirklich einer von den Guten. Glauben Sie den dummen Tanten nicht, was sie über ihn erzählen.«

»Nein, das tue ich nicht, Frau Möller. Machen Sie's gut. Und falls Ihnen noch etwas zu dem Mittwoch einfällt, rufen Sie mich an. Meine Karte haben Sie noch?«

»Ja. Das mache ich.«

Vierunddreissig

»Da hast du ja in ein Wespennest gestochen«, sagte Ben, als Lena seinen Anruf annahm.

»Du hast etwas zu Andre Kohler herausgefunden?«, fragte Lena.

»So könnte man es nennen. Ich habe zunächst bei einem Kollegen nachgefragt, der sich vor Ort in der Drogenszene auskennt. Er hatte den Namen noch nie gehört, sprich: Kohler scheint weder Junkie noch Kleindealer zu sein. Aber der Kollege hat mir einen Tipp gegeben. Es liefe eine größere Aktion mit allem Drum und Dran, in die er aber nicht involviert ist.«

»Bedeutet was?«

»Immer mit der Ruhe, Frau Hauptkommissarin. Ich bin also zum nächsten und übernächsten Kollegen gegangen und habe überall ein paar Fetzen aufgegriffen, bis ich letztendlich bei meinem Chef landete, der mich – zumindest soweit er durfte – eingeweiht hat. Natürlich streng vertraulich und so weiter.« Ben legte eine Pause ein, bevor er fortfuhr. »Es geht um eine landesweit koordinierte Aktion, also letztendlich von deinem Verein in Kiel. Drogenhandel im großen Stil. Und genau dein Mann, dieser Andre Kohler, scheint da eine Rolle zu spielen. Keine große, aber groß genug, dass er observiert wurde und vermutlich auch noch wird. Mehr wollte oder konnte mir mein

Chef nicht verraten, aber für dich wird es ja ein Leichtes sein, das herauszubekommen.«

»Ich versuche es zumindest. Du weißt aber nicht mehr über Kohler?«

»Nein, du hast ihn ja schon soweit es geht durchgecheckt, mehr kann ich dir nicht sagen. Tut mir leid.«

»Deine Informationen helfen auf jeden Fall.«

»Fein. Und sonst? Alles gut bei dir?«

»Etwas zu viel Arbeit, aber ansonsten finde ich mich so langsam in Husum zurecht.«

»Klingt nicht sehr euphorisch.«

»Ben, sei mir nicht böse, aber lass uns ein anderes Mal plaudern.«

»Klar! Kein Problem. Rufst du an?«

Lena versprach ihm, sich nach ihrem Urlaub bei ihm zu melden.

Ihr nächster Anruf galt Kriminaldirektor Warnke.

»Frau Lorenzen, gut, dass Sie sich melden. Ich hatte Sie hier auch auf dem Zettel. Die Disziplinarkommission hat sich gestern konstituiert und hatte ihre erste Sitzung. Ich war vorgeladen, um als Ihr Vorgesetzter befragt zu werden. Im nächsten Schritt werden Sie und Kriminalrat Groll geladen.«

»Gibt es schon eine Reaktion von ihm?«

»Frau Lorenzen, selbst wenn ich es wüsste, dürfte ich Sie nicht informieren. Sie werden rechtzeitig von der Kommission hören. Nur so viel: Kampflos wird sich der Kollege Groll wohl nicht zurückziehen.«

»Das war zu erwarten, Herr Kriminaldirektor. Hat er Zeugen aufgeführt?«

Warnke zögerte kurz, bevor er antwortete: »Ein möglicher Weg wäre das auf jeden Fall. Und falls es so sein sollte, wissen Sie vermutlich schon, welche Kollegen Kriminalrat Groll ein Alibi geben werden. Aber gut, ich denke mal, dass Sie deshalb nicht angerufen haben. Geht es um den aktuellen Fall? Der Staatsanwalt hat sich mir gegenüber sehr lobend geäußert. Er scheint mit den bisherigen Ergebnissen ausgesprochen zufrieden zu sein.«

»Sie haben meine Protokolle gelesen?«

»Ich bin informiert über den Fall. Wie kann ich Ihnen helfen?«

Lena erklärte ihm, dass sie mehr über die vom LKA geleitete landesweite Aktion gegen den Drogenhandel wissen wolle und hier insbesondere an Andre Kohler interessiert sei.

»Wie immer gut informiert, Frau Lorenzen. Ich bin natürlich in die Aktion involviert, aber die Details kann Ihnen nur der SoKo-Leiter Kollege Leutner geben. Sie kennen ihn?«

»Flüchtig, wir haben zwei- oder dreimal in einer SoKo zusammengearbeitet. Können Sie mir den Kontakt herstellen?«

»Ich tue mein Bestes. Wie sind Sie auf diesen Kohler gekommen?«

Lena erklärte ihm die Zusammenhänge des neuen Ermittlungsansatzes und bat ihn, diese Information noch nicht an den Staatsanwalt weiterzugeben.

Kriminaldirektor Warnke seufzte. »Sind Sie wieder mal auf Abwegen?«

»Nein, es sieht immer mehr danach aus, als wäre die Büroleiterin in die Tat verstrickt. Es würde zumindest einiges erklären, was im Moment durch Frau Hahns Aussage noch im Dunkeln liegt.«

»In Ordnung, Frau Lorenzen. Ich bemühe mich, dass der Kollege Leutner Sie so schnell wie möglich kontaktiert.«

Nachdem sie sich verabschiedet hatten, holte Lena ihr Privathandy heraus und rief Leon an.

»Alles am Laufen«, sagte er ohne Begrüßung.

»Gab es noch Kontakt zwischen Groll und den drei anderen?«

»ThoB hat endgültig abgesagt. Groll wollte was von Jürgen, der hat aber gleich abgewinkt und was von sicherer Leitung gefaselt.« Leon lachte. »Die werden sich jetzt wohl analog treffen.«

»Wie klang ThoB?«

»Genervt! Den kannst du vergessen.«

»Und FraKu?«

»Nichts. Groll hat geblickt, was läuft. Ist doch klar.«

»Kannst du noch mal eine Warnung an beide hinterherschicken? Ruhig deutlich.«

»So richtig heftig?«

»Bitte nicht übertreiben«, antwortete Lena. »Ansonsten geht der Schuss nach hinten los.«

»Geht klar«, sagte Leon und beendete wie so häufig das Gespräch, ohne sich zu verabschieden.

Wenige Augenblicke später trat Ole Kotten ins Büro und setzte sich zu ihr. »Ich habe jetzt mit vier Kollegen in Husum gesprochen. Dennis Wandscheit ist niemandem bekannt. Wenn er etwas mit der Drogenszene zu tun hat, ist er zumindest noch nicht aufgefallen.«

Lena erzählte von Andre Kohler und dem Anruf, den sie jeden Augenblick erwartete.

»Und du meinst, aus der Ecke kommt das Lidocain?«

»Möglich wäre es.« Sie zeigte Ole ihre Recherche auf Google Maps und erklärte ihm ihre Theorie.

»Kennen sich die beiden denn?«

In diesem Augenblick betrat Johann das Büro und fragte: »Wer kennt wen?«

Lena brachte ihn auf den neuesten Stand.

»Helene Lützen war die Filialleiterin der örtlichen Bank«, sagte Johann. »Astrid Hahn hat eine Firma. Da liegt es nahe, dass die beiden beruflich aufeinandergetroffen sind.«

»Können wir das irgendwie überprüfen?«, fragte Lena.

»Ich durchforste gerade die Bankunterlagen von Hahn und Hahns Firma. Das Firmenkonto läuft auf jeden Fall bei der Sparkasse.« Er klappte den Laptop auf. »Ich überprüfe das.«

Ole Kotten nickte beiden zu und verließ mit dem Telefon am Ohr das Büro. Lena ging ihre Mails durch. Als Ole wieder hereinkam, berichtete er, dass der Kollege aus Hamburg sich gemeldet und berichtet hatte, dass es keine Anhaltspunkte dafür gab, dass die von Lena angefragte Person etwas mit der Drogenszene zu tun hatte. Lena griff nach ihrem Zettel und strich den dort notierten Namen durch. Nach momentanem Ermittlungsstand kam nur noch Andre Kohler aus Flensburg in Betracht. Er war auch derjenige, der am längsten von allen Pflegekindern im Hause Lützen gelebt hatte. Vom dritten bis zum zehnten Lebensjahr und vom dreizehnten bis zum siebzehnten, insgesamt elf Jahre. Es war anzunehmen, dass Helene Lützen ihn als Bruder angenommen und auch später noch Kontakt zu ihm gehalten hatte.

»Lorenzen«, meldete sich Lena auf den Anruf aus Kiel.

»Karl Leutner, LKA Kiel.«

»Guten Tag, Herr Leutner. Danke für Ihren Rückruf. Hat Kriminaldirektor Warnke Sie informiert?«

»Sie haben nach Andre Kohler aus Flensburg gefragt. Wie kann ich Ihnen da helfen?«

Lena berichtete von den Ermittlungen auf Amrum und ihrem Verdacht, dass das Lidocain über Kohler gelaufen sein könnte.

»Kohler ist im Grunde nicht unser eigentliches Ziel gewesen. Er ist im Rahmen der Aktion observiert worden, weil er als neuer Zwischenhändler in Verdacht steht. Wir wollten über ihn an eine von uns verdächtigte Person kommen.«

»Wollten?«

»Dass alles, was ich Ihnen jetzt sage, streng vertraulich ist, brauche ich nicht extra zu betonen. Also, vor einer Woche ist uns Kohler entwischt. Wir vermuten, dass er die Kollegen bemerkt hat, die ihn observiert haben.«

»Sie wissen nicht, wo er sich im Moment aufhält?«

»Nein, aber wie gesagt, Kohler ist letztlich ein relativ kleiner Fisch, den wir als Köder benutzen wollten. Wir haben bereits umdisponiert.«

»Sie erwarten eine größere Lieferung?«

»Unter anderem. Ich kann Ihnen da nur bedingt Auskunft geben. Haben Sie noch Fragen zu Kohler?«

»Sie sprachen davon, dass er als Zwischenhändler fungiert«, sagte Lena. »Was muss ich mir darunter vorstellen?«

»Es gibt verschiedene Strukturen im Drogenhandel. Bei Kohler gehen wir davon aus, dass er in den letzten zwei Jahren im äußersten Norden von Schleswig-Holstein ein Netzwerk von Dealern aufgebaut hat, die alle wiederum eine Reihe von Straßendealern unter sich haben. Es gibt Gegenspieler, die Kohlers schnellen Aufstieg sicher außerordentlich kritisch sehen, um es einmal nett auszudrücken. Es könnte genauso gut sein, dass er massiv bedroht wurde von diesen Leuten, mit denen absolut nicht zu spaßen ist, und deshalb untergetaucht ist. Oder er plant aus einem sicheren Versteck einen Angriff auf seine Widersacher.«

»Sie gehen also nicht davon aus, dass er auf Dauer den Norden verlassen hat?«

»Das kann ich mir nicht vorstellen«, antwortete Karl Leutner. »Dazu wird der Aufbau des Netzwerks zu viel Arbeit und Geld gekostet haben.«

»Hintermänner?«

»Sie lassen wirklich nicht locker, Kollegin. Ja, aber die kennen wir nicht. Wie Sie sicher überprüft haben, liegt nicht einmal ein Haftbefehl gegen Kohler vor. Im Moment können wir ihm nur Lappalien nachweisen.«

»Können Sie mir ein Foto von ihm schicken?«

Karl Leutner lachte kurz. »Hunderte, wenn Sie wollen.«

»Mir reichen zwei oder drei, auf denen er einwandfrei zu erkennen ist.«

»Kann in zehn Minuten bei Ihnen sein.«

Lena nannte ihm ihre E-Mail-Adresse und verabschiedete sich von Karl Leutner.

Lena begrüßte ihr Team zur Besprechung im Aufenthaltsraum der Polizeistation. Nacheinander berichteten die Kommissare von ihren Ermittlungsergebnissen. Die Recherchen hatten ergeben, dass Heike Dittmann mehr als ein Jahr lang die Mutter von Astrid Hahn gepflegt hatte, bis zu deren Tod. Mehrere Zeugen hatten ausgesagt, dass die beiden sich gut kannten oder sogar befreundet waren. Keiner der beiden Frauen konnte bisher eine Verbindung zu in der Pharmazie tätigen Personen nachgewiesen werden. Ebenso waren keine Kontakte in die Drogenszene zu finden. Die Kriminaltechnik hatte die Computer überprüft, zu denen Astrid Hahn Zugriff hatte, und keine Spuren gefunden, die auf einen Einkauf im Darknet hinwiesen. Auch die gründliche zweite Hausdurchsuchung hatte keine neuen Erkenntnisse gebracht. Weder im Haus noch in der Firma waren Spuren des Lokalanästhetikums gefunden worden. Lediglich die Analyse der Flüssigkeit im Marmeladenglas stand weiterhin aus.

Nachdem Lena von ihren Ermittlungen zu Helene Lützen berichtet hatte, ergänzte Johann seine Recherche zu den Bankdaten. Astrid Hahn hatte seinerzeit einen Kredit bei der Filiale von Helene Lützen aufgenommen. Es war davon auszugehen, dass sich die beiden Frauen über diesen Weg kannten und auch später in Hilmers Firma etwas miteinander zu tun gehabt hatten.

Am Ende der Besprechung schlug Lena vor, am nächsten Tag bis mittags zu arbeiten und sich am Montag früh wieder in der Polizeistation einzufinden. Johann und Ole Kotten bat sie, noch kurz zu bleiben.

»Seid ihr dabei?«, fragte Lena, nachdem sie erklärt hatte, dass sie Helene Lützen observieren wollte, um herauszufinden, ob sich Andre Kohler auf der Insel versteckte.

»Ich hatte sowieso nichts vor«, sagte Johann.

»Ich bin auch dabei!«, sagte Ole Kotten.

»Fantastisch! Wir wechseln uns ab, alle fünf Stunden. Sobald jemand Kohler entdeckt, informiert er die anderen. Keine Alleingänge!«

Johann grinste. »Sagt wer?«

Sie sahen sich auf Google Maps die Lage der Wohnung an und teilten die Schichten ein. Lena verteilte die ausgedruckten Aufnahmen, die Andre Kohler aus unterschiedlichen Blickwinkeln zeigten.

»Was machen wir, wenn er hier ist?«, fragte Johann.

»Erst mal nichts. Wir brauchen einen Durchsuchungsbeschluss für die Wohnung. Den bekomme ich nicht so einfach. Kohler wäre ein Ass im Ärmel.«

Johann nickte. »Ist der Kerl bewaffnet?«

»Auszuschließen ist das nicht. Also: Schutzweste anziehen.«

Fünfunddreissig

Lena, die die erste Schicht übernommen hatte, saß in einer Bar in Wittdün, die in unmittelbarer Nähe zum Haus von Helene Lützen lag. Aus dem Fenster konnte sie den Eingang des Apartmenthauses einsehen. In der Tasche hatte sie eine Kamera mit Teleobjektiv, die sie unbemerkt einsetzen konnte. Im Moment hielten sich in der Bar zwar nur wenige Gäste auf, aber das würde sich im Laufe des Abends sicher ändern.

Vor einer halben Stunde hatte Helene Lützen das Haus betreten, kurz darauf sah Lena sie an einem der Fenster, hinter dem vermutlich die Küche lag. Ihr Entschluss, Helene Lützen zu observieren, war spontan entstanden. Die Chance, dass sich Andre Kohler auf Amrum aufhielt, schätzte Lena inzwischen als gering ein.

Aus dem Augenwinkel hielt Lena das Haus im Blick. Als das Licht in einem der Zimmer anging und ein Mann ans Fenster trat, griff sie nach der Kamera und schoss ein paar Fotos. Schon während sie auf den Auslöser drückte, war ihr klar, dass es sich bei dem Mann nicht um Andre Kohler handeln konnte. Weder bezüglich der Gesichtsform noch mit seinen wenigen blonden Haaren glich er dem Mann auf den Fotos, die sie aus Kiel bekommen hatte. Helene Lützen trat zu dem Mann. Aus ihrer Körperhaltung und den Mundbewegungen meinte Lena zu erkennen, dass sie wütend auf den Mann einsprach. Der Mann schüttelte den Kopf und war gleich darauf für Lena nicht mehr zu sehen. Helene Lützen stand am Fenster, als der Mann, der kurz zuvor noch neben ihr gestanden hatte, aus dem Haus stürmte. Das Licht hinter dem Fenster ging aus, Helene Lützen war nicht mehr zu sehen.

Kurz nach zehn löste Johann Lena ab. Sie gab ihm einen kurzen Bericht, bevor sie sich auf den Weg zu Ercks Wohnung machte.

»Ich soll dich übrigens von Beke grüßen«, sagte Erck, als sie zusammen in der Küche saßen und ein Glas Wein tranken.

»Du warst bei ihr?«

»Ja, aber kurz nur. So weit alles in Ordnung.«

Lena beugte sich vor und küsste ihn auf die Wange. »Ich hoffe, dass der Fall bald abgeschlossen ist.«

Erck zuckte mit den Schultern. »Du kennst ja meine Meinung.«

Lena nickte schweigend.

»Hast du noch einmal über den Wechsel nach Husum nachgedacht? Ole meinte doch, dass da bald eine Stelle frei wird.«

»Nachgedacht schon. Und wenn Groll im LKA einzieht, bin ich die Erste, die das Weite sucht.«

»Nur dann?«

Erck hatte ihren wunden Punkt getroffen. Bisher war das die einzige Situation, in der ein Wechsel nach Husum für sie infrage kam. Im Moment konnte sie sich nicht vorstellen, auf die Einsätze in ganz Schleswig-Holstein zu verzichten. Zwar wurden bei großen Fällen Sonderkommissionen gegründet, zu denen Beamte aus allen Teilen des Landes hinzugezogen wurden, aber die Wahrscheinlichkeit, dass sie dort beteiligt sein würde, war gering.

»Ich bin noch nicht so weit, Erck. Lass mir noch etwas Zeit.«

Erck zögerte. »Manchmal habe ich Angst, dass wir zu lange warten. Wir haben schon so viel Zeit verloren. Kommt dir das nicht auch so vor?«

In diesem Augenblick klingelte Lenas Handy. Sie warf einen Blick aufs Display. »Ich muss da ran. Das ist Johann.«

»Lena«, flüsterte Johann ins Telefon. »Ich glaube, Kohler hat gerade die Wohnung betreten. Ich habe dir das Foto geschickt. Kannst du kommen?«

»Warte!« Lena vergrößerte das Foto, das Johann ihr geschickt hatte. Die Qualität war aufgrund der Dunkelheit schlecht, aber Lena war sich sehr sicher, dass es Kohler war. »Ich mach mich sofort auf den Weg. In zehn Minuten bin ich bei dir.«

»Ich muss los«, sagte sie zu Erck gewandt. »Ich weiß nicht, wann ich wieder da bin. Aber ich melde mich nachher.«

»Ist er noch drin?«, fragte Lena, als sie sich zu Johann an den kleinen Tisch setzte.

»Wenn es keinen Hinterausgang gibt.«

»Ist er mit dem Auto gekommen?«

»Zu Fuß. Ein Auto habe ich nicht gesehen. Wahrscheinlich hat er weiter oben geparkt.«

»Okay, warten wir ab, was passiert. Ole hast du aber nicht angerufen, oder?«

»Nein, er wollte sich früh schlafen legen. Soll ich?«

»Erst mal noch nicht.«

Sie saßen eine halbe Stunde schweigend in der Bar, Lena bestellte einen Kaffee, Johann eine weitere Cola. Zwischenzeitlich hatte sich Lena Johanns Autoschlüssel ausgeliehen und ihre Schutzweste in sein Auto gelegt, das direkt neben der Bar geparkt war.

»Wohnt er bei ihr?«, fragte Johann und schaute auf die Uhr.

»Mag sein«, sagte Lena, sprang aber im nächsten Augenblick auf. »Vielleicht aber auch nicht, da ist er!«

Johann warf einen Blick aus dem Fenster, legte einen Zehn-Euro-Schein auf den Tisch und folgte Lena zur Tür. »Zusammen?«, fragte er, als er sie erreichte.

»Ich verfolge ihn zu Fuß, du bleibst in deinem Wagen. Ich rufe dich an, falls er in ein Auto steigt.«

Sie standen inzwischen draußen vor der Bar, Lena nickte Johann zu und lief hinter Andre Kohler her, der circa zwanzig Meter vor ihr ging. An einer Straßenkreuzung bog er rechts in eine Seitenstraße ein und ging auf einen weißen Audi Q8 zu. Lena wartete, bis er vor dem Auto stehen blieb, bevor sie Johann ihre Position durchgab. Als Kohler den Wagen startete, hielt Johann neben ihr, sie stieg ein und zeigte auf den Audi. »Das ist er.«

Johann hielt Abstand, Kohler hielt sich an die vorgeschriebene Geschwindigkeit. Als sie aus Wittdün hinausfuhren, ließ Johann sich weiter zurückfallen. Der große weiße Wagen war auch aus der Ferne gut zu sehen. Auf der Höhe von Süddorf setzte Kohler den Blinker und fuhr links ab Richtung Kniepsand. Johann hielt an der Hauptstraße, um Kohler nicht zu nahe zu kommen.

»Was machen wir?«, fragte er.

»Fahr hinterher. Wenn er angehalten hat, fahr einfach an ihm vorbei. Es ist in dieser Jahreszeit nichts Ungewöhnliches, dass hier Urlauber mit Kieler Kennzeichen herumfahren.«

Johann fuhr langsam die Straße entlang. Als ein kleiner Privatweg nach links abbog, sah er Lena fragend an.

»Halte gleich hinten rechts. Ich meine, etwas Weißes zwischen den Häusern gesehen zu haben.«

Johann stoppte und schaltete den Motor aus. Lena griff nach ihrer auf der Rückbank liegenden Schutzweste. »Ich schau nach, ob es das richtige Haus ist.«

»Allein?«

»Zu zweit fallen wir noch mehr auf.«

Lena stieg aus, legte sich die Schutzweste an und zog ihre Jacke drüber, um den Aufdruck *Polizei* zu verdecken. Im Schutz der Dunkelheit ging sie langsam auf das Haus zu. Soweit sie sich erinnern konnte, standen an dem Privatweg nur drei kleinere Häuser, die von Insulanern bewohnt wurden. Im ersten Haus war alles dunkel. Wenige Meter weiter entdeckte Lena den weißen Audi. Er stand hinter dem zweiten Haus halb verdeckt durch einen großen Busch. Lena umrundete das erste Gebäude, um auf dessen Rückseite zu kommen. Nachdem sie über einen halbhohen Zaun gestiegen war, lief sie durch den Garten, um schließlich hinter einem Busch Deckung zu finden, der circa zehn Meter vom zweiten Haus entfernt war. Lena konnte das hell erleuchtete Zimmer einsehen, in dem Kohler mit einem Glas in der Hand am Fenster stand. Sie rief Johann an und gab ihre Position durch.

»Hast du hier Internetempfang und kannst nachsehen, wem das Haus gehört?«, flüsterte sie. »Nummer dreiundvierzig.«

»Ich melde mich gleich wieder.«

Gerade als Kohler ein paar Minuten später vom Fenster wegtrat, vibrierte Lenas Handy. Sie nahm das Gespräch flüsternd an: »Und?« Lena reckte den Hals, um Kohlers Weg zu verfolgen, doch er war nicht mehr zu sehen. Anscheinend hatte er das Zimmer verlassen, doch der Rest des Hauses blieb dunkel.

»Helene Lützens Ehemann ist der Besitzer. Ich habe auch eine Todesanzeige gefunden. Seine Mutter ist vor acht Wochen gestorben. Sie hat dort gewohnt. Was machen wir? Abbrechen?«

»Ich beobachte Kohler noch kurz. Melde mich gleich wieder.«

Lena ließ das Handy zurück in die Tasche gleiten und versuchte zu erkennen, ob Kohler das Zimmer wieder betreten hatte. Immer noch war in keinem anderen Raum des Hauses das Licht angemacht worden. Schließlich entschloss sie sich zum Rückzug. Als sie hinter dem Busch hervortrat, stand drei bis vier Meter vor ihr eine Gestalt.

»Ich will die Hände sehen!«, zischte Andre Kohler.

Lena hob langsam ihre Arme und ging dabei einen halben Schritt zurück. Als sie den Ast an ihrer rechten Hacke bemerkte, war es schon zu spät. Sie verlor das Gleichgewicht und stolperte. Im gleichen Moment hörte sie einen dumpfen Knall und spürte die Wucht des Schlages, der sie nach hinten schleuderte.

»Lena!«, hörte sie eine Stimme wie aus weiter Ferne. »Lena, wach auf!«

Lena öffnete die Augen, Johann beugte sich über sie, ihre Jacke war aufgerissen, ein beißender Schmerz in der Rippengegend ließ sie aufstöhnen. »Was ist passiert?«, fragte sie.

»Du warst ohnmächtig. Kohler ist wie ein Irrer die Straße hoch und weg. Hörst du mich?«

Lena rappelte sich auf und tastete ihre Rippen ab. »Verdammter Mist! Das ging alles so schnell«, murmelte sie.

Johann half ihr auf. »Wie hat er dich entdeckt?«

Lena verzog schmerzhaft das Gesicht. »Er muss das Handylicht gesehen haben, als er in einem dunklen Zimmer war. Ich dachte, der Busch würde es verdecken.«

»Zurück zum Auto?«

Lena nickte und stützte sich beim Gehen auf Johanns Arm. Mit jedem Schritt wurde sie sicherer, die letzten Meter ging sie wieder allein. Im Auto sitzend ruhte sie sich mit geschlossenen Augen aus.

»Kohler kann die Insel nicht verlassen. Ruf Henningsen und Ole an. Sie sollen kommen.«

»Hierher?«, fragte Johann.

»Ja«, antwortete Lena und schloss wieder die Augen.

Bevor Lars Henningsen und Ole Kotten bei ihnen eintrafen, telefonierte Lena mit ihrem LKA-Kollegen Karl Leutner, der zuerst ungehalten reagierte, aber im Verlauf des Gesprächs Lenas Argumentation folgte. Sie schlug vor, Andre Kohler in Dagebüll abzufangen, wo er vermutlich mit der ersten Fähre ankommen würde. Lena sagte zu, dass der Fährhafen in Wittdün überwacht werden würde, damit die Kollegen in Dagebüll rechtzeitig informiert werden konnten. Im Gespräch entwickelten sie die Idee, Andre Kohler Straffreiheit anzubieten, wenn er als Kronzeuge aussagen würde. Der Schuss auf Lena, die Kohler gleich als Täter erkannt hatte, würde ansonsten als Mordversuch an einer Kriminalbeamtin verfolgt werden.

Lena bat Karl Leutner, einen Durchsuchungsbeschluss für das Haus, in dem Kohler sich aufgehalten hatte, und für Frau Lützens Wohnung zu erwirken.

»Wieso hat er auf dich geschossen?«, fragte Ole, als sie kurze Zeit später zu viert neben Johanns Auto standen.

»Vermutlich hat er gedacht, ich ziehe meine Waffe, als ich im Rückwärtsgang gestolpert bin. Er glaubte wohl, dass ich von seinen Konkurrenten geschickt wurde. Kollege Leutner geht von einem Krieg zwischen rivalisierenden Drogenbanden aus. Aber das soll uns nicht weiter beschäftigen.«

Sie legte ihren Plan dar und verteilte die Aufgaben. Ole würde zusammen mit Johann beim Haus bleiben, bis Kohler die Insel verlassen hatte, Henningsen organisierte die Überwachung des Fährhafens und Lena würde, sobald die Fähre mit Kohler abgelegt hatte, Helene Lützen zur Vernehmung holen, woraufhin Ole und Johann zunächst die Wohnung von Frau Lützen und später das Elternhaus ihres Mannes durchsuchen würden. Im Laufe des Vormittags würden die Kriminaltechniker aus Flensburg kommen, um in der Wohnung wie im Haus Spuren zu sichern.

Sechsunddreissig

Wie Henningsens Leute am nächsten Morgen berichteten, hatte sich Kohler um fünf Uhr am Fährhafen eingefunden, aber für die Fähre, die eine halbe Stunde später ablegte, keinen Platz mehr für sein Fahrzeug bekommen, da der Samstag ein beliebter Abreisetag war. Als Kohler um kurz vor sieben auf die Fähre fuhr, benachrichtigte Lena Karl Leutner. Gegen neun würde Kohler in Dagebüll von einer SEK-Einheit erwartet und anschließend nach Flensburg ins Untersuchungsgefängnis überführt werden.

Um kurz nach acht Uhr klingelte Lena bei Helene Lützen und bat sie zur Befragung in die Polizeistation. Dort zeigte sie ihr den inzwischen eingetroffenen Durchsuchungsbeschluss und bat um die Schlüssel, die sie anschließend Johann übergab.

»Brauche ich einen Anwalt?«, fragte Helene Lützen, nachdem Lena das Aufnahmegerät gestartet und die rechtlichen Erklärungen aufgesagt hatte.

»Selbstverständlich können Sie sich einen Anwalt nehmen. Möchten Sie ihn jetzt anrufen?«

Helene Lützen ignorierte das Angebot. »Was werfen Sie mir vor?«

»Sie werden als Zeugin befragt. Es geht um Andre Kohler, der in Ihrem Haus in Süddorf angetroffen wurde.«

Helene Lützen zog ärgerlich die Augenbrauen zusammen. »Ist es jetzt schon verboten, einem Freund für kurze Zeit eine Übernachtungsmöglichkeit zu bieten? Wo ist Andre überhaupt? Nicht mehr auf Amrum? Was wollen Sie in der Wohnung und dem Haus finden? Das ist doch alles absurd.«

»Seit wann kennen Sie Herrn Kohler?«, fragte Lena, ohne auf Helene Lützens Fragen einzugehen.

»Ich verstehe jetzt wirklich nicht, was das alles soll.«

»Beantworten Sie einfach meine Fragen, desto schneller können Sie wieder nach Hause.«

Helene Lützen schüttelte mit empörter Miene den Kopf, schien einen Augenblick zu überlegen, antwortete aber schließlich: »Seit meiner Kindheit. Er hat für viele Jahre bei meinen Eltern gelebt. Meine Mutter hat Pflegekinder betreut.«

»Sie haben über die ganzen Jahre Kontakt gehalten?«

»Nicht kontinuierlich, aber hin und wieder haben wir uns gesehen.«

»Warum war Herr Kohler auf Amrum?«

»Das habe ich nicht gefragt. Ich vermute, er brauchte eine Auszeit vom stressigen Alltag.«

»Welcher Arbeit geht Herr Kohler nach?«

»Er hat verschiedene Jobs. Was genau im Moment, weiß ich nicht.«

»Wie lange ist Herr Kohler bereits auf Amrum?«

»Sie haben Fragen! Eine gute Woche oder etwas länger. Das Haus steht leer und mein Mann und ich haben noch nicht entschieden, was wir damit machen. Warum sollte Andre da nicht ein paar Tage wohnen?«

»Wissen Sie, was Lidocain ist?«, fragte Lena.

»Nein. Ein Medikament? So hört es sich zumindest an.« Sie beugte sich leicht nach vorne und fragte Lena eindringlich: »Was soll das Ganze?«

»Waren Sie am Mittwoch, dem 4. September, nachmittags im Büro?«

Helene Lützen sah sie mit großen Augen an. »Davon gehe ich aus. Ich bin jeden Tag in der Firma. Allerdings kann ich ohne meinen Terminkalender nicht sagen, ob ich da vielleicht einen Termin außerhalb hatte.«

»Sie kennen Frau Astrid Hahn aus den Zeiten, als Sie als Filialleiterin der Sparkasse gearbeitet haben?«

Helene Lützen nickte.

»Antworten Sie bitte laut.«

Helene Lützen beugte sich zum Aufnahmegerät vor und sprach laut und akzentuiert: »Ja, ich kenne Frau Hahn aus dieser Zeit. Sie hat oder hatte Kredite bei meiner Bank laufen.«

»Hatte Herr Hilmer einen Ersatzhaustürschlüssel im Büro liegen?«

»Ja, natürlich. Aber habe ich Ihnen das nicht schon vor Tagen bestätigt?«

»Nein, das haben Sie nicht. Kommen wir noch einmal zum 4. September zurück. Hat Frau Astrid Hahn Sie an diesem Nachmittag im Büro besucht?«

»Ich sagte doch schon, dass ich ohne mei…«

»Wir unterbrechen an dieser Stelle für eine Viertelstunde«, unterbrach Lena Helene Lützen und verließ den Raum.

Vor der Tür galt ihr erster Anruf Johann, der mit Ole Kotten Helene Lützens Wohnung durchsuchte. »Habt ihr was gefunden?«

»Vielleicht. Eine Plastiktüte, die hinter einen Schrank gerutscht war. Sie enthält einen Rest weißen Pulvers. Ob es das ist, was wir beide denken, wird erst die Laboruntersuchung zeigen.«

»Sonst noch was?«

»Jede Menge Fotos auf dem Privatlaptop. Lützen und Hilmer. Ältere, wohl aus den glücklichen Tagen, und spätere Aufnahmen, die vermutlich bei der Arbeit gemacht wurden. Die letzteren sind jüngeren Datums. Die Dateien waren übrigens gut versteckt.«

»Ich lasse die Tüte und den Laptop gleich abholen. Legt mir bitte einen Zettel dazu, wo ich die Fotos finde.«

Sie ging zu Henningsen und bat darum, einen Beamten zur Wohnung zu schicken und anschließend den Terminkalender von Frau Lützen aus der Firma zu holen. Auf dem Rückweg zur Vernehmung klingelte ihr Handy. Lena kannte die Nummer nicht.

»Lorenzen!«

»Kim Möller. Ich sollte doch anrufen, wenn mir noch etwas einfällt.«

»Erzählen Sie.«

»Es ging ja um den Mittwochnachmittag. Ich habe zufällig den Zettel mit dem Zahnarzttermin gefunden. Das war genau an diesem Tag um siebzehn Uhr. Die Alte hat mich trotz des Termins nicht rechtzeitig weggelassen und deshalb musste ich mich reichlich beeilen. Ja, und deshalb habe ich mich auch erinnert. Im Flur bin ich mit einer Frau zusammengestoßen. Und zwar mit der, deren Bild heute in der Zeitung war. Sie ist doch verhaftet worden, weil …«

»Sie sind also mit Frau Hahn zusammengestoßen? Wollte sie zu Ihnen ins Büro?«

»Wie die Frau heißt, weiß ich nicht, aber ja, sie wollte zu uns ins Büro. Es war ja direkt vor der Tür. Die Frau war … Ja, sie war komisch. Sie wirkte auf mich, als hätte sie Drogen genommen oder wäre gerade aus dem Bett gefallen. Sie schien völlig durcheinander.«

»Und Sie sind dann weitergegangen?«

»Ja, ich musste doch zum Zahnarzt. Außerdem war ich schlecht drauf.«

»Danke, Frau Möller. Wir werden dazu noch einmal ein Protokoll anfertigen müssen. Ich melde mich dann bei Ihnen.«

Lena startete das Aufnahmegerät und nannte die Uhrzeit und die anwesenden Personen.

»Frau Lützen, Ihr Terminkalender wird gerade geholt. Vielleicht sehen wir danach ja klarer. Ich würde mich mit Ihnen gerne noch einmal über Ihr Verhältnis zu Marten Hilmer unterhalten.«

Helene Lützen schien bisher weder nervös noch unsicher zu sein. Ihre Stimme klang fest und wie in den vorherigen Befragungen leicht herrisch. Hin und wieder meinte Lena, einen Funken Spott und Arroganz in ihrem Blick zu erkennen. Lenas letzte Frage war die erste, die Helene Lützen sichtbar nicht kaltließ. Sie kniff die Augen zusammen und antwortete mit spitzem Mund und gereiztem Unterton: »Ich habe Ihnen zu meinem Verhältnis zu Marten alles gesagt, was zu sagen war.«

»Es tut mir leid, Frau Lützen, in diesem Fall bestimme ich, welche Fragen wann und wie oft gestellt werden. Fangen wir einfach noch einmal mit dem Beginn Ihrer Beziehung an.«

Nach einer halben Stunde legte Lena erneut eine Pause ein. Helene Lützens souveräner Panzer war an manchen Stellen durch Lenas Fragen aufgebrochen. Jedes Mal, wenn Lena die Sprache auf die Zeit der intensiven Beziehung brachte, hielt die Büroleiterin für einen Moment den Atem an und zögerte ihre Antwort hinaus. Lena kam es vor, als würde Helene Lützen bei den Fragen kurz erstarren und müsste sich selbst wieder wecken.

Lars Henningsen übergab Lena den Terminkalender, den eingetüteten Plastikbeutel mit sichtbaren Spuren eines weißen Pulvers und den Laptop. Lena trank einen Kaffee und ließ Helene Lützen weit über eine halbe Stunde allein im Vernehmungsraum sitzen.

»Andre Kohler – darf ich ihn Ihren Pflegebruder nennen? – ist in Dagebüll festgenommen worden«, setzte Lena die Befragung fort.

Helene Lützen sah erschrocken auf. »Warum?«

»Er wird mit einer Anklage wegen Mordversuch rechnen müssen.«

»Warum?« Diese Information schien Helene Lützen vollkommen aus der Fassung zu bringen. Ihre Sorge, dass Andre Kohler in Schwierigkeiten geraten war, wirkte echt.

»Dazu kann ich Ihnen im Moment noch nichts sagen, Frau Lützen. Die Ermittlungen laufen noch.«

Helene Lützen machte nun auf Lena einen verwirrten Eindruck, sie strich sich eine Haarsträhne aus dem Gesicht und schluckte mehrfach. Sie faltete die Hände und starrte gedankenverloren an Lena vorbei auf die Tür.

»Seit wann wussten Sie von Herrn Hilmers Beziehung zu Sabrina Ott aus Hamburg?«

Helene Lützen schreckte auf. »Aber ich habe doch gar …« Sie verstummte.

»Nein, Sie haben in Ihren Aussagen verschwiegen, dass Sie wussten, wer Sabrina Ott ist. Seit wann wussten Sie von der Beziehung?«

»Beziehung!«, zischte Helene Lützen. »Nennt man das jetzt so? Diese Frau ist eine Hure! Oder ist Ihnen das entgangen?«

»Seit wann?«, wiederholte Lena ihre Frage zum zweiten Mal.

»Das geht Sie nichts an«, fuhr Helene Lützen Lena an.

Lena öffnete Helene Lützens Laptop, drehte ihn so, dass sie beide den Bildschirm sehen konnten, und öffnete das erste Foto. Es zeigte Helene Lützen und Marten Hilmer, sie küssten sich eng umschlungen. Die Aufnahme schien per Selbstauslöser am Kniepsand aufgenommen worden zu sein.

Helene Lützen starrte auf das Bild. Sekunden vergingen, bevor ihre Hand vorschnellte, sie den Laptop von sich wegdrehte und Lena anschrie: »Das sind Privatfotos. Wie können Sie es wagen?«

»Tut mir leid, Frau Lützen. Im Moment ist nichts mehr privat. Sie stehen im Zentrum einer Mordermittlung.« Lena ließ bewusst offen, ob sie damit die Anklage gegen Andre Kohler meinte oder den Tod von Marten Hilmer. »Wann haben Sie erfahren, dass Herr Hilmer eine Beziehung zu Sabrina Ott hatte?«

»Anfang des Jahres«, antwortete Helene Lützen leise.

»Sie haben Herrn Hilmer darauf angesprochen?«

»Nein«, kam es tonlos von Helene Lützen.

»Wann haben Sie gemerkt, dass es Herrn Hilmer sehr ernst ist mit dieser Beziehung?«

Helene Lützen schwieg. Sie saß zusammengesunken auf dem Stuhl und starrte auf die Tischplatte.

»Hat Herr Hilmer mit Ihnen darüber gesprochen?«

Helene Lützen schüttelte den Kopf. Lena verzichtete darauf, sie aufzufordern, laut zu antworten. »Hat Herr Hilmer Sie in den letzten Wochen eingeladen und mit Ihnen über seine Zukunftspläne gesprochen?«

Wieder schüttelte Helene Lützen den Kopf.

»Kommen wir noch einmal auf den 4. September zurück.« Sie reichte Helene Lützen den Terminkalender. »Möchten Sie noch einmal nachschauen, welche Termine Sie an dem Nachmittag hatten?«

Lena sah Helene Lützen an, wie schwer es ihr fiel, den Terminplaner in die Hand zu nehmen. Sie blätterte lange darin herum, bis sie die richtige Seite gefunden hatte.

»Ich hatte keine Termine«, sagte sie leise.

»Wann genau kam Frau Hahn zu Ihnen ins Büro?«

Helene Lützen schwieg.

»Wir haben eine glaubwürdige Zeugenaussage, die bestätigt, dass Frau Hahn um …«

»Ich war doch allein!« Helene Lützen schien vor ihren eigenen Worten zu erschrecken. Sie wurde blass und senkte den Blick.

»Suchte Astrid Hahn Herrn Hilmer?«

Helene Lützen bewegte kaum merklich den Kopf.

»Können Sie bitte laut antworten, Frau Lützen.«

»Ja.«

»Frau Hahn wollte also eigentlich zu Herrn Hilmer?«

»Ja.«

»Was passierte dann?«

Helene Lützen schwieg, Lena wartete.

»Was passierte dann?«

»Ich … habe … einen Kaffee … gemacht.«

»Sie haben Frau Hahn und sich einen Kaffee gemacht?«

»Ja.«

»Sie haben sich lange mit Frau Hahn unterhalten?«

»Ja.«

»Sie hatte eine Tragetasche dabei?«

Helene Lützen schwieg.

Lena zog die Plastiktüte aus dem Stapel ihrer Unterlagen und legte sie Helene Lützen vor. »Das haben wir in Ihrer Wohnung gefunden.«

Helene Lützen riss die Augen auf und erstarrte.

»Wir beide wissen, was dieses weiße Pulver ist«, sagte Lena in die entstandene Stille hinein.

Helene Lützen atmete flach und bewegte sich immer noch nicht.

»Wie ist das Pulver in die Flasche gekommen?«

Keine Reaktion.

»Wer hat die Flasche in das Haus von Marten Hilmer gebracht?«

Helene Lützen sah auf und blickte Lena entsetzt an, als sähe sie einen Geist.

»Frau Lützen, wann haben Sie von Herrn Hilmers Plänen erfahren?«

»Astrid«, antwortete sie so leise, dass Lena befürchtete, es würde auf dem Band später nicht zu hören sein.

»Sprechen Sie bitte lauter. Ich habe Sie nicht verstanden.«

»Astrid«, sagte Helene Lützen etwas deutlicher.

»Wann haben Sie es von Frau Hahn erfahren?«

»An dem Tag.«

»Damit meinen Sie Mittwoch, den 4. September?«

»Ja, am Mittwoch.«

»Was hat Frau Hahn Ihnen erzählt?«

»Alles. Ich weiß alles.« Sie sprach leise und tonlos. »Marten wollte gehen. Für immer. Mit dieser Schlampe. Er hat es mir nicht gesagt. Wann wollte er das machen? Bin ich nichts? Dieser Stalkerin sagt er es. Und dieser dummen Betrügerin. Mir nicht. Bin ich denn ein Nichts?«

Tränen flossen über Helene Lützens Wangen. Sie schlug die Hände vors Gesicht und fing an zu schluchzen. Lena reichte ihr ein Taschentuch und wartete, bis sie sich beruhigt hatte.

»Haben Sie das Pulver in die Flasche gefüllt?«

Helene Lützen nickte.

»Haben Sie die Flasche in Herrn Hilmers Haus ausgetauscht?«

Wieder nickte Helene Lützen.

»Fürs Protokoll: Frau Lützen hat beide Fragen mit einem Nicken beantwortet. Ist das korrekt, Frau Lützen?«

»Ja.«

»Hat Frau Hahn Ihnen von ihrem Vorhaben erzählt, dass sie die Flasche präparieren und bei Marten Hilmer platzieren wollte?«

»Ja.«

»War Frau Hahn an der Sache beteiligt?«

Helene Lützen schüttelte den Kopf.

»Können Sie das bitte laut sagen.«

»Nein, Astrid ist gegangen. Sie hat die Flasche vergessen.«

Lena stand auf. »Wir machen hier eine Pause. Möchten Sie etwas trinken oder essen?«

Helene Lützen sah auf und schien Lenas Frage nicht verstanden zu haben. »Was passiert jetzt mit Andre?«

»Das wird die Staatsanwaltschaft entscheiden. Wenn er kooperiert, kann er mit einem blauen Auge davonkommen.«

Helene Lützen lächelte schwach. »Das ist gut.«

Nach einer weiteren Pause zeigte sich Helene Lützen erholt. Lena spürte gleich, dass sie kurz davor war, ihr Geständnis zu widerrufen. In der Pause hatte Lena mit Johann und Ole gesprochen, die im Müllbehälter des Mietshauses eine geleerte Flasche des gleichen Sherrys wie bei Marten Hilmer gefunden hatten. Als Lena Helene Lützen die eingetütete Flasche zeigte, brach diese endgültig zusammen. Sie gab zu, an dem Mittwoch länger mit Astrid Hahn gesprochen zu haben. Erst nach und nach konnte sie sich einen Reim auf Hahns Gestammel machen. Ihr wurde klar, was Astrid Hahn geplant hatte, und sie erfuhr in diesem Moment zum ersten Mal von Hilmers Plänen, seinen privaten wie geschäftlichen. Nachdem Astrid Hahn nach über zwei Stunden das Büro verlassen hatte, brach Helene Lützen zusammen. Sie lief stundenlang im Büro herum, während sich ihre Wut auf Marten Hilmer weiter steigerte. In dieser Situation entdeckte sie die Plastiktüte mit der Flasche und erinnerte sich an das Tütchen Lidocain, das Andre Kohler ein paar Monate zuvor bei ihr vergessen hatte. Aus Neugierde hatte sie damals über das nach Kohlers Aussagen »harmlose« Schmerzmittel recherchiert und wusste, wie gefährlich es sein konnte, wenn es oral eingenommen wurde. In ihrer Wut entschloss sie sich, Astrid Hahns Plan in die Tat umzusetzen. Um keine Fingerabdrücke zu hinterlassen, zog sie Handschuhe an und ging davon aus, dass sich nur Hahns Abdrücke auf der Flasche befanden. Sollte die Vergiftung erkannt werden, dachte sie, würde damit Astrid Hahn in Verdacht geraten. Von den Fingerabdrücken von Eibo Nicolaisen ahnte sie nichts.

Zwei Stunden später unterschrieb Helene Lützen ihre Aussage und wurde von zwei Inselpolizisten bis nach Dagebüll begleitet, wo Kollegen aus Flensburg sie in Empfang nahmen.

Die Kriminaltechniker fanden in ihrer Wohnung weitere Spuren des Lidocains und im Haus in Süddorf ein Kilogramm Kokain, das vermutlich bei Andre Kohlers überhasteter Flucht zurückgeblieben war.

Am späten Nachmittag kam die Analyse der Flüssigkeit, die Lena in dem Marmeladenglas bei Astrid Hahn gefunden hatte. Das Glas war mit Hahns Fingerabdrücken übersät, das Pulver im Glas stellte sich als Rattengift heraus, das Astrid Hahn vermutlich in Wasser hatte auflösen wollen. Die Kügelchen ließen sich zwar zu Pulver zermahlen, waren aber nicht wasserlöslich. Nach Ansicht der Kriminaltechniker wäre die Flüssigkeit in keinem Fall tödlich gewesen.

»Was für ein Tag!«, sagte Ole Kotten, als sie am Abend in Ercks Wohnung zusammensaßen.

Ole und Johann wollten wie geplant den Sonntag freinehmen und würden mit der ersten Fähre frühmorgens nach Dagebüll übersetzen.

»Und Astrid Hahn wird jetzt aus der Untersuchungshaft entlassen?«, fragte Johann.

»Davon gehe ich aus. Helene Lützen hat morgen ihren Haftprüfungstermin. Mag sein, dass sie ihre Aussage noch widerruft, aber die Beweiskette steht. Ob es jetzt wirklich auf Mord rausläuft, wage ich zu bezweifeln. Es könnte durchaus Totschlag werden.«

»Sehe ich nicht so«, sagte Johann. »Immerhin hatte sie reichlich Zeit, ihre Entscheidung rückgängig zu machen. Wenn es stimmt, was sie ausgesagt hat, und sie gleich am Mittwoch die Flasche ins Hilmer-Haus gebracht hat, dann waren es bis zu Hilmers Tod noch drei Tage.«

Erck trat an den Tisch und servierte die Pizza, die er kurz zuvor aus dem Ofen geholt hatte. »Das ist zum Glück nicht euer Problem. Und jetzt: Guten Appetit! Ich schiebe gleich das nächste Blech rein.«

Lena stand mit Ole vor dem Haus. Johann war kurz zuvor in sein Hotel gefahren, Ole würde ihm gleich folgen.

»Die beiden Kollegen aus Flensburg kommen also nicht wieder?«, fragte Ole.

»Ich telefoniere morgen noch einmal mit dem Staatsanwalt, aber ich denke, wir schaffen den Rest auch allein. Ich bin Montag in Flensburg, um mit dem Staatsanwalt noch einmal Helene Lützen zu vernehmen. Ich hoffe, dass ich nachmittags zurück auf Amrum bin.«

»Zwei oder drei Tage, schätze ich, dann können wir alles komplett der Staatsanwaltschaft übergeben. Ich habe vorhin mit Johann besprochen, dass wir die Fähre um neun Uhr vierzig nehmen, dann sind wir gegen Mittag vor Ort.«

»Gut! Ich sage Henningsen dann noch Bescheid.«

Ole warf einen Blick auf sein Auto und schien sich verabschieden zu wollen. Schließlich räusperte er sich leise. »Hast du dich eigentlich schon entschieden?«

Lena sah ihn fragend an.

»Wegen Hilmer und der Vaterschaft. Bei unserem letzten Gespräch darüber hatte ich den Eindruck, als würdest du noch überlegen.«

»Nicht jetzt, Ole. Ich weiß, du meinst es lieb, aber ich brauche erst etwas Abstand.« Sie umarmte Ole. »Komm gut nach Hause und grüß Tobias von mir.«

Siebenunddreissig

Lena parkte auf dem Strandparkplatz. Nach einem ausgiebigen Sonntagsfrühstück war sie aufgebrochen, um sich mit ihrem Vater auf neutralem Boden zu treffen. Er hatte das Strandcafé vorgeschlagen, Lena hatte zugestimmt.

Langsam ging sie auf das Lokal zu und sah, dass ihr Vater ihnen einen Platz im Außenbereich gesucht hatte. Er stand auf, als Lena auf ihn zukam, und begrüßte sie mit einem Lächeln.

»Was möchtest du trinken? Ich habe noch gewartet. Hast du schon gefrühstückt? Hier gibt es ein hervorragendes Rührei.«

»Ein Latte macchiato reicht«, sagte Lena und setzte sich.

Werner Lorenzen stand auf und eilte ins Café. Lena sah ihm hinterher. Am Abend zuvor hatte sie spontan entschieden, ihren Vater anzurufen, um sich mit ihm zu verabreden. Nachts hatte sie lange wach gelegen und darüber nachgedacht, ihren Entschluss rückgängig zu machen.

Die Stimme ihres Vaters ließ Lena aus ihren Gedanken aufschrecken. »Die Getränke kommen gleich.«

»Okay.«

»Wie geht es dir? Erck hat mich in der letzten Zeit ja immer etwas auf dem Laufenden gehalten. Hin und wieder sehen wir uns mal.« Werner Lorenzen lachte verlegen. »Das ist auf Amrum ja auch kaum zu vermeiden.«

»Mir geht es gut. Vielleicht etwas zu viel Arbeit, aber sonst …«

»Husum ist eine schöne Stadt. Ich war schon lange nicht mehr da.«

»Falls Beke ins Krankenhaus muss, wirst du sie ja bestimmt besuchen.«

»Auf jeden Fall. Vielleicht könnte ich …«

»Lass uns das besprechen, wenn es so weit ist. Ja?«

Werner Lorenzen nickte.

Ihr Kaffee wurde serviert. Lena trank einen Schluck und setzte die Tasse wieder ab.

»Kanntest du Marten Hilmer gut?«, fragte sie.

Werner Lorenzen schluckte. »Wie man sich so kennt auf Amrum. Wir hatten hin und wieder geschäftlich miteinander zu tun. Eigentlich haben wir dann aber nur telefoniert.«

»Wie war er?«

»Lena, bin ich der Richtige, um das zu beantworten?«

»Wie lange hat das gedauert zwischen Mama und ihm?«

»Das weiß ich nicht. Glaub mir, seitdem du es mir gesagt hast, habe ich mir darüber den Kopf zermartert. Aber ich glaube nicht, dass das lange war.«

»Du wusstest damals nicht, dass du zeugungsunfähig bist?«

»Nein, natürlich nicht. Nicht im Traum wäre ich darauf gekommen, dass du …« Er stockte. »Du weißt schon, was ich meine.«

»Warum? Ich verstehe es nicht.«

»So etwas passiert manchmal. Man hat eine Krise in der Beziehung, trifft jemanden wieder aus alten, vermeintlich guten Zeiten und dann …«

»Warum ist sie geblieben? Warum?«

Werner Lorenzen zögerte die Antwort lange hinaus. Schließlich sagte er leise: »Sie hat sich für uns entschieden. Für dich und für mich. Können wir das nicht einfach so stehen lassen, Lena?«

Lena sah über den Kniepsand hinaus auf die auflaufende Nordsee. Wie oft hatte sie hier mit ihrer Mutter gesessen, nachdem sie einen langen Spaziergang gemacht hatten? Warum hatte sie nie ein Wort darüber verloren, dass ihr Vater nicht ihr Vater war? Wollte sie es weiter verschweigen und hatten sich ihre Eltern darüber gestritten?

»Wollte Mama mir nicht sagen, dass du nicht mein leiblicher Vater bist?«

Werner Lorenzen atmete schwer. »Nein, das war ich. Mama wollte es dir sagen, nachdem ich es herausgefunden hatte.«

»Und du?«

»Ich wollte warten, bis du das Abitur geschafft hattest.«

»Warum?«

»Hätte es etwas ausgemacht, wenn du es ein paar Monate später erfahren hättest? Ich dachte, nein.«

»Du wolltest weiter mit Mama ... ich meine, du wolltest dich nicht trennen?«

Werner Lorenzen schüttelte den Kopf. »Nein. Ich gebe ja zu, dass ich, als ich das erfahren habe ... Also, ich war wie vor den Kopf gestoßen. Ich wollte es auch nicht glauben. Habe dem Arzt gesagt, dass er sich geirrt haben muss. Wir haben einen neuen Test gemacht, aber es kam das Gleiche dabei heraus.«

»Und dann?«

»Habe ich wohl einen Fehler gemacht«, sagte er leise. »Ich wollte es einfach vergessen, wollte nicht darüber nachdenken und auch mit niemandem darüber sprechen. Auch nicht mit Mama.« Er legte den Kopf in den Nacken und atmete tief durch. »Ich wollte, dass alles so blieb, wie es war. Aber das war ein Fehler. Mama hat gemerkt, dass etwas mit mir ist. Und sie hat gedacht, ich habe eine andere Frau. Ab da haben wir uns im Kreis gedreht. Mama hat nicht gesagt, was sie für einen Verdacht hatte, ich habe nicht gesagt, was ich inzwischen wusste. Irgendwann habe ich es nicht mehr ausgehalten und ihr gesagt, was los ist.« Werner Lorenzen stöhnte leise. »Besser wurde es dann auch nicht. Wir haben wochenlang nicht mehr miteinander geredet, sind uns aus dem Weg gegangen. Dann kam der Streit, ob du es wissen sollst.«

»Und an dem Tag?«

»Ein schrecklicher Tag. Wie genau es angefangen hat, weiß ich nicht mehr. Aber am Schluss haben wir uns angeschrien. Was meinst du, wie häufig ich das schon bereut habe? Aber es ist passiert. Das alles ist passiert und ich kann es nicht mehr rückgängig machen.«

Lena stand auf. »Gehen wir ein paar Schritte am Strand entlang?«

ACHTUNDDREISSIG

Die folgenden Tage waren arbeitsreich für die drei Kommissare. Lena verbrachte den Montag in Flensburg, vernahm gemeinsam mit dem Staatsanwalt Helene Lützen und nahm an dem Haftprüfungstermin von Astrid Hahn teil.

Helene Lützen hatten die zwei Nächte in der Untersuchungshaft zugesetzt, sie wirkte stellenweise verwirrt und kam bei manchen zeitlichen Abläufen der Tat durcheinander. Den Rat ihres Pflichtverteidigers, sich nicht weiter zu äußern, missachtete sie und erzählte von den Jahren, die sie mit Marten Hilmer zusammen gewesen war. Lena hatte das Gefühl, dass die Arbeitsstelle für Helene Lützen auf eine Art die Liebesbeziehung zu Marten Hilmer ersetzt hatte. Sie sprach davon, dass es Hochs und Tiefs in ihrer Beziehung gegeben habe, dass aber die Trennung schließlich unvermeidlich gewesen sei. An die eigentliche Tat konnte sie sich nur schemenhaft erinnern. Lenas Verdacht, dass sie im Affekt gehandelt hatte, verdichtete sich.

Astrid Hahn konnte sich immer noch nicht an die in ihrer Erinnerung fehlenden Stunden erinnern, sprach aber voller Scham von der Vorbereitung der Tat und bestätigte, dass sie versucht habe, das Rattengift in Wasser aufzulösen. Sie übernahm die Verantwortung dafür, dass Eibo Nicolaisen in Verdacht geraten war und mehrere Tage in Untersuchungshaft hatte verbringen müssen.

Die Ermittlungen gegen Eibo Nicolaisen wurden eingestellt. Der Staatsanwalt setzte sich dafür ein, dass er für die Steuerhinterziehung lediglich die hinterzogenen Abgaben zahlen musste und ansonsten straffrei ausging. Eibo Nicolaisen hatte sich inzwischen einen Anwalt genommen, der Hilmers Firma zur Zahlung einer Entschädigungssumme auffordern und ein Verfahren einleiten wollte, damit Eibo Nicolaisen als gesetzlicher Betreuer seiner Großmutter eingesetzt werden würde.

Am Mittwochvormittag bekam Lena einen Anruf von Kriminalrat Warnke, der ihr mitteilte, dass Groll seine Zeugen zurückgezogen habe. Warnke hatte mit einem der Kommissionsmitglieder gesprochen und erfahren, dass Grolls Ernennung zum LKA-Leiter auf Eis gelegt worden war. Bei Warnkes Ausscheiden würde dessen bisheriger Stellvertreter die Arbeit übernehmen, bis eine endgültige Klärung erreicht worden sei.

Eine Stunde später rief Groll sie an, sprach zuckersüß auf sie ein und bot ihr an, dass er auf die LKA-Leitung verzichten würde, wenn Lena ihre Anzeige zurücknähme. Lena erklärte ihm ruhig, dass seine Bewerbung auf Warnkes Posten nicht der Grund gewesen war, weshalb sie sich nach so langer Zeit zu einer Anzeige entschlossen habe. Er verstand nicht, was sie ihm sagen wollte, Lena brach das Gespräch ab.

Am Mittwochnachmittag meldete sich Anja Rüther bei ihr. Sie hatte soeben ihre Anzeige abgeschickt und war fest entschlossen, sie nicht rückgängig zu machen.

Lena nahm sich nach Anja Rüthers Anruf den Rest des Tages frei. In Ercks Wohnung legte sie sich aufs Sofa und schlief sofort ein. Erst als Erck zwei Stunden später nach Hause kam, wachte sie auf und erzählte ihm von den drei Telefonaten.

Den Abend verbrachten sie in der Wohnung und sprachen viele Stunden lang über die vergangenen Monate und über ihre Pläne für die folgenden Jahre.

Am Donnerstag sprach Lena bei einem langen Spaziergang mit ihrem Vater ab, dass weder er noch sie Beke von Marten Hilmers Vaterschaft erzählen würden. Sobald klar war, ob Beke operiert werden musste, wollten sie entscheiden, wann und ob sie Beke einweihen würden.

Am Freitag derselben Woche fand die Beerdigung statt. Unzählige Menschen begleiteten Marten Hilmer auf seinem letzten Gang. Sabrina Ott lief neben Erck, Lena, ihrem Vater und Beke am Ende des Trauerzugs. Lena vermutete, dass Sabrina Ott inzwischen ahnte, wer die große Liebe in Marten Hilmers Leben gewesen war. Am Nachmittag des Tages saßen Lena und Sabrina lange zusammen in einem Café, unterhielten sich über Marten Hilmer und verabredeten sich für ein Treffen in Hamburg.

Auf der Rückfahrt von Wittdün nach Norddorf ging Lena ein Gedanke nicht aus dem Kopf. Sabrina hatte von Marten Hilmers Liebe zu dem Roman »Krieg und Frieden« von Tolstoi erzählt und dass er das Buch in den letzten Jahrzehnten mehrmals gelesen habe. Ihre Mutter hatte ihr auf manchem langen Spaziergang am Strand von dem Roman erzählt, Lena selbst hatte ihn aber nie gelesen.

Sie erinnerte sich, dass sie das Buch in Hilmers Haus in der Hand gehabt hatte, als sie durch den Einbruch gestört wurde. Einer plötzlichen Intuition folgend, fuhr Lena an den Straßenrand, wendete und fuhr zur Polizeistation. Lars Henningsen, der ebenfalls an der Beerdigung teilgenommen hatte, empfing sie an der Tür und bestätigte, dass er noch im Besitz des Haustürschlüssels war. Lena gab vor, noch ein Detail überprüfen zu müssen, und lieh sich den Schlüssel aus.

Im Haus angekommen lief sie direkt zur Bibliothek und suchte nach dem Buch. Sie nahm es aus dem Regal und blätterte es durch. Im letzten Drittel fand sie ein gefaltetes DIN-A4-Blatt. Mit zitternden Händen nahm sie das Blatt heraus und faltete es auseinander.

Sie blickte auf die Schrift ihrer Mutter und las:

> Lieber Marten,
> ich habe lange mit mir gerungen, bevor ich mich entschlossen habe, dir diese Zeilen zu schicken.
>
> Die letzten vier Wochen waren ein Eintauchen in die Vergangenheit. Die Tage waren schön, berauschend und ein Traum. Ich danke dir dafür von ganzem Herzen.
>
> Aber jeder Traum endet einmal und man wacht auf. Ich bin aufgewacht und musste mich entscheiden. Es geht nicht darum, dass ich einen Ehering trage. Der lässt sich abnehmen und auch eine Scheidung ist nicht das Ende des Lebens.
>
> Nein, ich musste und wollte mich entscheiden. Es ist mir unendlich schwergefallen, aber es gab keinen anderen Weg.
>
> Werner und ich haben schwere Wochen und Monate hinter uns. Ich habe mich treiben

lassen und bin dir wieder begegnet. Das, was zwischen uns passiert ist, ist kein Traum. Es ist wahr und du weißt, dass ich dich liebe. Aber ich liebe auch meinen Mann und ich liebe ihn so sehr, dass ich ihn niemals verlassen könnte. Das habe ich in den letzten Tagen mit jeder Faser meines Körpers gespürt.

Marten, es tut mir so leid, dass ich dir diese Zeilen schreiben muss. Ich weiß, wie weh ich dir tun werde. Vielleicht kannst du mir irgendwann verzeihen. Ich hoffe es so sehr.

In Liebe

Dorthe

Lena schwankte und sank auf den hinter ihr stehenden Stuhl nieder. Als sie ihre Atmung wieder im Griff hatte, las sie den Brief ein weiteres Mal. Erst jetzt fiel ihr das Datum rechts in der Ecke auf. Sie rechnete nach. Ihre Mutter war wohl, als sie den Brief geschrieben hatte, noch nicht lange schwanger gewesen. Lena wusste, dass eine Schwangerschaft vor achtunddreißig Jahren noch nicht so früh feststellbar gewesen war wie heute. Wahrscheinlich hatte ihre Mutter nicht gewusst, dass sie ein Kind erwartete.

Lena faltete den Brief langsam zusammen und spürte, wie ihr die Tränen über die Wangen liefen.

Erst nach langer Zeit zog sie ihr Handy aus der Tasche und rief Erck an. Er meldete sich sofort.

»Hallo, Lena.«

»Ich musste deine Stimme hören. Kannst du mich abholen?«

»Natürlich. Wo bist du?«

»Bei ihm. Im Haus meines zweiten Vaters.«

»Ich kann in zehn Minuten da sein.«
»Ja. Ich warte vor dem Haus.«
»Gut, Lena. Dann sehen wir uns gleich.«
»Warte!«
»Ja?«
»Ich liebe dich!«

FSC
www.fsc.org
MIX
Papier | Fördert gute Waldnutzung
FSC® C083411

Kolibri 360 GmbH
Ferdinand-Jühlke-Straße 7
99095 Erfurt, Deutschland
produktsicherheit@kolibri360.de

Druck:
CPI Druckdienstleistungen GmbH
im Auftrag der
Kolibri 360 GmbH
Ferdinand-Jühlke-Str. 7
99095 Erfurt